KB261151

껌주

제2부 경상 京商

쩌주 4

김주영 장편소설

문학동네

제2부 경상 京商

한강

1

강은 그 지류가 셋이었다.

하나는 강원도 오대산 우통(于筒)이고, 다른 하나는 회양(淮陽) 금강산의 만폭동(萬瀑洞)이며, 또다른 하나는 충청도 보은 속리산 문장대(文藏臺)였다. 그러나 원류는 오대산이라 할 수 있었으니, 충주 서북쪽에 이르러서는 달천(達川)과 합하고 원주 서쪽에 이르러서는 안창수(安倉水)와 합하여 양근군(楊根郡) 서쪽에 이르러 용진(龍津)과 합하였다. 광주(廣州) 지경에 이르면 도미진(渡迷津)을 만나면서 서(西)로 고개를 치켜들었다. 여기서 광나루〔廣津〕와 송파진, 그리고 삼전도(三田渡)˚와 만나다가 뚝도˚와 마주치면서 두 줄기로 흩어

• 삼전도: 송파에 있는 나루.

• 뚝도: 뚝섬.

져 두뭇개〔豆毛浦〕에서 다시 합하였다. 강은 서울을 남으로 10리에 상거하면서 한강도(漢江渡)가 되었다. 거기서부터는 서로 흘러 서빙고, 동작진, 노들〔露梁〕을 만나고, 다시 여의도와 밤섬을 왼쪽으로 비끼면서 용산강(龍山江)이 되었다. 서울 도성을 서쪽 10리로 비켜나면서 삼개〔麻浦〕와 만나서는 서강(西江)이 되고 시흥현(始興縣) 북쪽에 이르러 양화도(楊花渡)와 만나며 양천현(陽川縣) 북쪽에선 공암진(孔巖津)과 마주쳤다. 양천의 개화산(開花山)을 왼편으로 바라보며 북으로 치닫던 강은 교하군(交河郡) 서쪽에 이르러 임진강을 받아 맑은 물을 합하고, 개성의 덕적산(德積山)과 여리산(如利山)을 적시고 흐르는 동강(東江)을 받으면서 통진부(通津府) 북쪽에 이르러 조강(祖江)이 되고 강화의 달곶이〔月串〕와 맞부딪치면서 바다로 흐드러졌다.

　뚝도와 두뭇개에는 한강의 상류에서 나오는 전곡(田穀)과 목재 그리고 시탄(柴炭)이 집산되었는데, 특히 뚝도에는 1백여 명의 시탄상들이 들끓었다. 서빙고는 건너편의 동작진과 통하는 나루였고 수원(水原)으로 나가는 길목이었다. 민간의 빙고(氷庫)가 여럿이었고, 자연 채빙(採氷)과 장빙(藏氷)으로 장사치들의 내왕이 빈번하였다. 용산은 또한 목재의 집산지였는데 궁전·관아·성문·누각의 축조에는 물론 조선(造船)에 종사하는 자가 있었고, 삼개에는 생선·건어물·젓갈·소금이 집산되었다. 삼남(三南)은 물론이요 평안·황해도의 곡물·시목(柴木)·어염(魚鹽)·수공품은 대부분이 한강에 들어와서 용산·마포·서강에다 하역을 하였다. 경상·강원도의 세곡은 용산에, 황해·전라·충청도의 세곡은 서강에 하역하게 하였고, 용산에는 군자창(軍資倉)·만리창(萬里倉)·별영창(別營倉)·별고

(別庫)와 같은 창고가 즐비하였으니, 이들이 모두 경강 상인(京江商人)들의 본거지가 되었다.

그러나 이에 못지않게 번창하던 장시(場市)는 강 주변의 송파와 말죽거리 그리고 과천이었다.

도성에서 30리 상거한 송파는 용산이나 서강과는 달리 육로의 물자들이 합쳐져서 큰 장시를 이루는 곳이었다. 일찍이 두뭇개나 뚝도 같은 동교(東郊)의 다른 강촌들보다 장시가 번창할 수 있었던 것은 광주 지경에 속해 있어 금난전(禁亂廛)의 권외에 있었기 때문이다. 또한 도성에서 충청·경상도로 빠지는 주로(主路)는 두 길이 있었는데, 그 하나는 흥인문에서 한강진과 말죽거리를 거쳐 판교와 용인으로 통하는 길이었고, 또 하나는 흥인문에서 살곳이다리[箭串橋]를 지나 송파를 거쳐 판교와 용인을 거치는 길이었다. 특히 송파를 거치는 길은 용인을 거치지 않고 광주와 이천을 거쳐 충주로 통할 수도 있었고, 이천에서 여주와 원주를 거쳐 강릉으로도 갈 수 있어 인마(人馬)의 통행이 말죽거리보다는 밤낮으로 들썩하였다.

송파에는 행상선의 주상(舟商)들과 보부상들에 의하여 서울로 올라오는 강원·충청·경상도의 곡물과 목재, 그리고 석재품·과실류·약재·도자기·무명·삼베·우피·절초(折草)와 잡화와 소들이 모여들었고, 서울에서 향시로 내려갈 어염과 비단 그리고 잡화가 모여들었다. 그런가 하면 서울의 성안을 거치지 않고 함경·평안·황해도 등지의 향시로 빠져나갈 물자도 거래가 활발하였다. 이른바 강주인(江主人)·선주인(船主人), 여각·객주 등의 강상(江商)들과 성내의 배고개[梨峴]·칠패(七牌)의 좌고상인(坐賈商人)*과 가가상인(假家商人)들과 중도위[中都兒]*들이 모여 북새판을 이루었던 것은 광주 땅이라 평시서(平市署)*의 관할 밖인데다 도성과의 거리는 겨우 30리였기 때문이다.

송파의 상인들은 성내의 사상(私商)들과 결탁하여 삼남과 동북에서 흘러오는 보부상들을 유인하여 상품을 매점하는 등 대규모의 사상 도고(私商都賈)를 전개하였으므로 오래전부터 성내의 시전에 타격을 주어왔었다. 영조 34년엔 성내의 시전 상인들의 항의가 잇따라 송파장에 대한 물의가 있자 평시서 제조(提調)는 시전을 옹호하여 송파장의 폐지를 주장하였으나, 수령인 광주 유수(留守)는 이에 반대하였고 논란이 거듭되다가 결국 폐지하지 않기로 결정이 되었으므로, 송파장은 번창일로일 수밖에 없었다. 그로 인하여 송파의 장시는 송상(松商: 개성 상인)들은 물론이요, 만상(灣商: 의주 상인), 유상(柳商: 평양 상인), 내상(萊商: 동래 · 밀양 상인), 북상(北商: 함흥 · 길주 · 북청 · 원산 상인), 그리고 지방의 감영 소재지에서 관부(官府)의 물품을 조달하는 경주인(京主人)들까지 몰려들었고, 강경, 원산, 박천 진두(博川津頭), 창원 등지의 여각 · 객주 들과도 연결이 되어 있었다. 그뿐이 아니었다. 성내의 사상들이며 각 영문(營門)의 나졸들과 권문세가의 하례들까지 행매에 끼어들었다.

기묘년 3월 중순께. 아직도 남쪽 멀리로 바라보이는 검단산(黔丹山) 멧부리와 구릉에는 녹지 않은 잔설이 아득히 바라보였다. 강바닥을 스쳐온 바람은 거칠 것이 없는 압구정과 송파나루를 지나 매섭게 불어왔다. 해가 뉘엿뉘엿 지기 시작하니 바람은 저자의 쓰레기와 삭정이를 함께 몰아 불어왔다. 바람은 쉽게 가라앉을 것 같지 않았다.

"나으리, 이리 죄어 앉으십시오."

"자, 뜨끈뜨끈한 백설기요. 목을 축일 탁배기며 어한하실 화톳불도 있습니다."

"손님, 그냥 가시지 마시고 이리 와서 불이나 쬐고 가십시오."

벌써 파장이었다. 그러나 송파장 윗머리 쪽으로 난 한길에는 함지박이나 모판 그리고 돌상〔八隅盤〕을 내다놓고 밀전병이나 백설기에 수수떡을 팔고 있는 떡장수들과 들병이들이 자리를 뜨지 않고 줄기차게 길손들을 부르고 있었다. 난전을 거둘 참이었지만 나루로 나가려는 장돌림들에게 잔술이라도 팔아보려고 멀리 행인들이 나타날 적마다 소리치고 손짓하였다.

한편에 몰려 앉은 들병이들 중에는 삼패(三牌) 퇴물 같은 계집들도 있었지만 제법 얼굴이 해반주그레한 축들도 없지 않아서 파장머리인데도 잔술은 그런대로 심심찮게 팔리었다.

달군 불돌이 들어 있는 잿더미 위에 탁배기 담은 옹기를 얹어놓으면 탁배기는 호들갑스럽게 뜨겁지도 또한 놀랄 정도로 차지도 않게 적당히 숨이 죽어서 잠시 한속을 들이거나 행역으로 허기진 배를 채우는 데는 그만한 요기가 없었다. 뚝도를 거쳐 살곶이다리 주막참까지는 나루와 들판뿐인데다 술국집도 마땅치 않았기 때문에 삼전도로 나가서 나루를 건너려는 행객들은 송파장 쇠전머리에 있는 떡장수나 들병이들이 벌여놓은 좌판에 모여 앉아 초벌 요기를 하고 일어서는 게 보통이었다.

일족(逸足)을 가진 행객들은, 나루에서 거룻배나 뗏목을 제때에 만난다면 살곶이 주막참에서 입잔 두어 잔을 더 걸치고 지체한대도 이경(二更)에 인정(人定)*을 치기 전에 성내로 들어갈 수 있었다. 그러나 이런 시각에는 성내로 들어가려는 행객들보다는 성내에서 밖으로 나오려는 행객들이 더 많았다. 춘천과 가평과 양근을 거쳐온 북한강의 주상들이 하처할 객주나 숫막을 찾아 한길가를 기웃거렸는데, 구전이나 덜 뜯기고 안매를 할 수 있는 객주를 찾자는 속셈이었고, 성내에서 나온 장사치들은 송파에서 일숙(一宿)하였다가 밤을 도와 육로로 올라온 물자들을 새벽 일찌감치 흥정하고 행매하려는 축들이었다.

때로는 계집 생각으로 행요를 놀아줄 막창이나 창기들을 찾아 기웃거리는 패거리들도 없지 않았는데 타관바치들은 우선 조방꾼을 찾아내기가 수월한 일이 아니었다. 장돌림이란 것들은 한두 달은 보통이요 재수가 없으면 1년이나 넘게 계집맛을 보지 못한 축들이 수두룩하여서 대처나 큰 장시를 만나면 만사를 제치고 화초방부터 찾는 것이 버릇처럼 되어 있었다.

혹시나 향시에서 겨울 동안 연명을 못해 떠도는 사당패들을 만날 수만 있다면 생사당(生祠堂)* 안이나 방앗간이나 정자 마룻장 아래 이건 상관 않고 참아온 색기를 질펀하니 쏟아낼 수도 있었지만, 그런 요행이 없다면 끽해야 비역* 아니면 용두질로 한을 풀어야 했다.

해거름까지 한길가에서 전을 벌이고 있는 들병이들 옆에는 때때

로 사내들이 빌붙어 수작을 트곤 하였는데 입잔을 받아 마시는 행객들의 심기를 떠보거나 충동이질을 해서 화초방으로 들여보내는 조방꾼이었다. 송파장이 팔도의 향시에서 열 손가락 안에 꼽히는 큰 장시인데다 그곳의 쇠전머리라 하면 가근방에서 소문이 짜할 정도로 번듯한 숫막들이 즐비하여서 밑천깨나 두둑한 주상들이라면 하룻밤 신명 떨음을 할 곳이 많았다. 그러나 장시에 빌붙어 지내는 와주(窩主)에 설레꾼도 없지 않아서 하룻밤 사이에 1년 장사 밑천을 벌거나 털리는 일도 심심찮았다. 장시가 번창하면 작폐(作弊)도 많은 법이요, 작폐가 있자 하니 강상(江上)의 무뢰배나 잡배들이 살아가기 손쉬운 법이었다. 장터목은 그래서 낮이면 장사치들의 판국이 되고 해거름 판이 되면 무뢰배들이 설치게 마련이었다.

쇠전머리에서 잔술을 팔고 있는 들병이들에 섞여 한 여자가 역시 탁배기를 팔고 있었는데 그 옆에 맨상투 바람의 행색이 남루한 사내가 연방 어깻짓에 발뒤축을 들썩이며 신명이 나 있었다.

그 사내는 마침 대여섯으로 패를 지어 올라오는 쇠전꾼들이 앞을 지나치려 하자, 느닷없이 앞으로 쏙 나서서 일행의 행보를 가로막으며 타령을 늘어놓기 시작하였다. 그 목소리가 제법 걸걸하고 넘어가는 제도가 그럴싸한지라 쇠전꾼들도 걸음을 멈추었다.

"저 건너 신 진사(申進士) 집 시렁 위에 청동 청정미(靑精米) 청자 좁쌀이 쓿어 까불어 톡 제친 청동 청정미 청자 좁쌀이냐, 아니 쓿어 까불어 톡 제친 청동 청정미 청자 좁쌀이냐. 아랫대 맹꽁이 다섯, 우대 맹꽁이 다섯, 동수구문(東水口門) 두 사이 오간수다리 밑에 울고 놀던 맹꽁이가 오뉴월 장마에 떠내려오는 헌 나막신짝을 선유(船遊) 배만 여겨, 순풍에 돛을 달고 명기 명창 가객이며 갖은 풍류 질탕하고 배반(盃盤)˚이 낭자하여 선유하는 맹꽁이가 다섯이오. 훈련원 놀던 맹꽁이가 첫 남편을 이별하고 둘째 남편을 얻었더니 손톱이 길어 포청(捕廳)에 가고, 셋째 남편을 얻었더니 육칠월 장마통에 배춧잎에 싸여 밟혀 죽었기로, 백지 한 장 손에 들고 포청으로 잿돈〔齋錢〕˚ 타러 가는 맹꽁이 다섯이오. 광천교(廣川橋) 다리 밑에 울고 놀던 맹꽁이가 아침인지 중화인지 한술 밥을 얻어먹고 긴대 장죽(長竹)에 담배 한 죽 피워 물고 서퇴(暑退)를 할 양으로 종루 한마루로 오락가락 거닐다가 행순(行巡)하는 순라군(巡邏軍)에게 들켰구나. 오라로 앞발을 매고 어서 가자 재촉하니 아니 가겠다고 드러누워 앙탈하는 맹꽁이 다섯이오. 삼청동 막바지 장안사(長安寺) 다리 밑에 울고 놀던 맹꽁이가 마전꾼의 중화를 몰래 훔쳐 먹다가 빨랫방망이로 얻어맞고 해산선머리〔解産先頭〕를 질끈 동이고 가까운 의원으로 진맥하러 가는 맹꽁이가 다섯이오. 경모궁(景慕宮) 안 연못 안에 울고 놀던 맹꽁이를 강감찰이 함을 물려 벙어리 되어 울지 못하고, 연잎 뚝 따서 물 받아가지고 때굴때굴 굴러가며 수은장사하는 맹꽁이가 다섯이오. 시집간 지 이태 만에 시앗을 보고, 큰어미 첩년이 쌈질을 하다가 원당자(元當者)한테 꽁대를 얻어맞고 한숨지으며 하는 말이, 에라 시집살이판 틀렸구나, 치마끈을 졸라매고 반짇고리 짊어지고 실 한 파람 꽁무니에 차고 고추나무로 목매러 가며 통곡하는 맹꽁이가 다섯이오. 그중에 익살스럽고 넌출지고 언변 좋고 신수 훤한 맹꽁이가 썩 나서며 하는 말이, 에라 아서라, 목매지 말거라, 네가 당년 이팔청춘

이요 내가 방정(方正) 홀애비 신세이니 같이 살자고 손목을 잡아다려 능청스럽게도 인정을 쓰는 맹꽁이가 다섯이라. 오팔 사십 마흔 맹꽁이가 칠월이라 백중날 공회(公會)를 한다 하고 돈의문 밖 모화관(慕華館) 반송(盤松)˚ 숭버들 가지 밑에 늘어앉아 울울 내리할 제, 위의 맹꽁이 밑의 맹꽁이를 내려다보면서, 에따 요놈 자깝스럽게˚ 군말된다, 참을성이 깜찍이도 없다, 잠깐만 참아라 맹꽁, 그리로 숭례문 밖 썩 내달아 칠패팔패(七牌八牌), 이문골, 도적골, 네거리, 쪽다리, 배다리, 돌모루 끝을 썩 나서서 첫둘셋넷다섯여섯일곱여덟아홉열째 미나리논에 머리 풀어 산발하고 눈물 콧물 꼬조조 흘리고 방귀 뽕 뀌고 오줌 잘끔 싸고 두 다리를 푸덕거리고 울고 있는 맹꽁이 중에 어느 맹꽁이가 수(首)맹꽁이인가. 그중에 녹수청산 깊은 곳에 백수풍진(白首風塵) 흩날린 점잖은 맹꽁이가 손자 맹꽁이를 무릎에 앉히고, 저리 가거라 뒤태를 보자, 이리 오너라 앞태를 보자, 아장아장 거닐어라, 방끗 웃어보아라 잇속을 보자, 백만교태를 다 부려라, 도리도리 짝자꿍, 곤지곤지 쥐암쥐암, 질라래비 훨훨, 재롱 보는 맹꽁이가 수맹꽁이인가."

궐자의 맹꽁이타령을 듣고 서 있던 쇠전꾼 하나가 가래침을 퉤악 뱉으면서 쏠까스르는데,

"에끼, 그놈 넉살도 푸짐하다. 그런데 저기 앉은 여편네와는 내외간인가?"

쇠전꾼이 그렇게 쏠까스르는데도 궐자는 싱긋 웃으면서,

˚ 반송: 키가 작고 가지가 옆으로 뻗어서 퍼진 소나무.
˚ 자깝스럽다: (어린아이가) 하는 짓이 너무 영악하다.

"예, 제 여편네입죠. 어디 한번 놀아볼 만합니까요?"

"볼만한지는 어디 술구기 인심이나 본 뒤에 알아볼 일이 아닌가."

궐자는 쇠전꾼의 염량을 헤아린 지 오래여서 문득 소매를 잡아끌더니 숫막의 울바자 곁으로 갔다. 그러나 묻기는 패거리에서 떨어져 나온 쇠전꾼이 먼저였다.

"여보게, 어디 맞춤한 계집을 살 만한 데가 있겠는가?"

"염려 붙들어매십시오. 마침 삼남에서 올라온 사당패들이 있사온데, 댁네 일행들쯤이야 능히 감당할 숫자가 되옵지요."

위인이 허우대가 든든한 거며 목자 불량해 보이는 것치고는 언사가 고분고분한데, 쇠전꾼은 픽 웃음을 흘리면서,

"그럼 되었네, 어느 집인가?"

"저기 있는 어물도가(魚物都家) 뒤꼍으로 돌아가시면 바자를 든든히 한 일잣집에 주기(酒旗)가 달렸습지요. 거길 가시면 와주가 있습지요."

"그런데…… 난 좀 색다른 주문을 해도 되겠나?"

"색다른 주문이라니요? 설마 용고기를 달라는 것은 아닐 테지요?"

"저기 저 여자는 어떻겠나?"

쇠전꾼은 짐짓 떨떠름한 낯짝이 되어 빈 입을 다시며 턱짓으로 마침 술구기질을 하고 있는, 위인의 내자라는 여인을 가리켰다. 그러나 당장 우거지상이 되거나 주먹부터 나올 줄 알았던 위인은 그 말이 떨어지기 바쁘게 쇠전꾼의 체수를 위아래로 훑어보며 내뱉는 언사가 가관이었다.

"아까부터 긴가민가하였더니 내 그럴 줄 알았습니다요. 그러나 꽃값은 다른 년들보다는 좀더 쳐주셔야 하겠는뎁쇼."

쇠전꾼은 허허 웃으며 뱃구레에 찬 전대를 추스르고 나서,

"그래? 상목(常木)° 두 필 금어치는 된다는 수작이겠다."

"그만하면 긴 밤 꽃값으로선 쏠쏠합죠. 그러나 군돈은 또 따로 얹으셔야 합니다요."

위인의 그 말 한마디에 쇠전꾼은 분명 위인을 능멸하는 어조로,

"그럼, 제 계집을 표객에게 살수청을 들이고 있는 위인에게 군돈을 쥐여주지 않으면 명색이 사내자식으로 행세하는 터에 날벼락을 맞지 않겠나?"

"헤헤, 너무 타박하진 마시우. 쇤네인들 이 짓이 좋아서 하는 짓은 아닙지요. 목구멍이 포도청이라 경상도 문경 땅에서 적수공권으로 기어올라와서 그나마 성내까진 들어가지도 못하고 송파장 윗머리에서 팔자에 없는 거사 노릇으로 연명은 하옵지만, 가게 하나 장만할 때까진 도리 없이 이 짓을 해야 합지요."

"자네 사설 길게 듣고 있을 처지가 아니네. 자네 사주가 기박한 건 알아차렸으니 어서 충수 채워 여자나 보내주게."

"해웃값이나 군돈은 앞전°으로 치르셔야 하는뎁쇼."

위인이 북두갈고리 같은 손을 내미는데 도통 주저가 없고 주눅이 들어 하는 기색 또한 없었다. 쇠전꾼이 전대를 풀어 꽃값을 건네자 위인은 셈도 않고 받아넣고는 곧장 뒤편 고샅으로 사라졌다.

일행이 위인이 가리킨 대로 어물도가 뒤편 길로 돌아가니 봉노가 다닥다닥 붙어 있는 초가가 보였는데 삽짝 앞에서 통자를 넣기가° 바

° 상목(常木): 품질이 좋지 못한 무명.

° 앞전: 선금.

쁘게 어깨가 땅에 끌리는 듯한 늙은이 하나가 장지를 열고 기어나왔다. 눈치로 늙어가는 처지라 이편에서 긴사설 늘어놓지 않았는데도 봉노를 가리키곤 두말없이 안으로 들어가버렸다.

위인의 내자라는 여인을 지목하였던 쇠전꾼이 목침을 다리에 괴고 앉아 담배를 두어 죽이나 태웠을까, 마침 삽짝 밖에서 짚신 끄는 소리가 들려오는가 싶더니 장지 밖에서 여인의 기척이 들려왔다. 대답을 기다릴 것도 없다는 듯 여인은 금방 장지를 열고 봉노로 들어왔다. 등잔 가까이로 가서 잘똑 하며 한 걸음을 절고 앉았다. 그 여인이 틀림없었다. 얼굴이 사타구니에까지 박히는가 싶게 고개를 깊숙이 숙여 초대면 인사를 올리는데, 한눈에 여자의 신색이 말이 아니었다.

계집에 주린 사내가 적잖은 해웃값을 내고 여자를 산 입장인데 왜 그런 모습부터 눈에 띈 것일까. 이제 막 화초머리를 얹을 입장도 아니요, 다만 뭇 사내의 노리개로서 또한 그 자신이 속절없이 거쳐갈 처지일 뿐이었다. 그러나 궐녀가 고개를 숙이는 순간 쇠전꾼은 색념이 싹 가시고 말았다. 핏기 없는 새하얀 얼굴을 감추려고 애써 진하게 올린 연지가 더욱 병색으로 돋보이게 할 뿐이었다. 그리고 보니 궐녀는 모가지 또한 학의 다리처럼 처연하고 가늘었다.

어색한 침묵이 흐를 동안 궐녀는 행방(行房)의 뒤처리에 쓸 삼팔주(三八紬) 자투리를 소매 끝에서 꺼내 치마 밑으로 감추었다. 가늘게 떨리는 납덩이같은 입술을 바라보며 사내는 나직이 물었다.

"자넨 성명도 없는가?"

궐녀가 한참이나 주저하더니 대답했다.

• 통자 넣다: 손님이 왔음을 알리는 것.

“예.”

“허, 괴이하군. 자네 무슨 병이라도 있는 건가?”

궐녀는 예견하지 않은 한마디를 사내가 던지자, 화들짝 놀라 고개를 쳐들었다. 그리고 애써 예사로운 체하며 손사래를 쳤다.

“아닙니다요. 쇤네가 하루 종일 길바닥에서 한속에 떨던 처지여서 다소 주체를 못하고 있을 뿐입지요.”

“아닐세. 자네 신색을 보아하니 병객이 완연한데 그러나? 자네가 병중에 있다면 내 설령 색기에 동한 사내이기로서니 무슨 배포로 거웃에다 손을 넣겠는가.”

“쇤네가 뇌짐°을 앓는 것도 아니요, 그렇다고 화류병을 앓는 처지도 아니니 염려 놓으십시오.”

궐녀는 허겁스레 단속곳을 다 벗은 홑치마를 허벅지까지 걷어 보이었다. 표객이라면 불문곡직하고 행요나 놀 것이지 음흉한 사류(士類)들처럼 무슨 난데없는 객담이냐는 뜻일 것이었다.

“내가 합환주를 들자는 수작은 아니니 안심하게. 자네 발은 왜 그런가? 지난날 어디서 월형(刖刑)이라도 당했더란 말인가?”

궐녀가 사내를 똑바로 쳐다보았다.

“그런 끔찍스러운 말씀은 하지 마십시오. 낙상을 해서 다친 것뿐입니다.”

“자넬 봉당에까지 업어다준 거사는 진정 자네의 남정네인가?”

“예.”

“보아하니 자넨 사당도 아닌 것 같은데 어찌 그 사내는 병색의 계

• 뇌짐: 결핵.

집을 뻔뻔스럽게도 표객에다 팔고 있는가?"

"괜히 객담으로 파흥을 하시면 후회만 하십니다. 쉰네에겐 생업이오니 너무 기롱을 마십시오."

"기롱이 아니라 내 진정으로 생각이 없어서 하는 말이다."

"혹시 울혈(鬱血)로 복상사라도 하실까봐 그러신다면 쉰네가 방비할 동곳을 마련하였고, 때 묻은 버선을 벗기기 뭣하시면 제 손으로 벗어올립지요. 저자에서 아래품을 팔고 이 품 저 품으로 전전하는 계집에게 사연이 없을 턱이 없고 제 계집을 표객에게 업어다주는 사내에게 왜 사연이 없겠습니까마는 그 사연을 죄다 말씀 올립자면 천 길 물속에 실꾸리를 푸는 격이고, 속 깊은 우물에서 물 퍼내는 격입지요. 밤을 도와 말씀 올린대도 반에 못 가 닭이 홰를 칠 것이니 그때는 쉰네가 이 봉노에서 나가야 한다는 것도 아시지 않습니까. 허송하지 마시고 본전 생각나시기 전에 어서 동품이나 하옵지요. 쉰네를 동품 하시겠다고 찍으신 건 댁네가 아니십니까? 애써 계집의 간장을 긁으시려는 댁네의 속내를 모르겠습니다."

사내가 그 말에는 대답하지 않고 천장으로 시선을 준 채 다시 물었다.

"자네, 거사의 말이 문경에서 왔다던데?"

궐녀가 사뭇 앉아 버티기 힘겨웠던지 물러앉아 바람벽에 등을 기대었다.

"상푸실에서 살았습죠."

"거기선 술막질을 했었나?"

"화전을 일구어 연명하였지요."

"내 보아하니 자네의 발은 낙상을 한 게 아닌데……?"

“……”

“자네 거사는 온전한가?”

“쇤네의 서방은 그것을 쓰지 못하는 남정네입지요.”

“사내구실을 하지 못한다는 말인가?”

“구실할 수 있는 양물이 부실합지요. 처음엔 쇤네가 구멍서방이라도 만들어 야반도주라도 할까봐서 이 짓을 권하더니 지금에 와서는 쇤네를 앞세워 전대를 불리는 입장이 되었지요. 이것이 전부 업보이지요. 타관으로 장삿길을 나간 서방을 기다리던 중에 주막에 숙수로 있던 그 화상과 눈이 맞아 문경새재로 야반도주해서 살았는데 추쇄하던 본서방을 만나 두 연놈이 모두 거덜이 났습지요. 그래서 이 짓을 하며 다시 송파에까지 흘러왔는데 이젠 그 화상이 손찌검까지 한답니다.”

“세상에 그런 아수라 같은 놈이 있겠는가? 제가 사내구실을 못한다 하여 계집을 팔아 앙갚음을 돌리고 또한 전대까지 채운다면 그놈의 악업을 알고 난 다음에야 살려둘 수가 없지 않은가.”

궐녀가 고개를 들어 사내를 바라보았다. 이마에 땀이 괴고 있었다. 궐녀는 어느덧 바람벽을 기대고 반쯤은 누워 있는 모습이었다.

“물색 모르고 그런 말씀 마십시오. 그 화상이 돈에는 고분고분하여도 수틀렸다 하면 행티가 보통 아니고 완력에도 당할 자가 없습니다. 신명 떨음을 하겠다 하면 낫이고 도끼고 손에 잡히는 대로 찍는 성깔인데다 송파 저자 왈짜판에서 송만치(宋萬致)라 하면 모를 사람이 없을 정도로 소문이 짜하답니다. 어지간한 보부상 패거리들이라 한들 송파 저자 왈짜들을 당할까요.”

쇠전꾼이 짐짓 뜨악한 낯짝이 되어 물었다.

“그럼, 네 거사란 위인이 송파 저자에선 차 치고 포 치고 다 한다는 거냐?"

궐녀가 눈자위를 희번덕이면서,

"그렇다마다요. 동사하는 결찌들이 또한 십수 명이어서 건방이며 전도가에 드나드는 주상들과 장돌림들의 황앗짐을 빼앗는 건 예사랍니다. 어디 그것뿐입니까요. 도방에서도 결찌들의 행패를 보고도 못 본 체하면서 지내는 형편이지요. 세밑이나 명절이 되면 객주나 여각을 돌며 술값 용채며 곡식을 얻어내는데, 반은 공갈이랍니다."

"그놈들의 행패가 그만하고 보면 장시의 피폐도 이만저만이 아닐 텐데…… 보아하니 분명 뒷배를 보아주는 구실아치나 벌열층에 끈을 달고 있을 터인데?"

궐녀가 짧은 한숨을 토하며 치마 아래 감추었던 삼팔주 수건을 도로 소매 속으로 집어넣었다.

"쇤네같이 도화살이 낀 계집이야 오가는 길손 허기나 꺼드리고 살 수청이나 드는 처지로 그놈들의 속내를 알 턱이 있겠습니까만, 하기야 행패를 두둔하는 권문세가와 결탁이 없고서야 감히 엄두조차 못 할 일이겠지요."

"설령 본바닥에 있는 좌고상(坐賈商)이나 객주에서는 어쩔 수 없이 당한다 하더라도 결기깨나 있고 행티깨나 부릴 줄 안다는 보부상들이야 가만히 당하고만 있을 턱이 없는데?"

"그랬습지요. 월여 전에도 어물도가의 짐방들이며 염상들이 붕당을 지어 대척을 한답시고 북새통을 피웠지만 되레 횡액만 뒤집어썼습니다. 풍비박산이 된 보부상들 중에 미처 장달음을 놓지 못한 몇 사람이 오라를 받고 삼문 안으로 끌려가서 모진 고초를 당했답니다. 되레 그놈들 세력이 어떠하단 소문만 낭자히 퍼뜨린 셈이 되어버렸습지요."

"그런데 자넨 그런 구린 돈이나 챙기는 놈에게 발목이 잡혀서 사뭇 아래품이나 팔아주는 수모를 겪고 살아갈 작정인가?"

"할 수 없지요. 난행을 당한 이후로 행보가 여의치 못해 문밖출입이 지난한데다 몰래 도망을 친다 하여도 금방 결찌들의 눈에 들켜서 나루도 건너보지 못하고 잡혀오곤 하였답니다."

"혹시 자네의 몸값을 물겠다는 표객을 만나보지도 못했더란 말인가?"

"그런 분을 만나기는 하였습지요. 그러나 그 망종이 제 손으로 쉰네를 죽였으면 죽였지 만금 재산을 안겨 준대도 쉰네만은 내놓지 못하겠다는 것입니다요. 쉰네가 뇌짐병을 얻거나 창병을 얻어 스스로 뼛속에 고름을 일구어 시름시름 앓다가 죽는 몰골을 제 눈으로 보아야겠다는 것이지요. 쉰네의 죽어가는 육신을 팔아서 벌어들이는 꽃값으로 황육을 삶아먹고 술을 퍼마시는 것은 양물을 잃어 사내구실을 못하게 된 원혐을 나로 하여 갚자는 수작입지요."

"내가 자녤 도망시켜준다면 어떡할 텐가?"

그때 궐녀는 흐르는 눈물을 닦고 사내를 빤히 바라보았다. 그러나 궐녀의 표정에선 아무런 감흥도 찾아볼 수 없었다. 다만 엷은 웃음이 입가로 잠깐 흘러갈 뿐이었다.

"팔자 기박한 계집을 만나서 앞전으로 지른 댁네의 꽃값만 날리시는구려. 도야무지에 도망을 한들 그 아수라 같은 위인의 추심에 고초만 당하고 또한 복에 없는 액회만 입을 것이니 댁네의 그 말씀은 장지 밖을 스치는 바람 소리만 못합니다. 쉰네는 이제 구실을 못하는 계집입니다. 낮이 되면 술구기질이요 밤이 되면 표객과 동품이다가 앓고 있는 뇌짐병이 고황에 들면 이 티끌 같은 목숨 기꺼이 본서방이 살던 땅으로 묻혀들어얍지요."

"자네 처지 듣고 보니 내 자못 심란하이. 그러나 어찌 대장부가 아녀자의 가련한 처지를 알고도 고개를 돌릴 수가 있겠는가. 그깟 한 번 해보았다 안 되면 두 번 해보는 수밖에 없지. 자, 어서 내 등에 업히게."

"업히라니요?"

"나루를 건너서 살곶이들로만 나갔다 하면 금방 성내에 닿을 것일세. 그놈이 만호 장안에서 자네를 찾는다는 건 갯벌에서 바늘 찾는 격일 것이니 이참에 마음 한번 크게 먹어보게나."

"이러시다가 들키시면 댁네나 쉰네나 목숨 보전하긴 글렀습니다."

"어허, 그 여편네 말도 많으이그려. 한 번 죽든 두 번 죽든 기왕 죽을 목숨 아닌가? 하기야 모가지가 두 개라면 이런 때야 얼마나 좋겠나마는…… 자, 두말 말고 냉큼 업히게."

일순 궐녀의 안색에는 생기가 돌았다. 표객의 난데없는 행동이 도통 엉뚱하기 그지없고, 이제 장달음을 놓는다 하여도 또한 잡히겠지만 산다는 것과 죽는다는 일에 연연해할 입장 또한 아닌 바에야 이판사판 다시 한번 해볼 만한 일 같았다. 궐녀는 얼떨결에 덥석 사내의 등에 기어 업히고 말았다.

2

쇠전꾼은 빈 고리짝처럼 가볍기 그지없는 궐녀가 등에 업히자마자 등잔불을 끄고 봉당으로 내려섰다. 먼 데 개 짖는 소리만 고즈녁할 뿐, 삽짝 밖 길거리는 인적 없이 괴괴하였다. 달이 뜨지 않았으니 쉽게 남의 눈에 목격될 염려도 없었다. 쇠전꾼은 궐녀가 벗어둔 볼 좁은 미투리와 제가 벗어둔 짚신을 봉당에 그대로 둔 채 상방 앞으로 가서 동패의 짚신을 꿰신은 다음 삽짝을 나와 곧장 삼전도로 난 한길로 올라갔다. 삼경이 넘은 시각이라 인적이 없었고, 인적이 없으니 애써 고샅으로 빠져나갈 까닭도 없었다.

삼전도까지 줄행랑을 놓는 동안 사내나 궐녀 사이엔 도통 말이 없었다. 궐녀로서는 왜 이 초면부지의 표객이 이런 엄두를 낸 것인지 도무지 짐작이 가지 않았다. 이 삼경에 도선목으로 나간들 야거리나 주낙배 한 척 띄워줄 사공이 있을 턱이 없었고, 그렇다고 짐을 부린 시선(柴船)* 한 척 마음놓고 빌릴 처지도 아닌 것 같았으며, 그렇다고 드러내놓고 관선(官船)을 부를 만큼 기세등등한 처지 또한 아닌 상것에 불과한 사내가 결기 하나로 대중없이 덧들이는가 싶은데, 사내의 거조는 그러나 일사불란하기 짝이 없었다.

궐녀는 그제야 표객에 대한 의심이 부쩍 들었다. 애당초 사당의 계집을 마다하고 구태여 자기를 찍어 선뜻 해웃값을 치르고 나선 것부터가 다른 간계가 있었던 게 아닌가 싶었다. 그러나 마음을 고쳐먹기로 한다면 송만치에게 덜미가 잡힌 채로 일생을 구박 속에 지내기보다는 차라리 이 표객이 적굴 사람이라 한들 그보다 더한 고초가 앞에 있을까 하는 생각이 들었다. 궐녀는 얼른 표객의 심기를 떠보았다.

"나루로 나가보았자 배가 있을 턱이 없지요. 또 그 화상이 쇤네 없

---

* 시선: 땔나무를 실어나르는 배.

어진 것을 눈치채고 결쩌들을 휘동하여 나루 쪽으로 뒤쫓고 있을지도 모르지 않습니까?”

“그건 나중에 당할 일이고 조급한 판에야 나루로 뛰는 게 상책 아닌가. 궁즉통(窮則通)이라고 나가보면 또한 빠져나갈 구멍이 있겠지.”

“도대체 댁네는 구태여 쉰네를 찍어 고초를 치르십니까?”

“그건 나도 모를 일이지. 그러나 다른 의심을 품어 속썩일 까닭이야 없네.”

반 마장쯤이나 뛰었을까, 표객의 등때기에 후줄근하니 땀이 배어오는데 멀리 도선목에서 불빛이 바라보이기 시작했다. 궐녀를 업은 표객은 행보를 늦추지는 않았지만, 불빛이 바라보이는 도선목 쪽으로 난 한길을 택하지 않고 길을 비켜서 윗녘의 갈숲이 무성한 갯가로 나아갔다. 도선목에서 다시 활 한 바탕 상거한 어름께로 올라가더니 표객은 드디어 갈숲 속에다 궐녀를 내려놓았다.

“여기서 숨을 돌리고 땀을 들이세.”

“숨을 돌리다니요? 여기서 지체하다간 여축없이 당할 터인데요?”

“너무 걱정하지 말게. 내가 집을 나올 적에 벗어둔 신발을 봉당에 그대로 두었으니 지게문을 열어보기 전에는 우리가 없어진 걸 눈치채지 못할 것일세.”

“그건 그렇다 치고라도 여기서 지체하다가 도선목의 잠상들이나 사공들의 눈에라도 띄는 날엔 세상 하직입니다요.”

“걱정도 팔자가 되면 하릴없이 심질(心疾)을 얻게 되는 법일세. 가만히 기다려보게.”

“여기서 누굴 기다린다는 겁니까?”

“누가 오기로 되어 있다네.”

오들오들 떨고 있던 궐녀의 두 눈이 휘둥그레졌다.

"그게 누군데요?"

"누구라면 자네가 알 법한가? 어쨌든 업어다 난장 맞히는 짓이야 않을 터이니 입 닥치고 가만히나 있게."

"설마하니 쇤네를 색상(色商)에다 팔아넘기시려는 것은 아니겠지요? 쇤네를 팔아보았자 이문 될 게 없는 몸뚱이란 것쯤은 댁도 아시겠지요?"

"내 소싯적부터 쇠전머리를 발섭하면서 암소를 행매하기는 예사였네만, 색상에게 사람을 팔아 주린 배를 채운 인사는 아니었으니 염려 놓게나. 아무렴 내가 자네의 기둥서방보다야 못할까."

"그렇다면……"

"쉿, 조용하게."

그때 사내는 황급히 궐녀의 입을 손으로 막았다. 강심 쪽에서 노 젓는 소리가 들려왔기 때문이다. 주낙배 한 척이 물살을 가르며 건너오는 모습이 어둑발 속으로 희미하게 바라보였다.

갈숲이 있는 모래톱으로 다가오는 주낙배는 보잘것없는 낡은 배였지만 사앗대를 젓고 있는 사공은 건장한 젊은이였다. 주낙배가 도선목으로 내려가지 않고 강심을 비스듬히 가로질러 두 사람이 몸을 숨기고 있는 갈숲 쪽으로 곧장 다가오는 거조를 보아하니 이미 표객과는 약조된 사이가 틀림없었다. 사공은 아주 능숙하게 배를 몰아 갈숲을 헤치고 모래톱에까지 흐르듯이 다가왔다. 사공이 사앗대를 덕판으로 당겨넣으면서 갈숲에 대고 나직이 물었다.

"거기들 있습니까요?"

사내가 갈숲 위로 불쑥 몸을 일으키며 해라로 대답했다.

"여기 당도하였네."

"용하게 빠져나왔군요. 그런데 살곶이선 아직 통기가 닿지 않았소이다."

"선가(船價)를 못 받았다는 얘긴가?"

"그렇습죠."

"그렇다고 경황중에 일을 작파하고 말 텐가? 선가라면 내가 건넬 수도 있으니 냉큼 거들기나 하게."

사공이 성큼 모래톱으로 내려서더니 몸뚱이를 한 줌이나 되게 쪼그리고 앉아 있는 궐녀를 덥석 안아서 배로 옮겼다. 배가 다시 갈숲을 헤치고 강심으로 나아갔다.

경강의 진(津)과 나루에는 야거리나 주낙배 한 척만 가지고 연명하는 사공들이 많았다. 명색만 사공이지 무뢰배나 진배없는 위인들로, 그들은 물론 여각이나 난전의 잠상배나 강변의 와주들과 끈이 닿아 있어서 포창(浦倉)의 조졸(漕卒)들이 흘려내는 포흠한 곡식이나 행매가 금지된 당화(唐貨)를 관아의 힘이 미치지 않는 중랑포(中浪浦) 윗녘이나 광주(廣州)의 도미진 어름에까지 실어다주는 것이었다. 그들은 경강 윗녘의 뱃길에는 능숙하기 짝이 없어 경강 주변이라면 호랑이 코밑이라 한들 기척 없이 배를 댈 수 있었다. 주상들 간에 올빼미라는 별명으로 통하는 그들은 낮에는 강변의 숫막에서 퍼질러 자거나 계집질이나 하다가 밤이 되면 으스스 떨치고 일어나 잠상배나 와주들의 수하로 끼어드는 것이었다.

"기별이 오지 않았다면 내가 살곶이까지 갈 수밖에 없군. 그렇다고 뚝도나루에서 지체할 순 없지."

사내가 혼자 중얼거리며 누비배자를 벗어서 궐녀의 어깨를 덮었다. 배가 강심으로 나오자 바람이 더욱 거세어졌기 때문이다. 삼전나루 쪽의 사공막에 불빛이 보이었고 개 짖는 소리가 요란하였다. 뚝도나루에 닿는 길로 표객은 전대를 풀어 사공에게 적잖은 선가를 건네었다. 그리고 닦달하기를,

"나중에 송만치 동패들에게 탄로가 난다 할지라도 행여 입을 열었다간 자네의 일가붙이까지 구몰을 당할 것이니 그리 알게. 그놈들이 내 행처를 수탐하려면 기필 자네들에게 먼저 공갈을 놓아 행처를 묻게 될걸세."

"그런 말씀 마십시오. 우리들도 결찌가 든든한 터라 그놈들이 함부로 덧들이지도 못하거니와 쉰네 역시 요량 없이 동사하겠다고 뛰어들었겠습니까요."

표객으로 가장했던 쇠전꾼은 궐녀를 배에서 안아 내려 다시 들쳐업었다. 궐녀가 간신히 물었다.

"쉰네를 성내에까지 업어 갈 작정이군요."

"그렇다네."

"댁네는 무슨 연유로 이런 일에 동사하시게 되었나요?"

"고린전을 노려서 하는 일은 아닐세. 이깟 신발차보다야 쇠전머리에서 얼씬거린다면 길미가 쏠쏠하지 않겠나?"

"댁네들은 전사부터 제 기둥서방이란 위인을 익히 알고 계시었군요."

"알다마다. 송파 쇠전머리에 드나드는 터수에 송만치 같은 무뢰배들이 있다는 것쯤을 모를 턱이 있겠나. 그놈들이 작폐를 저질러 장시가 어지럽고 무고한 보부상들이 횡액을 당하고 있다는 것도 진작부터 알고 있었다네."

"그렇다면 쉰네를 데려다가 그 벌충으로 벌역을 내리겠다는 말씀인가요?"

등에 업힌 궐녀가 오랜만에 꿈틀하는 기척이었다.

"자네의 뇌짐병이 고황에 들었다는 걸 알고 있는 터에 저승사자가 아닌 다음에야 어찌 자넬 욕보이겠는가. 되레 호강을 시키고 의원을 불러다가 약을 달여 자네의 병수발을 해줄 것이니 걱정 말고 업혀나 있게."

뚝도나루에서 살곶이들까지는 시오 리 길이 빠듯하였다. 삼전나루에서 건너편 뚝도나루까지를 5리 길로 잡는다면 살곶이들의 제반교(濟磐橋)까지는 20리 길이었다. 그 시오 리 길을 체수가 보잘것없는 여자를 업었다 한들 지칠 만도 한데, 쇠전꾼은 도통 지칠 줄을 몰랐다. 뚝도나루에서 살곶이까지 가는 동안에는 인가가 드물었다. 멀리 왼편으로 저자도(楮子島)의 미루나무 숲이 비껴 있을 뿐 사방은 드넓은 개활지였다. 산도 멀어서 거침없이 불어오는 바람이 턱에 와 부딪쳤다. 두 사람이 살곶이 주막거리에 닿은 것은 오경(五更) 인시께였다.

살곶이에는 과천이나 압구정에서 저자도를 건너오는 길, 광나루께를 건너서 들어오는 길, 삼전나루에서 뚝도를 거쳐서 들어오는 세 갈래의 길이 제반교에서 한 가닥으로 합쳐져서 수레재〔車峴〕돌무지를 넘어 흥인문이 5리에 상거한 왕십리로 이어졌다. 때문에 새벽이나 한밤중이라 하더라도 행객들의 출입이 빈번하였다. 보통 행객의 태반은 장사치들이었는데, 그들은 왕십리의 배추와 살곶이들의 무, 그리고 돌무지께의 오이나 호박과 청파(靑坡)에서 나오는 미나리 같은 채소를 중랑포로 나르는 채소장수들과 잡화상인들이었다.

주막거리엔 인적이 띄엄띄엄 보이기 시작했으나 계집을 업고 가는 쇠전꾼을 유심히 바라보는 사람은 없었다. 표객은 주막거리를 벗어나 살곶이다리가 엎어지면 코 닿을 자리인 곳에 있는 허름한 술국집으로 궐녀를 업고 갔다.

"주모 있는가?"

쇠전꾼이 그렇게 부르긴 하였으나 대답을 기다릴 것도 없다는 듯이 삽짝을 토담에 홱 밀어붙이고는 마당 안으로 들어섰다. 정지방에서 외양이 해끔하게 생긴 젊은 주모가 바라지를 삐끔 열고 밖을 내다보는데, 치맛말기로 겨우 젖무덤만 가린 시늉이었다.

정지방이나 차고 앉아서 술국집이라도 내고 있다는 주모나, 잔술 파는 들병이나 그 밑천들은 남 주기 아까운 법인 모양이었다. 마침 요분질을 하던 참이었는지 메슥메슥한 눈길로 삽짝을 들어서는 위인을 할끔거리다가 알 만한 처지였는지 우선 외짝 바라지부터 닫았다.

"성내에서 온다던 인사들이 아직 오지 않았구면."

"이거 낭패인걸……"

쇠전꾼이 정지방 봉당에 두 뼘이나 됨직한 짚신 한 켤레가 엎어진 것을 내려다보며 중얼거렸다. 그러자 방 안의 주모는 제 바쁜 일이 따로 있는지라 재빨리 마무리를 지었다.

"어서 상봉노로 들어가서 어한이나 하시지요. 오신다기에 초저녁부터 군불은 지펴놓은 터라 지금쯤은 방구들이 들썩 뜰 것입니다요. 팥죽이 퍼져도 솥 안에 있고 공알*이 빠져도 속곳 안에 있더라고 약조한 손님이면 해전으로야 오겠지요."

• 공알: 음핵.

쇠전꾼은 긴사설 늘어놓지 않고 상방으로 가서 궐녀를 내려놓았다.

"성내까지 댁네도 같이 가나요?"

"난 여기서 누굴 기다렸다가 자넬 넘겨주고 돌아서야 하네."

"어머나, 이 경황중에 쇤네는 어찌하라고 그러십니까?"

"허, 그 계집하구선. 보기보다는 입정이 제법 바지런하네그려. 살변시킬까 겁나서 그러나?"

"하룻밤에 만리장성을 쌓는다지 않았습니까."

"내가 언제 자네와 동품해서 육허기라도 채웠던가? 병골인 주제에 사내 욕심은 대단하군. 자네도 병문 밖에서 들병이 노릇 해보았으면 알 터이지만 팔도 저자를 노숙으로 지내는 처지에 계집에게 정분을 두겠다면 그게 어디 될 법한 일이겠는가. 자네는 병이나 고치고 호강이나 누릴 생각을 하고 있게."

"이미 팔자 기박한 계집이 호강한들 얼마이겠으며 뇌짐을 고친들 또한 얼마를 숨어 살겠습니까요. 기왕이면 댁네가 맡아주십시오. 따라가다가 죽으면 흙으로 발이나 덮어주십시오."

"에끼, 그런 말 뒀다 하게. 내가 송장 같은 자네와 작반하다 자네 보러 온 저승 야차를 만났다가 그놈이 나까지 데려가겠다고 부득부득 대들면 난 뭐 주고 뺨 맞는 격이 아닌가."

두 연놈이 흰소리를 주고받으며 한속을 들이는 터에 마침 삽짝 밖에서 나직이 통자를 넣는 소리가 들려왔다. 쇠전꾼은 그 목소리를 익히 알아들은 듯 댓바람으로 장지문을 열고 밖으로 나갔다. 날은 벌써 대여섯 칸 앞의 사람도 알아볼 만큼 희부옇게 밝아 있었다.

"나으리, 어서 오십시오. 시생은 벌써 와서 기다리고 있었습니다요."

마당으로 들어서는 사내를 향해 쇠전꾼이 머리를 조아렸다.

"자넨가, 일은 어찌 되었나?"

"시방 봉노에다 안돈시켜놓았습니다."

쇠전꾼이 봉노를 가리키며 헤벌심 웃었다. 구레나룻으로 흘러내린 수염이 옻칠한 듯 새까맣고, 소매가 넉넉한 도포 차림에 맨드리에 윤이 자르르 흐르는 통량갓을 갖춰 쓴 위인은 입성은 날개였지만 어디에선가 상것의 냄새가 희미하게 풍기는 작자였다.

위인의 신관이 그런대로 멀끔하고 언사가 나직나직하나 위엄이 있어 성내의 구실아치나 사류들의 지체를 방불케 하고, 여자를 예까지 업어왔던 쇠전꾼이 연방 콩 심는 시늉인 것으로 보아 한골의 지체임은 틀림없어 보였다. 갓 쓴 위인이 쇠전꾼을 건성으로 상종하고 나서는 방 앞으로 가서 장지문을 열었다. 봉노 안에 계집이 탈기하고 누워 있는 것을 목격하고는 적이 안심하는 낯빛이 되었다.

갓 쓴 사내는 궐녀에게 초대면이나 해전에 강경 포구에서 천소례의 일가붙이이던 유부녀를 겁간하고 또한 같이 달고 야반도주를 한 길소개(吉小介)임이 분명했다. 춧농같이 늘어진 삭신을 구들장에 누이고 있는 계집을 유심히 살펴본 길소개는 곧장 장지문을 닫았다. 삽짝 앞에는 그와 동행한 교군 두 놈이 보교(步轎)를 대령하고 기다리고 있었다.

"자네 얼요기라도 해야 하지 않겠나?"

길소개가 뒷짐을 지며 쇠전꾼에게 말하였다. 쇠전꾼이 고개를 조아리며,

"그러고 보니 순대가 출출합니다요."

"정지방으로 들어가세. 나도 성내까지 들어가자면 대강 초벌 요기

라도 해야지."

두 사람이 정지방으로 오르자 교군 두 놈도 상방 툇마루에 걸치고 앉았다.

"여보게, 주모, 저기 교군들에게도 밥을 고봉으로 담고, 황육 넣은 술국하며 탁배기를 든든히 권하게. 우리도 뭘 좀 주고."

주모는 크게 흐벅지지도 못한 빈약한 엉덩이를 꼭두새벽부터 내두르며 정지와 툇마루 사이를 신바람나게 돌아갔다.

"첫닭이 울 때까진 그 결찌들이 눈치채지 못하게 어살을 쳤겠다?"

길소개가 까치다리하고 앉으며 물었다.

"나으리, 염려 마십시오. 설령 그놈들이 진작 눈치를 챘다 할지라도 옆 봉노에 들었던 짝패들이 훼방을 놓아서 시생이 작로한 길이 광주 인근인지 성내 쪽인지 분간하지 못하게 조치할 것입니다."

"사공놈에게도 단단히 오금을 박았겠다?"

"단단히 오금을 박긴 하였습니다만, 그놈도 무뢰배들과는 한통속이라 어찌 뒷덜미가 메슥메슥합니다."

"그렇게 염려할 게 없네. 사공놈이 송만치란 놈에게 발고를 했다는 증표만 잡는 날엔 그놈의 뱃구레에 작살 구멍을 낼 것이니 눈치가 멀건 경강 사공이란 놈이 한 치 앞의 횡액을 짐작하지 못할까."

"그럼, 시생은 이길로 회정하겠습니다. 보름쯤 뒤에 성내로 가서 찾아뵙도록 하겠습니다."

"좋도록 하게."

요기를 한 다음 쇠전꾼을 남기고 길소개는 교군들을 재촉하여 궐녀를 보교에 태우고 길을 떴다. 주막에서 나서자 곧장 제반교 어름을 대중하여 재촉하였는데, 교군들도 궐녀의 행색을 보아 신분을 짐작하였는지 헐이야 난간이야 하면서도 보교에 탄 궐녀를 쑬까슬렀다.

"여보게, 자네 오늘 호강일세그려."

"보아하니 자네 평생에 가마 타보긴 이번이 처음일 테지."

보교 안에서는 쓰다 달단 대꾸가 없었다.

보교가 수레재를 넘어 왕십리 네거리에 닿았다. 왕십리 네거리는 북으로는 선농단과 전농리(典農里)로 닿고 남쪽으로는 안정사(安定寺) 앞을 지나 한강진이나 두뭇개와 이어지는 길이었다.

곧장 앞으로 나아가면 흥인문이 5리요, 뒤쪽은 살곶이에 닿았다. 왕십리 역시 무싯날에도 장사치들의 내왕이 빈번하였는데, 왕십리 본바닥의 미나리장수들과 성내의 훈련원 텃밭의 배추장수들의 내왕이 심했다. 그러나 아직 시절이 이른지라 마소에다 나무 바리를 실은 뚝도의 시탄장수들이 많이 보였는데, 그들은 중랑포에서 내려온 동나무나 장작들을 성내의 대갓집이나 부호들 집에 조달하는 패들이었다. 다른 패는 시구문〔水口門 : 光熙門〕밖에 있는 무시로객주나 배고개 쪽으로 가는 밑천 짧은 장사치들이었다. 홍제원(弘濟院) 무악재하며 과천의 남태령이 모두 화적의 소굴이었다면 왕십리는 조산(造山)에서 기어나온 동저고리 바람의, 자자(刺字)한 깍정이들과 전량(錢兩)이나 든 길손의 봇짐을 노리는 바람잡이나 해코지를 일삼는 소악패들이 횡행하였다. 그러므로 왕십리 주막거리에도 송파장의 왈짜패들과 끈이 닿거나 안면을 트고 있는 소악패들이 없다고는 볼 수 없었다. 그들은 내처 가마를 쉬지 않고 영도교(永渡橋)를 건너 동지(東池)를 비껴 숭신방(崇信坊)의 흥인문까지 나아갔다. 파루 친 지가 오래전이라 행객들의 문안 출입이 자유로웠지만 수상한 행객을 보면 수문군(守門軍)들의 검색이 엄중하였고 더욱이나 계집을 보고에 태운 채로 문안으로 들인다는 것은 어려운 노릇이었다. 눈치 빠른 군총들이 가마 속에 앉은 계집의 행색을 보면 들병이라는 것쯤은 금방 알아낼 것이고, 옥신각신하다보면 성문 주위에 소문이 낭자할 것이었다.

교군들이 가마를 세우지 않고 눈치껏 안으로 디밀자, 아니나 다르랴 산수털벙거지가 병장기로 가마를 가로막으며 콧등에다 골을 지었다.

"이놈아, 가마를 내리라지 않았느냐."

앞선 교군이 쓸개 씹은 얼굴로 뒤따르는 길소개를 눈짓으로 가리켰다.

"뒤에 선 나으리께 말씀 올리고 길을 가로막든지 하십시오."

"뒤에 선 나으리라니? 뉘게 말하란 거냐?"

나으리란 대꾸에 일순 태도가 누그러지긴 하였으나 가마 앞에서 몸을 비킨 건 아니었다. 그때 뒤따르던 길소개가 싸개통으로 뛰어들었다.

"여보게들, 날세. 상없이 어인 혼금인가?"

산수털벙거지가 길소개의 위아래를 한참 훑어보았다. 그러고는 먼저 물었다.

"뉘 댁으로 가는 내행이시우?"

"뉘 댁 내행이라면 자네들이 얼른 알아듣겠나?"

도포짜리에게서 기어나오는 대꾸를 보아하니 분명 상것은 아닌데, 초다듬이로 내뱉는 언사에 배알이 뒤틀리는지라 산수털벙거지는 발끈하였다.

"호패나 보이시우."

"자네들이 기찰을 한사한다면* 내 굳이 마다할 처지는 아니나, 이 내행으로 말하면 성내의 대갓집으로 가는 분일세."

"대갓집이라니 뉘 댁인데요?"

"선혜당상(宣惠堂上) 김 대감 댁일세."

"선혜당상이 뉘신지 우리가 알 게 무어요."

"이런 고연 것들, 그래서 내가 뭐라던가. 자네들이 간여할 일이 아니라지 않던가."

길소개의 대답이 거침이 없고 꾸짖음 또한 추상같으니 졸개는 가마의 가녘께를 잡았던 손을 스르르 놓았다.

"자네들이 기찰을 엄히 하겠다는 것에야 내 비록 양반의 지체라 한들 훼방을 놓을 수야 있겠는가. 그러나 경황중이라 하더라도 눈에 보이는 것은 있어야 하지 않겠나. 이 내행으로 말하면 김 대감 댁으로 비접〔避接〕을 나가시는 길이네. 그런즉슨 가마를 내려서 행보를 떼어놓을 처지도 아니려니와 고황에 들어 빨리 약을 써야 할 처지에 자네들이 붙잡고 지체시켰다면 그 화근이 어디로 가겠는가?"

"그럼, 나으리께선 뉘신지 존함이나 알려주십시오."

"이런 못난 것들이 있나? 내 일찍이 갑족으로 팔도를 누볐거늘 너희 같은 군총 부스러기들이 감히 존함을 따진 적이 없었다. 알아서 비켜날 일이지 언다 대고 혼금에 말대꾸가 또한 이토록 낭자한가?"

대판 시비가 벌어질 낌새이자, 성내로 들어가던 행객들이 가마 주위로 꾸역꾸역 모여들었다. 호되게 면박을 당한 졸개가 뜨악해하는 터에 앞선 교군이 졸개 옆으로 썩 다가서며 귀엣말로 공갈을 놓는데,

"어허, 이 사람들이 지난밤에 꿈을 잘못 꾸었군. 그러다 횡액을 당하리다. 저분의 동접(同接)*들이 좌우포청(左右捕廳)을 한 손바닥에

• 한사하다: 목숨을 걸고 일하다.

놓고 쥐었다 놓았다 하는 처지요. 꼴같잖은 성깔들 그만 부리고 썩
비켜나시오."

교군이 어깨에 바람을 일으키며 졸개를 밀치고 나서자, 길소개는
언뜻 소매를 떨치며 길을 재촉하였다. 잠시 실랑이를 벌이는 통에 몰
린 행객들을 졸개들은 호령으로 물리쳤다. 길소개는 등골에 땀이 흐
르는 것을 느꼈다. 행객들이 바라보는 중에 가마 속의 계집을 보였다
면 일은 막바지에 가서 파국을 맞을 뻔하였다. 다행히 김보현(金輔
鉉) 대감의 함자를 들이대어 위기를 모면하긴 하였으나 그것이 임기
응변이었긴 하되 모두가 거짓말은 아니었다.

그들은 곧장 걸어서 창선방(彰善坊) 어름의 첫다리〔初橋〕와 두다
리〔二橋〕를 건너서 배우개로 접어들었다. 배우개에서 오른편으로 꺾
어지면 연화방(蓮花坊)의 황참의다리〔黃橋〕가 나오고 조금 더 내려
가다가 왼편으로 꺾어지면 벙거짓골〔帽洞〕 앞 새경다리〔孝經橋〕가
나왔다. 길소개가 서울로 도망 와서 자리 잡은 곳이 새경다리께였다.
길소개는 가마가 새경다리를 건너서 고샅으로 사라지는 것을 바라보
고서야 뒤돌아섰다.

3

그는 사뭇 개천을 왼편으로 끼고 내려가다가 장통방(長通坊) 수표
다리께서 길을 오른편으로 꺾었다. 곧장 철물전다리〔鐵物橋〕를 건너

• 동접: 같은 곳에서 함께 공부함, 또는 그런 사람이나 관계.

탑골[塔洞]을 지나 구름재[雲峴]의 운현궁 앞을 지나 재동(齋洞)으로 들어갔다.

재동 골목 안은 솟을대문들이 들썩하고 화초담을 친 번듯번듯한 권문세가의 저택들이 많았고, 길을 나다니는 하님들이나 상노(床奴)*들의 옷차림도 말쑥하였다. 길가에 쓰레기도 없어서 동네로 들어서면 저절로 옷깃을 여미게 되는 곳이었다. 재동 막바지에 이른 길소개는 어떤 저택의 솟을대문 안으로 쑥 들어갔다. 헐숙청을 지키던 청지기가 허리를 굽실하며 반기었다. 콩기름을 잘 먹여서 번질번질 윤이 나는 드넓은 방에는 한 선비가 앉아서 한가로이 복기(復碁)*를 하고 있었다. 그 선비는 갓신*을 벗고 방으로 들어서는 길소개를 힐끗 뒤돌아보았다.

"한 수 하시려나?"

길소개가 바둑판을 멀찍이 하고 좌정하면서 공손히 대답하였다.

"아직 바둑을 배우지 못하였습니다."

"행세를 하려거든 어서 바둑을 배우도록 하시게."

분명 하대는 아니나 면박을 주고 있는 그 선비는 서른이 갓 넘었을까 말까 한 나이였다. 이마가 번듯하고 눈이 맑아 글줄이나 해본 사류가 분명해 보이는데, 부서진 제량갓과 때 묻은 도포 자락이랑 입성이 꾀죄죄하고 목이 가늘어 그 가난이 위인의 수려함보다 더 돋보였다. 위인의 이름은 유필호(柳必鎬)라 하였다. 그도 벌써 3년째 김보

---

* 상노: 밥상을 나르거나 잔심부름을 하던 어린아이.

* 복기: 한 번 두고 난 바둑의 경과를 검토하기 위하여 두었던 대로 다시 처음부터 놓는 일.

* 갓신: 가죽신.

현 대감 댁의 헐숙청을 지키며 식은밥을 축내는 식객이긴 하나 길소개 같은 위인이야 섣불리 범접할 수 없는 위엄이 있고 글줄이나 한다는 시골 선비들쯤이야 대좌하여 언사를 농하기 어려울 만큼 문장이 드세었다. 반지빠른 길소개의 밑천을 소상히 알고 있는 처지이기도 했기 때문이다. 길소개가 서울로 올라와서 저잣거리의 소문만 얻어듣고 김 대감의 헐숙청으로 난데없이 뛰어들어 존전을 뵙겠다고 연줄이나 트는 중에 유심히 바라보고 앉았던 유필호가 길소개를 손짓해서 담벼락 곁으로 불러내었다.

"자네 가진 게 몇 꿰미인가?"

연상(年上)*이 약한 처지도 아닌데 댓바람에 언사에 하대를 하는 것은 이미 길소개의 본색을 눈치채었기 때문이다. 찔끔한 길가가 물었다.

"얼마를 가지다니요?"

"이런 짐작 없는 위인을 보았나. 내 신수가 꾀죄죄하지만 이 댁에 식객 노릇 한 지 이태가 넘는다네. 헐숙청으로 들어서는 위인의 발끝만 보아도 청촉질을 하러 온 입장인가 일가붙이인가를 대뜸 알아보는 처지일세. 보아하니 자네도 미천한 지체로 처신에 분수가 따르지 못해 직첩(職帖)이나 구처하러 온 모양인데, 전냥*이 몇 꿰미나 되는가?"

"그건 알아서 뭣 하오?"

"자네 속내는 청지기놈을 움직여 대감을 현신하고 수작해보자는

<hr>

심산인 것 같은데, 그건 청지기놈의 배만 불리는 짓밖에 아무것도 아닐세. 말이 청지기지 그놈들이야 대갓집 대문 안에 숨어 사는 화적이나 진배없다네."

"생원님께선 어떻게 그런 걸 아시오?"

"이런 맹랑한 위인을 보았나? 나로 말하면 자네의 대선배 격일세."

"사실 한 사백 냥은 가졌소이다."

"그렇다면 돈 백 냥은 더 구처해야겠구먼……"

"여기에도 구전이 있습니까?"

그참에 유필호는 결연한 낯빛으로,

"내 당초부터 자네가 반지빠른 상인배였다는 건 짐작으로 알고 있었네만. 선비가 아무리 궁박한 처지에 놓였기로서니 상적(相敵)한 사이도 아닌 자네의 고린전을 탐하리만큼 처신이 개차반은 아닐세."

"그럼, 왜 시생을 보비위하려는 것입니까? 하대를 하고 있는 입장에서요."

"내가 자네에게 하대를 하는 것은 자네가 설혹 직첩을 손에 넣거나 수령을 산다 하여도 자네의 근본이 상것이기 때문이고, 또한 자네를 깨우치려 하는 것은 나 또한 저 청지기놈에게 발린 돈이 기백 냥이기 때문일세."

"도대체 생원님은 뉘시관데 그렇게 도도하신가 하면 인정도 있으시오?"

"도도한 건 글줄이나 읽었다는 뜻이요, 인정이 남달라 보이는 건 자네를 측은하게 생각하고 있기 때문일세."

사람을 기롱하자는 수작이 아닌가 하여 길소개는 궐자를 똑바로 쳐다보았다.

그러나 유필호의 얼굴은 멀쩡하였다.

"시생이 시골 것이라 하여 설마하니 으름장을 놓고 있는 것은 아니겠지요?"

"내가 자네같이 미천한 것들을 긴히 상종하여 으름장을 놓는다 한들 무슨 소득이 있겠는가. 내 비록 신세 망측한 선비이긴 하나 남을 공갈하여 살기로 하였다면 이제까지 남의 집 대문간에서 식객 노릇으로 허송세월을 하겠나. 척박한 고을의 수령 자리 하나라도 가로챘겠지."

"왜 그것을 스스로 마다하셨소?"

"나도 명색이 갑족이라 하나 범부에 불과한 사내일세. 만 전을 긁어모아 고을의 수령을 산다면, 은연중 그 만 전을 토색하기 위해 가렴주구를 하게 되지 않겠는가. 고을의 백성들을 관역(官役)에 몰아넣고 생사당 건립에, 인정전 뜯기에 주야를 가리겠는가. 얻기를 탐하는 자는 싫증 나는 법이 없는 것이니, 그 스스로 평안을 얻지 못하네. 마음이 편안하고 담담하여 그것이 족한 것을 알게 되면 구태여 재물을 탐하여 얻다 쓸 것인가. 청풍명월은 돈을 쓰는 것이 아니며, 삭정이 울타리에 일잣집이 족하다면 돈 쓸 일이 무엇인가. 책을 읽고 도(道)를 이야기하며 몸을 깨끗이 하는 데 돈이 필요한가? 수령으로 있다가 과만(瓜滿)이 되어 돌아올 제, 강계의 인삼과 초피, 함경도의 다리와 삼베, 순창의 종이와 남포의 벼루며 동래의 연구(煙具), 경주의 수정이며 해주의 먹과 같은 것을 길마 위에 싣고 돌아온들, 그것은 잠시 사람의 마음을 기쁘게 할지는 모르지만 끝내는 사람의 마음을 탐욕으로 더럽히는 것이 아니겠는가. 선비가 그렇게 되면 제 스스로를 다스리는 체통과 기력을 잃게 되는 법, 선비가 그 스스로를 다스리지 못한다면 그게 금수지 어찌 선비라 말하겠는가."

"그럼 시생더러 어찌하란 겁니까?"

"자네가 바라는 것이 재물이 아닌가. 기다려보게. 그런 길이 있을 걸세. 내가 한 말이 미천한 자네에게 무슨 소용이 있겠는가……"

갑술(甲戌) 초에 이세우(李世愚)와 최익현(崔益鉉)의 상소에 힘입어 비로소 고종의 친정(親政)이 시작되었다. 안으로는 명성 황후(明成皇后)가 실권을 쥐고, 밖으로는 명성 황후의 오라비인 민승호(閔升鎬)가 그 명을 받아 정사를 행하였다.

황후는 총민하고 정략(政略)이 남달라 항상 고종의 무릎 주위를 떠나지 아니하며 왕의 부족함을 보필하였다. 그러나 차차 임금을 빙자하여 애증에 따라 국사를 단독으로 처리하는 경우가 많아졌으나 고종은 이를 모른 체하였다. 그와 함께 민승호는 국사보다는 대원군의 정치적 잔재를 없애는 데만 심혈을 기울였다. 남인(南人)은 조정에서 쫓겨났고, 대원군의 측근에 있던 사람 중 민치완(閔致完)을 빼고는 전부 삭직을 당하였다. 이른바 별입시(別入侍)라 하여 조정에서 인격 있고 덕망 있는 사람을 뽑아 입직(入直)하게 하였는데 그들이 김병시(金炳始), 김영수(金永壽), 김보현, 정범조(鄭範朝), 윤자덕(尹滋悳), 조인희(趙寅熙), 민겸호(閔謙鎬) 같은 사람들이었다.

김보현은 어려서부터 글재주가 있어 약관(弱冠)에 급제하였다. 그는 안동 김씨의 압객(狎客)*으로 철종 때에 대교(待敎) 벼슬에서 참판에까지 이르렀으나 대원군은 그를 탐탁히 여기지 않았다. 민승호

---

* 압객: 주인과 스스럼없이 가깝게 지내는 손님. 대대로 친교가 있는 집안.

가 득세를 하면서 김보현이 뇌물로써 그의 환심을 샀다. 이에 민승호가 인정하여 그는 궁중을 무상출입하였고 두터운 총애를 쌓았다. 그 다음 달에 이조 판서로 발탁이 되었고 선혜청의 당상을 겸관(兼管)하였다. 김보현은 선혜청의 당상관(堂上官)*으로 있으면서부터 모리를 취하기 시작했다.

병자년(丙子年) 봄에 비가 오지 않아서 보리풍년은 들었으나 6월까지 크게 가물어 벼가 다 타버렸다. 그런데도 백성들은 다 타버린 벼를 뽑아 이앙을 끝마쳤다. 그중 한종(旱種)을 심었던 서북(西北)에서는 다소 수확이 있었으나 삼남 지방은 한때 나락 한 섬에 백 전을 호가하였다. 저자와 한길 가에는 부황이 나서 굶어 죽은 백성의 시체가 즐비했고 그 어린 소생들은 말라붙은 어미의 젖꼭지를 물고 늘어져 있었다. 고을에 개 짖는 소리와 닭 홰치는 소리를 들을 수 없었고, 눈자위가 10리나 쫓겨 들어간 유민이 저자를 메웠다. 고을마다 처참하여 오히려 입을 다물고 죽기만을 기다리는 자가 허다하였다.

곳곳에서 사창을 헐어 구황미를 풀어 진휼(賑恤)을 편다 하였으나 혜택을 받은 백성은 가뭄에 콩 나듯 하였고, 다만 호남의 순천 부사와 경기의 진위 현감(振威縣監)이 진휼을 하는 데 공이 있었다 하였다. 설상가상으로 이듬해 정축(丁丑)의 여름과 가을에는 여러 달에 걸쳐 장마가 들어 귀리가 등장하였다. 후텁지근한 날씨의 훈증으로 곡식이 태반이 넘게 부패하였다. 고향으로 돌아온 지난해의 유민이 썩은 귀리를 삶아 배불리 먹으니 독진(毒疹)에 걸린 병자가 속출하였다. 죽음을 면한 백성은 가을이 되어 겨우 회생하였다.

• 당상관: 조선 시대에, 정삼품 상(上) 이상의 품계에 해당하는 벼슬아치.

가을에는 각지에 명색이 어사를 풀어 구진(救賑)*을 사찰케 하였다. 이헌영(李𤨋永), 이승호(李承昊), 이건창(李建昌), 심동신(沈東臣), 어윤중(魚允中), 이만식(李萬植), 이정래(李正來)가 그들인데, 이건창과 어윤중이 그 구실을 다했을 뿐으로 거개가 명색뿐인 어사였고, 오히려 이승호는 고을의 수령을 포상하는 장계(狀啓)를 올려 시비가 전도(顚倒)된 일을 서슴없이 저질렀다. 게다가 민규호(閔奎鎬)는 충청 감사 조병식(趙秉式)의 탐학을 상주(上奏)*하려는 이건창의 장계를 무예별감(武藝別監)을 시켜 중도에서 빼앗고 되레 포상하는 글로 바꾸려 하였으니 이는 조병식을 극력 비호하려는 데 있었다. 이건창이 샛길로 피해 입시하여 탑전*에 부복하고 주상께 직언하니, 주상께서는 이건창이 헐뜯기를 능사로 하는 위인이라 하여 엄히 꾸짖었다. 결국은 조병식이 귀양을 갔지만 이건창도 무고로 평안도 벽동(碧潼)에 유배되었다.

궁중에서는 원자(元子)가 탄생하면서부터 초제(醮祭)*의 기도에 절제가 없었고, 팔도의 명산을 두루 찾아 빌었으며, 주상의 유연(遊宴)이 헤프매 내수사(內需司)의 재원만으로는 감당하지 못하였다. 종내는 겹친 흉년으로 핍박한 터에 호조와 선혜청에서 공금을 빌려 썼으니 재정을 맡고 있는 신하가 있어도 잘못을 직소하는 자가 없었다. 이에 관직과 과거를 파는 여러 폐습이 생겨났다. 정축(丁丑)에 뇌물을 써서 홍패를 따는 일이 생겨나자 금릉위(錦陵尉) 박영효(朴

• 구진: 백성을 구휼함.
• 상주: 임금에게 말씀을 아룀.
• 탑전: 임금의 자리 앞.
• 초제: 성신(星辰)에게 지내는 제사.

泳孝)가 주상께 아뢰었다. 지금 장안에 쌀이 옥보다 귀하여 배고픈 사람이 많은데, 과거를 보러 팔방에서 모여 권문세가에 뇌물을 보내고 심지어 과거를 판다는 소문마저 유생들 사이에 파다하니 그들의 원한이 배에 가득한데 누가 전하께 이런 계획을 꾸몄습니까 하였다.

과거가 없는 달이 없게 되었고 어떤 땐 한 달에 두 번 있기도 하였다. 장안의 시간배들이 서로 만나면 우스갯소리로, 오늘은 과거령이 없습니까 하고 서로 묻고 빙긋 웃기도 하고 시시덕거렸다. 언제부턴가 광대나 잡배들이라 할지라도 도포를 입고 유건을 써서 외양만 의젓하면 모두가 선비 행세였다. 과거장은 마치 거리나 저자와도 같이 온갖 잡소리가 오가고 싸움질에 욕지거리까지 파다하였다. 간사한 자는 옆사람의 것을 흘겨보는 일도 있어, 재간이 있고 학식이 많은 사람이나 자기 스스로 높은 뜻을 품은 사람은 일체의 과거를 보지 않는 것을 고상한 취미로 삼았다.

조흘강(照訖講)이라 하여 옛 법에 식년(式年)이 되면 그 고을의 수령이 초시(初試)에 나아갈 고을의 젊은 선비들을 미리 불러다가 『소학』을 외게 하여 통과된 자만 시험에 나가게 하였다. 또 연령과 향관(鄕貫)*이나 통강(通講)이 되어 시험에 임할 수 있다는 사유를 기록하고 명자(名字)하고 인장을 찍어 첩(帖)으로 만들어 허가장으로 주었다. 이것을 조흘첩(照訖帖)이라 하였다.

시험장으로 들어갈 때에는 조흘첩을 갓끈에 매달고 관아 옆에 앉아 있으면 고관(考官)이 이를 보고 안으로 들어가게 하였고 없는 자는 내치었다. 회시(會試)*는 전기(前期)가 5일이었다. 성균관 관원

이 팔도의 향시에서 급제한 사람들을 불러다 외는 시험을 하는데 위의 방법과 같이 해서 조흘첩을 주었다. 그러나 초시에 나아가는 자는 이에 구애받지 않았다. 회시에 들어가는 데는 정원이 있어서 매우 엄격히 규제하였는데 한번 강(講)을 하고 나면 백권(白券)을 받고 나왔다. 또 첩을 얻었다고 해도 한 사람에게 하나밖에 주질 않았다.

이때 부유한 자들이 가난하고 우매한 자들을 찾아내어 때로는 재물로, 때로는 무뢰배들을 시켜 반공갈로 조흘첩을 사는데 이것을 매좌(買座)라 했으니 한 첩이 한 자리란 뜻이었다. 그리하여 본시의 첩이 자리로 변하여 매매되었다. 거벽(巨擘)˚과 사수(寫手)˚가 들어갈 때에는 두 개의 권(券)을 써서 하나는 자기 이름으로 바치고 하나는 산 사람으로 하였다. 이러한 풍습이 사뭇 계속되다가 갑술 이후로는 이 폐단이 날로 더욱 심해져서 매좌도 없어지고, 난입(亂入)을 금하지 않아 술도 팔고 엿도 팔았으니 참으로 가소로운 일이었다. 정시(庭試)에서 시권(試券)을 발행한 것이 한 번에 열 장이라면 실제는 수백 편에 불과하였으니, 이는 입장한 위인들 가운데는 잡인 무뢰배 1백 명에 정작 선비는 한두 사람이고 한 사람이 짓고 천 사람이 등사를 했다. 심지어 유생의 반 또는 공경(公卿)의 자제는 과거가 있을 때에는 시험장에 들어가지 않고 자기 집에서 지어바치는데 이를 외장(外場)이라 하였으며, 처음에는 법을 범하여 두려워했지만 근일에 이르러는 왜 시권을 바치지 않느냐고 물으면 궐자들은 머뭇거리다가 하는 말이 외장이 아니냐고 되묻는 것이었다.

조정이 그러하고 궁중 또한 그러하니 다스리는 자는 아래를 살피지 못하였고, 정사를 돌보는 자는 윗전의 위엄을 몰랐다. 벼슬아치는 주린 배를 틀어쥔 백성을 탐학하여 곳간을 곡식과 포목으로 채우고, 정자를 짓고, 그 계집을 기생같이 치장하여 사치가 극에 달한다 한들 어느 누구도 감히 그를 막지 못하였다. 벼슬아치가 그 나아가야 할 길에 어두웠고, 옳은 선비가 대갓집의 식객 노릇으로 허송하며, 일개의 상인 잡배가 벼슬을 사겠다고 우쭐대는 것은 수상한 시절에는 해괴한 일이 아니었다.

벼슬아치는 그 직책을 빌미 삼아 가렴주구에 필요한 상인이나 시정의 무뢰배와 왈짜들을 은근히 거느리어 설산과 포흠에 이용하였다. 무뢰배들 또한 권문에 기대어 연명하며 양반의 행세를 하였다. 유필호나 길소개 같은 위인들이 김보현의 헐숙청에서 2년이고 3년이고 눌러앉아 식객 노릇을 할 수 있는 것도 조정과 벼슬아치의 부패에 원인이 있었기 때문이다.

유필호는 김보현의 문간방에서 썩고 있으면서 때로는 사랑으로 불려나가서 서사 노릇도 하고 대감의 바둑 상대도 하였으나 때로는 직언도 서슴지 않았다. 그러나 그것이 또한 김보현에게는 자신이 잃어버린 선비의 결기를 대신하는 터라, 어느 땐 웃고 어느 땐 분기탱천하면서도 정작 유필호를 내치지 않았다. 유필호는 광주(廣州)에서 올라온 갑족이 분명하였으나 과장(科場)에는 물론 벼슬을 탐하지 않았다. 그러나 짓조르는 길소개를 소과(小科) 합격시켜준 장본인이었다.

그것이 지난 2월이었다. 그가 은근히 길소개에게 다가앉으면서 귀엣말로 속삭였다.

"자네 회시(會試)를 한번 치러보지 않겠나?"

"회시라니요?"

"생원과 진사를 뽑는 것이지."

"시생이 입은 간들간들 잘 들어도 진서를 못한다는 건 생원님도 아시지 않소?"

"그걸 내가 모르나. 자네가 보기에 측은하고 평생 가슴에 못이 박일 듯하여 내 자네 소원 하나를 들어주려 함일세. 꼭히 대감만이 자네를 출세시킬 수 있는 것은 아닐세."

묘맥(苗脈)*이 보임직한 터에 유필호는 다짜고짜로 길소개의 소매를 끌고 과장으로 나갔다. 유필호가 대신 정권(呈券)*을 얻어내어 감해(監解)*가 되었다. 정초(正草)* 한 장을 들고 과장을 한 식경이나 서성이던 끝에 유필호가 문득 나무 아래 서 있는 한 위인을 가리켰다. 보아하니 김보현 대감 댁 헐숙청에서 한두 번 지나는 길로 안면이 있는 사내였는데, 유필호가 궐자를 가리키면서,

"저 위인이 경상도의 유명한 거벽일세. 아마 어떤 사람에게 대작(代作)을 해주려고 과장에 모입(冒入)한 것이 틀림없네. 자넨 잘 모르지만 난 저 위인의 글을 잘 알지."

길소개가 발아래로 침을 퉤악 내뱉으면서 다급히 물었다.

"그럼, 시생더러 어떻게 하란 겁니까? 가서 공갈을 놓을까요?"

"자네야 공갈을 놓는 데는 출중한 위인이 아닌가."

"까짓것, 기왕 과장에까지 나온 바에야 이판사판이 아니겠수."

- 묘맥: 일이 곧 일어날 싹수. 일이 내비치는 실마리.
- 정권: 시관(試官)에게 낼 답안지.
- 감해: 시험 감독관의 허락을 받음.
- 정초: 시지(試紙). 과거 시험에 쓰던 종이.

어깨를 들썩해 보이는 길소개에게 유필호가 한참이나 귀엣말을 나누었는데, 길소개의 낯빛에 생기가 도는 것이었다. 유필호는 남고 길가가 그 일행 앞으로 다가섰다. 서로 인사수작을 나누어 안면이 있는 것을 알려준 다음 정색하고 말하였다.

"엄숙한 과장에 난데없이 모임을 하시다니, 시생이 만약 이 사실을 시관에게 직소한다면 생원님의 신세가 어떻게 된다는 것을 아시겠지요?"

거벽과 과거를 보러 온 당사자는 그 당장 찔끔하며 몸둘 바를 몰라하였다. 벌벌 떨고만 서 있는 두 사람에게 길가는 짐짓 영색을 지으며,

"나에게 스무 냥과 과시(科詩) 한 수를 정성껏 지어주신다면 내 오늘 본 일을 모른 척하리다."

거벽이란 위인이 엉겁결에 붓을 내어 선뜻 한 수 지어 던지듯 내밀었고, 당사자는 염낭을 풀어 은자 스무 냥을 내놓았다.

글과 군졸에게 쓸 인정전은 얄궂게 변통을 하였지만 정작에 글씨를 얻어낼 일이 난감하였다. 유필호에게 가져갈밖에 딴 도리가 없었다. 거벽에게 받은 글을 유심히 읽은 유필호가 말하였다.

"자네 이 글을 뜯어 읽겠는가?"

"생원님, 어림없는 말씀 마십시오. 잘 알고 계시면서 공연히 시생을 기롱하십니다그려."

"나를 따라오게."

한참 동안 과장 안을 쏘다닌 끝에 유필호는 담벼락 아래 서성대고 있는 한 남루한 선비를 가리켰다.

"저 위인을 자네 알겠는가?"

"알 턱이 없지요."

"저 위인은 관동 사람으로 글은 짧지만 글씨 하나만은 명필일세. 그런데 저 위인의 거동이 낭패를 보고 있는 것 같지 않은가? 누군가와 글과 글씨를 바꾸기로 약조한 터에 갑자기 일이 어긋나서 주눅이 든 것이 분명하네. 자네가 다가가서 은밀히 수작을 터보면 대혹하여 응낙할 것이 틀림없네. 그러나 여러 말 하다 보면 자네의 본색이 드러날 것인즉, 공을 들여 수작하되 길게 끌지는 말게."

길소개는 붓을 들고 과장을 두리번거리고 있는 선비 옆으로 다가갔다. 먼저 초인사부터 나눈 뒤에 은근히 선비의 옆구리를 꾹 찌르며 물었다.

"생원께서도 낭패를 보신 듯하구려."

선비가 떨떠름해하며 되물었다.

"낭패를 보다니요?"

"뭘 그러십니까. 시생도 한두 번 경험한 일이 아닙니다."

길소개는 선비에게 한쪽 눈을 찡긋해 보이었다. 그러곤 한 손을 아예 선비의 어깨에다 얹었다.

"점잖지 못하게 이 무슨 상없는 짓이오?"

"나는 글은 있는 사람이나 필재가 없어 낭패를 보고 있는 입장이오. 듣자 하니 생원께서는 명필이라 하더이다. 우리가 초대면이긴 하나 서로의 심지를 살핀 터이니 숨길 게 뭐가 있소이까. 서로 손을 바꾸어 유무상통(有無相通)함이 어떠하겠소?"

길소개가 그렇게 부리를 헐면서 들고 있던 종이를 선비에게 펼쳐 보이었다. 선비가 비록 글은 짧다 할지라도 과장을 드나든 지 수삼 년이라 과문(科文)의 골격이 어떠하단 것쯤은 알고 있는 터이었다. 그 당장 희색만면하여 손을 바꾸기로 합의가 되었다. 선비는 길소개의 과문을 받자 정성 들여 먹을 갈고 붓을 골라 써내려갔다. 그리고 몇 번인가 뒤에 앉은 길소개에게 고개를 돌려 다짐하는 것이었다.

"내가 지금 전에 없던 공력을 들여 쓰고 있소이다. 형장께서도 내가 다 쓸 동안 정성껏 한 수를 지어서 내놓으셔야 합니다."

"염려 마시오. 생원께서 다 쓸 동안에 설마하니 과시 한 수가 나오지 않겠소?"

길소개는 종이를 펼치고 짐짓 고개를 갸우뚱거리며 글을 짓는 체하였는데, 글을 썼다가 꺾자를 쳤다가 동그라미를 그렸다간 또한 쓱쓱 문지르기도 하는 것이었다.

선비가 정초에다 과시를 마저 옮겨 쓴 찰나, 기다리던 길소개는 먹칠하고 있던 초고를 말아서 무턱대고 선비에게 던졌다.

"정권(呈券)을 하고 쏜살같이 돌아올 테니 잠깐만 기다리시오."

선비가 미처 대답할 말미도 주지 않고 길소개는 시지(試紙)를 낚아채서 대상(臺上)으로 뛰어오르는데, 그 거동이 어찌나 잽싼지 흡사 노송을 기어오르는 다람쥐였다. 길소개는 대상으로 오르는 길로 다짜고짜 그물로 둘러친 안으로 뛰어들었다. 시관이나 군졸들이 기겁을 하여 방자하고 대중없는 위인을 시장(試場) 밖으로 내몰라고 호통을 쳤다. 소매를 떨치며 멱살을 휘어잡는 군졸에게 길소개는 얼른 스무 냥을 철릭 자락 속으로 찔러넣었다. 곱게 미친놈은 아니구나 하여 멀뚱한 군졸에게 그는 재빨리 말하였다.

"내가 한사코 동접(同接)하는 곳으로 돌아가야 한다고 발버둥을 치고 소리를 지를 것이니, 자네는 결코 내 소청을 들어주지 말고 크게 꾸짖으며 나를 장내에서 내쫓아주게."

시관의 분부가 지엄한데다 경황중에 생각지도 않은 뇌물까지 받은

터이니 군졸은 잠시도 머뭇거릴 까닭이 없었다. 그런 부탁을 하지 않
았더라도 장외로 내몰아야 할 판국이 아니던가. 앞에서 잡아끌기도
하며 뒤에서 내리치며 발버둥인 길소개를 기어코 밖으로 몰아붙였
다. 길소개는 짐짓 낭패한 몰골로 군졸에게 적선을 빌었다.

"내가 지금 장외로 나갔다간 큰 횡액을 당하게 되었네. 잠깐이면
될 것이니 동접에게 몇 마디만 나눌 수 있는 말미만 주게."

군졸이 맞장구를 치는 것이었다.

"어허, 이런 위인을 보았소? 밖으로 썩 내치라는 시관의 호통을 못
들었소?"

"잠깐만 말미를 준다면 내 그 은혜는 잊지 않음세."

"남의 은혜 바라다가 내 모가지와 속에 거러지가 들어앉은 내 식
솔들은 어떡하고? 시관들이 바라보고 있는 처지에 여러 말로 지체시
키지 마시오."

밀고 당기는 체하면서 그 선비 옆을 지날 때 길소개는 쓸개 씹은
낯짝으로 낭패당한 몰골을 보이었는데, 선비는 가까이 갔다간 되레
대필한 일이 드러나서 취박을 당할까 하여 길소개를 잽싸게 외면해
버리는 것이었다. 길소개가 쫓겨나면서 그 선비를 동접인 양 손짓해
불렀다.

"여보게, 이리 와서 내 말을 잠깐 듣고 가시게."

길소개가 대중없이 불러대자 선비는 얼른 종이와 붓을 거두어 쥐
고 허둥지둥 사람들 속으로 숨어버리는 것이었다.

길소개는 그것으로 소과에 급제를 하였다. 시관들이나 대필을 한
선비도 길소개가 글을 못하는 위인이란 걸 아는 사람이 없었다. 그것
이 전부 유필호의 사주로 이루어진 일이었다. 그러나 한 가지 이상한

것은 유필호가 그 자신이 문식(文識)이 뛰어난 위인이어서 손수 차
작(借作)˙ 대필을 할 수 있었음에도 그것을 삼간 일이었다.

국수장국 잘하던 솜씨가 수제빗국 못 끓이랴 싶어 길소개는 또한
벼슬 생각이 없지 않았다. 조성준의 재물을 가로챈 것이 축냄 없이
고스란히 남아 있어서 새경다리께에 제법 번듯한 거처를 마련하였겠
다, 유필호 또한 그가 짜낸 계략으로 급제를 시켰다 하여 쓴술 한잔
받으란 말이 없었으니, 길소개는 그야말로 날아가는 봉황을 손으로
잡은 것이나 진배없었다. 어쨌든 유필호와 같이 김보현의 헐숙청에
서 비비대다 보면 고을의 수령 자리 하나쯤 건질 날이 있겠거니 하여
때를 기다리며 청지기 노릇을 도맡아 하고 있는 거였다.

4

해가 뉘엿뉘엿해지자 입궐하였던 김보현이 집으로 돌아왔다. 얼마
있지 않아서 몸채로 올라오라는 연통을 놓았다. 안석의자에 기대앉
았던 김보현이 문지방을 넘어서는 길가에게 넌지시 물었다.

"문밖을 다녀왔느냐?"

"예, 계집을 새경다리께 있는 소인의 거처에다 옮겨놓았습니다."

길소개는 사추리 아래 떨어진 콩을 줍듯 상투를 끌어박으며 대답
하였다.

"그만한 조치로 송파 인근의 무뢰배들을 네 손아귀에 넣을 수 있

˙ 차작: 글을 대신 지음.

겠느냐?"

"예, 소인의 수하로 들지 않고는 배겨나지 못할 것입니다. 그 계집의 서방이란 놈으로 말하자면 양물이 잘려 구실을 못하는 주제이긴 하나, 계집을 놓지 못하는 깊은 포한이 가슴에 맺힌 놈인 듯합니다. 광주 인근 쇠전을 돌고 있는 상인배들에게 내막을 대충 염탐하여보았습지요."

김보현이 타구에다 가래침을 퉤악 내뱉자 길소개는 무릎걸음으로 다가가서 장죽의 대통을 엄지로 꾹꾹 눌러 바치었다. 교전비가 들어와서 더운 꿀물 한 대접을 받쳐올릴 동안 두 사람은 잠시 수작을 멈추고 있었다.

"그깟 강상(江上)의 무뢰배들 가내사(家內事)까지야 내가 소상히 알아서 뭣 하겠는가. 다만 이번 일만은 처음부터 끝까지 음해에 떨어지지 않도록 스스로 닦달해야 하니 그 점 명심하여 시행토록 하게."

"아마 이틀이 못 가 결찌들로부터 기별이 올 것입니다요."

"일이 잘된다면 쓸 만한 것들이 몇이나 되겠더냐?"

"대충 잡아서 사오십 명은 될 듯합니다."

김보현은 상반신을 일으켜 고비*에서 봉함된 사찰(私札) 한 통을 뽑아들더니 길소개에게 던졌다.

"행랑 것들에게 들려보내기 뭣해서 그러니 자네가 이 서찰을 가지고 종루(鐘樓)로 나갔다 와야 하겠네."

"종루 뉘 댁입니까?"

"공주인인 신석주란 자를 자네 알고 있겠다?"

---

* 고비: 편지 따위를 꽂아두는 물건.

"예, 입전(立廛 : 縇廛)에서 가게가 제일 큰 거상으로 알고 있습지요."

"이 서찰은 꼭 그 당자를 만나면 건네지, 행여 가게의 서사놈이나 차인놈에게 주어선 안 되네."

큰사랑에서 김보현에게 얼추 닦달을 받은 뒤에 길소개는 몸채에서 물러나왔다. 중문을 거쳐 솟을대문을 나서면서 슬쩍 거들떠보았더니 유필호는 입성이 번지르르하고 낮짝이 흰 말불알같이 허연 선비 하나와 바둑에 열중하고 있었다. 길가는 서찰을 주의 속 괴춤에 단단히 찌르고 대문을 나서 길을 재촉하였다. 종루 시전의 입전이라면 전옥서(典獄署) 앞이었다. 구름재를 지나고 탑골을 지나 철물전다리를 오른편으로 꺾어 내닫는 길가의 걸음새는 살이 나는 듯하였다.

종루 바닥은 흥인문으로 나가려는 시탄장수들과 행객들이 띄엄띄엄 눈에 띌 정도로 한산하였다. 길가가 전옥서 앞 시전 행랑 어름에 당도하였을 즈음엔 일색이 거의 다하여 사방이 어둑어둑하였다. 입전 앞에 이르자 귀때기가 새파란 여리꾼 한 놈이 얼굴에 넘칠 듯 교태를 담고 다가와선 수작을 텄다.

"나으리, 어느 전방을 찾으시우?"

길가는 궐놈을 거들떠보지도 않고 장명등이 희미한 가게 안쪽을 기웃거리면서,

"대주께선 안에 계신가?"

"그야 계시고말굽쇼. 그런데 어느 임방에서 오신 동무시우? 아니면 시골 관아의 경주인(京主人) 나으리시우?"

"이 사람아, 난 상인배가 아닐세. 내 긴한 일로 왔으니 눈앞에서 알랑거리지 말게나."

길소개가 점잖게 꾸짖자 궐놈은 뜨악한 채로 되묻기를,

"상인배가 아니시라면 대주 어른은 왜 찾으시우?"

"이런 자국도 없이 방자한 놈을 보았나. 꼭 행매할 일이 있어야 대주를 찾는가? 네놈도 종로 어름에서 찬밥을 축내는 처지라면 목민(牧民)을 할 신관쯤이야 가려낼 줄 알아야지, 날이 어두웠다 하여 어디 함부로 대중없이 덧들이느냐."

길가가 상투가 곤두박이도록 호통을 치고 뒷굽을 구르자, 궐놈은 찔끔하여 두어 발짝 물러서기는 하였으나 입정은 제대로 놀리는데,

"어디서 오신 생원님이신지는 모르겠으나 양반 행티 너무 마시우. 전냥깨나 챙기면 죽으로 산다는 양반이야 어딜 가면 없겠소만 청국 대단(大緞)이며 호사한 공단(貢緞), 일광단(日光緞), 월광단(月光緞)은 종루 시전에서도 우리 집뿐입니다요. 보아하니 생원님께서도 권문(權門)에다 인정 쓰실 대단 몇 필 구처하시려는 눈치이신데, 그것 때문에 대주 어른까지 찾으시는 걸 보니 종루 풍속엔 도통 숙맥이신 분이구려."

"허, 봉패로다. 이놈을 심상하게 두었다간 양반 찜 쪄 먹을 놈이로구나. 이놈, 흰소리 그만하고 어서 대주 어른께 득달같이 달려가서 연통이나 놓아라."

길가가 목자를 부라리자, 여리꾼도 머쓱해져 가게 안으로 들어가는 시늉이긴 한데 거동이 방자하여 도대체 겁먹은 놈이 아니었다.

가게 안으로 들어간 놈이 다시 콧등도 내보이지 않는지라 큰 소리로 통자를 넣는데, 이번엔 제법 신수가 멀끔한 자가 장지를 열고 마루로 나서면서 신방(新房)으로 안내를 하였다.

"우선 방으로 드시지요."

여리꾼보다는 지체가 틀려 보이는지라 길소개는 잔기침을 하며 사
내가 손짓하는 대로 아랫목의 뒤트레방석 위로 가서 앉았다. 궐자가
먼저 초인사를 올리는데 그 이름이 맹구범이라 하였다. 맹구범은 길
소개의 함자도 알려 하지 않고 물었다.

"그런데 어디서 무슨 일로 오셨소?"

"대주 어른을 만나도록 해주게."

길가의 거침없는 하대에 맹구범의 입가에 엷은 웃음이 스쳐갔다.

"생원께서는 우리를 시정잡색(市井雜色)으로만 아시는군요."

"잡색으로 알다니, 초인사만 나눈 처지에 그 무슨 소린가?"

"생원님의 지체라 하여 무작정 대주 어른을 뵈옵겠다니, 어디 될
법한 일입니까."

"신 대주께서 장안의 거상이라 하나, 만나뵙기가 이토록 어려운
가? 자넨 도대체 누구인가?"

"생원께서 연만하신 것은 겉으로 보아서도 알겠으나 어찌 초대면
의 상인배라 하여 언어가 그토록 대중이 없소이까."

"내 양반의 지체로 자네 같은 상것에게 마음놓고 해라를 못한다면
어디 가서 행세를 하겠는가."

"갑족이란 풍골부터 틀린 법이오. 내 짐작으로라면 생원께서는 차
작으로 소과에 급제한 분이 틀림없소이다. 아마 어느 대갓집의 방자
로 오신 모양인데 종루 바닥을 향촌의 뒷간 길쯤으로 알았다간 큰코
다치십니다."

이번엔 길가가 찔끔하였다. 그러나 그 한 번 공갈에 기가 꺾일 길
가도 아니었다. 그는 콧등을 뒤틀어올리며 장지문이 떨리도록 소리
쳤다.

"이놈아, 내가 차작으로 급제를 하였든 전냥으로 양반을 샀든 네 놈 같은 시정배가 왈가왈부할 일이 아니지 않느냐. 나라에서 내린 벼슬을 농하는 것은 곧바로 주상을 능멸하는 격이니 이는 역률로 다스려 능지처참을 해야 할 일이니 낭자히 떠들다간 바로 코앞인 장금사(掌禁司)*에서 취박을 해가리라. 네놈도 전방이나 지키면서 찬밥이나 축내는 소인배에 불과한 주제로 얻다 대고 감히 양반을 능멸하느냐."

맹구범이 그때에야 까치다리하고 앉으면서 게트림에 콧방귀를 뀌는데,

"여보시오, 생원, 어느 대갓집 헐숙청에서 식객 노릇을 하고 있는 처지이신지는 모르겠으나 그깟 소과 급제쯤이라면 난 이태 전에 따낸 것이오. 거 대수롭지 않은 일 가지고 지각없이 떠들다보면 댁이나 나나 나쁜 일진에 똥칠하긴 일반이오."

"아니, 그렇다면 생원 벼슬은 댁이 먼저란 말이오?"

"댁의 속내를 내가 모를 턱이 있겠소. 대중없는 수캐 앉을 때마다 좆 자랑이더라고, 급제한 지 일천(日淺)하면* 공연히 방자하여 아무 앞에라도 나서면 삿대질하고 싶은 법이외다. 지난 풍상 풀어서 이야기할 것 없이 덮어둡시다."

"생원의 말씀을 듣자 하니 시생의 불찰이 많았습니다. 시생이 원래 별미쩍고* 무식스러워 귀골을 알아보지 못했군요. 그러나 그만 덮어두시고 대주 어른이나 뵙도록 주선해주십시오."

• 장금사: 형조에 속하여 범죄 수사와 형벌에 관한 일을 맡아보던 관아.
• 일천하다: 얼마 되지 않다.
• 별미쩍다: 성질이나 행동이 멋없이 별쭝나다.

"만나뵙기야 어렵잖소만 저승 판서가 아닌 다음에야 대강은 내막을 알아야 할 게 아닙니까."

그제야 길소개는 맹구범에게 바짝 다가앉으면서 귀엣말처럼,

"실은 김 대감의 서찰 한 통을 대주 어른께 몸소 전하려는 거요."

들썩 놀랄 줄 알았던 구범은 듣는 둥 마는 둥 제 먼저 일어나면서 씨부렁거렸다.

"나가보시지요."

맹구범이 초다듬이로 길가란 놈에게 면박을 한 터요, 게다가 대강의 근본이나 양반 된 곡절이 어떠하다는 것조차 알아버린 터라 탑골까지 걷는 동안 언사가 방자하기 이를 데 없었다. 농을 걸었다가 층하를 했다가 하며 본때를 보이는데 그 입정이 몹시 메스껍고 더러웠으나 궐자의 생원 급제가 벌써 이태 전이란 데서야 반죽 좋은 길가인들 뺑긋할 처지가 아니었다. 못난 강아지 들거나 나거나 상전치레라더니, 일찍이 하천의 신분에 한이 맺혀 양반을 구하였건만 그 양반의 지체에는 상것들보다 되레 층하가 심하다는 걸 길소개가 일찍이 터득했을 까닭이 없었다.

탑골로 들어서서 활 두어 바탕쯤의 행보에 신석주의 첩실이 살고 있다는 야트막한 기역자 집 앞에 이르렀다. 대문은 낮으나 잇닿은 화초담이 5월 소나기에 씻긴 듯 정갈하고 담 너머로 겨우 바라보이는 대청은 윤이 반질반질하여 가택을 건사하는 솜씨가 야무지다는 걸 느낄 수가 있었다. 맹구범이 나직이 통자를 넣으매 안쪽에서 금방 승혜 뒤축을 끄는 소리가 들렸다.

"이 집이 뉘 댁이오?"

길소개가 물었다.

"대주 어른의 소실댁이오."

"대주의 측실이 옥골이란 얘기는 풍문으로 들었소이다."

"아씨마님이 절색이란 소문을 생원 같은 사람도 알고 있는 걸 보니 장안에 소문이 짜한 모양이구려."

그때 안쪽에서 빗장을 따는 소리가 들려왔다. 가르마가 선명하게 편발을 한 처녀가 문을 따는데 꽃댕기가 엉덩짝에 붙어 나풀거렸다. 뒤꼍 숲에서 마침 새소리가 뜰 안의 적막을 가르는데 안방에서 완자창*이 열리면서 풍채 좋은 늙은이 하나가 사랑으로 건너가는 게 보였다.

"재동 대감 댁에서 사람이 왔습니다."

지대 아래에서 맹구범이 읊조렸다. 일개 공주인에 불과한 상인의 지체라 하나 근자에 이르러 궁궐이 무상출입이요, 시전의 상권을 손아귀에 쥔 신상이니 소과 급제한 길소개라 한들 대중없이 대할 수는 없었다. 올라가서 공손히 현신하니 신석주는 허리도 굽히지 않고 입맛만 다시었다. 맹구범이 옆에 앉았다가 얼른 옆구리를 찔렀다.

길소개가 황급히 괴춤을 헐어 서찰을 디밀었더니 장죽으로 끌어당겨 봉서를 뜯어 읽고는 맹구범 쪽으로 고개를 돌려 겨우 한마디 던지는 것이었다.

"이 사람은 김 대감과 반연(絆緣)* 있는 위인인가?"

"서찰을 가져온 것을 보니 대감께서 긴히 쓰려 하고 있는 사람으로 보입니다."

• 완자창: '卍' 자 모양의 창살이 있는 창.
• 반연: 얽혀서 맺는 인연.

두 사람이 나누는 말이 자기를 두고 하는 것인지라 길소개는 무슨 음사(陰事)라도 들킨 놈처럼 면난(面赧)하기* 그지없는데 신석주가 힐끗 길소개에게 눈길을 주면서,

"위인이 노창(老蒼)해* 보이기는 하나 범절이 밉상은 아니로군. 데리고 나가서 요기나 시키게."

답서라도 내밀 줄 알았던 신석주는 그 한마디를 남기고는 떨치고 일어섰고, 길가 또한 주인 없는 빈방에 엎디어 있을 수 없는 노릇이었다. 맹구범이 길가의 뒷덜미를 툭 치면서,

"원님 덕에 나발이라더니 시생도 생원님 덕에 기방 출입하게 생겼소이다."

"색주가 말입니까? 시생은 서울 기방 출입은 생소합니다."

"나만 따라오시오."

색주가라면 전옥서 앞 수진방골(壽進洞)이나 종루의 회랑을 돌아나와서 모전다리를 건너면 다방골(茶洞)에 산재하였고, 새문안 야주개(夜珠峴) 아래 오궁골이 있고 숭례문 밖 잰배(紫岩)에도 있었다. 좀 층하를 두자면 무교다리(武橋)께로 나아가면 상인배들이 드나드는 덧거리 인심이 좋은 색주가도 있었다.

"수진방 쪽은 우변이 가까워 군총들이 드나들고 이목이 번다하니 우리 다방골로 가십시다."

두 사람이 종루로 내려와 조개전골(蛤洞) 고샅길을 길게 가로질러 다방골 초입으로 들어서는데, 벌써 장대에 용수 씌운 색주가들이 즐

비하니 바라보이었고 유두분면(油頭粉面)한 계집들이 혹은 문밖에 나와서 한량들의 소매를 이끌기도 하였다.

맹구범은 벌써 육장 다니던 집이 있는 듯 계집들의 손을 흩뿌리면서 나가는데, 고개티 이름 하나도 변변히 모르는 길소개야 군소리 없이 뒤따를 수밖에 없었다. 드디어 한 집에 이르러 삽짝을 흔들자 장지를 열고 낯짝이 해사한 계집이 황망히 뜰로 내려섰다. 방으로 들어와 언뜻 계집을 돌아보매, 살쩍은 그린 것 같았고 머리는 삼단 같았다. 코는 파고 곱게 앉힌 것 같았고 입은 자그마하고도 팡파짐하였다. 콧날은 동글납작한데 위에 떠받친 새까만 두 눈길이 온통 가슴을 파고들 것 같았다. 게다가 수삽한 태를 지으며 뒤트레방석을 내놓는 손이 또한 떡살로 찍은 절편같이 뽀얗고 오동통하였다.

"이끼, 고년, 날것으로 삼켜도 비린내 한번 날 것 같지가 않구나."

맹구범이 그렇게 씨부리니 계집은 한껏 콧날에다 교태를 담으면서,

"벼르기만 하시지 마시고 한번 날것으로 드시지요."

"그러면 아프다고 소리칠 것인데?"

"쉰네가 아프다 한들 어디 함부로 소리를 지를 수가 있겠습니까."

"그럼 삼키지 말고 염낭쌈지에다 넣어 차고 다닐까?"

"동취(銅臭) 나는 염낭이라면 쉰네가 어찌 마다하겠습니까?"

"한 상 잘 차려올려라."

맹구범의 채근에 계집이 까부스스하니 눈을 치뜨고는,

"주안상이야 어련히 차려올리겠습니까만, 동행하신 나으리께 초인사나 여쭙게 해주셔얍지요."

"헛, 고년, 기루(妓樓)의 계집답게 오지랖 한번 넓구나. 그래, 이

어르신네는 앞으로 자주 모시게 될 터이니 행여 대접이 소홀하였다 간 혼꾸멍이 날 줄 알아라."

계집이 할끔 길소개를 핥고는,

"행수님과 동행이신 걸 보니 선혜청이나 군자감의 무변이신가보 구려?"

"이끼, 고년, 도무지 야금야금 짓조르고 덤비는 거조를 보아하니 네 첫눈에 이 나으리께 반한 모양이로구나."

계집이 놓칠세라 길소개에게 해죽해죽 추파를 던지며,

"헌칠하신 키에 수염이 옻칠한 듯하시니…… 침석에 모시어도 무 던하시겠습니다요."

"고년, 색기만 동한 줄 알았더니 사람도 볼 줄 아네그려. 허기야 건 지가 많아야 국물이 나더라고, 이 나으리는 허우대만 보아도 권신이 되었다 하면 물고를 뽑은 듯하단다."

"행수님, 그런 말씀 마십시오. 기와집이면 전부가 사창(社倉)이랍 디까? 그것 큰 것이야 공연히 분주만 떨었지 실속이 없답니다. 미꾸 라지가 갯바닥을 헤집는다는 말씀은 못 들으셨수?"

"고년, 초저녁부터 사추리가 근질근질한 거로구나. 너 오늘 밤 이 나으리께 살수청을 들겠다는 소리냐?"

"행수님의 영이시라면 여울로 소금섬을 끌래도 끌겠습니다만, 정 작 나으리의 의중을 더듬을 수가 없지 않습니까."

맹구범이 그때에야 옆에 앉은 길소개를 거들떠보면서,

"어떠시오? 이 계집으로 말하면 장안에서 반명이나 한다는 한량들 이 침을 삼키는 터이지만 번번이 퇴짜를 놓는 판국이오. 개살구도 맛 들일 탓이라고 이년도 육덕이 그런대로 푸짐하고 소견이 넉넉한데다가 행요를 논다 하면 이만한 계집이 없소이다. 행요를 놀 제 감창 소리가 또한 일품이외다. 생원께서는 고개만 끄덕이시오."

대혹하여 덤빌 줄 알았던 길소개가 웃기만 하고 대척이 없자, 맹구범은 면구스러워 그러는 줄 지레짐작하고는,

"넌 어떠냐? 서방과 그릇은 손때 먹일 탓이다. 첫서방이나 둘째 서방이나 정들일 탓이 아니야. 내 어쩌다가 다리품 놓는 신세가 된 듯하다만, 이 나으리께서라면 네 기둥서방으로는 그렇게 흔한 분이 아니시다."

"초상술에 권주가라라더니 행수님도 지각 좀 차리십시오. 종내 그러시다간 행수님이나 쇤네나 되레 업신여김이나 당할 뿐입니다요."

"그건 무슨 말이냐?"

"나으리께서 대꾸가 없으신 걸 보니 포병객(抱病客)*이시거나, 아니면 이미 양도(陽道)가 쇠진한 입장이신 듯합니다. 행수님께서 너무 지다위하시면 오히려 나으리의 심기만을 어지럽혀드리는 것이 아니겠습니까요."

"들자 하니 그럴 법하다만, 이분도 반명을 한다는 처지로 종루의 시간배들처럼 탐이 난다 하여 자발없이 굴 수야 없지 않느냐."

"하기야 쇤네 같은 천기로서 나으리를 침석에 모시진 못할망정 갓끈만이라도 핥는다면 그게 어딥니까."

"고년 오지랖만 넓은 줄 알았더니 언변도 범상치가 않구나."

그때에야 웃고만 앉았던 길소개가 두 연놈이 대중없이 뇌까리는 입씨름을 가로막고 대답하였다.

---

* 포병객: 몸에 늘 병을 지니고 있는 사람.

"나도 색주가의 처신이라면 행세깨나 한다는 위인이오만, 내가 아무리 육허기에 시달림을 받기로서니 이 여인네와 동침을 한다 하면 맹 생원님과는 구멍동서가 되는 판국이 아닙니까?"

"기방에서 구멍동서 찾는 걸 보니 길 생원께서도 아직 대처의 한량 노릇 하기는 멀었구려. 허기야 이 계집으로 말하면 꼭지는 내가 딴 처지이지만 종루 색주가에서 유명짜한 한량들치고 구멍동서인 놈들이 어디 한두 놈인 줄 아시오?"

"맹 생원께서 다 퍼먹은 김칫독에 상투를 처박아보았자 군동내밖에 더 맡을 게 있겠소?"

연놈이 주고받는 수작이 개차반인지라 길소개가 참다못해 오금을 박아준 것인데, 그제야 맹구범이 정색하고 주안상을 내오라 호통을 쳤다. 주안상만 들이게 하고 계집을 내친 다음 두 사람이 손바꿈으로 연하여 입잔을 돌리는데, 모두가 한다는 모주꾼들이라 쉽사리 취하지 않았다. 취기가 자위돌* 만해지자 오랫동안 말이 없던 맹구범이 물었다.

"생원께서는 아까 대주 어른께 건네드린 서찰의 내막이 무엇인지 알고나 계십니까?"

"봉함 서찰을 그대로 건네받은 터에 그 내용을 알 수 있겠습니까?"

맹구범이 한잔을 들이켜고 상 위로 고개를 디밀면서 나직이 말하였다.

"그게 삼남의 해창(海倉)으로 내려가는 선혜청의 세곡선(稅穀船)

---

* 자위돌다: 한 바퀴 빙 돌아서 오다. 소화되다.

에 승선하여도 좋다는 행장(行狀)이외다."

"일테면 첩문(帖文)이란 말이오?"

"육로로 따진다면 그런 셈이지요."

"생원께서는 그런 일을 어떻게 알고 계시오?"

"장안에서도 신상이라는 분의 차인 행수로 행세한다는 주제로 그만한 것쯤이야 알고 있어야지 않겠소?"

길소개가 뒷덜미를 긁적거리면서 주눅이 든 목소리로,

"이것 참, 내가 진작 맹 생원 지체를 알아보지 못해 체면이 아닙니다그려."

맹구범이 그 말에는 코대답도 않고,

"내가 짐작하기로는 오강(五江) 선창머리에서 득실거리는 왈짜들에 버금갈 만한 건장한 곁꾼들을 모아서 붕당을 짓는 일을 김 대감께서 길 생원께 일임한 줄 알고 있소만?"

"어허, 이런 봉패가 있나? 내가 모르는 것을 생원께서 다 알고 계신다면 나야말로 허수아비가 아니오?"

"시전 바닥에서 뒹구는 처지로 그만한 내막쯤은 알고 지내는 형편이어야 행세를 하겠지요."

"그리고 보면 대갓집에다 발쇠꾼을 놓아서 염탐하는 경우도 없지 않겠구려."

"그런 것쯤이야 소소리패들이나 배우개나 만리재의 잡살꾼들이 하는 짓이오. 우리쯤 되면 궁궐과 맞창이 나 있어서 조보(朝報)•보다 소식이 빠르다오."

• 조보: 기별(奇別). 조선 시대에, 승정원에서 처리한 일을 날마다 아침에 적어 널리

"그렇다면 내 본색이 어떻다는 것도 소상히 알고 계시겠구려?"

"김 대감의 헐숙청 식객으로 알고 있으면 그만이지 그 이상 알아서 뭣에다 쓰겠소?"

"시생도 쓸모가 있어 보입니까?"

"그건 내 소간사가 아닙니다. 그러나 내가 생원께 한 가지 소청은 있소이다."

"내게 소청이라니요?"

"소청을 드리기 전에 한 가지 분명히 할 게 있소이다."

"말씀을 하십시오."

"그건 오늘 일을 대감께도 발고하여선 안 된다는 일이오."

"……"

"그렇다면 그만두십시다."

"아닙니다. 말씀을 하십시오."

"내가 소청이 있다는 것은 비단 우리 상단(商團)의 상리(商利)나 내 일신의 영달만을 위해서가 아닙니다. 이번 행보 한 번만 잘한다면 생원께서 치부를 할 것은 물론이요, 백두를 면하고 환로에 들 수도 있소이다. 대주께서 뒷배를 봐주기로 한다면 그깟 고을 수령 한자리가 대순가요."

"어서 부리를 헐어보시오."

"재동 김 대감이 익히 수하에 쓰던 조졸들이나 오강의 선창머리에 살고 있는 무뢰배들을 내치고 왜 구태여 물리에 어두운 동교 저자의 왈짜들을 긁어모으려 하는지 알고 계시오?"

알리던 종이.

"대감의 분부라 그대로 따르고 있을 뿐인 제가 그 내막을 캐어 알 까닭이 없지요."

"그건 지금까지 수하에 쓰고 있던 조졸들이나 곁꾼들은 세곡들을 선혜청창에 닿기 전에 중로에서 향청의 아전들과 짜고 빼돌리거나 해창 주변의 저자에다 사사로이 팔아넘긴 사실들을 대강 눈치채고 있기 때문이오. 물론 호령 한마디로 꾸려나가는 김 대감이라 한들 재하자(在下者)*들이 그런 사실을 알고 있다는 건 심기가 괴로운 일이 아니겠소?"

"그럴 법한 일입니다."

"그렇고 보니 삼남의 사창과 해창으로 조운선(漕運船)을 띄울 때 마다 한 번 배를 탔던 조졸이나 곁꾼들을 두 번 다시 태우지 않는 법이오. 이젠 대강 짐작이 갑니까?"

"그만하면 무슨 말씀인지 알아듣겠습니다."

"길 생원이 모으고 있는 곁찌들 중에 내가 데리고 가는 상단 아이를 열만 끼워 넣어주시오. 그것이 가능하다면 생원께서는 앞길이 환히 틔었소이다."

"나 같은 시골고라리가 어찌 감히 대감의 눈을 속일 수가 있겠소."

"그러나 대감의 눈을 속이기는 손쉽되 생원께서 환로에 들 기회는 이번 행보 한 번에 매달렸다면 어떻게 하겠소?"

"맹 생원의 약조를 믿어도 좋겠소?"

"못 믿을 것을 위해 만들어놓은 것이 물증이란 거요."

맹구범이 큰소매*에다 손을 집어넣더니 화선지에 싼 물건 하나를

• 재하자: 웃어른을 섬겨야 할 처지에 있는 사람.

꺼내어 풀었다. 그것은 3천 냥짜리나 되는 사금파리 어음이었다. 길소개는 눈깔이 홱 뒤집히는 것 같았다.

정신은 허공에 뜬 놈같이 망연히 앉아 있는 길가를 곁눈질로 흘긴 맹구범이 말하였다.

"주상께서도 구하기 어려우신 어음이 장안에 셋이 있소이다. 그것은 이덕유(李德裕)와 배동익(裵東益) 그리고 신석주의 어음이오. 그런 분의 사금파리 어음에 금어치가 또한 이만하다면 길 생원이 감히 내치지는 못하리다."

그렇다 하더라도 어음을 냉큼 집어넣기가 주저되는데, 마침 장지 밖 봉당에서 계집의 잔기침 소리가 들리는지라 길가는 얼떨결에 어음을 주워 괴춤에다 찔러넣었다.

"밖에 누군가?"

맹구범이 장지를 열어보았으나 아무도 없었다. 이번엔 되레 길가의 목소리가 낮아졌다.

"내가 맹 생원과 통모를 한 사실이 김 대감께 들통이 나는 날엔 어떡하겠소?"

"그땐 끝장이오."

"끝장이라니요?"

"사구류에 주리를 틀리어 살아난대도 사람 행세하긴 어려울 거요."

"그렇다면 난 싫소이다."

"이참에 와서 싫다면 난 길 생원의 모가지에 칼을 들이대거나, 아니면 다시는 김 대감의 헐숙청에 발을 붙이지 못하도록 찍자를 놓는

• 큰소매: 팔을 옆으로 폈을 때 아래로 축 처지게 지은 넓은 소매.

도리밖에 없소이다."

"아니, 이건 사람을 농락하심이 아니오?"

"농락은 길 생원이 하고 있소이다. 그 사금파리 어음엔 벌써 밀초를 발라놓았소이다. 길 생원이 그걸 집었으니 분명 장적(掌跡)*이 남았을 거요. 그만한 증물만 김 대감께 내보여도 길 생원이 나와 통모한 사실이 드러날 거요."

"그렇다면 맹 생원도 연루되었다는 걸 아실 터이니 무사타첩되긴 어렵지 않소?"

"허어, 이런 짐작 없는 위인을 보았나? 우리 상단에 행장을 내려주려고 애쓴 처지에 나를 잡아 가두겠소? 제 분수를 모르고 뛰어든 길 생원이나 잡아 가둘 일이지? 생원께서 옥사에 떨어진다면 옥바라지를 보아줄 위인이라도 있다는 말씀이오?"

이미 알고 덤비는 데야 대꾸할 건덕지가 없었다. 낯짝이 하얗게 바랜 길소개가 창자로 잦아드는 듯한 목소리로 물었다.

"그럼 차후 내가 맹 생원께 통기할 일이 있으면 어떻게 할까요?"

"그깟 생원 집어치우고 행수라 부르시오."

"그러지요, 맹 행수."

"제 수하에 있는 건장한 차인놈 하나를 조석 끼니때쯤 하여 생원님 사처로 보내지요. 그 인편으로 일의 진척을 소상히 말해주시오."

"알겠습니다. 오늘은 너무 지체되었으니 이만 파흥을 하지요."

"말하다 중동무이하고 말았소만, 오늘 밤은 예서 침변(枕邊) 재미나 보시는 게 어떠시오?"

• 장적: 손바닥의 자국.

"기루의 계집과 배꼽 한번 맞추는 일이야 누워 있는 소 타기보다 쉬운 일이 아닙니까. 시재(時在)* 당장 숨이 넘어가는 것도 아니니 나중에 하지요."

두 사람은 기방의 가효(佳肴)* 진찬을 그대로 남긴 채 파흥을 하였다. 종루의 면주전 어름까지 맹구범과 동행하다가 하직하였다. 길가는 곧장 행랑 뒷길로 해서 새경다리께로 올라갔다.

5

벌써 인정을 친 뒤라 길에는 인적이 없었다. 간혹 길을 가로질러 가는 순라쟁이들의 족등 빛이 멀리서 어른거릴 뿐, 법석거리던 색주가들도 쥐 죽은 듯하여 주등만이 고샅길을 어슴푸레 비추고 있었다. 그믐께라 달도 없어 회랑 뒷길의 여염집 퇴창에서 흘러나오는 불빛으로 겨우 행보를 떼어놓을 수 있었다. 그는 전옥서 뒷길로 하여 천변 길로 접어들었다. 큰 광교와 광충다리를 건너서 투전방에 와주들이 많이 살고 있는 수표다리 뒷길을 지나 하릿교다리〔河浪橋 : 花橋〕를 지나서 갓우물골〔笠井洞〕 맞은편 천변 길까지 주척주척 걸어가는 동안, 길가는 괴춤에 찬 사금파리 어음을 몇 번인가 어림하여보았다. 이제 그의 결심은 요지부동이었다.

하릿교다리에서 새경다리에 이르는 천변 길에는 장인(匠人)들이

많이 살았다. 그들은 경공장(京工匠)들로, 공조(工曹)의 공역(貢役)을 나가는 틈틈이 장롱을 만들어 저잣거리에 내다 팔았다. 대개는 금어치가 나가는 화류장(樺榴欌 : 花梨)들이었는데 자단(紫檀)*의 심재(心材)를 사용하였다. 자단의 심재는 향재(香材)로도 쓰였을 뿐만 아니라 암홍자색을 띠며 결이 곱고 단단한지라 대갓집이 아니면 감히 엄두도 못 낼 만큼 금어치가 맵짰다.

길소개가 농방거리 앞을 얼추 지나서 새경다리 못미처 집이 있는 고샅으로 접어들려고 토담 모퉁이를 돌아들려는 찰나, 느닷없이 뒷덜미에서, 게 섰거라 하는 호령이 들려왔다. 얼핏 고개를 돌리는데 어둠 속에서 본색을 분간키는 어려우나 엄장 큰 세 놈이 짧은 환도를 겨누고 서 있었다. 길소개가 걸음을 멈추는 것과 때를 같이하여 세 놈이 함께 몸을 날려 앞뒤와 고샅을 가로막고 섰다.

약차하면 환도를 휘두를 판인데, 무시때 같으면 금방 이틀거리하는 놈처럼 떨고 섰기 십상이겠으나 길소개 또한 뱃심 내기 좋을 만큼 모주를 들이켠지라 문득 율기를 하고 둘러선 장한들을 꾸짖었다.

"웬 놈들이 행인을 붙잡고 난데없는 야료를 부리느냐?"

"웬 놈이냔 소린 내가 묻고 싶은 말이다, 이놈."

앞에 서 있던 장한이 한 발 앞으로 썩 나서면서 씹어뱉는데 도통 기탄이 없었다. 궐자가 들이댄 환도 끝이 길소개의 이마에 닿아 있었다.

"이 발칙한 놈들, 금부로 끌려가지 않으려려거든 행악을 풀고 본색을 밝혀라."

금방 오갈이 들 줄 알았던 길가가 종시 말대꾸를 하고 버티자, 앞선 놈이 더 참을 수 없었던지,

"어허, 이놈 봐라. 반명을 한다는 놈들은 모가지가 두엇이냐? 어찌 호령에 대중이 없느냐."

"네놈들은 어디 적굴놈들이냐?"

"이놈아, 우리가 적굴놈들이라면 푼전도 없는 네놈에게 덧들이겠느냐? 두말할 것도 없이 네놈의 집으로 가자."

"네놈은 누구냐?"

"내 본색이 궁금하냐? 난 송만치라 한다. 네놈이 일없이 남의 계집을 보쌈질한 연유를 알고 일찌감치 황천길로 보내러 왔다."

"음, 그러고 보니 네놈들은 송파 저자 왈짜들이로구나."

"변두리 저자 왈짜들이라 하여 괄시를 하였다간 불을 발기겠다. 이놈, 깩소리 말고 선머리에 서서 길라잡이 노릇이나 하여라."

"못하겠다, 이놈."

"이놈이 얻다 대고 으르딱딱거리나?"

궐자가 그때 괴춤을 뒤져 무엇을 꺼내더니 길가의 발치에다 풀썩 던졌다. 문득 눈길을 돌려 보매 칼로 도려낸 사람의 귓밥이었다.

"이게 내 여편네를 업어온 쇠전꾼놈의 것이다. 이만하면 내 결기가 어떠한지 알 만하것다?"

길소개는 난감하였다. 이놈들이 송만치와 그 곁꾼들이라면 맞장구를 친 것까지는 좋았는데 어지간한 핵변으로는 도통 씨알이 먹혀들 것 같지 않았다. 그러나 당장은 위기를 모면할 일이기에 시키는 대로 앞장을 섰다.

"자네의 내자 되는 사람을 동여오긴 하였으나, 그것도 결국은 자

네를 대면코자 함이었으니 너무 덧들이진 말게."

옆구리에 칼을 들이대고 걷던 송만치란 놈이 콧방귀를 뀌며 면박을 하는데,

"네놈의 수작이 무엇인지 알 게 무어냐."

"내 일찍이 사람을 놓아서 자네에게 연통을 하였거늘, 자넨 무슨 음해에라도 떨어질까 하여 도통 말을 듣지 않았지 않은가."

"네놈이 누군 줄 알고 내가 대중없이 껑충거리고 찾아오겠느냐. 어서 걷기나 하여라."

송만치를 만난 곳에서 집까지는 몇 행보랄 것도 없이 엎어지면 코 닿을 자리였다. 길가가 집 앞에 당도하여 대문을 흔들어대자 금방 운천댁이 쫓아나와 빗장을 땄다.

"임자, 놀라지 말게. 긴히 대접할 빈객이니 어서 주안이나 차리게."

제 딴엔 내자를 안심시킨답시고 그렇게 말하는데, 뒤에 선 송만치의 짝패 한 놈이 앞으로 썩 나섰다. 맨상투 바람에 옹구바지 차림인 장한 셋은 어둠 속에서 보아도 서슬이 퍼런지라 운천댁이 기겁을 하고 놀라는데, 나섰던 장한이 잽싸게 운천댁의 턱에다가 칼을 들이대었다.

"이년, 소리 질렀다간 씨받이를 못하게 아랫도리를 어육으로 만들 터이다."

"여보게, 임자, 그 사람 말에 따르게."

연놈을 안방에다 몰아넣고 지키는 사이에 송만치가 집 안팎을 메주 밟듯 뒤져보았으나 제 여편네는 찾을 길이 없었다. 송만치의 눈에 불이 튀는 것 같았다. 그는 돌쩌귀가 부서져 내려앉을 듯 장지를 열

어젖히고 연놈을 엮어놓은 방 안으로 뛰어들었다. 길가의 모가지에 칼을 들이대고는,

"이놈, 그 사람을 당장 내놓지 않으면 아예 이 집구석을 구몰시키겠다."

보아하니 조짐이 심상치 않은데, 찔끔할 줄 알았던 길소개가 되레 목자를 부라리며 호통이었다.

"그놈, 성깔 한번 드세군. 네놈이 내 목을 치면 여편네는 다 찾았다. 내가 네놈들이 방자하게 군 것을 추구(追咎)하지* 않기로 하고 야밤에 별찬을 내어 요기라도 시키겠다면 얌전히 앉았을 터이지, 어인 행악이냐?"

그 말에 또한 송만치도 만만치 않았다.

"이놈 봐라? 아직 송파 저자의 왈짜가 어떻다는 걸 생판 모르는 놈이구나. 네놈을 승천입지(昇天入地)*시키고도 내 계집 하나쯤은 능히 찾아낼 방도가 있다, 이놈."

"그야 찾을 수도 있겠지. 그러나 나를 죽이면 네놈은 살범으로 포청과 형조의 군교(軍校)들에게 쫓기는 신세 된다는 건 왜 모르느냐? 또한 내가 네 여편네를 동여올 땐 네놈의 허튼 솜씨로 찾을 수 있도록 허술히 잡도리했겠느냐?"

길가의 대꾸가 차갑기가 섣달 냇물인데,

"이놈아, 고쟁이 열두 벌을 껴입어도 보일 것은 다 보인다."

"그렇다면?"

"아주 도륙을 내어 본때를 보여주마."

송만치가 눈을 허공에 달고 환도를 치켜들어 몇 각을 노리다가 바람을 날려 길가의 등줄기를 내리치자, 길가는 그만 방구들에 상투를 곤두박고 쓰러졌다. 그 사품에 옆에 앉아 떨던 운천댁의 두 눈이 하얗게 까뒤집히는가 싶더니 혼절해버렸다.

한참 동안 터질 듯한 침묵이 흘렀다. 운천댁을 힐끗 돌아본 곁꾼 한 놈이 칼끝으로 궐녀의 치맛자락을 들쳐올리며,

"이년 뜸들이는 것 좀 보게. 서방 앞서 혼절하는 걸 보니 계집치곤 열녀가 아닌가."

"그년, 똥도 안 싼 터수에 구린내부터 먼저 맡았던가?"

"찬물을 떠다가 연놈을 깨워라."

송만치가 씨부리자 한 놈이 밖으로 나가더니 함지박이 그득하도록 물을 떠왔다. 물을 끼얹자 길가와 운천댁이 그제야 제정신을 찾아 부스스 눈을 떴다. 송만치가 물걸레 같은 길가의 멱살을 드잡이하고 공갈을 놓았다.

"내가 네놈을 쉬 죽일 성싶으냐? 우리를 더 이상 지체시키려 들었다간 네놈보다 이 계집의 사추리부터 도려내리라."

"이 사람들아, 내 말을 듣게. 자네들도 호구가 아득한 터에 나와 동사를 한다면 전장을 장만할 거금을 챙기는 판에 그깟 뇌점이 고황에 든 계집 하나가 그리도 중한가."

"거금이 아니라 나라를 준대도 나는 싫다. 내 계집만 내놔라, 이 놈."

길가가 물에 젖은 낯짝을 훔치고 나서,

"이참에 여자를 내놓는다 하자. 그러나 자네가 여자만 데리고 일

없이 내 집을 나가겠는가? 무슨 해코지를 하든지 자네의 포한을 풀려 하지 않겠는가?"

"그예 내 계집을 못 내놓겠다는 수작이냐, 이 창귀 같은 놈아?"

"나와 동사를 한다면 자넨 계집도 찾고 설산(設産)도 한다네. 자네의 본색이 송파 저자에서 장돌림들의 주머니를 털어 푼전이나 챙기는 주제가 아닌가? 평생토록 그렇게만 살려나?"

그때 곁에 섰던 왈짜 한 놈이 송만치를 흘기더니 운을 떠보는 것이었다.

"성님, 이놈 지껄이는 수작이 한번쯤 들어볼 만하지 않수? 장창 쓰는* 꼴이 심상하게 들어넘길 처지가 아닌 것 같소."

송만치의 귀에는 그런 말이 들릴 까닭이 없었다. 그러나 상대가 짓졸라도 안 되고 공갈을 놓는 판에도 휘어들지 않는지라 길가의 통수를 들어봄직도 하다는 생각이 들었다. 칼을 바람벽에 세우고 앉았다. 길가가 눈짓하니 운천댁이 득달같이 부엌으로 나갔다. 손님 올 것을 예견이나 한 듯이 들여온 주안상은 푸짐하였다.

"자, 우선 한 순배씩만 돌리세."

길소개가 주전자를 들고 송만치에게 잔을 권했다.

"동사하자는 일이 무어요?"

술 한잔에 송만치의 언사가 금방 경대로 바뀌었다. 길가가 눈자위를 굴려 옆의 곁꾼들을 가리켰다.

"너희들은 상방으로 가서 기다려라."

두 놈이 밖으로 나가는 것을 기다렸다가 길가는 허리를 꼿꼿하게

세웠다.

"내달 초순 서강(西江)에서 삼남으로 가는 선혜청의 세선이 뜬다네."

"오강의 세곡선들이야 일 년 열두 달 뜨는 게 아니겠소?"

"그렇긴 하지. 그러나 이번에 뜨는 세선단은 관선이 아홉 척이요, 임선(賃船)이 열한 척 해서 도합 스무 척이나 된다네. 거기에 다섯 척마다 총대* 선인(總代船人)을 조발하는데 내가 지금 그들을 물색 중에 있다네."

"총대 선인이 되어보았자 무엇 하겠소? 송파 장터 장돌림들에게 동냥만 하여도 입에 풀칠을 하고, 게다가 내 수하엔 서른이 넘는 아이들이 매달려 있소이다. 공연히 배를 탔다간 하백(河伯)*의 친구 되기 십상이 아니겠소?"

"자넨 개헤엄도 칠 줄 모르는가? 자네, 날벼락 무서워 바깥은 어떻게 나다니나?"

"그것이 내 계집과 무슨 상관이오?"

"자네가 내 수하에 들어와서 동사하여 이번 행보만 무사히 치른다면 돌아와서 이천 냥을 줌세. 그때 자네 내자 되는 사람도 돌려줌세."

"일테면, 내가 배신을 할까보아서 계집을 인질로 잡아두겠다는 수작이오?"

"그렇다네."

• 총대: 전체를 대표하는 사람.

• 하백: 강(江)의 신(神). 수신(水神).

"내가 댁네의 간술에 말려들었구려."

"그렇다 하여 다시 내게 덧들이진 말게나. 이천 냥이면 양주 곧은 골 땅 열 석짜리, 광주 너덜이 땅 쉰 석짜리, 왕십리 미나리논 열 마지기, 방아다리 배추밭 사흘갈이 땅은 스무 마지기나 장만할 거액이 아닌가?"

"그런데 오강 물나들에 날고 긴다는 왈짜를 다 제치고 하필이면 왜 나를 찍었수?"

"자네의 결찌들이 전부 장골인데다가 이런 일에 처음인 까닭일세."

"우리가 할 일이 무어요?"

길소개는 그제야 앞에 놓인 술잔을 들어 목을 적시었다.

"너무 조급하게 짓조를 게 있나? 할 일은 장차 묘책이 나오는 대로 알려줄 것이니 우선 내게 약조나 하게."

"내 계집은 어떡하우?"

"예끼, 자넨 구실도 못한다는 주제에 웬 놈의 계집 타령은 그렇게도 낭자한가? 내가 자네의 내자를 끝내 돌려주지 않는다면 내 모가지가 성치 못하다는 것쯤은 나도 알고 있다니까 그러네? 자네 내자는 보아하니 뇌짐병으로 그대로 둔다면 달포를 살아남지 못할 것 같았네. 내가 구리개〔銅峴〕 약전으로 나가서 소문난 의원을 불러 진맥을 하고 탕약을 달여서 병수발을 하기로 조치하였으니 염려는 붙들어매게나."

"한번 보여주기라도 해주시오."

길소개가 송만치의 간청에는 코대답도 않고 등잔을 바라보며 대통만 빨고 앉았다가,

“어찌하려나? 이 자리에서 아주 아퀴를 짓게.”

“좋소이다. 그럼 앞전이나 톡톡히 치르시오.”

“자네 수하엔 자네가 원악도로 귀양을 간대도 따라갈 만한 아이들이 몇이나 되나?”

“얼추 서른 명은 될 것이오.”

“내게 필요한 인원은 스무 명일세.”

“그렇다면 그중에서 민첩한 놈 스물을 골라내지요.”

“앞전 용채는 얼마면 되겠나?”

“그야 나으리 요량에 달렸습지요.”

서슬이 퍼렇던 송만치의 태도는 이야기가 길어질수록 자라모가지처럼 기어들어가서 종내엔 경대가 질질 끌리었다.

“내가 삼백 냥을 건넬 것이니 우선 가져다 쓰도록 하게나.”

“삼백 냥이나요?”

길소개가 그러했듯 이번엔 송만치란 놈의 눈자위가 허공에 떴다. 길가가 못 본 체하고 일어서서 의롱 위에 놓인 피롱(皮籠)을 내렸다.

“그런데 이번 일에는 어느 분이 뒷배를 대고 있습니까? 쇤네가 보아하니 나으리께서 차리고 사시는 범절이 조촐하긴 하나 그만한 거금을 내놓으실 입장이야 못 되시는 것 같은데요?”

“무슨 잔소리가 그리 많은가? 누가 뒷배를 보든 그게 자네에게 무슨 상관인가? 굿 구경 하고 떡 먹으면 되었지. 행여 분수 이외 것을 염려했다간 그때야말로 자넨 살아남지 못할 것이니 각별히 조신하고, 취중이라 한들 자네가 세선을 탄다는 주둥아리를 놀렸다간 어느 매가 자넬 채갈지 모르네. 그땐 난들 어찌 손을 쓸 방도가 없으니 그 점 명심하게.”

"어째 초입부터 으스스합니다요."

"은자 이천 냥을 먹자는 판에 어디 호락호락한 일이겠나?"

길소개가 눈을 번들거리면서 갓끈을 벌려 턱을 당기니, 뱃심 좋은 송만치라 한들 감히 대꾸할 겨를이 없었다. 송만치는 조심스레 묻는 것이었다.

"선인 행수(船人行首)는 뉘시옵니까?"

"나와 또 한 분일세."

"알겠소이다. 막중한 대사를 앞에 둔 나으리가 그토록 아둔하시지야 않을 테지만, 내 계집의 콧등 하나라도 건드렸다간 나으리도 횡액을 면치 못할 것입니다."

"알겠네. 자네 내자를 업어왔던 그 쇠전꾼놈은 어찌하였나?"

"나으리의 수하에 있던 자요?"

"그렇다네."

"궐놈을 삼전도에서 만났소이다. 배를 대었던 사공놈이 나와 짝패놈이오. 통기를 받고 삼전도 선창머리에서 어살을 치고 있으려니 멀쩡한 그놈이 불쑥 나타납디다. 닦달을 해도 입을 열지 않기에 그놈에게 본때를 보였습지요."

"설혹 저승 야차를 만났기로 장부의 주둥이가 그토록 헤플 수가 있겠나? 가거든 궐놈의 행처를 수탐하여 다시는 입을 못 벌리게 조처를 하게."

"참(斬)을 해버릴까요?"

"그럴 것까지야 있나."

"하루의 화근은 식전에 취한 술이요, 일 년의 화근은 발에 끼는 갓신이요, 십 년 화근은 성품 고약한 여편네라 하였소. 헤픈 주둥이를

가진 사내는 평생 화근에 버금가니 궐놈을 아예 물고를 내어버려야
후환이 없지 않겠습니까요?"

"대사를 앞에 둔 사람이 신명 떨음으로 처신할 일이 아닐세. 그놈
하초나 못쓰게 적당히 주물러놓게나."

양쪽 귓밥이 잘리고서야 계집을 업어다준 사실을 토설한 쇠전꾼에
게 그토록 가혹한 징벌을 내릴 것까지야 없다는 생각이 없지 않았으
나, 나중에 송만치가 배신을 못하게 닦달을 하는 효험이 있겠기로 패
(覇)를 쓰지 않을 수 없었다.

길가는 그제야 피롱을 끌어당겨 열고 3백 냥의 꿰밋돈을 만치에게
건넸다. 말로만 듣던 3백 냥의 돈을 끌어안은 만치는 눈이 화등잔만
해졌다.

"이 돈은 투전질이나 하라는 용채가 아닐세. 결찌들이나 모으는
데 쓰라는 것일세."

"어이쿠, 돌팔매 한 번에 새 여러 마리 떨구네."

꿰미가 여럿인지라 상방에서 딴 상을 받고 있던 왈짜들을 불러 전
대를 나누어 차고 송만치는 쫓기듯 마루에서 내려섰다. 길가가 대문
까지 따라나왔다.

"아직 파루 칠 때가 멀어 성외로 벗어나기가 난감할 터인데?"

"월성(越城)할 것 없이 오간수 구멍으로 나가겠습니다요. 오간수
수문 다섯 중에 물이 마른 수구(水口)가 셋이나 되는데 어디 맞춤한
해자(垓字)•가 없을라구요."

"설령 순라군들에게 검색을 당하더라도 내 집에서 나왔단 얘긴 말

• 해자: 성 주위에 둘러 판 못. 도강못.

게."

"정 다급하면 몇 닢 찔러주지요. 동취 마다 않는 것이야 어디 창기들뿐이겠소. 군총놈들은 걸신들린 듯하답니다."

세 놈은 상투에 흙이 묻도록 허리를 숙여 길가와 하직하였다. 그들은 곧장 천변 길을 따라 마전다리〔馬廛橋〕로 올라갔다. 순라군들의 발길이 빈번한 염초교(焰硝橋) 어름까지는 나무 아래로 몸을 숨기었고, 염초교를 지나서는 훈련원 텃밭 쪽으로 빠지는 샛길을 택하였다. 훈련원 앞 연자루(聯子樓) 뒷길을 돌아나가면 오간수문이 지척이었다.

대문에 단단히 빗장을 내리고 방으로 들어온 길소개는 운천댁을 불렀다.

"임자, 그 계집을 방으로 데리고 들어오시게."

그때까지도 반정신을 잃고 있던 운천댁이 정지로 들어갔다. 정지 바닥에 물독으로 쓰는 두 개의 대독이 바닥에 반쯤 묻혀 있었다. 그 중 안쪽에 있는 대독의 소래기*를 열며 운천댁이 나직이 말했다.

"이젠 밖으로 나오너라."

계집이 대독 아궁이 위로 고개를 내밀어 올리면서 말하였다.

"그 화상들은 떠났습니까요?"

"갔다네. 까딱했다간 그 험상스러운 놈들에게 귀한 목숨 내줄 뻔하였다네."

"그런 곡경 겪지 마시고 차라리 쉰네를 내주지 않구서요."

"내 마음 같아서는 백 번 그러고 싶었지만 나으리의 분부가 지엄하시니 아녀자가 어찌 함부로 분부를 거역하겠나."

• 소래기: 독 뚜껑이나 그릇으로 쓰이는, 굽이 없는 질그릇. 소래.

운천댁은 빈 대독에서 기어나오는 계집의 거동을 거들었다.

"쇤네 요기할 것이라도 좀 주십시오, 마님."

"방에 가면 자네 서방 거사란 놈이 먹다 남기고 간 주안이 있다네."

방으로 들어간 계집은 송만치가 남긴 대궁상 앞으로 허겁지겁 기어들었다. 장산적이며 북어무침들을 수저도 들지 않은 채 허겁지겁 입으로 쓸어넣는데, 어지간히 허기에 지친 듯하였다. 그도 그럴 것이 엊그제 새벽 살곶이 주막에서 술국 한 그릇으로 겨우 흉내를 내고는 하루 밤낮을 빈 물독에 갇혀 있었기 때문이다. 궐녀의 걸신들린 모습을 바라보고 앉았던 길소개가,

"자네 택호가 뭔가?"

궐녀가 입에 넣고 씹던 장산적을 꿀꺽 삼키더니,

"택호가 다 무엇입니까. 쇤네 방금(方金)이라 하옵지요."

"하루 종일 끽소리 없이 숨어 있느라 고초가 많았다."

"아까 그 화상의 짝패놈이 옆에 있는 물독에서 물을 퍼낼 적엔 간이 콩알만하고 눈앞에 보이는 것이 없었지요."

"나도 그놈들 북새판에 잠시 혼비백산하여 정지로 물 푸러 가는 것도 몰랐다만, 눈치가 자넬 보지 못한 것이기에 안심하였느니라."

"쇤네를 시호굴에서 건져주신 나으리의 은덕이 하해 같으나 앞으로 겪을 고초를 생각하니 아득하기 그지없습니다요."

"자넨 우리 집에서 가만히 숨어 있기만 하면 되네. 내가 의원에 가서 상약 몇 첩을 구처할 터이니 신기나 되찾도록 하게."

"은공을 어찌 갚을까요."

궐녀가 뇌짐을 앓고 있는 신세이긴 하나 밤으로는 창기로서 여러 사내들을 상종했던 교태는 남아 있는지라, 길소개는 그런대로 태

(態)가 밉지 않았고 또한 말대꾸도 사근사근하여 문득 묻기를,

“자넨 보아하니 궐놈과는 결발부부가 아닌 듯한데, 전부(前夫)가 있었던가?”

방금이는 그쯤에서야 허기를 채웠던지 주안상 옆으로 비켜 앉으면서 나직이 대답하였다.

“들추기 뭣합니다만, 쇤네에게도 초례 치른 서방이 있었습지요.”

“그 위인이 자넬 소박 놓았던 거로군.”

방금이는 잠시 가르마로 손을 얹으며 주저하더니,

“아닙니다.”

“그럼 자네가 화냥을 피웠단 말인가?”

“전생에 죄가 있어 그 업보를 받았는가봅니다.”

“전부는 생업이 무엇이었더냐?”

“송파장 윗머리의 쇠살쭈였습지요.”

“쇠살쭈였다면 어지간한 장돌림들과는 지체가 틀리는 입장이었을 텐데, 그 작자가 양기가 쇠한 위인이었든지 아니면 집을 오래 비웠던 모양이로구나.”

“쇤네와는 스무 살이나 나이 차이가 진데다가 집에 있는 날이 일 년이면 한 달이 바빴습지요. 한데 어쩌다가 객줏집에서 중노미질하던 좀 전의 그 화상과 눈이 맞아 야반도주로 문경새재에 가서 살았습죠만……”

옆에 앉아 듣고 있는 운천댁 역시 지체는 서로 틀리되 전부(前夫)를 소박 놓은 입장만은 매양 다를 바가 없는지라 얼굴에 숯불을 끼얹은 듯 듣기 거북하고 일변으로는 가재 게 편이듯 측은한 마음도 없지 않은데, 그때 고개를 끄덕이며 잰 체하고 앉았던 길소개가 불쑥 물었다.

“송파장 윗머리의 쇠살쭈였다면 그가 누구였더냐?”

“예, 조성준이라 하면 한때 송파장 쇠전판에서는 소문이 짜한 거상이었습지요.”

“조성준이라?”

“혹시 나으리께선 그분을 아십니까?”

“이끼, 내 반명을 한다는 처지로 동교(東郊)의 쇠전꾼 나부랭이를 알 턱이 무어냐, 고이연……”

방금이가 찔끔하여 고개를 숙이는데, 바람벽을 더듬어 장죽을 찾아 남초를 담고 부싯깃을 꺼내는 길가의 손이 떨리고 있었다. 그는 홍두깨로 뒷덜미를 얻어맞은 기분이었다. 그것이 송만치를 수하에 끌어들이려다 얻은 우연이긴 하였으나, 방금이란 이 계집이 조성준의 내자일 줄은 꿈에서라도 생각 못할 일이었다. 더욱이나 이 가택이며 주안의 근본이 전부 조성준의 재물로 비롯된 것이 아니던가. 이제 그 계집이란 여자가 한낱 버림받은 창기가 되어 그의 방에서 대궁밥을 먹고 앉았으니 이게 악연이라면 하늘도 놀랄 일이었다. 그러나 길소개는 개연히 말하였다.

“그래, 그 전부의 소식은 간혹 듣게 되느냐?”

“삼남에서 올라온 보부쟁이라면 붙잡고 수소문하기를 여러 번 했지요. 그랬습지요만, 도통 행적이 묘연하였습지요.”

“왜 소박 놓은 남자를 다시 찾았더냐?”

“쉰네의 업보를 갚기 위해서지요.”

“숙맥 같은 소리. 자네가 스스로 저지른 악업일진대 구태여 그 사람을 찾아 업보를 자처할 반죽은 또 웬 말이냐?”

“풍편으로 넌짓 듣기로 같은 상인배에게 음해를 입어 강경 어름에서 참살을 당했다는 것입니다만, 증거할 길은 없었습지요."

"향시를 돌고 있는 외장꾼의 신세가 어디서 참살을 당했다 한들 관가에서 애써 증물을 찾겠는가. 자네 또한 혹간 살아 있어 그 위인을 다시 만난다 한들 이제 늙어 구접이 들고 염낭은 무일푼일시 분명한 터에 무엇을 도모하겠는가. 자네 몸수구나 하여 사기나 되찾고 몸가축을 하다가 다른 서방 찾아서 팔자 고칠 요량이나 하게. 한 번 훼절한 계집이 백 번 팔자를 고친들 그 또한 따로 더럽힐 게 무엇이 있겠는가."

"쇤네의 한 목숨 이젠 나으리의 손짓에 달렸습니다요."

방금이와의 수작이 오래 끌 것 같자 운천댁은 거친 손길로 주안상을 거두어 나갔다. 계집이 뱉어놓는 한마디 한마디가 가슴에다 못을 박는 듯하였고, 또한 계집을 바라보는 길가의 눈길에서 은근한 색기를 발견하였기 때문이다. 계집이 물색 옷을 걸치고 길머리에 나가 매소(賣笑)를 하던 천창이라 하였더라도 명색이 계집임은 틀림없고 또한 교태가 낭자하니 속내가 편할 리 없었다. 그러나 그것이 사내의 출사(出仕)를 위한 일일진대 함부로 투기하여 일을 그르치고 싶은 마음은 없었다. 운천댁도 근본이 반가의 계집인지라 환로에 대한 미련만은 기루의 계집들이 동취를 좋아하는 만큼이나 한결 다급한 것이었기 때문이다.

방금이를 뒤꼍 협방에다 안돈시킨 다음 안방으로 건너온 운천댁은 보료 위에 번듯이 누운 길가를 흘기었다.

"나으리가 철록(哲祿)어미˚요, 용귀돌(龍貴乭)˚이오? 담배만 피우

고 있지 말고 저 계집을 장차 어찌할 것인지 말씀이나 하시오. 듣자 하니 나으리와는 전사에 먼 인연도 있을 법하던데요?"

길소개가 그 말에 벌떡 반몸을 일으켜 앉으면서,

"어떻게 하다니? 내가 어떻게 하든 그건 임자 소관이 아니지 않은가?"

"익모초 같은 말씀 그만 하시우. 나는 저 계집의 교태가 심상치 않고 또 냄새도 맡기 싫소. 게다가 남정네 앞에 발목쟁이를 발쑥 내밀고 있는 꼴이 근본부터가 천례가 아닙니까."

"내가 차첩(差帖)˚이라도 얻어 환로에 들자 하면 그만한 고충이야 참아야지 어찌 대중 모르고 냅뜨는가?"

길가는 운천댁을 보료 위로 끌어앉히고 속곳 밑으로 덜썩 손을 집어넣었다. 그러자 운천댁이 그 손을 홱 뿌리쳤다.

"어디 천기들이나 기롱하던 행사를 집에까지 가져와서 이 야단이시우."

길가가 낄낄 웃으며,

"아니래도 어젯밤엔 다방골 기생년이 배꼽 한번 맞추자고 추파가 보통 아닌데도 임자 보아서 뿌리치고 돌아왔지."

"그깟 다방머리 계집들이야 나으리가 좋아서 수청 들려 했겠수? 나으리 염낭쌈지의 꽃값 보구 재랄을 했겠지요."

"어쨌거나 나도 도회청에 나와서 이렇다 하는 한량 무변들이 드나드는 기방 출입까지 하게 생겼으니 이젠 향곡의 저자나 기웃거리던

˚ 용귀돌: 용고뚜리. 남보다 담배를 지나치게 피우는 사람.
˚ 차첩: '차접'의 본딧말. 조선 시대에 하급 관원에게 내리던 임명장.

새우젓장수 땟국은 홀랑 벗었겠다?"

그참에 운천댁의 눈이 화등잔만해지더니 길가를 나무라는 것이었다.

"쉿, 그런 말씀 함부로 마십시오. 누가 들었다 하면 소과 급제한 것도 삭과(削科)당하시기 십상이 아닙니까. 어디 그뿐입니까. 잡혀가서 닦달을 당하리다."

"임자가 하찮은 계집 하나를 두고 공연히 투기를 하려 하니 내가 쓸데없는 말을 하게 되는 것 아닌가. 이제 그만 침석이나 내려 펴게나."

"이 경황에 무엇을 하겠다고 또 치마를 끌어당기십니까?"

"대장부란 경황중일수록 유유자적해야 하는 법, 새벽에 당한 곡경 때문에 부부의 정을 타파할 도리는 없지 않은가. 나도 서방 있는 계집이었긴 하나 엄연히 반가의 여편네를 아내로 얻었고, 게다가 이번 한 행보만 잘하면 척박한 고을에 군수(郡守)·만호(萬戶)*짜리 하나쯤은 떼어놓은 당상이니 어찌 색기가 동하지 않겠는가."

"저는 아직 제정신이 아닙니다."

"그만 잊어버리게나."

"팔자를 고친 죄업을 받는 줄 알았습지요."

"어서 불 끄고 눕게."

"너무 조급하게 마십시오. 밥솥에 익은 밥이 어딜 간다구 이리도 허겁지겁이시우."

"헛, 임자는 웬 숙맥 같은 잔소리가 그리도 많은가. 아침나절엔 구리개 약방에 다녀와야 하니 어서 눈을 좀 붙여놓아야 하겠네."

• 만호: 조선 시대에, 각 도(道)의 여러 진(鎭)에 배치한 종사품의 무관 벼슬.

운천댁이 침석을 펴고 불을 끄고 누웠으나 홰친 뒤의 신새벽이라 벌써 장지가 뿌옇게 밝아오고 있었다.

길소개는 막상 눕고 보니 가슴이 뜨끔하였다. 조성준이 죽지 않고 살아 있다면 협방에 들어 있는 저 계집으로 인하여 그가 저지른 악업이 드러날 조짐이 없지 않았기 때문이다. 궐녀가 조성준의 내자였다면 살려둘 수는 없었다. 그러나 그랬다가는 당장 가까이 있는 송만치란 놈에게 어떤 보복을 당하게 될지 또한 짐작해볼 길이 없었다.

사정이 험악하게 되었으나 당장 눈앞에 닥친 일로는 연놈 중에 어느 한편은 물고를 내야 심기가 편할 것 같았다. 그것이 자기가 무사히 살아남는 길이었기 때문이다. 선단이 다시 돌아오는 날엔 송만치에게 방금이를 내놓아야 할 판국이요, 방금이는 송파를 떠나지 않으려 할 것이었다. 조성준이 살아 있다면 한번은 송파에 나타날 일이요, 방금이가 조성준을 만나는 날엔 길가의 정체가 드러나게 마련일 것이었다.

"이녁은 뭘 그렇게 골똘히 생각하고 계시오?"

"나 말인가?"

"이 방에 또 누가 있소?"

"저 뒷방에 있는 계집을 어떻게 할 것인가 궁리 중일세."

"어떻게 하다니요?"

"내일 아침으로 거처를 딴 곳으로 옮겨야 하겠는데, 마땅한 곳이 생각나지 않네그려."

"거처를 옮길 게 뭐가 있소. 기루에다 맡기든지 아니면 대갓집 행랑에다 박아두시지요. 따라다니면서 병 수발하며 고초 겪을 일이 어디 있습니까?"

"그럴싸한 대답일세."

6

송파 저자는 무시때고 장이 서는 날이고 간에 강원과 함경의 해산물과 토산물이 수로를 통해 와 쌓이는 법이지만, 내륙을 통해 올라오는 쇠전꾼들은 한 파수마다 일정에 맞추었기 때문에 닷새마다 한 번씩 쇠전이 열리었다. 저자가 열리는 날엔 홰칠 때부터 경기 지경의 쇠전꾼들이 모여들기 시작하였고, 그러자니 윗머리의 주막거리 역시 새벽부터 떠들썩하니 붐비게 마련이었다.

술국집들엔 거의 마방이 붙어 있고 쇠죽을 끓여대는 상노가 따로 있게 마련이었다. 밤을 도와서 광주를 거쳐온 쇠전꾼들이 맞춤한 술국집에서 행리들을 풀고 상노에게 쇠고삐를 넘기고 나면 저자가 설 때까진 한참 동안 눈을 붙일 수 있었다.

길목 초입에 있는 술국집엔 이제 겨우 홰를 칠 즈음인데도 여남은 명이나 되는 쇠전꾼들이 들이닥쳐서 새벽 요기들을 하고 있었다. 누구의 입에서 처음 시작된 말인지는 몰라도 한 파수 전에 쇠전꾼 한 사람이 성내에 있는 상인과 밀통하다가 송파 저자의 무뢰배에게 봉욕을 당했다는 공론이 돌기 시작하였다. 그중에 한 작자가 말하였다.

"그것이 사실이라면 그 무뢰배란 놈을 그냥 둘 수는 없지 않소. 우리 동무님이 설사 도방의 율을 어기고 작죄를 저질렀다면 이는 도방의 접장님이나 공원님들이 사실(査實)을 하여 행중의 율로 다스리든지 관아에서 다스릴 일이지, 일개 강상의 무뢰배가 어찌해서 제 용력

하나만으로 동무님을 사사로이 해한단 말이오?”

“그렇다면 우리도 관아에 정장(呈狀)*을 올리든지, 임방에 염기(廉記)를 넣든지 하는 것이 도리가 아니겠소?”

앞에 앉은 자가 반문하였다.

“그것이 일의 순서이긴 합니다. 그런데 그 무뢰배란 놈이 한 번 해코지로는 미진하였던지 놓아준 동무님의 행처를 눈이 시뻘게서 다시 백방 수탐하고 있다는 겁니다. 아예 현륙(顯戮)*을 할 요량으로 말입니다.”

“그 동무님이 어떤 일을 저질렀기에 무뢰배에게 쫓기고 있을까요?”

“그야 알 길이 있겠습니까만, 시재 당장 살변이 나려는 다급한 판에 그 무뢰배란 놈을 엮어다가 초벌로나마 욕을 보여야 그 동무님이 살아남지 않겠소?”

“채장 가진 보부상에게 그만한 행악을 부린 자라면 무뢰배인들 뒷배가 있는 놈들임이 분명하오. 그놈들에게 앙갚음을 하려다가 되레 옥사에 떨어진 일이 얼마 전에도 있었소이다.”

“그렇다고 골육이라 할 수 있는 동무님이 당장 쫓기고 있는 판에 강 건너 불 보듯 할 수는 없는 노릇이오.”

“동무님들의 소견도 좀 들어보십시다, 어디?”

반문하기 일삼던 자가 목판에다 고개를 처박고 술국만을 퍼올리는 동료들을 휘둘러보았다. 금방 대답이 없다가 그중에 한 위인이 국그

---

* 정장: 정소(呈訴). 소장(訴狀)을 냄.
* 현륙: 죄인을 죽여서 그 시체를 여러 사람에게 보이던 일.

릇을 밀쳐내면서,

"그놈을 잡아다가 다른 마음을 먹지 못하도록 주물러놓는 것도 꼭히 해롭지만은 않을 것 같소이다."

"그렇소이다. 뒤에 닥칠 횡액을 먼저 생각하여 주눅 들어 할 까닭이 없을 것 같소. 상대가 강상의 무뢰배라면 알조가 아닙니까. 드세다는 우리가 그깟 무뢰배 한두 놈에게 기가 눌려서 주저하고 자시고 할 까닭이 없지 않습니까."

"그놈을 물고를 내자는 것도 아니고 본때만을 보여주자는 것이라면 나중에 불려가서 초사를 당할 건덕지도 없을 법한데요."

일단 여러 사람의 입으로부터 똑같은 공론이 돌자 술청 안에는 일순 긴장감이 돌기 시작하였다.

"신명 하나로 될 일이 아닙니다. 그렇다면 우리도 동무님들을 모아서 날이 밝기 전에 그놈을 닦달해버립시다."

여기저기서 좋다는 말이 쏟아져나오자 처음엔 반대하던 작자가 어깨를 들썩하고는 술청에서 나가 다른 술국집으로 쇠전꾼들을 찾아나섰다. 사내가 술청에서 나간 지 담배 한 죽이나 태울 쯤이 되었을까, 삽짝 밖에 다시 여남은 명이나 되어 보이는 장한들이 나타났다.

"우리 중에 그 위인을 알아볼 수 있는 동무님은 없소?"

"시생이 알고 있습니다."

사람들 사이에서 그렇게 대꾸를 하고 나서는 자는 귀 잘린 쇠전꾼과 동사하던 사이로 같이 화초방에 들었던 짝패였다.

"그놈이 기거하는 곳도 아시오?"

"알다마다요. 쇠전으로 올라오는 고샅의 초입에 있는 투전방이지요."

"그놈들의 곁쩨가 있을 거 아닙니까?"

"새벽이니까 그놈 하나만 쥐도 새도 모르게 엮을 방도가 있을 겁니다."

"그렇다면 어느 동무님 한 분이 투전방에 끼이려는 시늉으로 들어가서 그놈 하나만을 밖으로 꾀어내는 권도(勸導)*를 쓰는 수밖에 없소이다."

"그럴 거 뭐가 있소. 투전방에서 밤을 지새운 놈들이라면 아마 지금쯤은 설 쉰 무로 흐물흐물할 겁니다. 그런 놈들이야 스물이면 어떻고 서른이면 대순가요. 아예 투전방서껀 요절을 내어버립시다."

"애매한 사람이 다쳐선 안 되지요."

"어서 갑시다."

스무 명이나 되는 사람들이 몰려갈 것까지는 없다 하여 일부는 남고 상투가 버섯 솟듯 한 건장한 여섯 사람이 투전방이 있다는 쇠전 초입길 쪽으로 몰려갔다. 삽짝이 쳐진 술국집 고샅을 벗어나 비석거리로 나아가니 여염집으로 보이는 일잣집 초옥들이 추녀를 잇대어 다닥다닥 붙어 있는데, 유독 한 집의 상방에만 불이 환히 켜져 있었다.

"바로 저 집입니다. 밤늦게 행기(行氣)하러 나갔다가 그놈이 저 방에서 기어나와 소피 보고 들어가는 꼴을 보았지요."

"어느 동무가 들어가보겠소?"

"내가 들어가지요."

그렇게 대답하고 앞으로 썩 나선 위인은 의외에도 선돌이였다. 선돌이가 집을 가리켰던 동료에게 물었다.

---

* 권도: 목적을 이루기 위한 편의상의 수단.

"궐놈의 이름이 무어요?"

"송만치라 하더이다."

선돌이는 두말할 것도 없이 마당 귀퉁이의 채전을 가로질러 투전방 지게문 앞으로 걸어들어갔다.

"사람을 찾소이다."

선돌이는 봉당으로 올라서자마자 나직이 씨부렸다. 그러나 방 안에서는 주사위를 굴리는 종지 소리뿐 골패 노름에 열중해 있는 궐놈들은 도통 대답이 없었다. 지게문 돌쩌귀 사이로 불빛만 희미한데 저희들끼리 주고받는 대꾸는 열이 올라 있었다.

"용천뱅이 썩은 코밑에 가도 백 냥은 챙겼을 터인데 이 꼴이 뭐람, 또 불패(不牌)가 아닌가?"

"어허, 여울 너머 막창년과 가죽방아 찧자면 꽃값은 벌어야 일어설 텐데……"

"이런 사람 보았나? 아도물(阿賭物)*을 찔러야 패를 뽑지, 원."

"밤새껏 품앗이만 하다가 개평 서푼 없이 쫓겨나겠네. 난 십 문(文)*만 걸었네."

"에라이, 뒈지는 년이 밑 감추랴. 난 고주(孤注)*로 걸었네. 중륙(重六)이나 쌍륙(雙六)만 나와봐라, 화초방 돈은 몰밀어 내 것이여."

"거 배짱 한번 철점동무*일세그려."

선돌이가 죄다 엿듣고만 있을 수 없어서 이번엔 문고리를 잡고 흔

• 아도물: 돈.

• 문: 조선 시대의 화폐 단위. 1문은 1푼에 해당.

• 고주: 노름꾼이 남은 돈을 한 번에 다 걸고 마지막 승패를 겨룸.

• 철점동무: 금점꾼.

들었더니 들썩하던 방 안이 갑자기 호젓하고 휘휘해졌다.•

"원, 봉놋방에 니 구들 내 구들 따로 있나, 사람 두고 문전 박대하기요?"

선돌이가 진 반 농 반으로 씨부렸더니 때를 같이하여 지게문 걸쇠 따는 소리가 들렸다. 한 사내가 고개를 삐죽하니 내밀면서 대뜸 반말 지거리였다.

"웬 놈이 꼭두새벽같이 기어와서 훼방을 놔?"

선돌이가 궐놈이 열어젖힌 지게문 설주를 꽉 휘어잡고 봉노 안으로 고개를 디밀었다. 기름 타는 냄새에 남초 연기 냄새가 코밑에 싸하고, 불똥이 켜켜로 앉은 등잔은 까물거리고 있었다. 미간에 줄이 간 놈들이 전부 다섯이었다.

"이 봉노에 송만치란 사람 있소?"

"웬 놈이여?"

그중에 한 놈이 번들거리는 눈으로 뒤돌아보았다.

"바깥으로 잠깐 나오슈."

"얘들아, 저 워리 새끼가 먹다 남긴 쑥떡 같은 놈은 어느 바닥 깔따구여?"

굽을 뗄 요량도 않고 송만치가 짝패들에게 물었으나, 궐놈들이 선돌이와 구면일 까닭이 없었다.

"이 사당년의 새끼가 실성을 하였나, 너 지금 뉘게 대고 함부로 오라 가라 하냐?"

짝패들이 우두망찰이자 송만치가 와락 소리 질렀다.

• 휘휘하다: 무서운 느낌이 들 정도로 고요하고 쓸쓸하다.

“댁이 만치란 왈짜요?”

“그렇다, 이놈아. 빨리 문 못 닫아?”

송만치의 호통 한 번에 오갈 안 드는 위인이 없건만 선돌이는 입가에 싸늘한 미소를 떠올릴 뿐 도대체 씨알이 먹혀들지 않았다. 그러자 송만치가 주사위 든 종지를 삿자리에 내던지고 벌떡 몸을 솟구치는데, 상투가 천장 서까래에 닿을 듯 말 듯하였다.

“이놈, 넌 도대체 누구냐?”

“쇠전 마당에 온 쇠전꾼이오.”

“이놈 오늘 잘 걸렸구나.”

송만치는 초저녁과는 달리 닭이 울 때가 되자 점점 격전에 축이 가고 전갈(錢渴)*이 드는 판에 원산 북어같이 비쩍 마른 놈이 난데없이 불쑥 나타나서 문설주를 잡고 핑계가 많자, 그만 앞뒤 없이 결기가 솟은 것이었다. 궐놈은, 아니래도 이미 반은 찌그러진 지게문을 돌쩌귀째 발로 차서 넘어뜨리고는 아예 선돌이를 박살 낼 요량으로 봉당으로 내달았다. 그러나 마당 귀퉁이로 나가서 울바자를 뒤로하고 벌떡 마주서야 할 판에 어쩐 셈인지 울바자 밑 남새밭에 상투를 처박고 엎어졌다. 그때 궐자는 옆구리가 터져 창자가 쏟아져나올 것만 같은 옹골한 통증을 함께 느끼었다. 문을 박차고 뛸 제 부지중 선돌이의 배지기에 걸어챈 게 분명하였다. 송만치는 일거에 일어설 수 없을 만큼 치명타를 입은 것을 느꼈다. 송만치가 매에 쫓기던 꿩 모양으로 남새밭 덩굴에 머리를 처박고 고꾸라지자, 방 안에 있던 짝패 네 놈은 놀라긴 하였으나 얼른 선돌이에게 둘러대기를,

<hr>

• 전갈: 돈이 잘 돌지 아니함.

"여보시오, 까막눈도 분수 나름이지, 저 성님이 뉘시라고 대중없이 범접을 하시었소?"

"이놈들, 네놈들도 코로 숨을 쉬고 싶거든 꿈쩍 말고 앉아 있거라."

"어허, 이놈이 얻다 대고 호놈이여? 이놈아, 독불장군이 어디 있느냐?"

"내가 독불장군일 성싶으냐?"

과연 지게문 사이로 내다보았더니 장돌림으로 보이는 장한 서넛이 득달같이 고꾸라진 송만치에게 달려들어 뒷결박을 짓고 있었다. 그러나 송만치의 수하놈들도 놀던 가락이 있고 송파 저자를 완력 하나로 휘젓는 놈들인지라, 선돌이가 생각한 만큼 맹물 같은 놈들은 아니었다. 개중에는 네댓 명의 벙거지 꼭지쯤은 단숨에 도려낼 수 있으리만큼 칼 솜씨가 날렵한 놈도 있었고, 활순깨나 쏘아본 놈도 없지 않았다. 금부 초옥(禁府招獄)에서 형리(刑吏) 노릇 하던 놈도 있어 성깔 또한 보통이 아니었다. 선돌이의 용력이 비록 홍두깨 같다 한들 합세를 한다면 능히 감당할 만한 위인들이었다.

그중에 한 놈이 봉당에 서 있는 선돌이에게 시선을 박으며 어깨를 움츠렸다가 느닷없이 두 발을 내뻗으면서 선돌이의 복장을 겨냥하고는 몸을 날렸다. 그러나 이미 선돌이가 눈치를 채고 잽싸게 몸을 비키니 놈은 그대로 허공잡이를 하고 마당 위로 뜨더니 골통을 울바자 아래 돌확에다 쿵 하고 곤두박고는 그만 혼절해버렸다. 밖에 섰던 쇠전꾼들은 남의 팔매에 대추 줍듯 나와 뒹구는 놈마다 달려들어 엮는 것이었다.

그제야 칼 잘 쓰는 놈이 사세 다급함을 눈치챘다. 뭔가 손에 잡아야 선돌이를 처참할 듯하여 분한 김에 앞뒤 살필 겨를 없이 등잔대를 잡아서 꼬나들었다. 그 사품에 등잔이 엎질러지고 방 안은 칠흑같이 어두워졌다. 이제야말로 독 틈에 탕관* 신세였다. 옴나위없이 당하는가 싶은데 바깥에서 호통을 쳤다.

"이놈들, 살길 도모하려거든 엉덩이부터 둘러대고 한 놈씩만 기어 나와라."

"……"

"나오지 못하겠다면 이 집에다 불을 지를까?"

그때에야 방 안에서 대꾸 소리가 들려왔다.

"여보시오들, 우릴 어떡하시려고 그러시오?"

"그놈들, 똥 싼 주제에 입맛 한번 까다롭군. 한 놈씩만 나와주면 별 일이 없으렷다."

"그 말씀 믿어도 좋소?"

"못 믿겠으면 불길의 씨를 말리겠단 말이냐?"

"제발 우린 작죄한 일 없으니 무사타첩되게 해주십시오."

"이놈들, 큰 소리 긴 대답으로 부지하세월할 겨를 없다. 냉큼 나오 거라."

그제야 세 놈이 차례로 엉덩이를 둘러대고 뒷걸음하여 밖으로 기어나왔다. 쇠전꾼들은 송만치를 비롯하여 네 놈을 단단히 엮어서 술국집 마당으로 끌고 갔다. 허공잡이로 돌확에 골통을 박은 놈은 이마에 피가 낭자하였다. 우선 송만치만은 따로 떼어 맨땅에 잡아 꿇리고 행수 격인 한 사람이 장목(張目)*을 하고는,

---

• 독 틈에 탕관: 약자가 강자들 틈에 끼여 곤란을 당함을 비유적으로 이르는 말.

• 장목: 눈을 부릅뜸.

“네놈을 잡아 꿇리고 보니 보통 무뢰배가 아니구나. 이놈, 네놈이 무리 지어 배회하면서 송파 저자의 풍속을 더럽히고 보부상들의 전대를 노려 공갈을 일삼는 송만치란 놈이렷다?”

송만치는 대답이 없었다. 되레 행수를 홉떠보는 눈자위에 퍼렇게 분기가 서렸을 뿐이었다.

“이 안갑을 할 놈, 냉큼 대답을 못하겠느냐?”

“나를 사사로이 문초하다니, 이건 나랏법에 없는 행악인 것을 알 것다?”

“그놈, 그래도 입이 있어 말은 제대로 나오는구나. 네놈들이 저자에서 저지른 행패는 나랏법에 있어서 한 짓이냐?”

“나를 괄시하였다간 필시 관아로 잡혀가서 능장을 맞을 것이야. 괜히 호들갑 떨지 말고 결박이나 풀거라.”

“네놈이 우리 임방 동무 한 사람의 귓밥을 자르고, 그러고도 한이 덜 차 다시 눈이 시뻘게서 행처를 수소문한다니 이건 누가 시켜서 하는 짓이냐?”

바로 그때였다. 쇠전꾼 한 사람이 꼬나들고만 있던 물미장으로 송만치의 등때기가 부러져라 내리치니 곁에 섰던 동무들이 합세하여 모둠매를 치는데 잠시 끄떡 않고 이기던 송만치의 반몸이 어느새 노글노글해져 옆으로 쓰러졌다.

“이놈을 멍석말이를 시켜라.”

흥분한 쇠전꾼 한 사람이 소리쳤다. 옆으로 고꾸라진 송만치의 어깨에 핏자국이 시뻘겋게 배어나왔다. 그때 툇마루로 나가 앉았던 행수가 손을 들어 매타작을 멈추게 하고는,

“이제 그만 해두게나. 궐놈이 항우 장비라 한들 앞으로 한두 달은

굴신을 못할 것일세."

"이놈의 뒤를 봐주고 있는 놈을 알아내야 하지 않습니까? 그래야 아주 뿌리를 뽑지요."

"그것을 알아냈다네."

"뉘게서요?"

"이놈 수하에 있는 저놈들이 불었다네."

행수는 숫막 툇마루 아래 쭈그리고 앉은 네 놈을 가리켰다.

"그놈들 말이 무어라 합디까?"

"장안의 반명을 한다는 길 아무개란 위인인가보더군. 전사에는 광주 관아의 병방이란 놈이 놈들의 행패를 눈감아주고 푼전을 뜯어 쓰던 처지였으나, 근간에 와서 이놈들이 끈을 장안에다 달고 있다는 거여."

둘러섰던 쇠전꾼들은 적이 놀랐다. 장안에 있는 권문세가에 끈을 달고 있는 처지라면 잘못 건드린 일인지도 몰랐기 때문이다. 그렇다 하여 이제 와서 깨어진 물독 이징가미 주워 맞추는 격으로 어설프게 행동할 겨를 또한 없었다.

아주 마련이 없도록 작살이 난 송만치를 질질 끌어서 빈 봉노에다 처박고, 소 건너는 웅덩이에서 하루살이 흩어지듯 모두들 장터거리에서 잠적해버렸다. 나중에 후환이 생긴다 하더라도 도방이나 임방의 접장들의 처사가 원만들 하시니 발기가 잡힐 일이었다.

송만치를 혼찌검한 쇠전꾼들은 거의가 경기 인근의 소장수들이었지만, 먼젓번 강경 포구에서 서강으로 오는 세선 편으로 올라오다가 남양만에서 배에서 내려 광주를 거처 송파에까지 올라온 우피장수들이었고, 그 행중에 천봉삼과 선돌이 역시 끼여 있었던 것이다.

화초방에 모여 있던 몇 놈만을 작살을 낸 것까지는 좋았으나 듣자 하니 궐놈의 수하에는 잡배들이며 강상의 깔따구들이 십수 명에 달한다는 것이었다. 그놈들이 이 사단을 강 건너 불 보듯 할 까닭이 없었다. 무뢰배들의 풍속이란 또한 나름대로 율이 있고 의리와 정의가 있는 법, 어리무던하게 볼 일만은 아니었다. 쇠전꾼들 전부가 배짱 드센 걸물들이라 할지라도 우선 눈앞에 닥친 곡경을 모면하자면 장달음을 놓는 도리밖에 없었다. 그러자니 쇠전 마당의 행매가 싱겁기 그지없었다. 새벽의 사단은 쇠전머리에 파다하게 퍼졌고, 사단에 간여하지 않은 사람들까지도 자취를 감추어버렸다. 장기튀김으로 혹시나 봉욕을 당할까 해서였다. 쇠살쭈들이 행매를 트려고 으슥한 투전방이며 숫막과 객줏집들을 서캐 잡듯 하였으나, 상추밭에 똥 싼 개 모양으로 진작 달아나고들 없어서 도통 행방들이 묘연하였다. 송파장 쇠전머리는 한 파수를 깡그리 공치는 판국이었다.

아니나 다를까, 중화참이 가까워오자 몽둥이를 쳐든 송만치의 수하 잡배들이 들이닥쳐 쇠전 어름의 길목을 가로막는 일변, 숫막이며 객줏집들을 뒤지며 행악을 부리기 시작하였다. 모두들 상투가 당나귀 뭐만 하게들 굵고, 목자들이 험상궂기가 열 놈 스무 놈이 한 잎에서 난 듯하였다. 잘못 걸려들었다간 그 당장 뼈추림을 당하기 십상이었다. 그러나 쫓는 열 놈이 한 놈 도둑을 잡기 어렵듯, 낌새 알고 잠주해버린 쇠전꾼 한 사람 잡지 못했다. 화가 꼭뒤까지 치민 잡배들은 난전의 시탄장수나 포목장수들을 드잡이하는가 하면, 쌀자루 걸머진 촌뜨기는 열 나절씩 세워놓고 기름을 내리고는 패대기를 치는 것이었다. 술국집의 주모를 끌어내어 목도한 쇠전꾼들의 행처를 토파하라고 우격다짐으로 덧들이니, 주모들은 더러는 숯내〔炭川〕 쪽을 가리키고 혹은 삼전도 쪽을 가리켜 우선 화받이만은 모면하려 하였다.

그런 소문이 관아에 입문되지 않을 리가 없었네. 광주 부중에서 장교가 나졸들을 영솔하고 송파 저자에 나타났다. 그러나 만나는 사람마다 모르쇠로 버티는데다 면질(面質)시켜 사실(査實)을 해야 할 쇠전꾼을 잡지 못하니, 가을 중 싸다니듯* 바쁘기만 하였지 아무런 실속이 없었다. 구운 게 발도 떼어야 먹더라고 똥 싼 개는 달아나고 밭 주인만 삿대질인 꼴이었다.

그때쯤 우피장수들과 봉삼 일행은 삼개를 거쳐 서강까지 가는 시선(柴船) 한 척을 얻어 타고 마침 두뭇개와 한강진 앞을 지나고 있었다. 경황중이긴 하였으나 숫막에 내려놓았던 우피짐들은 배에 실을 수가 있었다. 걸빵짐들을 하여서 허둥지둥 삼전도 선창머리로 나갔더니 마침 시선 한 척이 막 뜨려는 참이었다. 일행 여섯이 선가를 후하게 건네고 올라탔다.

호기(虎旗)와 임장군기(林將軍旗)가 펄럭이는 시선은 돛이 둘이어서 역풍을 받아 노를 저었다. 마침 불어오는 강풍을 받아 두 폭의 돛이 찢어질 듯 벌려 있고 강심을 가를 듯 미끄러졌다.

"어이허 빨리 저어 행주참(幸州站)을 대야겠네. 아무렴 그렇구말구. 헤이야 헤이야 허어 저기 가는 저 할마시 딸이나 있거든, 헤이야 허어 큰사위나 삼지. 그렇구말구. 보리밭에서 김만 매네 헤이야 헤이야 허어 어서 저어라, 어서 가서 막걸리나 먹세. 막걸리도 좋지만 어여차 헤이야 마누라도 봐야겠네. 어허이야 집 떠난 지 여러 달, 어여

차 헤이야 처자식 생각이 간절도 하네. 자네 말이 옳은 말일세. 어여
차 헤이야 처자식 생각이 간절도 하네. 자네 말이 옳은 말일세. 어여
차 헤이야 이놈의 바람은 왜 안 부느냐, 어여차 헤이야 바람이 불어
야 노를 안 저을걸……"

사공들이 교창으로 나누는 뱃노래가 강심을 타고 멀리로 사라지는
강변 선창머리에는 당도리와 시선들이 매여 있고, 멀리 바라보이는
들판이며 구릉에는 봄볕이 밴댕이 뱃바닥처럼 반질거렸다. 그렇더라
도 강바람은 아직도 옷깃에 찬지라, 모두들 덕판 가녘에 바람을 등지
고 앉아 우거지 상판들을 하고 있었다. 봉삼이 선돌이에게 물었다.

"궐놈이 분명 송만치란 위인이었것다?"

물길 너머 강변 마을을 바라보며 앉았던 선돌이가,

"지금 농을 할 처지인가. 그 수하놈들이 분명 만치 성님이라 불렀
고 양물이 없는 고자라 하더군."

"조 행수와 같이 새재에서 욕을 보인 그놈이 분명하네."

"그놈이면 어떻고, 아니면 어떤가. 그놈은 마땅히 불벌을 받을 짓
을 한 것이고 자네에겐 지난 일이 아닌가."

"궐놈의 여편네는 어떻게 되었던가?"

"어디다 내버린 건지 그 여편네에 대해선 수하놈들도 말이 없었
지."

"삼개에 내리면 어떡하겠나?"

"삼개에서 하룻밤을 묵고 서강으로 가야지. 고향 가는 뱃길을 찾
아보아야지."

"꼭 가야겠나?"

"처자식을 어느 놈이 동여가지나 않았나 심란한 판에, 기왕 경기

지경에까지 올라왔으니 해주(海州)로 가는 배만 있다면 타야지."

"난 성내로 들어가서 꼭 수소문해야 할 일이 있네."

"월이 때문일 테지?"

"다른 일도 있다네."

"안동 땅에서 자네에게 허신(許身)˙을 하였다는 조 소사(召史)˙ 때문에 그런가?"

봉삼이 대꾸는 않고 고개만 보일 듯 말 듯 끄떡였다.

"서울에 연비도 없는 자네가 자꾸만 오강 쪽으로 오르자고 짓조르던 연유가 무엇인지 난 알고 있었지. 그렇지만 조 소사는 이미 남의 소실이 된 처지로 그 여자를 다시 만나서 무슨 일을 도모하겠다는 뜻인가? 잘못 걸리는 날엔 경을 치네."

"그깟 대 끝에서도 삼 년이라는데, 곡경을 겪은들 배겨나지 못하겠나."

"이끼, 입 닥치게. 듣자 하니 신 대인이라면 조정에까지 그 위세가 닿아 있고 수하에 두고 부리는 차인·짐방 들이며 서사·청지기 들이 십수 명일 텐데, 차라리 방귀를 동이려는 게 낫지. 자네가 둔갑장신을 한들 어찌 조 소사를 만날 수 있겠나. 아예 그만두게."

"우린 다시 만나기로 약조를 나눈 바가 있네."

"설령 약조를 하였다 할지라도 소용없는 짓이지. 사오 장이나 되는 담을 뛰어넘어 들어간다 할지라도 이미 남의 소첩이 아닌가? 주안 대접은커녕 얼굴 한 번 못 볼 처지가 아닌가?"

• 허신: 여자가 몸을 허락함.

• 소사: 성(姓) 아래에 붙여 '과부'를 점잖게 이르는 말.

그때 천봉삼은 목자를 부라리며,

"볼지 못 볼지 자네가 어찌 그렇게 잘 안단 말인가? 자네가 그 집 청지기라도 되는 처진가?"

"괜히 허튼수작 말고 나와 같이 가세. 내 고향까지 작반하였다가 의주로 올라가서 만상(灣商)들의 당화를 받아넘기면 상리(商利)가 보통이 아니지."

"자네가 경기 인근에까지 와서 고향의 처자식을 생각하는 것처럼, 나 역시 예까지 온 바에야 조 소사나 맹구범이 달고 간 월이의 행처도 알아봐야 도리가 아닌가? 행매를 하여 길미를 노리는 일이야 나중 한다 하여 낭패 볼 일이야 없지."

"자네가 심질(心疾)을 얻었네. 그러다 항쇄족쇄(項鎖足鎖)*로 중곤(重棍)*을 당할 건 물론이요, 까딱하다간 기루의 여자도 아닌 조 소사까지 화낭의 누명을 쓰고 고초를 당하는 날엔 이도 저도 아니지 않은가?"

"염려가 되는 것은 손위로 받들던 자네와 헤어지게 되니, 어쩐지 바지 벗은 놈처럼 앞이 허전할 뿐일세."

"정녕 마음을 고쳐먹을 수가 없겠는가?"

"남양만에서 배를 내리잘 때부터 속내를 그렇게 먹은 것인데, 여기까지 와서 파의할 수는 없는 노릇이지."

"할 수 없군……"

"다른 동무님께는 아무 말 하지 말게나…… 어쩌면 조 행수의 행

• 항쇄족쇄: 죄인의 목에 씌우던 칼과 그 발에 채우던 차꼬를 아울러 이르는 말.

• 중곤: 죽을죄를 지은 죄인의 볼기를 치던 곤장의 한 가지. 치도곤보다 작고 대곤보다 조금 큰 곤장.

처도 수탐해볼 만하고…… 어쨌든 나는 서울에 남아야 하겠네.”

“할 수 없지……”

선돌이는 그렇게 말하였지만 실로 가슴이 저미는 듯 정회가 일어 눈자위엔 저도 모르게 눈물이 괴었다. 그건 봉삼도 마찬가지였다.

강이 목멱산(木覓山) 밑뿌리를 멀찌감치 굽이돌아 노들 어름에 닿기 시작하자, 강나루는 멀리서 바라보아도 무척이나 붐볐다. 시선(柴船)과 생선을 실은 고깃배와 주상들이 탄 배가 나루에 열 지었고, 사람들이 배 위에 하얗게 깔려 있었다. 하늘엔 구름도 없었고, 공중에 진애(塵埃)*는 없었으나 산에서 남기(嵐氣)*가 내리는 듯 도선목이 자옥했다.

노들과 용산 사이는 동남쪽으로 멀리 성 밑 복숭아밭이 많은 우수재〔牛首峴〕 아래까지 만초내〔蔓草川〕가 흘러들고 있었다. 만초내는 당재〔堂峴〕 아래서 다시 지류를 갈라 돌모루〔石隅〕를 지나고, 배다리〔舟橋〕와 청파(靑坡)를 꿰뚫어 약고개〔藥峴〕 앞을 지나서 소의문 밖 새다리〔新橋〕 위쪽으로까지 흘러가는 것이었다. 용산과 삼개의 선창 머리 사이에는 군자감과 선혜청의 창고들이 즐비하여 무시때도 사고파는 사람들의 왕래와 행매가 번다하였고, 술청거리엔 관동의 약초 장수들이 약고개에서 몰려 내려와 흥청거렸다. 아니래도 용산 물나들에서 군자감 앞을 지나서 배다리로 이어지는 길, 삼개에서 연화봉(蓮花峰)의 큰고개〔大峴〕를 넘어 청파로 나가는 길, 옹기막 물나들에서 만리재와 도전계(桃田契)를 지나 염초교에 이르는 길이 양동(羊

洞)을 지나 숭례문에서 합치는 것이었으므로, 오강 상인들 난전질은 거의가 이곳에서 행해졌음은 물론이요, 삼남에서 뱃길로 올라온 장돌림이나 관동과 경기의 주상들이 서울로 들어가는 관문이 되었다.

삼전도 물나들을 떠난 지가 중화참 전이었는데도 삼개에 닿았을 적엔 벌써 해거름판이었다. 시선이 물나들마다 배를 대어서 행매를 하였기 때문이다. 한강에는 고깃배 못지않게 야거리 장작배들이 많았는데 모두가 장안의 땔감들이었다. 흥인문 근처의 시탄장(柴炭場)은 경기의 홍천(洪川)과 관동의 것이 뚝도를 거쳐 들어오는 것이었고, 종루의 시탄장은 송추와 흥인문에서 흘러들어오는 것, 그리고 숭례문 밖의 시탄장은 과천의 것이었지만, 뚝도를 거쳐온 시탄들이 그중 호가되었고 시세도 헐하였다.

이제 쇠전꾼들과도 작별할 때가 왔다.

행수가 배에서 내리자마자,

"우리가 이대로 헤어질 수는 없소이다. 속투를 따라 이별주라도 한 순배 해야 하지 않겠소?"

"그렇다면 술청거리가 가까운 염창머리에다 하처를 잡도록 하십시다."

공론이 돌아서 염창머리 숫막거리로 나갔다. 해가 뉘엿뉘엿한 판이라 연화봉을 씻어내리는 남기가 차가웠다. 삼개 염창머리에 있는 객줏집만 하더라도 도회청의 관문이라 고래등 같은 기와집이 촘촘히 박히고 향곡의 숫막과는 풍속과 제도부터가 달라, 객줏집들도 줄행랑으로 길게 된 장옥(長屋)이거나 대문까지 달고 몸채와 바깥채의 구분이 엄연한 기역자집도 없지 않았다. 손님을 보고 뛰어나오는 중노미의 마빡부터가 해끔하고 연가(煙價)˙가 엄청난 만큼 조석 공궤도 맵짰다.

아직 해질녘인데도 봉노에는 열이 넘는 선객들이 들썩하고 마당 쪽도 들고나는 마소로 북새판이었다. 일행은 저녁밥을 걸게 먹고 술청거리로 나섰다.

"자네 서울 같은 도회청은 물론 초행이겠지?"

선돌이가 묻는 말에 봉삼은 고개만 끄덕이며 웃었다.

"장안의 사람들은 사람을 세워놓고 기름을 내리고 혼을 뺀다지 않는가. 요사인 눈까지 뺀다네. 그렇다고 멀쩡한 놈이 장님 행세를 할 수도 없는 노릇, 하여튼 매사에 신중하게나."

"걱정 말게……"

그들이 찾아든 술국집은 창기가 있는 기루도 아니었고, 그렇다고 주모가 옆에 앉아서 술구기질을 하며 안주 공궤를 하는 집도 아니었다. 면판이 해끔하게 생긴 떠꺼머리총각놈이 정지와 술청 사이로 부리나케 오가면서 손님 시중을 드는 것이었다. 그들은 취하도록 마시었고, 헤어지는 정표로 환의까지 하였다.

"조선 팔도 끝 간 데 없이 발서슴하는 우리가 다시 만나자는 약조를 나눈다는 게 우습지. 오히려 그런 약조 않는 게 쉽게 만날 징조를 만드는 거지……"

행수도 못내 아쉬운 듯 잔소리가 많아졌다. 이슥토록 퍼먹고 객주로 돌아와 쓰러져 잤는데, 봉삼이 찌뿌드드하니 눈을 떴을 땐 해가 벌써 한 뼘이나 되게 솟아오른 아침나절이었다.

쇠전꾼 일행도, 선돌이도 보이지 않았다. 중노미 녀석을 손짓해 불

• 연가: 여관이나 주막의 밥값.

러 일행의 행처를 물었다.

"벌써 꼭두새벽에 행리들을 챙겨 조반을 먹고 횡허케 나갔습지요."

"어디로 간다더냐?"

"글쎄요, 다섯 분은 선창머리로 도로 나갔굽쇼, 뒤에 남아서 늑장을 부리던 손님은 어디로 간다 온다 말도 없이 마냥 덤덤히 앉았더니 쓰다 달단 말도 없이 나갔습지요."

"연가는 어찌하였나?"

"앞서 나간 분들이 계배(計杯)를 하였습지요."

"나중에 나간 사람이 내게 전갈하란 말도 없더냐?"

"쉰네를 잡고 무슨 말을 할 까닭이 없습지요."

"애, 물 한 그릇만 떠오너라."

냉수 한 그릇을 들이켜고 뜨락에 쏟아지는 햇빛을 한참이나 바라보고 앉았던 천봉삼은 그제야 생각난 듯이 봉노 시렁 위에 얹어둔 행리를 내렸다. 행리래야 겨울에 입던 헌 누비배자 한 벌에 용집이 묻은 감발이며 미투리 두 켤레가 달랑 달려 있을 뿐이었다. 그 행리는 언뜻 보아 누가 한번 손을 댄 흔적이 있었다. 봉삼은 문득 놀랐다. 행리 속엔 예견치 않았던 4백 냥이 넘어 뵈는 은자가 들어 있었기 때문이다. 그간 선돌이와 동사하였다 하나 곁꾼 행세로만 일했던 처지로는 과분한 대접이었다. 그렇다면 선돌이는 고향까지 겨우 닿을 만한 빠듯한 노자 몇 푼만 몸에 지니고 떠난 것이 분명하였다. 그러고 보니 어젯밤 술청에서 봉삼에게만 지성으로 술을 권했던 선돌이의 깊은 심지가 어디에 있었던가를 알 만하였다. 그는 봉삼이 술에 잠겨 떨어지기를 바랐던 것이다.

7

봉삼은 아침동자를 재촉하여 달게 먹었다. 이제 외톨이가 되었다고 생각하니 객회가 가슴을 저미는 듯하였으나, 성내로 들어가자면 속이라도 채워놓아야 했기 때문이다. 그는 짚신 감발을 단단히 하고 곧장 숫막을 나섰다. 아침나절이라 해도 한길에는 행객들이 즐비하였다. 거개가 만리재나 숭례문 밖 난전으로 가는 시탄장수와 생선·젓갈 장수에 소금장수들이었는데, 남루한 행색에 지게엔 허리가 부러지도록 바리를 실은 사람들이었다. 그들은 고개티마다 쉬고 술청 거리마다 지체하였으므로 숭례문 밖이나 선혜청 난전거리에 닿자면 빨라야 중화참이었다. 행객 중에는 갖신장수나 빗장수도 눈에 띄었다. 그들은 삼남에서 올라온 장인(匠人)들이었다. 대개는 은밀히 장안 종루의 이전(履廛)이나 대갓집에 화객을 정해놓고 계절이 바뀔 때마다 갖신을 대는 사람들이었다.

그들은 피혁, 짚, 삼, 나무, 베, 비단, 실, 종이나 놋으로도 신을 만들었는데, 가죽으로 만든 갖신만 하더라도 혜(鞋)와 화(靴)로 구분하였다. 혜는 운두*가 낮고 목이 짧은 단요이고, 화는 목이 긴 장초이다. 여자들이 쓰는 것은 운혜(雲鞋), 당혜(唐鞋), 수혜(繡鞋)로 나누나 꽃신이라 했다. 운혜는 코와 뒤축에 비단을 입힌 것이고, 당혜는 신 주위에 장식을 단 것이요, 수혜는 수를 아름답게 놓았다. 수혜나 운혜는 처녀나 젊은 여자들이, 당혜는 나이 든 여자들이 신었다. 남혜(男鞋)로는 비단 입힌 위에 무늬 장식을 한 태사혜(太史鞋), 사슴

• 운두: 그릇이나 신 따위의 둘레의 높이.

가죽으로 만든 녹비혜[鹿皮鞋], 바닥에 징을 박은 유정혜(油釘鞋)가 있고, 벼슬아치들이 신는 흑피화(黑皮靴)·목화(木靴)·수화자(水靴子)가 있었다. 상것들이 신는 미투리나 짚신에 비하여 금어치가 비견할 만한 것들이 아니었으므로 난전에 내놓아보았자 행매될 리 만무한 물화였다.

구태여 길을 물을 것도 없이 무리 지은 사람들의 꽁무니만 따라가면 숭례문인지라, 걷자 하니 토정(土亭)고개였다. 토정고개를 넘으면 반 마장이 못 되는 곳에 점 사람들 동네인 동막(東幕: 甕幕)이 나섰다. 고개를 넘어서자 길가엔 옹점꾼 행상들이 허옇게 깔리었다. 그들 중에 천주학쟁이들이 많아서 옹리계(甕里契) 가맛골에서 옹점꾼 행색으로 연명하고 있지만, 나름대로 식견들이 투철하고 또한 상리를 노리는 주변도 향곡의 장사치들을 뺨칠 정도였다. 숭례문 밖의 옹기전은 물론이요, 만리재와 삼개의 독전머리, 그리고 서강과 양화 나루의 갓방고개, 동작의 술청거리하며 푯돌배기 삼거리, 노량의 선창머리에까지 옹기들을 내다 팔았다. 그 거무튀튀하고 새석새석한 동막의 옹기는 품위 있기로는 경기 지경에서는 소문이 자자하여 삼남이나 해주에서 오는 옹깃값을 앞질렀고, 장안의 대갓집들에서도 동막의 옹기만을 구처하여 썼다.

만리재를 넘어온 봉삼은 곧장 청파로 빠지지 않고 애오개[阿峴]에서 넘어오는 길과 마주치는 도전계 한림동(翰林洞)의 약고개에 이르렀다. 약고개에서 염천교만 건너면, 숭례문이 엎어지면 코 닿을 자리였다.

약고개에 이르니 해는 벌써 중화참이었다. 길가에서 만난 옹기장수들을 잡고 잡담에 행초(行草)*도 적잖이 태운 탓이라, 중화를 거르고 숭례문까지 내처 걷기로 하였다. 양동의 숭례문에 닿은 것은 유시(酉時)께였다.

양동의 성벽은 목멱산의 봉화대를 거쳐서 시구문[光熙門]에까지 연결되었다. 우수재로 넘어가는 언덕배기의 복숭아밭에서는 마침 향긋한 꽃내음이 퍼져나오고 있었다. 이제 막 꽃망울들을 터뜨리는 참이었다. 한길가의 집들은 거의가 숫막이거나 가게들이었다. 오경의 바라˙로 성문이 열리고 이경의 인경으로 문이 닫히니, 숭례문 밖은 길이 막힌 행객과 장사치들이 묵을 숫막을 내거나 아니면 짚신이나 미투리를 삼아서 장안에 들여다 파는 것으로 생업을 삼고 시구문 밖처럼 갖바치들도 적잖이 살고 있었다.

장안에서는 한복판을 관류하는 개천이 흘러 천변을 이루었으니, 그 이북인 경복궁을 가까이 한 백악(白岳) 아래를 북촌이라 하여 반명을 한다는 사람들 중에서도 문반에 속하는 갑족들이 고래등 같은 기와집들을 짓고 살았고, 마주 바라보는 목멱산 아래와 천변 이남까지는 남촌이라 하여 무반들이 살았다. 이와는 달리 성내의 북편 지역을 우대[上垈]라 하여 이(吏) · 호(戶) · 예(禮) · 병(兵) · 형(刑) · 공조(工曹)의 서리들이 살았는데, 이른바 경아리의 본류를 이루는 무리들로서 특히 문서에 능하고 성품도 깔끔하여 끈 떨어진 양반이나 시골 토반쯤 한둘은 조리를 돌리는 알짜배기들이었다. 이에 맞서 아래대[下垈]라 불리는 쇠경다리께는 장교(將校) · 집사(執事) · 군속(軍屬) 들이, 흥인문과 시구문 · 왕십리에 이르러서는 군총들의 거주

지였다. 창덕궁 동편의 통안에 잇따라 연지(蓮池)의 방아다리 일대
는 무예청 별감(別監)들이 모여 살았다. 동소문으로 해서 성균관까
지는 관노들이 살았고, 광충다리 천변을 사이하고 서편인 다방골〔茶
洞〕 초입과 고은담골과 그 동쪽의 굽은다리까지는 중인들의 거주지
가 되었다. 이들 중인들 중에는 통변(通辯), 도화서(圖畵署), 전의(典
醫)에 종사하여 일찍이 상리에 눈뜬 자가 많았다. 일패, 이패의 기녀
들이 많이 사는 다방골과 상사골에는 시정배와 장사치들이 한데 섞
여 살았다. 배우개에는 갓바치들이, 금창(禁倉) 아래 필동엔 필장(筆
匠)들이, 동숭동에는 고리장이들이, 조갯골〔蛤洞〕 너머에는 경마잡
이나 배행꾼〔陪行軍〕과 유기장들이 모여 살았다. 창신방(昌信坊)에
는 환관들이, 연융대(鍊戎臺 : 蕩春臺)에는 조지서(造紙署)가 있어 지
장(紙匠)들이 모여 살았다. 경기 인근의 세궁민(細窮民)*들이 함부
로 가택을 짓고 살지 못하도록 이를 엄중히 막았지만, 끈 떨어진 벼
슬아치나 시세의 구차함을 보고 들을 수 없었던 결기 있는 선비들이
솔권하여 몰래 장안을 떠나 상것들에 묻혀 살며 스스로 그 반명임을
감추는 자도 없지 않았다.

　아직 인경 칠 때가 되자면 두어 식경이나 남았지만 당장 장안으로
들어간다 하여도 별 마련이 없었으므로 봉삼은 숭례문 밖 숫막에서
다시 하룻밤을 묵기로 하였다. 그가 든 봉노에는 인경 친 후가 되어
서야 혼금에 막힌 옹기장수들이 대여섯이나 모여들었다. 그들은 선
객인 봉삼의 행색이 초라하고 오랫동안 목간을 하지 못한 터에 고린
내까지 들썩한지라 멀찌감치 떨어져 앉았다. 냄새가 코에 배고 저녁

---

  * 세궁민: 매우 가난한 백성.

먹은 것이 자위 돌 만하자, 그중 한 사람이 측은한 낯빛으로 물었다.

"형장께선 서울이 처음이시구려."

잘잘 끓고 있는 등잔 심지만 바라보고 앉았던 봉삼이,

"예, 그렇습지요."

"통성명이나 합시다. 우린 동막에 사는 옹점꾼들이오."

"예, 시생은 천송도라 합지요."

"지본이 송도신가요?"

"그렇지요. 시생의 형색을 보시다시피 외방 저자나 돌던 장돌림으로 서울은 난생처음입지요."

"그렇게 보입니다만, 서울엔 연비 간 되는 친척이라도 살고 있소?"

"아닙니다……"

봉삼이 공연히 말끝을 흐리자,

"원상이시오?"

"그렇습지요."

"요사이 외방의 저자 사정은 어떻소?"

"살년이 겹친데다 골골마다 잠상배들이 들끓고 또한 아편 같은 고약한 물화가 나돌아서 피폐하기 이를 데가 없습니다. 게다가 수령과 아전들의 주구와 색전이 그치지 않고 억울한 조세에 시달리게 되니 시골 사람들은 정신은 다 빠지고 등신들만 남아 있습지요. 강조밥, 송기죽으로 끼니를 때우니 아이들은 전부 밑이 헐어 아침이 되면 집집이 측간과 토담 밑이 아이들의 울음바다요."

"아편장사를 하셨소?"

"그 무슨 고약한 말버릇이오? 아편이라면 엄연히 국법이 금하는 바인데 상리가 쏠쏠하다 하여 거기다 손을 댈까요."

"괜히 해본 소리요."

"내 행색이 다소 고약하기로서니 어찌 괜한 말씀을 하는 거요? 심심파적으로 나를 데리고 기롱을 하시겠다는 거요? 시골 것이라 하여 짐작조차 서툰 것은 아니오."

무안을 당한 옹기장수가 그 말에 대답을 못하고 천장 물매만을 쳐다보고 앉았다가,

"보부상이라시면서 물교(物交)할 것도 지니신 것이 없는데 장안에서 객비 쓸 노자는 어찌 감당하려 하시오?"

"날이 밝는 대로 과천이나 광주에서 올라온 난전꾼에게서 상목(常木)이나 받아 장안에다 팔면 객비 쓸 길미야 나오겠지요."

"허, 외방 저자만 돌아서 시전 풍속에는 어둡군. 배우개나 숭례문 밖에서야 그런대로 난전이 서는 터지만 상목을 지고 장안에서 난전을 벌였다간 어느 구름에 요절이 날지 모를 것이오. 정초에서 보름까지는 난전을 눈감아주지만 무시때는 어림없는 소리요. 차라리 소금이나 한두 섬 받아서 들어가시오."

옹기꾼들은 천봉삼의 의중이 어디에 있으며 셈판이 무엇인지 알 까닭이 없었으므로 상목 사는 일을 만류하려 들었다.

아침에 눈을 뜨니 옹기꾼들은 벌써 숫막을 하직한 터라 텅 빈 봉노에 그만 외톨이로 남아 있었다. 밖으로 나가 어슬렁거렸더니 말총과 초(燭)를 파는 잡물전, 짚신전, 소금장수, 토산 자기전, 죽물이나 댑싸리를 팔거나, 나뭇짐에 곡식 자루나 가지고 나와서 파는 사람들뿐이었지 상목짐을 풀어놓은 장사치는 좀처럼 눈에 띄질 않았다. 중화참이 거진 가까워서야 승새 성긴 북덕무명 열 필을 구처할 수 있었다. 고리짝 하나를 사서 무명 열 필을 싸넣었다. 그길로 문안으로 노

정을 잡아 발길을 재촉하였다.

선혜청 앞거리를 지나니 무교다리께까지 쭉 뻗은 한길이 보이고 여염의 기와지붕들이 즐비하였다. 무교다리를 건너면서 길을 왼편으로 끼고 돌아 광통방을 지나 장통방(長通坊)의 관자동(貫子洞)으로 들어가서 종루로 통하는 실골목 앞에다 고리짝을 내렸다. 고리짝 위에다 북덕무명을 펴고 하매자를 기다리는 체 서성거렸다. 관자동 뒤회랑에는 행인들이 많지는 않았지만 때때로 지나는 사람이 있으면 봉삼의 행동거지가 괴이하다는 듯 힐끔거리고 저희들끼리 수군거리거나 어떤 사람은 낄낄대며 웃기도 했다. 그들이 무엇 때문에 낄낄대는지 봉삼은 물론 짐작하고 있었다. 개의치 않고 큰소매에 두 손을 찔러넣은 채 우격다짐으로 하매자를 기다리는 체하였지만, 해가 지고 어둑발이 내리기까지도 도대체 상목값을 물어보는 사람이 없었다. 공연한 헛수고가 아닌가 조바심을 하고 있는 판에 때마침 종루 쪽으로 뚫린 골목 어귀에 엄장 사납고 몸집이 큰 사내들 셋이 바쁘게 들어서는 모습이 보였다.

봉삼을 겨냥해서 달려온 것이 분명한 세 놈은 서너 발짝을 남기고 서서는 덜썩하니 큰 체구이긴 하나 입성에 때가 전 봉삼의 면판을 한 번 싹 핥고는 홀지에[*] 물었다.

"햐, 이거, 젓갈가게에 중놈 나타났네. 자네 성명이나 있는가?"

얼핏 보아 서로가 연상 약한 처지이나 궐자는 스스럼없는 반말이었다.

"맥은 뉘시오?"

• 홀지에: 뜻하지 아니하게. 갑작스럽게.

시골놈 행색이나 오갈 드는 법이 없이 뻣뻣드름하니, 궐자가 기가
찼던지,

"네놈은 어디서 튀어나온 작자냐?"

"댁들은 어디서 튀어나온 잡배들이오?"

"이놈, 이제 보니 눈깔이 뒤통수에 달린 놈이구나. 그만치 쳐다봐
도 우리가 누군 줄 모르겠느냐?"

"서울 붙박이면 대수여? 왜 행매하는 장사치를 붙잡고 시비를 걸
고 지분거리시오?"

"햐, 이거, 심청* 사나운 놈을 보았나. 우리가 일없이 네깟 놈을 잡
고 시비를 벌일 성싶으냐?"

본때를 보여야 직성이 풀리겠다는 듯 궐놈들은 다투어 소매를 모
양 있게 걷어붙이고 을기하는데, 봉삼은 꿈쩍도 않고 되받아 물었다.

"그럼 뭐요?"

"네 이놈, 여기가 어디라고 꼴같잖은 무명짐을 풀고 행매를 하려
드느냐? 시전 행랑이 바로 코앞인 건 고사하고 종루 바닥에서 겁 없
이 난전을 벌이는 놈이라면 왜골뼈가 아니면 숙맥이렷다?"

"난 통뼈도 아니려니와 숙맥도 아니오."

"이런, 오줌인편*으로 기어나온 놈 같으니라구. 이놈, 채장이나 호
패를 내놓아라."

"그런 건 왜요?"

"네놈이 채장 가진 보부상이라면 임방에 넘겨 경을 칠 것이요, 그

렇지 못하면 평시서(平市署)로 넘겨 능지를 해서 버릇을 고쳐줄 것이야."

그렇게 수작을 주고받는 중에 뒤에 섰던 두 놈은 고리짝을 짚신발로 걷어차고 무명필을 꽁꽁 묶어 싸는 판이었다. 그때 봉삼이 놈의 멱살을 드잡이하였다.

"어떤 놈과 통을 짜고 난전꾼을 욕뵈려 들어? 이놈, 남의 무명짐에 함부로 손을 집어넣어? 이건 화적질이나 진배없는 짓이 아니냐?"

드잡이당한 놈이 어이없고 기 차다는 듯이 얼굴을 붉힌 채 곤댓짓을 하며,

"이놈을 등시타살(登時打殺)*을 시켜? 이게 얻다 드잡일 하고 대들어?"

"제삿집에 닭 울리기도 분수 나름이지, 시전이고 난전이고 내 물화를 못 팔면 그만이지 네놈이 싸 동이자는 건 뭐냐? 손댔다만 봐라, 내장이 쏟아지게 태질을 시킬 테니."

봉삼은 드잡이한 손을 풀지 않고 한 발을 올려 놈의 복장을 처박아버렸다. 궐놈은 숨통이 막힌 듯 눈을 하얗게 뒤집고 허공을 바라보더니 기침을 걸게 내쏟으며 담벼락을 짚고 쓰러졌다.

"햐, 이거, 여리꾼 십 년에 든 놈이 동네 팔아먹는 꼴 보았네."

처음 수작을 텄던 놈이 화증이 꼭뒤까지 치밀어서 봉삼의 귀쌈을 쥐어박으려는데 봉삼이 허공에서 그 손을 낚아채었다.

"이놈, 가당찮은 짓은 마라."

입으로 벼르고 어르는 품은 당장 살변이라도 낼 조짐인데 실상은

---

* 등시타살: 죄를 저지른 즉시 현장에서 범인을 교수형에 처함.

귈자들이 덧들이지 못하도록 얼추 밀막는 형용일 뿐이었다. 그때 세 놈 중에 한 놈이 어느새 자취를 감춰버린 것을 알았다. 그러는 중에 달아났던 한 놈이 네댓 명이나 되는 장한들을 휘동하고 다시 나타난 것이었다.

봉삼으로서도 외방 저자에서 설레발치던 가락이 있고 용력이 드센 처지이긴 하지만 불어난 상대들을 한꺼번에 당적할 묘책이란 없었다. 개중에는 몽둥이를 쳐든 놈도 없지 않았는데 그렇다고 대척을 않을 수는 없었다.

"이놈들, 내 설사 천 리 노독에 지치고 강조밥으로 순대를 채워온 처지지만 네놈들에게 호락호락하니 봉욕을 당할 위인이 아녀. 어디 한 놈씩만 나와봐라."

담벼락을 등지고 서서 목자를 부라리는데, 몽둥이를 들었다고는 하나 걸쭉하게 지껄이는 장담에 기가 눌려 감히 어찌할 도리를 찾지 못하고 있다가 한 놈씩만 나와보라는 봉삼의 말에 결기가 솟은 한 놈이 문득 몽둥이를 쳐들고 어깨를 내리치니, 봉삼은 그것 역시 능히 막아냈음직했는데 그대로 얻어맞고 쓰러지는 것이었다. 때를 같이하여 일고여덟 명이 달려들어 몽둥이질에 짓밟고 걷어차는데 그런 낭패가 없었다.

"이놈, 아주 굴신을 못하도록 단단히 조져버려."

"이런 깜냥 없는 놈이 행랑 코밑에 다시는 얼씬하지 못하도록 아주 노글노글하게 맛을 보여야 해."

"이놈을 아주 물고를 내어."

아예 살변을 볼 작심으로 겨끔내기로 밟고 차고, 비틀고 짓이기며 섭산적을 만드는 중에 한 놈이 우연히 발길질을 멈추고는,

"자네들, 이놈 좀 됐다 보게. 숨통이 끊어지질 않았나?"

"어허, 이놈 혀 빼물었네."

"식은 방귀를 뀌었다는 건가?"

발길질을 멈추고 보니, 아니나 다를까 피범벅이 된 작자가 꿈쩍 않고 늘어져 누웠것다. 코에다 손을 디밀어보았으나 더운 김이고 식은 김이고 간에 소식이 없자 진맥을 한답시던 놈이 외꽃 같은 상판을 동패들에게 들어올리며,

"어서 들쳐업세나. 순라쟁이나 행객들에게 들키는 날엔 악명을 쓰고 살인옥사 뉘 당할 텐가."

"겁도 팔자일세. 그깟 놈 거적 씌워 시구문 밖에다 내다버리고 조산 깍정이들에게 푼전이나 쥐여주면 조명(嘲名) 날 일이 없잖아."

"이런 지미할 놈을 보았나? 시구문 밖이 여기서 한두 행보인가? 업고 가다가 시러베놈들이 보았다 하는 날엔 우린 풀 밖에 난 도깨비 신세여……"

"옳은 말이야. 업고 가서 하룻밤을 묵히든지 달이 질 때까지 기다려야 해."

진맥하던 놈이 눈치 볼 것도 없이 뻣뻣해진 봉삼을 들쳐업고 종루 뒤회랑 쪽으로 장달음을 놓는데, 짚신 신은 발이 허공에 뜬 듯하였다.

종루에서는 때로 외방의 장돌림들이 짐작 없이 난전을 벌이다가 시전의 차인배들에게 무단히 봉욕을 당하고 물화를 빼앗겨 밑천을 날리는 판이었는데, 평시서에서는 이를 묵인하였다. 장사치들이 시중의 가전(價錢)을 농간질하여 올리거나, 두승(斗升)*을 정한 규격

으로 만들지 않았거나, 나뭇공이로 찧은 나쁜 쌀을 전에다 가매(假
賣)를 할 경우, 평시서에서는 물화를 거두어 놓아주지 아니하고 형조
에 이보(移報)*를 내어 벌을 주었다. 하물며 도고 계방(都庫契房)한
자는 능장을 내리고 정배하는 것이었다. 전안(廛案)*에 매여 있지 않
고 대중없이 난전을 벌인 자는 경조(京兆)*에서 주관하여 엄벌하였
다. 그러나 관아의 힘이 그에 미치지 못하기 십상이라, 시전의 차인
들이나 여리꾼들이 이를 발견하고는 사사로이 본때를 보여 내쫓거나
형조로 넘기는 것이었다.

그러나 군문(軍門)에 속한 군총들이 만든 물화는 난전에 관한 처
벌로 시행치 않았으니, 약삭빠른 난전꾼들이 군총을 사서 전을 벌이
는 경우가 없지 않았으나 이는 뜯기는 용채가 닷 푼이요, 길미가 서
푼 격이니 끝내는 본전을 날리는 장사인 셈이었다.

몇 식경이나 되었을까, 봉삼이 오한과 기갈에 시달려 어렴풋이 눈
을 떴을 땐 사방이 적막했다. 외얽이로 된 흙벽으로 새어 드는 바람
이 차갑고 문틈으로 내다보이는 뜨락엔 달빛이 으스스한데 사방을
둘러보니 어느 허술한 곳간 구석이었다.

물론 예까지 업혀오는 동안 까물거리는 정신을 가다듬으려고 봉삼
은 딴엔 천신만고하였지만, 업고 온 놈이 사(私)를 두지 않고 맨땅에
다 태질을 쳤던 판에 그만 혼절해버리고 말았던 것이다. 이곳이 어디
쯤인지는 알 길이 없으되 관자동 고샅에서 채 반 마장도 못 되는 초

간이란 것만 어렴풋이 짐작이 갈 뿐이었다.

다행히 결박이나 족쇄를 채우지 않았던 것은, 봉삼이 초주검이 된 형용을 한지라 도망할 염려가 없는 주제로 생각했기 때문이리라. 그가 겨냥했던 대로라면 여기가 전옥서 못미처 면포전 행랑이거나 그 어름이어야 하였다. 구태여 백목(白木)을 사서 난전을 벌인 연유가 거기 있었고, 그래야만 신석주의 수하에 있는 차인놈들과 맞닥뜨릴 수 있으리란 그 나름대로의 치밀한 계산이 있었으나 이렇게 낭자하게 모둠매를 맞으리라곤 미처 생각하지 못했었다. 게다가 곳간에 갇히기까지 했으니 까딱했다간 조 소사를 만나보지도 못하고 횡액을 당하는 꼴이 아닌가 싶어 삭신을 가눌 수 없는 경황에서도 조바심이 앞섰다. 그는 가만히 판자벽 앞으로 기어갔다. 마침 기우는 달빛이 뜰 안에 휑뎅그렁한데 서너 칸이나 멀찍이 물러앉은 행랑채에서 두런거리는 말소리가 들려왔으나 확연치 않았다. 뜰이 넓고 행랑이 반듯한 것으로 보아 면포전 어름이 틀림없다는 생각이 들었다. 그는 잠시 망설였다. 육의전 어름의 지리에 밝지 못하니 함부로 덧들이다간 되레 횡액을 자초할 것이었기 때문이다.

육의전 중에서 선전(縇廛 : 立廛)은 전의감 동구(洞口)인 종루의 북쪽에 있는데 42방(房)이나 되는 장방(長房)이었고, 단(緞),˚ 초(綃),˚ 견(絹)˚을 파는 곳이었다. 면포전은 종루의 서쪽에 있는데 백목과 은붙이도 팔았으므로 은목전(銀木廛)이라고도 하였다. 면주전(綿紬廛)은 면포전 뒤회랑을 사이하고 여염집들과 어울려 있었는데 대개 명

• 단: 겨울 비단.
• 초: 여름 비단.
• 견: 춘추 비단.

주를 팔았다. 포전(布廛)은 면포전과 한길을 마주하고 있었는데 베를 팔았다. 저포전(苧布廛)은 금부(禁府)를 마주한 진사전(眞絲廛) 동쪽에 연이어 있었는데 모시와 황모시를 팔았다. 지전(紙廛)은 종루 서쪽 면포전 끝쪽에 연하여 자리잡았다. 내어물전(內魚物廛)은 이문(里門)의 동서에 있었는데 마른고기를 팔았고, 외어물전(外魚物廛)은 서소문〔昭義門〕밖에 있었다. 청포전(靑布廛)은 종루의 동쪽 동상전(東床廛)*과 회랑을 사이하면서 되 땅의 삼승포(三升布)와 양털을 팔았다.

육의전 외에도 연초전(烟草廛: 切草廛)은 수표다리 동쪽 하릿교다리 남쪽에 있으며, 상전(床廛)은 여러 곳인데 의금부의 망문(望門), 안국동의 신상전(新床廛)과 묘상전(廟床廛)이 있었고, 청포전 뒤에 동상전이 있었으며, 수진상전(壽進床廛), 포전 앞, 철물다리 앞, 필동과 숭례문 이전(履廛) 동쪽의 염상전(鹽床廛), 정동상전(貞洞床廛), 구리개상전, 지상전(紙床廛)이 있었는데 주로 피물과 말총, 초, 향사(鄕絲), 서책과 휴지를 팔되 동상전에서만 바늘을 팔았다.

시게전〔米廛〕은 다섯이었는데 도가(都家)는 수각다리〔水閣橋〕께였고, 의금부 서쪽의 상미전(上米廛)과 배고개의 하미전(下米廛), 그리고 문밖으로는 서소문과 서강과 삼개에 있었다. 잡곡전은 철물다리를 중심하여 좌우에 벌였고, 바리전〔鍮器廛〕은 내어물전 행랑 뒤에 벌였는데 각종 기명을 팔았다. 생선전은 종루의 서쪽이며, 의전(衣廛)은 잡곡전의 서편이었고 면자전(綿子廛: 棉花廛)은 광통교 초입이며, 이전은 청포전 동쪽에 있는데 종루전에서만 유정혜(油釘鞋)를 팔았다.

• 동상전: 예전에, 종로의 종각 뒤에서 재래식 잡화를 팔던 가게.

은면전(銀麵廛)*은 광통교 옆이고, 화피전(樺皮廛)*은 동상전과 연하였는데 여러 가지 채색과 되 땅에서 건너온 과일을 팔되 물건을 벚나무 껍질로 쌌다. 진사전(眞絲廛)은 의금부 맞은편 동편이고 당사(唐絲), 갓끈, 띠, 실로 엮은 끈을 팔았다. 자리전〔茵席廛〕은 수진방에 있고 용수석(龍鬚席)*과 서안(書案)을 팔았다. 다리전은, 내전은 광통교에 외전은 서소문 밖이었다. 청밀전(淸蜜廛)은 배고개에 있었고 꿀을 팔았다. 경염전(京鹽廛)은 숭례문 밖과 배고개에도 있다. 내장목전(內長木廛)은 여러 곳이었고 재목을 팔았다. 연죽전은 도가가 둘인데 군기시(軍器寺)*와 약고개에 있으며, 물들인 담뱃대와 담배통을 팔았다. 시저전(匙箸廛)은, 내전은 종루에 외전은 서소문에 있었는데 숟가락과 젓가락을 팔았다. 우전(牛廛)과 마전(馬廛)은 명철방(明哲坊) 마전다리〔馬廛橋: 太平橋〕 남쪽 냇물가에 있었는데 준총마는 없었다. 이것이 모두 평시서의 관할에 있었다. 그러하니 외방의 성명없는 장돌림인 천봉삼에게는 낯선 땅이었고 발 디밀 자리가 없는 곳이었다. 전안을 못 가진 그로서는 그 상리가 쑬쑬하다 한들 거상(巨商)·도고(都賈) 들의 수하에서 헤어날 길이 없을 것이었다. 또한 그 몰골을 하고 어디로 튄들 둔갑장신을 못할 바엔 시전의 식은밥을 먹는 위인들에게 붙잡힐 게 분명하였다. 게다가 사단의 다른 내막인즉슨 또한 간단치 않았다.

봉삼에게 무릿매를 내렸던 포전의 여리꾼들이 애당초엔 생각지도

  • 은면전: 밀가루 팔던 가게.

  • 화피전: 채색(彩色)과 물감을 팔던 가게.

  • 용수석: 골풀로 만든 돗자리.

  • 군기시: 고려·조선 시대에, 병기(兵器) 만드는 일을 맡아보던 관아.

않은 큰 횡재를 하였기 때문이다. 봉삼을 곳간에다 처박고 가게의 행랑방으로 돌아온 여리꾼 다섯 놈은 빼앗은 행탁을 뒤지다 말고 눈이 화등잔만해져 닫힐 줄을 몰랐다.

"에쿠, 이게 웬 전대인가?"

"아니, 이건 사그리 은자가 아닌가."

"쉬, 그 껄때청 같은 목청 좀 낮추게나."

"이 은자는 얼추 보아도 사백 냥에 가까운 거금일세. 저놈은 필시 적굴놈일세. 그놈의 괴춤에서 임방에 바친 추수전(秋收錢)의 자문은 찾아낸 터지만 끽해야 백 냥의 장두전이나 지녔음이 제 분수거늘, 거금 사백 냥이라면 동사하던 놈의 전대를 털었든지, 아니면 시골 토반의 부담을 털고 경강 쪽으로 튄 놈이 분명하네. 엎어치나 메어치나 저놈은 벌역을 받아 마땅한 놈이니 우리가 이걸 고스란히 먹자면 궐놈을 빨리 시구문 밖으로 내다버려야 하네."

"옳은 말일세. 우리가 패를 지어 설친다면 자연 남의 눈에 들게 되니 이중에서 한두 사람만 조발하여 쥐도 새도 모르게 저놈을 져다 버리세."

"한두 사람이라니? 어떤 몸은 앉아서 봉게(奉揭)˙를 받고 어떤 놈은 모가지를 내걸란 말이여? 기왕지사 내친김이라면 나중엔 기왓장 꿇림을 당한다 하더라도 한 끈에 놀아야 할 거 아녀? 국상(國喪)에 죽산마 지키듯이˙ 이렇게 앉아만 있을 텨?"

"그렇다 하더라도 우선 행랑의 대문을 나선다는 일부터가 지난한

˙봉게: 받들어올림.

˙국상에 죽산마 지키듯: 무엇인지도 모르고 남이 시키는 대로 멀거니 서서 지켜보고 있음을 비유적으로 이르는 말.

일일세. 차인·짐방 들이 행랑 문턱을 곽란 만난 쥐새끼들처럼 쉴 새 없이 들락거리는 판에 뭐냐고 다잡아 물으면 과부 동여간다고 할 텨?”

“이런 젠장, 먹지도 못하는 제사에 절만 하고 있을 거여? 고달 빼고 앉았으면 누가 사백 냥 공떡으로 먹여줄까. 엎어지든 자빠지든 결말을 보자구. 나 혼자서 해낼 테니 내 몫으로 얼마를 내놓겠나?”

좌중에서 구레나룻이 시커멓고 목자 험악하게 생긴 자가 참다못해 결을 돋우고 나서자, 좌중이 서로 눈길을 주면서도 대답이 없었다.

“이런 요절을 낼 놈들. 먹자니 군동내요, 남 주자니 아깝다는 수작인가? 그게 개수작이란 거여. 백 냥은 뚝 떼고 잔전은 너희들이 나눠. 내 그놈을 머리털 하나 뵈지 않도록 조처를 하지.”

“과부댁 종놈 왕방울로 행세한다*더니, 그놈 주제에 큰소리는? 나중에 거덜이 나서 불똥이 우리에게 튄다면 그땐 어떡하려나?”

“요런 어림없는 위인들을 보았나? 내가 허술히 잡도리할 성싶은가? 조산 깍정이놈들이라도 나라면 괄시를 못해.”

“해자에다 처박을 건가, 깍정이놈들에게 줘서 화장을 시킬 건가?”

“아예 화장을 시키지.”

“그럼 네놈 몫으로 백 냥을 떼지.”

저희들끼리 공론이 돌아서 그중 나잇살이나 먹은 놈이 우선 전대를 맡기로 하고 구레나룻 험악한 놈은 봉삼을 처넣은 곳간으로 갔다. 기회를 엿보아 행랑의 문전이 뜸해지기를 기다렸다가 봉삼을 득달같

---

* 과부댁 종놈은 왕방울로 행세한다: 과부 집에서 사내 종놈이 큰소리로 떠드는 것으로 한몫 본다는 뜻으로, 실속은 없으나 공연히 떠들어대는 것을 일삼는다는 말.

이 업어낼 심산인데, 곳간 속을 지성으로 살펴보았으나 섭산적에 피 칠갑을 하여 태질을 쳤던 위인이 온데간데없었다. 귀신이 곡할 노릇 은 곳간의 지게문은 빗장이 밖에서 열리고 닫히게 되어 있는데, 빗장 은 손댄 흔적이 없이 그대로인데 사람이 없어진 것이었다. 불과 담배 한 죽 태울 참에 지붕을 딸 재간이 없었을 터요, 땅에다 구멍을 팠을 리도 없었다.

다급해진 여리꾼놈은 곳간 문을 휑하니 열어놓은 채로 동패들이 있는 봉노로 달려갔다.

"여보게들, 낭패를 보았네."

"낭패라니?"

"궐놈이 튀었다네."

"튀다니, 그게 무슨 난데없는 흰소리야? 그놈이 아주 초주검이 된 터에 튀고 자시고 할 겨를이 없었을 게 아닌가?"

"빗장이 멀쩡하게 걸린 채인 걸 보면 웬 놈이 밖에서 문을 따준 게 분명하네."

봉노에 앉아 있던 패들이 한 다리로 쏟아져나갔으나 틀린 말이 아 니었다.

게으른 선비 비 새는 지붕 타박만 하고 앉았듯이 모두들 지청구만 하고 섰는데 나잇살이나 먹었다는 위인이,

"아뿔싸, 잠깐 사이에 그놈을 놓쳤네."

"놓치다니?"

"네놈이 곳간을 열어볼 때까지도 그놈은 섬 뒤에 숨어 있었어."

"그놈은 분명 없었어."

"네놈이 당장 눈에 띄지 않는 것에만 가슴이 철렁하여 앞뒤 생각

없이 행랑으로 달려온 사이에 그놈은 휑하니 열린 지게문 밖으로 장달음을 놓은 것이라네."

"옳은 말이야. 가본 젊은 놈보다 못 가본 늙은 놈 짐작이 더 낫더라는 말 하나 버릴 것 없네."

"당장 이놈을 추쇄해야지 않겠나?"

"찾아야지. 그러나 우리가 홰를 달고 그놈의 행처를 추쇄하기로 한다면 전대 속의 사백 냥은 황새다리에 걸린 갓끈이요, 가만있으면 삼킨 찰떡일세."

"그럼 어떡한다?"

모두들 또한 말이 없었다. 그놈을 찾아나선다면 포전의 줄행랑은 물론이요, 맞은편의 백목전과 회랑을 사이한 지전이며, 동상전과 맞물린 삼이웃을 발칵 뒤집어야 할 판국이니, 신방(新房)의 서사들에게 사단의 전말을 고변치 않을 재간이 없고, 그러자 하니 4백 냥이 든 전대가 있더란 말도 빼놓을 수가 없었다. 그러나 난전꾼이 무사타첩이 되었다 할지라도 물화는 모르지만 무고히 빼앗긴 4백 냥만은 되찾으려 할 터이니, 셈판이 이렇게 된 바엔 악명 뒤집어쓰긴 매한가지였다.

이제 쉬쉬해서 될 일이 아니란 생각이 든 여리꾼 패거리들은 그제야 행랑의 신방에서 장기(掌記)˙를 닦고 있는 서사·차인 들에게 달려가서 시골에서 올라온 난전꾼 한 놈을 잡았다 놓친 일을 낱낱이 발고하였다. 아니래도 국역(國役)도 지지 않는 배우개나 칠패의 좌고상인들과 송파인 다락원〔樓院店〕 도고상인들의 도집(都執)과 가격

˙ 장기: 물건이나 논밭 따위의 매매에 관한 물목을 적은 명세서.

농간에 적잖이 시달림을 당한데다가 난전꾼들과 통을 짠 훈련도감이나 군문의 군총들과 권문세가의 노자배(奴子輩)들의 난전 등쌀에 부아가 꼭뒤까지 나 있는 시전 상인배들이라, 우선 죽 쑤어 개 퍼준 꼴인 여리꾼놈들부터 족치는 것이었다.

붕당을 지어 홰를 여러 개 달고 가근방 행랑을 뒤지기 시작했다. 불난 강변에 소 날뛰듯 소맷자락에 바람 소리가 쌩쌩 하는 짐방들의 기세가 자못 등등하여 금방 살변이 날 조짐인데, 달아난 놈은 도무지 행처가 묘연하였다.

"구름 끼어 안 보인다고 보름달이 어딜 갈까. 그놈은 아직 시전 행랑을 못 벗어났을걸세."

살기등등하여 설쳤으나 봉삼의 상투 꼭지나마 봤다는 위인이 나서지 않았다.

"젠장 이것 보게. 차라리 보리풍년에 핫바지로 새는 방귀를 동이라지, 자국도 없는 놈을 어디 가서 동여오란 건가."

"글쎄나, 까딱하다간 횃불에 상투만 구워먹겠네."

"그놈이 죽기를 한사코 튀었을 터인데 허술히 잡힐 것 같은가. 상제가 울고 있어도 제상에 가자미 물어가는 것은 알더라고, 그놈이 설사 외방의 장돌림이라 한들 시전 어름에서 난전을 벌였다 하면 어딘가 믿는 구석이 있었겠지."

"그런 숙맥이 아니라면 사백 냥이나 든 전대를 그냥 두고 잠적을 할 까닭이 없지 않은가."

"이런 젠장, 등시타살이 되려는 판국에 사백 냥이 대순가? 바야흐로 한목숨이 초개 같은 순간에?"

"월침침 야삼경에 한창 가죽방아나 찧을 판인데, 그 되다 만 난전꾼 한 놈 때문에 이 고초가 무언가."

"웬걸, 복에 없는 완월(玩月)*에 실없기 짝없이 생겼네."

동쪽 하늘이 훤하게 밝아올 때까지 추쇄를 하였으나 끝내 허탕이었다. 포전의 서사들은 천봉삼의 용모파기와 입성을 낱낱이 적어서 평시서에 염기를 올리는 일변, 시전 행랑의 각 서사·차인 들과 도중(都中)의 공원(公員)들에게도 이문(移文)*을 띄웠다.

8

맹구범이 행랑에 나갔더니 이웃 행랑인 포전에서 띄운 용모파기가 와 있었다. 이문의 내용으로 보아 강경 포구에서 같은 선단(船團)에 끼였다가 남양만 화량(花梁) 포구에서 내렸다는 천봉삼이 틀림없었다.

맹구범은 그때, 수하에 거느린 짐방들로부터 선돌이와 봉삼이 월이의 뒤를 밟아 선단에 끼였다는 말을 듣고 일단 서울까지 두 놈을 달고 가는 도리밖에 없다고 생각하였다. 그러나 선단이 난지도(蘭芝島)와 풍도(楓島)를 끼고 돌아 남양 앞바다인 구영종(舊永宗)에 이르는 동안 풍랑을 만났고, 풍랑으로 선단들이 40, 50리씩이나 서로 흩어지고 말았다. 총대 선인이 탔다는 배가 화량 포구에 닿았을 땐 먼저 당도한 배를 탔던 두 사람은 벌써 반나절 전에 배에서 내려 종

• 완월: 달을 구경함.
• 이문: 이(移). 같은 등급의 관아 사이에 주고받던 공문서. 때로는 격(檄)과 더불어 포고문의 성격을 띠기도 함.

적을 감추어버린 후였다. 두 위인이 내린 까닭을 맹구범은 알지 못하였다. 그러나 서울에 당도하는 길로 곧장 탑골 아씨마님께로 달려가서 천봉삼을 만났던 일을 은밀히 아뢰었다. 그러나 거기에는 거짓이 많았다. 거금 7백 냥을 제 손으로 마련해서 주었노라고 둘러댄 것이었다.

천봉삼이 다시 서울 시전 어름에서 난전을 벌여 사단을 일으켰다 함은 탑골의 아씨마님을 겨냥했거나 아니면 월이 때문이란 걸 맹구범이 모를 턱이 없었다. 구범은 용모파기를 고비에 꽂았다. 그렇다면 포전 행랑 사람들이 봉삼을 찾아내기 전에 미리 손을 써야겠다는 생각이 들었다. 그는 전방의 청지기를 불러 우선은 반빗아치로 박아놓은 월이를 방으로 들게 했다.

"네 천봉삼이란 위인을 알고 있지?"

화들짝 놀랄 줄 알았던 월이가 시선을 방구들에 내린 채로 탐탁지 않게 대답하는 것이었다.

"쇤네가 부곡(部曲)* 출신 천뜨기라 한들 전사의 동사 간을 모르겠습니까?"

"그놈이 화량 도선머리에서 내려 내처 잠적을 한 줄 알았더니, 바로 어젯밤에 종루 이웃인 포전 여리꾼들이 병문에서 난전질하는 놈을 잡았다가 놓쳤다는 것이야."

"그 사람인지는 어찌 알았습니까?"

"난전질을 하여 시전에 이폐(貽弊)*를 보이는 자는 등시포착해서

---

* 부곡: 천민이나 죄인을 집단으로 수용하던 특수 행정 구획.
* 이폐: 남에게 폐를 끼침.

형조로 호송하여 능지를 내리거나 고약한 놈은 아예 그 자리에서 육장을 만든다네.”

“쇤네더러 위인을 잡아 육장을 만들라시는 것입니까?”

“내가 먼저 찾아야 그 위인의 봉패를 막을 수 있다는 말이다. 만약 다른 전방의 차인들에게 잡히는 날엔 잡았다 놓친 결기로 아예 처참을 시키고, 병으로 죽었다고 저들의 도방에다 물고장(物故狀)˚을 내면 그깟 근본 없는 장돌림이야 그것으로 하직이 아닌가. 어느 놈이 사실(査實)을 해서 누명을 벗겨줄까.”

“잡아서 어찌하시려는 것입니까?”

“위인은 외방 장터에서 너와 동사하던 처지였지 않나. 노자 주어 멀리 내쫓기라도 해줘야 횡액을 모면할 수가 있지.”

“그 숭한 사람을 어디서 찾을까요?”

“근력이 부쳐서가 아니라 내가 앞장서서 설치다간 모사꾼이 태반인 시정배들 사이에 금방 조명 날 일이요, 그렇게 되면 음해 입기 십상이지. 네가 나서서 수탐하되 튀각산자˚ 밟듯 처신해야 한다.”

“자국도 없는 위인을 어디서……”

“그 포전 행랑을 한번 기웃거려보아라. 그 위인은 곳간에 그대로 있는지도 모르지.”

맹구범의 짐작도 얼추 맞아떨어진 말이었다. 어젯밤 곳간에서 정신을 가다듬고 핏자국을 대충 수습한 봉삼은 어쨌든 튀고 볼 요량으로 지게문 칸살 사이로 나무 꼬챙이를 집어넣어 밖으로부터 걸린 빗

˚ 물고장: 죄인을 죽인 것을 보고하던 글.
˚ 튀각산자: 다시마를 잘라 넓게 펴고 찹쌀밥을 한쪽만 얇게 발라 말린 뒤 썰어서 기름에 튀긴 반찬.

장을 벗기었다. 빗장은 생각보다 쉽게 벗겨졌으나, 그때 봉삼의 뇌리를 스치는 한 생각이 있었다.

곳간을 벗어나 임시 낭패를 면한들 5, 6장이나 되는 행랑의 담을 뛰어넘을 기력이 있을까 말까요, 담을 넘은들 다음 행랑의 짐방들에게 들켜 쫓기긴 매일반이었다. 종루 지리에 밝지도 못한 주제에 뛰어봤자 벼룩이요, 뛰다 잡혀서 무릿매에 갇히면 안팎곱사가 그 아닌가. 그는 빗장을 열다 말고 돌아서서 곳간에 널려 있는 겻섬을 비우고 속으로 들어가 몸을 숨기었다.

몇 각이 지나지 않아서 한 놈이 들어와서 씩씩거리는 거조이더니 곧장 돌아서서 저희들의 봉노로 뛰는 것이었다. 그간 지게문이 환히 열렸으나 봉삼은 오금이 펴지지 않았다. 한고비만 더 넘기고 보자는 심산에서였다. 조조의 살이 조조를 쏘았다는 말이 있듯이, 과연 봉노에 있던 여리꾼들이 한 다리로 쏟아져나와서는 첫번 나왔던 놈이 지게문을 열어두고 돌아선 사이에 봉삼이 도망하였으니 이는 잔꾀에 놀아난 셈이라고 낭패들을 하는 것이었다. 홰를 달아맨 짐방들이 곳간 어름은 두 번 다시 뒤지지 않고 사방의 행랑으로 흩어지는 것이었다. 그때를 기다려 봉삼은 곳간에서 기어나왔다. 포전 행랑엔 전방 지키는 서사 두어 놈만 남고 휑하니 비어 있었다. 앞채를 나와보니 홰를 쳐들고 그의 행처를 찾는 자가 십수 명이나 되었다. 봉삼은 얼른 어느 놈이 쓰다 버린 홰 한 자루를 주워들었다.

추쇄하는 짐방들 패거리 속으로 묻혀들어 덩달아 소동을 치고 분주를 떨었으므로 어느 놈 하나 수상쩍어하는 기색이 없었다. 가근방의 여러 전방에서 쏟아져나온 시정 잡배들이라 서로 용모가 익지 않았고, 또한 때아니게 불쑥 나타난 위인이라 할지라도 인사수작 나눌 경황이 없었다. 봉삼은 앞에서 꺼진 홰를 쳐든 채 알짱거리고만 있는 한 놈에게 불쑥 물었다.

"여보게, 포전 어름만이 아니라 입전 어름이나, 아니면 가근방 여염집 내정에라도 돌입을 한 건지 모를 일이 아닌가?"

위인이 뒤돌아보지도 않고 대답하기를,

"동상전 여염집으로도 한 다리로 몰려들 갔다네."

"어느 전방 사람들인가?"

"어느 전방놈들인지 알 턱이 있나."

"그놈이 한사코 튈 놈이지, 어리무던하게 근방에서 게 기듯 하고 있을 턱이 있나. 우리 그만 들어가세."

"나도 마찬가지여. 자던 입에 콩가루 털어넣기지, 이게 무슨 적당 치 못한 처사인가, 원. 놈을 잡으면 당장 육젓을 담글 터이지만 이 야 밤에 어디 가서 놈을 찾는단 말인가, 밝은 날에 볼 일이지……"

"그만 돌아가세."

"그만 가긴? 기왕 나온 김에 소이문 밖 탕촌으로 가죽방아나 찧으 러 가야지. 자네 초면이긴 하네만 꽃값깨나 지녔거든 날 따라가세. 내 엉덩이 푸짐하고 색에는 행요가 일품인 조개장수 한 년을 붙여줌 세."

"이끼, 그만두게. 내 색탐하다 신세 망친 놈일세."

"자네 보아하니 어깨가 축 늘어진 푼수하며 우거지상하며가 근력 이 부쳐 보이네. 어디 창병이라도 앓고 있나?"

"말이면 단가? 어서 자네 볼일이나 보게."

"난 저 입전 고샅으로 뛰는 척하겠네."

위인은 뒤돌아보지도 않고 옹구바지를 추스르고는 입전 장옥(長

屋)이 빤히 내다보이는 뒤회랑으로 잔나비처럼 냅다 뛰는 것이었다.

천봉삼이 잠시 주저하며 길 한가운데 서 있는데 입전 행랑에서 올라오던 패거리들이 대여섯 칸 밖에서 소리쳤다.

"임자, 그놈 못 봤소?"

얼핏 고개를 돌리니 그에게 무릿매를 놓았던 포전의 잡배들도 끼여 있었다.

"못 봤기에 이렇게 서 있는 게 아니겠소?"

"그런데 물귀신에 발목 잡힌 놈 모양으로 놀라긴 왜 그렇게 놀라시오? 혼자서 그러지 말고 이리 와서 합세를 하십시다."

"글쎄요……"

"어느 전방 동무시오?"

"동상전이오."

"그러면 알 만한 처진데……"

패거리 중에 두 놈이 뜨악한 기색으로 스름스름 다가올 눈치인데, 약차하면 즉살이다 싶어,

"난 홰부터 갈아야겠소."

한마디를 남기고 조금 전 한 놈이 사라졌던 회랑 뒷길로 빠져들어 갔다. 가근방에서 잘못 얼씬거리다간 아무래도 뒤끝이 좋지 않을 것 같았다.

매에 쫓기는 꿩의 신세이니 어디인들 숨을 곳만 있다면 다급한 대로 뛰어들고 보아야겠다는 생각이 들었다. 이 어름이 입전 행랑이랬으니 월이를 만나자면 멀리 뛸 까닭도 없었다. 마침 행랑 뒷문이 빼 쭘하니 열려 있는 집이 보였다. 얼른 보아도 앞채가 입전 장옥이요, 뒤채는 짐방들이 거처하는 봉노였다. 곳간을 찾아보았으나 모두가

걸쇠가 잠긴 터요, 쇠가 없는 곳은 불이 켜진 봉노뿐이었다. 장지문 틈으로 엿보았으나 등잔만 혼자 타고 있을 뿐 휑뎅그렁한 빈방이었다. 잠시 망설이는 중에 횃대에 걸린 옷 한 벌이 눈에 들어왔다.

시전 어름을 무사히 빠져나가자면 우선 피칠갑이 된 옷부터 갈아입어야 할 것이었다. 이 행색으로는 도망하는 노복이나 옥사 치르던 죄인으로 취급받기 십상이니 몇 행보를 못 가 잡힐 판이었다. 그는 장지를 열고 방 안으로 성큼 들어섰다.

방구석에 놓인 것은 키 얕은 소반과 넙적한 다듬잇돌이요, 시렁 위에 얹힌 것은 헌 이부자리에 다 깨어진 고리짝이었다. 벽에 걸린 것이라곤 새까만 등잔걸이 하나뿐인 것으로 보아 비천한 행랑것들의 거처가 분명한데, 꼼꼼하고 맵짜 보였다. 윗방으로 통하는 지게문을 가만히 열어보니 채독과 중들이 항아리와 함지들이 어지러이 널려 있었다.

아랫방 멍석자리 위엔 아랫목으로 조그만 기직 한 닢이 깔려 있었는데 그곳에 반짇고리가 놓여 있었다. 그 반짇고리를 바라보던 봉삼은 오래도록 시선을 떼지 않았다. 반짇고리에 담긴 수젓집 하나가 얼른 보아도 눈에 익었기 때문이다.

그는 수젓집을 집어들었다. 열어보았더니 그 안에서 산호비녀 한 개가 나왔다. 땟국이 꾀죄죄한 수젓집은 최돌이가 생전에 지녔던 것이고, 산호비녀는 최돌이가 재취 장가들던 첫날밤을 새우고 봉삼이 형수님을 얻은 정표로 월이에게 건넸던 귀물이었다. 최돌이가 비명 횡사한 후에 시신에서 수젓집을 떼어 가슴에 품고 섬진강 유역의 가 팔진 산길을 오르면서 월이는 얼마나 가슴 쥐어 울었던가. 봉삼은 그 순간 온 삭신에서 기가 빠져 달아난 듯한 허탈을 느꼈다. 그는 횃대에 걸린 옷을 벗겨낼 요량도 못하고 방 안에 우두커니 서 있었다.

그때, 마당을 건너오는 발소리가 들렸다. 봉삼은 얼른 횃대의 옷을 걷어들고 상방으로 올라가서 지게문을 단단히 걸고 채독 옆에 쭈그리고 앉았다. 누군가 아랫방으로 들어오는 기척이었다.

아랫방에서는 담배 한 대 피울 참 동안이나 아무런 기척이 없다가 분명 지게문 사이한 상방 쪽에 대고 나직이 말하는 것이었다.

"이제 안심해도 좋으니 윗방에 계신 분은 냉골에 앉았지 말고 이리로 건너오십시오."

"……"

"무슨 배포로 예까지 들어오신지는 모르겠으나 저를 찾아왔다면 대면을 해야 하지 않습니까. 제 목소리를 듣고도 종내 가만 계시려는 겁니까?"

봉삼이 그 목소리를 모를 턱이 없었다. 그러나 월이의 깊은 연충을 알 길이 없으매 섣불리 나설 수가 없었다.

"마침 불씨 할 당황을 구처하러 나갔다가 돌아오는 길에 문밖이 소연하여 지켜보았더니 동사하던 동무님이 담장 밖을 기웃거리는 것을 먼빛으로 보고 가슴이 철렁 내려앉았습니다. 대문 안으로 숨어드는 것을 보고 조바심 끝에 뒤따라 들어왔습지요. 이웃 포전에서 도망쳐 나오신 거지요?"

봉삼은 그제야 지게문을 열고 아랫방으로 건너갔다. 우선 반가웠으나 서로가 격(隔) 난 사이였었으므로 탐탁해하지 않는 빛은 감출 수가 없었다.

"오지랖에 뼈를 쌀 각오로 뛰어들긴 하였습니다만, 나를 장차 어찌하려는 것입니까?"

한눈에 보아도 월이의 신수는 예와 다를 바 없었다. 알토란같이 포동포동하게 살이 오르고 외양이 박꽃 같을 줄 알았는데, 육탈골립(肉脫骨立) 그대로인 것이 그 순간만은 봉삼을 안심시키는 것이었다.

"제가 전방 사람들에게 고변치는 않으리다."

"그 상간에 마음이 변한 거로구려."

"화량포에서 배에서 내리셨단 말을 듣고 당장은 괴이하다는 맘이 들었으나, 언제든 저를 찾으리란 생각은 하고 있었지요."

월이는 짧은 한숨 끝에 소매를 걷어 눈자위를 씻었다.

"난 형수님께서 구메혼인*이라도 하여 팔자를 고치고, 맹구범이란 자의 현숙한 실인(室人)이라도 되어 신접살림에 깨가 쏟아지고 궁도(窮途)를 벗고 내로라하며 살 줄 알았더니, 아직도 기직자리에 몸 뉘는 처지라면 그 위인을 따라 예까지 올라온 연유를 더욱 알 도리가 없구려."

"제 속내가 애당초에 그 사람의 내자 되기를 바란 것이 아니었습니다."

"그렇다면 동사하던 우릴 괄시하고 내친 까닭은 무어며, 맹가를 따라온 까닭은 또한 무엇이오?"

"그건 묻지 마십시오."

"이 집이 형수님의 상전이던 조 소사가 첩실로 들어앉은 신석주의 입전 행랑은 아니오?"

"그것을 이 행랑에 와서야 알았습니다."

"그랬다면 조 소사를 만나보았겠구려."

• 구메혼인: 널리 알리지 않고 하는 혼인.

"탑골이란 곳에 살고 있다는 소문 듣고 삭신이 오그라들듯 놀랐습니다만, 일부러 찾아뵙지 않았습니다."

"옛 상전을 만나면 속전이라도 내놓으랄까봐 일부러 피했던 거지요. 그만한 속전이라면 맹구범을 달래서라도 얻어낼 수가 있지 않습니까."

"그전에 제가 할 일이 있기 때문입니다. 그러나 아직은 말할 처지가 아닙니다. 그것보다 우선 동무님이 쫓기는 몸이니 이를 어찌합니까? 여긴 숱한 사람들이 밤낮없이 드나드는 행랑입니다. 육장 숨어 있지도 못할뿐더러 잡히기만 하면 매타작을 할 겁니다."

"내가 횃대에 걸린 옷 한 벌을 걷어내렸소."

"차인 행수의 옷입니다."

"침모에, 물어미에, 반빗아치 노릇으로 연명이군요."

"무자리 천출인 백정의 딸로 이만하면 더 바랄 게 없지요."

봉삼이 슬쩍 퉁기었다.

"어찌 그다지도 사람이 변하였소?"

"제가 변한 것만 타박하여 지다위 마시고 탄로 나기 전에 숨을 자리 찾아서 살변이나 면하실 궁리부터 트시어요."

"숨을 자리는 차치하고 노독에 덮쳐 무릿매에 어깨뼈가 부러진 듯 기동부터가 지난입니다."

월이가 다가앉아 짠짓국같이 전 겉옷을 벗겨보니 어깻죽지 여기 저기가 먹장 갈아 부은 것같이 되었다. 월이는 피칠갑인 옷을 벗기고 새 옷으로 갈아입히었다. 어깻죽지뿐이 아니고 몸뚱이 어느 한 구석 인들 성한 곳이 없었으니 그 몰골을 해가지고 지금껏 앉아 버틴 것이 용하달 지경이었다. 그러나 행랑살이 신세인 월이로서는 봉삼의 한 몸을 온전히 숨길 만한 처지가 아니었으니, 쫓기는 봉삼이나 숨겨줄 월이나 신세 망측하긴 서로 다를 바가 없었다.

굴신을 못하는 봉삼을 이 지경으로 내쫓는다면 동무였던 처지로도 못할 일이지만 평생 동안 심기가 괴로울 것이었다.

월이는 지게문을 열고 부엌으로 나가서 차인·짐방 들이 먹다 남긴 대궁상을 거두어 미음을 끓여 들여왔다. 회(蛔)가 동했지만 왼손으로 겨우 술질을 하고 있는 봉삼에게 물었다.

"제가 동무님을 숨기어 쾌차한 다음엔 어찌하려는 겁니까?"

"조 소사를 찾아 나서얍지요."

"차라리 달걀로 바위를 치시지. 아씨를 찾아서 무엇을 도모하시려는 겁니까. 전사에 정분을 나누어 다 못한 포한이 있기로서니 지금은 서로가 처신이 다른 몸, 만나보셔야 가슴만 상할 뿐입니다. 또한 둔신(遁身)할 재간도 없고 보면 신 대인의 수하 사람들에게 잡히기 십상이 아닙니까."

"잡히고 안 잡히고는 나중 보아야 할 일이고, 조 소사의 마음이 변한 것도 상면해보아야 알 일입니다."

"시전 회랑을 돌아다니며 진대*를 부린다고 성사될 일이 아닙니다. 신 대인께서 아씨를 손때 먹여 몸가축을 시키고 밤낮으로 곁에 두고 화초같이 쓰다듬는다는 소문이 시전에 파다합니다. 감히 동무님께서 덧들이도록 놓아둘 리도 만무하지만 아씨가 반겨줄지도 짐작하기 어렵습니다."

"육장을 당하든 즉살이 되든 그건 내가 당할 일입니다. 그러나 형

• 진대: 남에게 달라붙어 떼를 쓰며 괴롭히는 짓.

수님께 꼭 한 가지 당부할 일이 있습니다."

"제 한 몸 처신도 변변치 못한 주제로 무슨 구실을 할까요."

"조 소사를 찾아가서 내가 시전 어름에 당도하였다고 연통이나 놓아주십시오."

"저는 못합니다."

"동사하던 우리를 버린 연유만은 묻어둘 일이라도 불원천리 조 소사를 찾아온 남정네의 연충을 헤아리지도 못하시겠단 말씀이오?"

봉삼이 분연히 역정 난 소리로 물었어도 월이는 눈썹 한 번 까딱도 않았다.

"숨을 거처나 찾읍시다요. 벌써 홰칠 때가 되었습니다."

아무리 궁리를 터봐도 엄장 크기로 소문난 봉삼을 숨길 만한 곳이 없었다. 그때 궐녀의 뇌리를 스치는 것이 봉노의 고미다락*이었다. 그곳이라면 사나흘 지간이라 한들 짐방들이 눈치채지 않게 숨겨두고 끼니 수발을 해줄 만하였다. 봉삼을 고미다락으로 올리고 기직자리 위에 몸을 누이는데 벌써 동상전 어름에서 홰치는 소리가 들려왔다.

여윈잠 끝에 짐방들의 아침동자를 짓고 있는데, 행랑 청지기가 달려와서 맹구범이 찾는다고 연통을 했다. 맹구범에게 불려가서 첫 수작이, 네 천봉삼이란 놈을 알고 있겠지 했을 땐 가슴에서 철렁 하는 소리가 들렸으나 숨기고 있다는 사실만은 모르고 있는 눈치라 적이 마음을 놓았다. 그날은 눈치껏 뒤를 사리면서 하루해를 보냈다.

전방 문을 닫을 즈음에 맹구범이 느닷없이 월이가 거처하는 뒤행랑 봉노에 들어섰다. 반짇고리를 안고 바람벽으로 비켜 앉은 월이를

---

* 고미다락: 고미와 보꾹(지붕의 안쪽 천장) 사이의 빈 곳. 다락방.

몇 각이나 빤히 바라보던 맹구범이 물었다.

"어떻더냐? 위인의 행처는 수탐해보았느냐?"

"포전 어름에 있는 행랑 사람들에게 수소문도 하고 곳간을 다시 한번 뒤져보라고 퉁겨도 보았지만 그 위인이 아직 곳간에 있는 것 같지는 않았습니다."

"그놈이 잠주를 한 행처를 알고도 네가 거짓 발고하는 건 아니겠지?"

"쇤네가 무엇에 상성을 하여 그 위인을 보비위하겠으며, 무엇을 노리어 거짓 발고를 하겠습니까?"

"그렇던가?"

"만약 쇤네의 거짓이 탄로 나는 날엔 연좌되어 대욕을 당할 것인데, 간담이 배 밖에 나온 계집이 아니고서야 어찌 나으리 앞에서 권도(權道)*를 쓰겠습니까?"

"네 심기를 모르는 바는 아니다만 입이 싼 짐방놈들 사이에서 수상쩍은 말이 돌아서 그런다."

"수상쩍은 말이라니요?"

월이가 침선하던 손을 멈추고 빤히 맹구범을 쏘아보았다. 맹구범이 그 눈길을 피하면서,

"어젯밤 너만 거처하는 이 봉노에서 난뎃놈으로 보이는 웬 사내의 목소리가 들렸다지 않느냐……"

"저런 난리가 있습니까. 왜 무고한 계집을 두고 거짓 하자를 할까요? 그럼 쇤네가 외간 사내를 행랑으로 불러들여 화낭을 놀았다는

• 권도: 목적 달성을 위해 그때그때 형편에 따라 임기응변으로 일을 처리하는 방도.

겁니까, 통을 쨌다는 것입니까. 보고 들었단 위인은 왜 등시포착은 않고 나으리께 달려가서 발쇠를 놓았더란 말입니까. 그 위인을 잡도리하든지 쇤네를 족치면, 월장했던 위인을 찾을 수가 있겠군요."

"아니래도 내 그놈을 족쳤더니 나중엔 어물어물하는 게 도통 영별*치가 못하더구나."

"그 거짓 하자한 위인이 누구이옵니까? 왜 일없이 쇤네를 모함하려는 것입니까?"

"전방의 잡배들이란 게 태반이 그런 놈들이 아닌가? 내가 그놈 말을 곧이들었다면 네게 속사정을 털어놓았을 리가 있겠는가?"

"나으리께서 쇤네를 믿고 계시었으니 망정이지, 까딱하였다간 앙화 입지 않았겠습니까."

맹구범의 입가에 그 순간 싸늘한 웃음이 지나갔다. 그가 책상다리로 고쳐 앉으면서,

"우리끼리 무어 휘할 일이 있겠느냐. 네 정녕 봉삼이란 놈과는 통모한 일이 없었것다?"

"통모를 하였다면 쇤네가 무슨 반죽으로 핵변을 늘어놓겠습니까. 나으리께서 공연한 희롱이시라면 이제 그만 되었으니 앞행랑으로 건너가십시오."

"침선할 계집이야 네년이 아니더라도 얼마든지 있다."

맹구범이 분연히 결을 붉어올리니 월이가 화들짝 놀라 쳐다보았다.

"왜 불각시에 호년을 하고 이러십니까?"

"네년의 입놀림이 가소롭구나. 내 너에게 없던 정분이나마 일구어

네년을 취하려고 마음을 고쳐먹던 중에, 이제 와서 나를 속이려 들었으니 너를 취하기는커녕 대명천지에서 살아남기는 글렀구나."

"무슨 말씀입니까, 나으리?"

"외방에서 너를 만났을 때 천출치고는 식견도 있고 살신도 그만하고 하여 데리고 온 건 네년도 짐작하렷다? 그런데 이제 와서 나를 속이려 드느냐?"

처음과 달리 맹구범이 안면을 바꾸고 장지 밖에 신발 소리가 어지러워 월이는 가슴이 죄어드는 것이었다.

"이 방자한 년, 어째서 그놈을 구해주었느냐? 서로가 정분이라도 둔 사이냐? 아니면 통모라도 하여 나를 해할 작정이었더냐?"

"그 위인과는 형수님 도련님 하는 사이로 어찌 정분을 둔단 말입니까?"

"상풍패속(傷風敗俗)*이 낭자한 상것들 풍속에 형수님, 아우님이 가당하냐? 색에 굶주린 연놈들이 상간(相姦)하는 데 범절을 가린단 법 내 아직 듣지 못하였다. 이 박살할 년, 여기서 바른대로 발고치 않으면 아예 즉살을 시키리라."

"쇤네는 그 위인과 통모를 한 사실도 없으며 콧등도 본 일이 없습니다."

"내가 그놈의 콧등을 보여준다면 어떻게 하겠느냐?"

"콧등을 보이시면 구경하는 거지요. 그게 쇤네와 무슨 상관입니까? 이미 그 위인들과는 여러 달포 전에 분수작별한 터요, 또한 서로 미련 둘 연비 간도 아니었습니다."

• 상풍패속: 풍속을 문란하게 함.

맹구범은 더 이상 참고 있을 수 없었던지 장지문 밖에다 대고 소리질렀다.

"애들아, 들어와서 이년을 아주 단단히 죄어라."

바깥에서 기다렸다는 듯이 짐방 두 놈이 장지문을 내꽂을 듯이 젖히고 들어와선 월이를 꽁꽁 동였다.

월이는 이제 세상 하직하는 꼴을 보게 되는구나 하면서 결박 짓는 대로 맡겨두었다. 거친 짐방놈들의 행티를 바라보고 있던 맹구범이,

"그년을 아주 운신 못하도록 닦달을 하였거든 저리 제치고 앞행랑으로 가서 환도를 가져오너라."

짐방놈이 놀라서 되물었다.

"행수님, 환도는 어디다 쓰시려구요?"

"저 고미다락에 육젓을 담글 고기가 있느니라. 내 그 육고기를 다락에 둔 채로 아예 산적으로 꿰어내리라."

짐방놈이 득달같이 달려가서 환도 한 자루를 들고 왔다. 맹구범이 칼을 건네받자 지체 없이 고미다락 한편에다 칼을 쑤셔박았다. 그때 소리친 건 포박을 당한 채 뒹굴던 월이였다.

"도련님, 그만 내려오십시오. 그냥 있다간 개죽음을 당하십니다."

금세 다락문이 열리고 엄장 큰 사내 몸뚱이 하나가 봉노 바닥 기직자리 위로 뚝 떨어졌다. 다행히 맹구범이 찔러넣은 칼에는 맞지 않았는가보았다.

"저놈은 운신을 못하는 놈이라 묶을 것까지야 없다. 너희들은 앞뒤 대문이나 닫아걸고 멀찍이 물러서서 지키고 섰거라."

"행수님, 그럴 거 있습니까? 이놈은 이미 명부에 이름이 오른 놈이니 이참에 저승 야차와 맞대면을 시키고 말지요."

“그건 내가 먼저 구초를 받고 난 연후에 할 일이다. 이놈이 공연히 시전으로 돌입을 하였겠느냐? 그 속내가 어디에 있었는지 캐고 봐야 할 일이 아니냐.”

“그럼 평시서에다 이놈 잡았다고 보장을 넣을깝쇼?”

“너희들은 입도 뻥긋 말고 하회를 기다려라. 내 이놈을 좀 별나게 다루어볼 일이 있느니라.”

“헛, 이거 마침 신명이 나려는 판에 중동무이한 꼴일세.”

두 놈이 봉당으로 내려가는 것을 기다려 기진맥진한 봉삼의 턱에다가 칼끝을 갖다대며 맹구범이 물었다.

“네 이 안갑을 할 놈, 네놈을 전주에서 만났을 때 내가 술수하여 네놈이 행상 다닐 밑천까지 장만해준 일이 있거늘, 오늘날 여기까지 잠입해서 난전질을 하여 사단을 벌이고 하물며 입전 행랑에까지 돌입하여 몸을 숨기고 작패할 거조를 보이니, 이는 네놈의 속내에 다른 간계가 있다는 증거다. 만약 바른대로 대지 않으면 타살을 시킬 터이니 그 연유를 바로 일러라.”

“……”

“어서 토설하지 못하겠느냐?”

“난전 벌인 것은 시전 풍속의 맥을 몰랐던 탓이요, 여기까지 숨어든 것은 입전을 겨냥하여 형수님을 찾아온 것뿐이오.”

“이 발칙한 놈, 네놈의 밑천이 사백 냥에 이르는데도 겨우 북덕무명 몇 필로 난전을 벌일 때는 그것이 길미 때문이 아니라 뭔가 속 다른 계략이 숨어 있다는 것쯤이야 코흘리개가 아닌 내가 짐작하지 못할 것 같으냐? 네놈도 향시에서 놀던 가락이 있어 도통 숙맥이 아닌 줄 아는 터에, 난전을 벌여 횡액을 자초한 근저에는 저년을 만나자는 것 외에 딴 배포가 있었을 게 아니냐?"

"옳은 말이오. 내가 종루 어름에서 난전을 벌인 것은 댁네를 찾아
내기 위함이었소."

"이놈, 댁네라니? 내 지체가 차인 행수에 불과하나 삼사(三司) 옥
당(玉堂)˙에서 놀던 양반 중의 양반도 내 앞에 오면 오금을 못 펴거
늘, 되다 만 보부상 나부랭이가 어찌 함부로 댁네라 호칭하느냐?"

"댁이 내게 층하를 하는데, 그럼 공대로 부를까요?"

"이 요절을 낼 놈, 얻다 대고 불측한 대거리냐. 그래, 나를 만나서
어찌할 작정이었더냐?"

"형수님을 찾으려 함이었소."

"그래? 하면 왜 화량 포구에서 배에서 내렸느냐?"

"그건 과천이나 송파 저자에서 소식이 돈절한 옛 행수 어른의 행
적을 수소문하기 위함이었소."

"그 행수란 놈은 누구냐?"

"그건 알아서 뭣 하오?"

"이놈이 왜 이리 뻣뻣드름하냐?"

"댁네가 알아보았자 소용없는 일이니까 하는 소리요."

"전일에 과천이나 송파에서 만나자는 약조가 있었더냐?"

"약조는 없었으나 그분은 송파 저자에서 이름 석 자만 대면 모르
는 이가 없는 쇠살쭈였소이다."

"도둑의 접주가 아닌 게 다행이로구나. 네 행수란 놈은 죽었다더
냐, 살았다더냐?"

"죽었단 소문도 있고 살았단 소문도 없지 않았소이다."

"어쨌든 네놈은 생긴 뼈대하며 대담하기 이를 데가 없는 놈이구나. 지금 시전 바닥이 네놈을 추쇄하려 눈이 시뻘겋고 격문까지 내어 네놈의 용모파기가 곳곳의 임방과 전방에 쫙 깔렸거늘, 바로 내 코밑에 와서 엎디고 있는 배짱은 웬 거냐?"

"나야 이판사판이 아니우."

"성님 성님 하면서 짐 지우더라고 네놈이 혹여 이년과 통음을 한 사이는 아니야?"

"아까 고미다락에서도 잠깐 들었소만, 보부상의 범절이 문란하기 그지없기로서니 수상으로 모시던 동패의 안해 되었던 여자와 감히 정분을 낸단 말이오? 시전의 상인배나 한량들은 형수님과 상피(相避)를 하시오? 내 또한 상투는 틀었소만 미장가로 하물며 청상이 된 형수를 건드리겠소?"

"네놈의 상투는 외자로 튼 것이냐?"

"그렇소."

"정녕 네 뜻이 이년을 만나자는 것뿐이었더냐?"

"내 뜻이 거기에 있지 않았다면 동사하던 동무님을 고향으로 보내고 단신으로 이 경난을 겪을 리 만무하지 않소?"

"내게 원혐을 가졌느냐?"

"그렇소이다."

"그것이 이 계집을 예까지 달고 왔다는 단 한 가지에 연유하느냐?"

"그것밖엔 아무것도 없소."

"그렇다면 이 계집을 내어줄 것이다. 그러나 네놈은 평시서나 형조에 넘겨서 율로 다스리는 반면, 도방에 격문을 내어 차후로는 아예 행상을 못하도록 네놈의 이름 석 자에 꺾자를 치리라.”

“내 일진이 나빴을 뿐이오.”

“이제 네놈은 비부쟁이가 되어 호구하거나, 그게 싫으면 동냥아치나 되는 방도밖엔 없게 되었다.”

“비부쟁이가 아니라 무당의 사위가 되어도 좋소이다. 내 한 몸 어디 가서 하루 두 끼 밥이야 주변하지 못하겠소? 형조라는 곳이 어디 붙었는지 모르겠으나 내 압송되어 중곤을 당하리다. 그러나 이 부질없는 육신에 명이 붙어 있는 한, 이 구박과 서러움을 잊지는 못할 것이오. 내가 난전을 벌인 것도, 그리고 시전의 상인배들에게 쫓기게 된 것도 근저에는 필경 댁네의 안하무인격인 횡포에 있었거늘, 나를 칼산지옥에 떨어뜨린 댁의 심기도 편하지는 못할 것이오. 제도로야 반상과 적서의 구별이 엄연하지만 상것이라 한들 가슴에 맺힌 포한쯤이야 풀지 못하겠소?”

“보아하니 네놈이 내 앞에서 공갈을 하고 있지 않느냐?”

“상것의 공갈은 뼈에 사무친 것이니, 꼴같잖은 반명들의 으름장에 비하면 차고 맵기가 서릿발이오.”

“내가 욕을 당하지 않으려면 네놈을 불가불 여기에서 즉살시키는 방도밖엔 없게 되었구나.”

“형수님이 풀려나고 내가 즉살을 당한다면 내 기꺼이 그 길을 택하리다.”

“너희 연놈을 한꺼번에 즉살시킨다면 어떻게 하겠느냐? 혼백으로라도 나를 괴롭히겠느냐?”

“내 동패하던 동무님과 같이 오지 않은 연유가 거기에 있소이다.

그 동무님과 나는 형제의 우의를 맺은 터요. 내가 입전의 차인 행수 손에 타살당했다는 소문을 듣는다면 아마 그 동무님은 백사를 제치고 내 포한을 풀어줄 것이오. 향곡의 저자 처마 밑에서 흙무지 베개로 노숙하며 한 입 연명에 백 리를 걷는 보잘것없는 신세들이 보부상이라 하나, 동료가 무고히 욕을 당했다는 데는 끼니를 먹다가도 수저를 놓고 분연히 일어나서 동료를 구하니, 댁네의 권세가 하늘에 닿고 댁네의 결찌들이 홍두*라 하더라도 거기에 당적할 무리는 없소이다. 댁네의 술수가 또한 범상치 않다는 것도 알고 있소이다. 그러나 성명 없는 보부상들 중에서도 술수와 계략에 출중한 사람은 허다하오. 다만 일찍이 역마살에 들어 외방 저자를 돌고 있는 신세들일 뿐, 그들을 모조리 숙맥이요 등신으로만 알았다간 큰코다칩니다.”

그참에 이르러서 맹구범은 탈기하고 웃었다. 시전의 차인 행수로 보부상의 풍속을 모를 턱이 없었으니 봉삼이 내뱉는 말이 공갈이 아니란 것쯤은 알고 있었다. 맹구범이 그렇게 웃은 일은 공갈에 주눅이 들어서가 아니라 천봉삼이란 위인의 배짱과 담력에 있었다.

결박을 당하고 이제 명이 흩벽에 가려진 처지였건만 구차스럽게 목숨을 구걸하기는커녕, 되레 덮어씌워 공갈을 놓고 율기를 하고 한마디 공대도 없었으니 사내의 결기가 그만하면 어디 가도 꿀릴 처지가 아닌데다, 외방 저자의 장돌림 신수답지 않게 남중절색(男中絶色)이니 잠시 생각해보아도 이만한 결기를 가진 놈이 제 수하에는 없었다. 엽전 한 꿰미에 동료를 팔고 은자 몇 닢에 동료를 음해에 빠뜨리는 시정의 잡배들 중에 저만한 인물이 또한 몇이나 될까. 천봉삼을

• 홍두: 행동거지가 드세고 기운찬 사람을 비유.

형조로 넘기기보다는 수하에 두고 부리는 것이 옳다는 생각이 없지 않았다. 그러나 이런 위인이야말로 수하에 오래 두면 화근이 되기 십상이 아닌가.

그때 맹구범이 장지를 열고 의연히 소리쳤다.

"애들아, 이 연놈을 단단히 죄어 장방에 내리고 명 끊어지지 않게 구메밥이나 먹여라. 그리고 너희놈들은 가근방 전방에는 물론이요, 행여 대주 어른께도 이 사단을 발설해서는 안 된다."

"염려 붙들어매십시오, 행수님."

"장방 앞에는 수직을 세워라."

맹구범은 그길로 탑골로 나갔다. 신석주의 본댁은 대갓집들이 많이 살고 있는 북촌 안국방의 구름재 못 미처였다. 마침 신석주는 본댁의 대방마님이 앓아누웠다 하여 탑골에는 없었다. 신 대인은 조 소사를 화처로 맞아들인 이후 육장 탑골 소실댁에서만 기거하며 손때를 묻히는 것이었고, 또한 조 소사의 울 밖 출입을 달가워하지 않았으므로 궐녀를 은밀히 만난다는 건 이런 기회가 아니면 지난한 일이었다.

대문을 따준 업저지에게 연통하여 잠깐 뵙자고 하였더니 얼마 있지 않아 조 소사가 건넌사랑으로 나왔다.

"어쩐 일입니까?"

궐녀는, 맹구범이 재하자라 하나 함부로 해라로 대하지 않았고 사내 앞에서 고개를 마주 드는 법이 없었다. 몸가축에 흐트러짐이 없으되 박꽃같이 하얀 살신 어디엔가는 기우는 달빛 같은 우수의 빛이 서려 있었다.

"청지기를 시킬 일도 아니어서 제가 쫓아왔습니다."

궐녀의 이마에 잠시 긴장이 어리었다.

"시생이 전주에서 만났다던 그 천봉삼이란 난전꾼이 그저께 밤 시전 행랑에 나타났습지요."

궐녀는 떨리는 손으로 귀밑머리를 쓸어올렸다.

"시전 어름에요?"

"그저께 포전 행랑 근처에서 켯속도 모르고 상목 몇 필을 내놓고 난전질을 하다가 여리꾼들에게 발각되어 장방에 갇혔는데, 마침 도망하여 우리 전방으로 잠주해온 것입니다."

"지금 어디에 있습니까?"

"저의 전방 곳간에다 가두었습죠."

시선을 둘 곳 몰라 하던 궐녀가 불 꺼진 와룡촛대만을 한참이나 바라보고 앉았다가,

"장차 그 사람을 어찌하려는 것입니까?"

"시생인들 어찌할 방도가 없게 되었습니다. 난전꾼을 잡으면 평시서나 형조로 넘겨 율로 다스림이 원칙이요, 그 위인 또한 시전을 발칵 뒤집어 사단을 벌인 터라, 수하에 있는 아이들 보기에도 그냥 백방을 해버릴 수 없게 되었습니다."

짧은 한숨이 궐녀의 입에서 흘러나왔다.

"나으리께 말씀 올리고 아씨마님 댁으로 데리고 오는 것이 상책일 듯합니다."

"……"

"나으리께서 지금까지는 모르고 계셨다 할지라도 아씨마님과 일가붙이란 게 드러나면 오히려 기뻐하실 일이 아닙니까?"

궐녀는 그 말에는 대척을 않고 다시 묻기를,

“어찌해서 시전에까지 올라갔다 합디까?”

“어젯밤 곳간에 가두기 전에 제가 몇 마디 물어본즉슨 아씨마님을 겨냥해서 서울 길에 오른 듯하더이다.”

“그렇게 말하던가요?”

“둘러대는 거조가 분명하였습니다.”

“행수께서 장만하여 주었다는 밑천은 그대로 지닌 터입디까?”

“시전 사람들에게 쫓기는 동안 상목이며 행리들을 취탈당하고 옹구바지 홑저고리에 신수가 말이 아니어서 다급한 대로 제 옷 한 벌을 껴입혔습니다.”

“행수께선 다른 방도가 없습니까?”

“보아하니 궐자가 숙맥도 아니요, 난전꾼치고는 남중절색이더이다. 아씨마님께서 좋다고만 하시면 우리 전방에 두고 동사를 시키는 게 어떨까요?”

궐녀는 발끝에 시선을 떨군 채 대척이 없었다. 속내 같아서는 당장 쫓아가서 정랑을 만나고 싶었지만, 그랬다간 어떤 앙화를 입게 되는지 앞이 캄캄한 일이었다. 게다가 맹구범이란 자도 이미 두 사람 사이가 일가붙이는 아니란 걸 눈치챈 듯 오금을 박고 나오는 데는 피해 나갈 재간이 없었다. 그렇다고 자기 한 몸을 겨냥하여 풍찬노숙(風餐露宿)으로 천 리를 한사하고 달려온 정랑을 다시 외방으로 내쫓으란 말은 할 수 없었다. 맹구범은 벌써 궐녀의 심기를 떡 먹듯이 헤아리고 전방에다 박아두자고 하는 것이 아닌가. 일테면 코앞에까지 달려온 정랑을 내치기 가슴 저리고 가까이 두고 만나지 않을 배짱도 궐녀에겐 없었다.

“내가 여기 있다는 것을 알려주었습니까?”

"아닙니다. 아씨마님께 미리 연통을 한 후에야 조치할 일이 아닙
니까."

"행수께서 방도를 구처해주십시오. 허나 이 집 가근방에는 얼씬하
지 못하도록 유념해주십시오."

"이번 일은 아씨마님과 저만 알고 조명 나지 않도록 만사를 닦달
하겠습니다."

"잠깐 기다립시오."

궐녀가 안방으로 건너가더니 향낭 하나를 가지고 나왔다.

"겸사를 마시고 받아주십시오."

맹구범이 종루 전방으로 돌아와 향낭을 풀어보았다. 용잠(龍簪)이
며 매죽잠(梅竹簪), 삼작노리개 등속으로 금어치로 따져 기백 냥에
이르는 패물이 들어 있었다. 꿩 먹고 알 먹고 털 뽑아 부채 한다더니,
맹구범이야말로 호박이 덩굴째 떨어진 셈이었다.

조 소사와 천봉삼의 사이에서 잘만 처신한다면 신석주의 알짜배기
재산을 빼돌리는 데 그렇게 힘들일 일이 없게 되었다. 그깟 도저하나
명색뿐인 양반 행세가 무어며, 권문에 청촉질을 하여 고을을 얻어 환
로에 든들 무슨 잇속이 있겠는가.

맹구범은 밤이 이슥토록 기다렸다가 장방에 내려 가둔 봉삼의 결
박을 풀고 행랑의 신방으로 불러올렸다.

무릿매에 몸이 성한 곳이 없는 위에 곡기조차 못한지라, 외양이 수
척하여 수구(水口)에다 내다버리면 개호주가 달려들어 뜯어먹을 처
지가 되었다. 처연한 낯빛으로 몰골을 바라보던 맹구범이 땅땅 벼르
지 않고 하게로 물었다.

"장방에 갇혀 있으니 지낼 만하던가?"

봉두난발이 된 봉삼은 고개조차 쳐들 기력이 없는 모양이었다.

"내 자넬 형조에 넘기려 하였으나 마음을 고쳐먹고 방송(放送)시키기로 하였네."

그런데도 봉삼은 이렇다 할 대척이 없었다.

"그러나 내가 자넬 방송시켰다 하여 시전 사람들의 추쇄를 면한 것은 아닐세. 그런즉슨 대명천지에 살기는 고사하고 외방 행상질로도 연명하긴 글렀다는 것일세."

"내 신세야 아무래도 좋소. 얼김에 나를 은휘(隱諱)•하였다가 연좌된 형수님이나 무사토록 선처하십시오."

"자네 코가 열 자나 빠진 터에 남의 오지랖까지 챙기려들다니……"

"데데한 외방 행상들끼리의 인연이었다 하나 수상 수하가 엄연하였고, 연골 때부터 정의에 소홀해선 안 된다는 것을 배워왔기 때문이오."

"그년에게도 곡절을 따지지 않겠네. 자네 역시 우리 전방에 남아서 시전 물리를 익히겠다면 내 뒷배가 되어줄 수도 있네."

천봉삼이 뒤로 뭉그적거려 바람벽에 등을 기대더니 한참이나 촛대를 바라보았다.

"나를 댁의 수하에 두고 문서 없는 종노릇을 시키려는 거요?"

"목숨 부지시켜준 것도 큰 은혜거늘, 다시 지체를 거론하다니?"

"차라리 자문을 해버리지, 댁의 수하에서 찬밥 먹긴 싫소이다."

"내게 딴 배포가 있어선 아닐세. 다만 자네의 말하는 푼수며 생긴 풍채가 예사롭지 않으니 감히 홀대할 위인만은 아니란 생각에서고,

---

• 은휘: 꺼리어 숨김.

또한 자네와 동사하던 여자를 달고 온 내 불찰도 없지 않은바, 갚음을 해주려는 것뿐이네. 이것을 빌미 삼아 따로 자네에게 청탁할 일이 있는 것도 아니요, 그렇다고 구박당할 일도 없다네."

분명 맹구범에게 딴 배포가 있다는 건 짐작하겠으나 이 몰골을 해가지곤 몇 행보를 못 나가서 횡사를 할 판국이니 속으로는 천만다행이다 싶었다.

9

장방에서 풀려난 이후로 근 열흘간이나 봉삼은 월이의 극진한 구완을 받았다. 그가 풀려난 지 사흘째 되던 날, 맹구범은 단신 쇠경다리께의 길소개를 만나러 갔다. 마침 송파로 가고 집에 없다는 판이라 허행을 하고 돌아서려는데, 낯짝이 외꽂이 된 길가가 대문을 밀치고 들어서는 것이었다. 상방으로 안돈하고 마주앉기 바쁘게 길가가 낭패당한 일을 직토하였다.

"장돌림 하는 패거리들이 송만치를 아예 도륙을 내고 튀었습니다그려."

"어떤 연유에서요?"

맹구범은 눈발이 좋지 않게 물었다.

"송만치가 제 계집을 업어온 쇠전꾼을 찾아내어 욱하는 김에 귀를 잘랐던 게 화근이 된 것 같습니다. 그놈들이 작패하여 송가를 아주 어육으로 만들었는데 신기를 되찾자면 개 마리나 삶아대어도 일삭이나 걸릴 것 같은데다 일어난대도 아주 병신이 될 것 같습니다."

"그렇다면 일이 파의되고 마는 게 아닙니까?"

맹구범이 그제야 사단의 심각함을 깨닫고 바싹 당겨앉았다. 길가는 맹구범의 가파른 눈발을 옆으로 슬쩍 피하면서 명토*도 없이,

"일은 난감하게 되었습니다."

"그렇다면 이런 낭패가 없소이다. 그깟 놈이야 어육이 되든 호병객*이 되든 상관없는 일이나, 수하 잡배들을 어중(馭衆)*할 위인이 없어지게 됐다면 이건 큰일이 아닙니까?"

"워낙 근본 없는 강상의 잡배들이라 간대로 놀아난대도 휘어잡을 만한 위인이 없소이다. 그렇다고 시생이 나설 수도 없는 처지이고 말입니다."

"조운선단이 뜰 날이 촉박한 터에 이제 와서 다른 결찌들을 모을 겨를이 없습니다. 그 잡배들을 휘동하자면 한 가지 방도밖엔 없소이다. 귀 좀 빌립시다."

맹구범의 입에다가 귀를 갖다대었던 길가의 두 눈이 화등잔만해졌다. 잠시 말문이 막혔던 길가가 겨우 대답을 하는데,

"만약 그랬다가 일이 탄로 나는 날엔 시생은 그 아수라 같은 잡배들에게 즉살당하는 것이 아닙니까?"

"그런 방도가 아니고서는 그놈들을 휘어잡을 방도란 없습니다. 무뢰배들에게도 저들끼리는 의리와 정의가 두터운 터라 송가란 놈을 병석에 두고는 배를 타지 않으려 할 것이오. 그다음에 그놈들을 다스릴 위인은 내가 수소문할 터이니 이 일만은 생원님께서 처결을 하십

• 명토: 일부러 꼭 지적하여 말하는 이름이나 설명.
• 호병객: 병자.
• 어중: 많은 사람을 거느려 다스림.

시오."

"나는 할 수가 없습니다."

"우거지상 하실 것 없소이다. 우린 동사 간이오. 자루 벌린 놈이나 곡식 퍼넣은 놈이나 한통속이 아니오? 내가 사주만 하였다 하여 생원님이 형조로 끌려갈 제 나 혼자 발뺌을 하겠소? 도통 생의가 나지 않거든 그럼 내가 맡겠소이다. 생원께서 그 떨거지들을 휘동할 인물을 찾아내겠소?"

"그렇다면 언제 일을 벌일까요?"

"오늘 밤이 좋소이다. 마침 달이 뜨지 않을 때이니 맞춤하고, 또한 그런 일이란 질질 끌다 보면 조명 나기 십상이니 빨리 해치우는 편이 좋소이다."

맹구범을 보내놓고 길소개는 해 지기를 기다렸다. 어둑발이 스름스름 내려앉기를 기다려 피룽을 뒤져 행상질할 때 입었던 긴 저고리와 옹구바지며 패랭이를 갖추어 행세를 달리하였다. 인정 치기 전에 숭례문을 벗어났다. 곧장 수리재를 넘어 살곶이를 거쳐 뚝도나루에 당도하니 이경 초가 되었다. 나루에는 이미 뱃길이 끊어지고 괴괴하였다. 강심을 타고 불어오는 바람이 차진 않았으나 사공놈을 잡는다 하여도 고분고분하니 나루질을 해줄 것 같지 않았다.

또한 잠행을 해야겠으니 멀쩡한 사공놈들의 눈에라도 발각되는 날엔 후환이 남기 십상이었다. 삼경이 되기 전에 삼전도에 닿아야 일을 그르치지 않을 것이었다. 길소개는 생각 끝에 맞춤한 주낙배 한 척을 훔치기로 하였다. 작정을 하고 갯벌 쪽으로 10여 칸을 다가가는데 뒷덜미에서 발소리가 들렸다. 갯벌로 소피 보러 나왔던 사공막 놈이 분명한데 몸을 숨길 사이도 없이 궐자가 먼저 수작을 걸어왔다.

“게 누구요?”

목청이 걸쩍한 걸 보니 대면을 않아도 목자는 험상궂을 법한데, 그때 길가는 에멜무지로,

“나 말이오?”

“거 엉뚱한 인사로군. 자다가 남의 다리 긁는다더니 여기 댁네 말고 또 누가 있소?”

“시생은 장돌림이온데 건너편 삼전나루까지 건너가야 하겠소.”

“이 야밤에 누가 식은 방귀라도 뀌었소?”

그제야 길가는 이죽거리는 궐자 앞으로 서너 발짝 다가서면서,

“말세가 곱지 못하시구려. 죽진 않았지만 골육이나 진배없는 동무님 한목숨이 시방 경각에 달렸소이다.”

“그렇다면 냉큼 사공막으로 뛰어와서 적선을 할 일이지, 어리무던하게 도선목부턴 왜 기웃거리시오? 배를 훔칠 작정이었소?”

“배를 훔치다니, 난뎃사람이긴 하오만 장돌림을 어떻게 보고 언사가 그 모양이시오?”

사공막 쪽으로 곧장 돌아서려던 위인이 무슨 생각에선지 뒤돌아서면서,

“선가만 두둑이 준다면 내 주낙배를 띄울 수도 있소이다.”

“선등(船燈)을 켜지 않아도 되겠소?”

“왜 등을 켜면 못 쓰오?”

사공놈이 뜨악해서 가까이 다가와선 길가의 낯짝을 살피는데, 코언저리에 난 칼자국이 섬뜩했다.

“내 일진이 나빠서 장안의 무뢰배들에게 쫓기고 있는 신세요.”

곡절을 몰라 아득해하던 사공놈의 표정에 그제야 환히 웃음이 피

면서,

"쩍 하면 입맛이라니까. 내 애당초 댁네가 잠상꾼인 줄 짐작은 하였소이다. 선등을 못 켠다면 선가는 곱빼기에 군돈도 적잖이 얹어주어야 하겠소."

대혹할 줄 알았던 길가의 낯짝이 금세 뜨악해지더니 한다는 수작이,

"나룻길 한 번에 아예 팔자를 고치려는 심보 같은데, 그렇담 그만둡시다. 어디 뚝도나루가 아니면 나루가 없소? 오강에도 큰 나루만 섬긴대도 열둘이 된다는 것쯤은 시생도 알고 있소."

"난데 장돌림 주제치곤 제법 빠삭하네그려. 좋소이다. 애새끼도 건드리다 울어야 맛이라고 기왕 꺼낸 말이니 건네드리리다. 선가는 생각해서 주시오."

위인이 느닷없이 고분고분해진 건 다행이나 길가는 사정이 여의치 않았다. 우선 몸에 지닌 것이라곤 샐닢도 없었을뿐더러 대용할 상목 자투리조차 지닌 게 없었다. 그러나 우선은 배부터 오르고 보자는 심산이었다.

사공은 약조대로 선등을 켜지 않은 채 칠흑같이 어두운 강심 속으로 배를 저어나갔다. 한 손으로 노를 젓는 일변, 한 손은 연방 사추리 속으로 집어넣어 긁어대더니 원산 명태 눈알만한 이를 댓 마리나 잡아 퉁기던 사공놈이,

"동패의 목숨이 경각에 달렸단 말도 거짓이오. 댁네 보아하니 잠상꾼이 틀림없구려."

슬슬 쓸까스르는 품이 아무래도 뒤끝이 좋지 않을 조짐인데, 놈을 심상하게 상종했다간 큰코다치겠다 싶어 좁은 창막이에 앉았던 길소

개는 결을 내어 쏘아붙였다.

"얻다 대고 농지거리시오?"

"대꾸가 신통치 못하면 내 댁네를 하백의 집으로 보내버리리다."

"내가 잠상질을 하는 놈이라면 설마하니 지닌 물화나 행담이 없었겠소."

"그야 판화전[*]이 거금이라면 어음으로 지녔겠지……"

"그렇다면 비양거리지만 말고 내 괴춤이라도 뒤져보시오. 어음이라도 나온다면 내 성을 갈겠소이다."

"그렇다면 오밤중에 도선목을 기웃거린 것하며 선등도 못 켜게 하는 거조는 무어요?"

"내 쫓기는 신세라 하지 않았소?"

"문안에서 난전을 벌이었소?"

"그 소문이 벌써 예까지 왔소?"

사공놈이 불현듯 말머리를 돌려서,

"도회청의 코밑에 있는 도선목에 어디 그런 소문뿐이겠소. 대갓집 대방마님의 두덩에 복점이 몇 개라는 것도 죄다 듣고 삽니다."

배를 젓다 말고 사공놈이 낄낄거리고 웃는데, 길가는 심상한 어조로,

"대갓집 마님 사추리에 복점 있다는 것 알아봤자 가당하겠소."

"누군 아니라오. 속살이 박꽃 같은 대갓집 규수들과 한번 통정이라도 해봤으면 뼈마디가 제 자국에 들어가겠다는 무뢰배들의 농이지요."

"까치 뱃바닥 같은 흰소리 그만두고 물길이나 얌전히 잡으시오."

"내 댁을 보아하니 장안에서 난전을 벌이다가 쫓기는 신세라 하였는데, 그렇다면 가졌던 물화나 전대하며 행리를 싸그리 털렸지 않았겠소? 그렇다면 무일푼이 분명한데 무슨 배짱으로 두둑한 선가를 내겠다는 거요?"

잊어버린 줄 알았던 사공놈이 오금을 박고 들었다. 길소개는 그때 힐끗 고개를 돌렸다. 지척에 시커먼 갈밭이 보이고 갯벌 냄새가 물씬 풍겨왔다. 본색을 드러낼 때가 되었다 싶어서,

"딴 방도가 없질 않소. 뒷덜미가 메슥메슥한 판에 우선 마려운 똥이었으니 돌옷이라도 뜯어 뒤를 닦을 수밖에."

그제야 사공놈이 찔끔했다. 그러나 짐짓 태연한 척하며,

"허, 그놈 반죽도 좋다. 네놈이 배를 훔치려 했던 것을 내 잊어버린 줄 알았더냐?"

바로 그때 길소개는 창막이판을 뒤축으로 차면서 벌떡 일어섰다. 배가 기우뚱하면서 요동하는 판에 사공놈이 잽싸게 노를 뽑아들고 길소개의 정수리를 내리치는 것이었다. 놋대가 짝 하면서 두 동강이 났다.

노가 두 동강 났다 하여도 길소개는 멀쩡하였다. 사공놈이 내려치려는 순간을 겨냥하고 있던 길가가 몸을 옆으로 살짝 비키자 노는 창막이 판자만을 힘껏 내려치면서 두 동강이 나버린 것이었다. 길소개가 몸을 날려 사공놈이 쥐고 있는 반 동강의 노 이쪽 끝을 잡고 빠듯하게 힘주어 당기다가 얼결에 놓아버리자, 고물 끝쪽에 서 있던 사공놈은 활개를 뻗치고 물길 속으로 곤두박이었다. 그참에 길소개는 동강 난 노를 잡고 있다가 수면 위로 상투를 내밀어올리는 사공놈의 어

깻죽지를 마련이 없이 내려쳐버렸다.

길소개는 재빨리 뱃길을 잡아 상류 쪽으로 몰아가서 갈밭 속에다 배를 숨겼다. 그는 허둥지둥 배에서 내려 삼전도 도선목을 벗어났다. 삼전나루에서 송파 저자목까지는 반 마장이 빠듯할 정도였다. 벌써 이경이 넘은 때라 길은 한산하였고 주등을 켠 집도 보이지 않았다. 그는 곧장 송파장 윗머리로 올라갔다. 쇠전 못 미처는 낮이면 좌상들이 나와 술이나 떡을 파는 떡전거리가 나오고, 고샅을 따라 훨씬 깊숙이 들어가면 창가(娼家)가 있었다. 창가라 하였지만 별다른 게 없이 섶은 솔가지로 두르고 싸리바자로 삽짝을 단 일잣집 초가일 뿐이었다.

길가는 행전을 풀어 미투리 바닥을 동였다. 족적을 남기지 않기 위함이었다. 삽짝을 따고 마당 안으로 들어섰으나 바깥의 인기척을 눈치채는 봉노는 없었다. 발소리를 죽여 뜰을 가로질러 오줌장군이 놓여 있는 끝쪽 상방 앞으로 다가갔다. 다른 봉노에는 모조리 불이 꺼져 있었으나 끝 봉노만은 등이 켜져 있었다.

송만치가 도부꾼들의 무릿매를 얻어맞고 몸져누웠다는 기별을 듣는 대로 달려와본 것이 바로 오늘 아침나절이었으니 그 봉노에 송만치가 누워 있다는 것을 길가가 모를 리 만무였다. 문설주에 귀를 기울이니 가래 섞인 밭은 숨소리 하나뿐으로 다른 인기척은 느낄 수가 없었다.

장지를 열고 봉노 안으로 들어섰다. 병객이 인기척을 느꼈던지 숨소리를 멈추었다. 그러나 운신을 못하는 주제에 다리까지 부러졌으니 돌아눕지도 못하였다. 길가는 병객의 빌치로 가서 앉았다. 만치는 정신만은 말짱한지라 고개를 들어보려 하였으나 그 또한 여의치 않은 모양이었다.

그때 길소개는 변복으로 입었던 긴 저고리를 벗어서 만치의 얼굴을 덮었다. 그것을 떨쳐내려고 고개를 주억거리는 것을 바라보며 길소개는 괴춤에 찔러넣었던 비수를 뽑아 쳐들었다. 저고리가 덮여 있는 위로 송만치의 폐부를 겨냥하여 힘껏 내리꽂았다. 꽂았던 비수를 비틀어 빼고 다시 꽂으려고 하는데 만치가 벌떡 반몸을 일으키고 앉았다.

그의 두 눈이 허공에 떠 있었다. 그러나 잠깐 사이에 퉁겨나올 듯한 눈으로 길소개를 홉떠보았다.

"길가, 이누움……"

송만치의 입에서 황소 영각 켜는 소리가 흘러나온 것과 거의 동시에 길가의 두번째 비수가 만치의 가슴에 꽂히었다.

눈자위가 허옇게 뒤집혀진 송만치의 엄장 큰 상반신이 삿자리 위로 벌렁 나자빠지자 가슴에서부터 선지피가 낭자히 뿜어나오기 시작했다. 병골의 몸에서 무슨 피가 그렇게 많았던가 싶게 흘러나온 피는 덮여 있는 긴 저고리를 적시고 삿자리를 적시는 것이었다. 만치의 한 목숨이 요절났다 하지만 아직도 부릅뜬 두 눈은 천장 서까래에 곤두박여 있었다.

"이노옴……"

신음 소리가 메마른 입술에서 흩어지자 만치는 고개를 꺾었다. 봉노 안에 비린내가 뭉클하게 퍼졌다. 길가는 비수의 핏자국을 요때기 가녁에다 비벼 닦았다. 그리고 재빨리 퇴창의 등잔을 끄고 패랭이를 벗어 겨드랑이에 꼈다. 삽짝을 넘어 한길로 나서니 멀리 개 짖는 소리 한적한데 밤은 깊어 삼경이었다.

그는 뒤 한 번 돌아보는 법이 없이 곧장 주낙배를 숨겨둔 나루 쪽으로 발길을 재촉하였다. 배를 찾아낸 길가는 똑바로 뚝도 쪽으로 노를 젓지 않고 강심을 타고 하류 쪽으로 흘러 내려가다가 새내〔新川〕의 신포(新浦)나루로 배를 저었다. 새내는 뚝도와 신촌 사이로 흘러가는 샛강으로, 내처 따라오르면 발산(鉢山: 臺山, 覆釜)마루 아래에 이르러 주성리(鑄成里)에서 올라오는 길과 마주치는 곳에 이르렀다. 길가는 새내를 따라 노를 젓다가 지친 나머지 갯벌에다 배를 버리고 걷기로 하였다. 발산마루를 넘어 끈목〔帶子〕장이들의 집들이 듬성듬성한 성 밑의 오솔길을 왼편으로 끼고 한 식경이나 되어서 시구문 밖에 이르렀다. 그는 시구문의 해자로 빠져 손쉽게 성내로 기어들어왔는데, 훈련원 텃밭 어름에 이르러서야 파루 소리가 은은히 들려오기 시작했다.

패랭이는 성 밑 숲속에다 버렸으니 뒤탈이 남을 리 없었다. 길소개가 즉살시킨 송만치의 얼굴에다 덮었던 긴 저고리는 연전에 전주 부중으로 들어가는 서천교 도선머리에서 조성준·이용익과 서로 노정을 고쳐잡을 때 환의했던 옷이니, 그 저고리를 봉노에 남기고 온 것은 조성준에게 모살의 죄를 덮어씌우려는 계략이었다.

그 옷은 섶 안쪽에 '趙'라는 글자가 자수되어 있었고, 옷의 임자였던 조성준에게 오쟁이를 씌운 장본인은 송만치가 아니던가. 그렇다면 조성준이 살아 있을 제 송파에 발을 디밀었다가 송만치를 만났다면 그를 요절내려 들 것은 빤한 이치였다. 광주 관아에서는 그 저고리를 증물로 하여 조성준만을 추쇄하려 들 것이니, 그 앙화가 길소개에게 떨어질 리는 만무였다. 조성준이 포착되어 무고함을 발명한들 무슨 소용이며, 환의를 한 일이 있다고 토파한들 그 또한 관아에서 증거해줄 리 없을 것이었다. 조성준이 외방 저자에서 음해를 입어 죽었다면 살범의 행방은 오리무중이요, 살아 있다면 포졸에 쫓기는 신세 될 것이니 이제 조성준의 망령에 시달릴 필요가 없게 되었다. 맹구범이 만치를 살해하란 제안을 했을 적에 당장 입낙(立諾)을 해버린 것도 골방 피롱 속에 숨겨둔 그 옷 한 벌이 뇌리를 스쳤기 때문이었다.

영문을 모르는 운천댁은 야기에 물걸레쪽이 되어 후줄근하니 방으로 들어서는 길가를 보고 기겁을 하였다.

"서방님은 어디를 쏘다니시다가 밤을 하얗게 새우시고야 들어오십니까?"

길가는 짐짓 심상한 얼굴로,

"발 달린 짐승이 어딜 못 갈까만, 잿골 김 대감의 방자 노릇으로 밤을 꼬박 새우고 말았다네."

운천댁은 그 대꾸가 믿어지지 않는다는 듯 한참이나 길가를 노려보다가,

"집에 있는 저도 생각을 하셔야지요. 다방골 기루에 한번 가신 일이 있다더니 거기 가서 삭신이 노글노글하시도록 진기(津氣)를 죄다 빼고 오신 거로구려."

"임자, 내가 무슨 양기가 명치까지 차올랐다고 그 짓을 하겠나."

"삼팔주 수건 씻어놓고 활량들을 기다리는 기녀들이 어디 한둘이랍디까."

매섭게 쏘아붙이는 운천댁의 투기하는 거조가 볼만한데 궐녀는 짧은 한숨 끝에,

"서투른 석공 깜작이부터 배운다더니 환로에도 들기 전에 끈 떨어

진 사류들과 어울려 축일(逐日)•로 수작(酬酌)하며 사랑(舍廊)놀이•
에 빠지시다간 파락호 신세에 뼈추림을 당하십니다."

"이끼, 그런 말 말게. 내가 왜 뼈추림을 당할까."

"기루의 계집들이란 궁가(宮家)의 청지기나 각전(各殿)의 별감배
(別監輩)에다 눈치가 멀쩡한 포도군관(捕盜軍官)이며 정원사령(政院
使令)들을 기둥서방으로 두고 있다는데, 기방의 아랫목 차지 길래 즐
기시다간 툭하면 소동인 그놈들이 개개다• 안 되면 목침으로 이마를
깨려들 것이 아닙니까. 기방이라는 게 그래서 호굴이나 진배없다지
않습니까."

"임자는 반가의 출신이면서 어찌 기방 풍속에 그리도 환한가?"

"방금이란 계집에게서 얻어들은 풍월입지요."

"그 계집은 이제 신기가 되돌아오던가?"

"상약을 달여바치고 조석 공궤를 알뜰히 하였더니 측간 출입쯤이
야 수월하게 되었습지요."

운천댁이 다소 누그러진 듯하여 길가는 아랫목으로 가서 벌렁 나
자빠지면서,

"그만 자리나 펴게. 눈을 좀 붙여야 하겠네."

"이제 동이 트려는 참에 무슨 잠을 다시 청하신단 말씀입니까?"

"어찌 임잔 붙임새가 그 모양인가? 내 상화방(賞花坊)에서 진기는
조금 빼고 왔으나, 임자와 나눌 진기까지야 다 빼고 왔을까. 단산(丹

山)에 봉황이 넘놀고 녹수(綠水)에 원앙이 희롱한다지* 않던가. 부부의 정도 나누어야 맛일세."

"식자가 쇠눈깔이구려."

비쭉거리는 운천댁을 길가가 반몸 일으키며 소매를 잡아당기니 벌써 심청이 난 운천댁은 방구들을 발뒤축으로 버티며 끌려오지 않았다.

"별미를 잡수신 위에 상찬(常饌)이 구미에 당길까요."

눈시울을 모질게 뜨고 버티긴 하였으나 사내의 완력엔 당할 재간 없었던지 엉덩이밀이로 아랫목으로 끌려갔다.

"이런 양반을 보았습니까. 이부자리나 깔고 행실을 부리십시오."

"부부지간에 행요를 하는 판에 무슨 예가 중하며 제도가 가당한가. 잔말 말고 썩 당겨 앉게."

길가는 운천댁을 당겨 끌어안는 대로 치맛자락 안으로 손을 밀어넣어 샅으로 건너가더니 단속곳을 잡아당겼다. 궐녀는 겉으로는 시악(特惡)*을 부리며 버티다가 못 이기는 체 당겨 앉으면서 한다는 말씀이,

"에그, 서방님은 흡사 거릿귀신이라니까……"

"귀신 쫓는 데는 옥추경(玉樞經)*이 제일이지."

길가가 단속곳을 손으로 까내리니 궐녀는 슬쩍 엉덩이를 들어주었다. 흐벅진 엉덩이에 명색뿐으로 걸려 있던 속곳이 뜨거운 물 뒤집어쓴 말불알같이 홀러덩 벗겨졌다. 속곳을 말코지에 걸고 치마 속에 알

몸만을 남겨둔 길가는 허겁지겁 제 고의를 내리고 물고를 뺀 듯한 양물을 잡고 운천댁 몸뚱이 위를 덮치는 것이었다. 밤새 나루질로 지친 삭신에 사람의 목숨을 척살시키고 온 처지였건만 길가의 거조엔 어느 한구석 그런 낌새를 느낄 수가 없었다.

"서방님, 그러시다 상투 빠지겠습니다. 좀 덧들이지 마십시오. 행요가 너무 다급하여 쉰네 기절하겠습니다."

"그깟 상투야 줌으로 뽑힌들 대순가, 잔소리나 말게."

"기생 수청을 못 들어서 성화가 나셨구려. 집에 드시자마자 이 행실을 부리시는 걸 보니."

"임자는 문벌로나 행세로나 나무랄 데가 없는 요조숙녀인데 딱 한 가지 고약한 것이 있다면 행요 중에 잔말 많은 것일세……"

10

송파 장터 송만치의 수하에서 연명하던 왈짜 설레꾼들은 송만치가 쇠전꾼들에게 그런 봉욕을 당한 뒤에 그가 몸져누워 있는 창가로 뻔질나게 드나들며 상약을 달여댄다 개를 잡는다 하여 병 수발이 알뜰하였다. 그러나 밤에 잠깐 봉노를 비운 사이에 자객이 들어와서 만치의 목숨을 아예 물고를 내버리자 송파 저잣거리가 왈칵 뒤집혀버렸다.

광주부에서 이방과 형방 비장(裨將)*이 주왕사*를 꼬나든 장교와

포졸들을 영솔하고 송파에 나타났다. 검시관이 검시를 하고 발미를 작성하여 경기 감영으로 엄중한 보장을 띄우고, 일변 도망한 살범의 행지를 수탐하는 것이었으나 도통 포착할 가망이 없었다. 그러나 시신에 덮여 있는 긴 저고리가 만치의 것이 아니란 게 드러났다. 저고리 안섶에 자수된 '趙' 자를 수소문하였더니 전에 송파의 쇠살쭈였던 조성준이란 사람이 드러났다. 두 사람은 계집 하나로 서로 오쟁이를 지고 씌운 원수지간에 있었으니, 수많은 조가가 있을망정 이 옷이 조성준의 것이란 짐작하기 어렵지 않았다. 일단 조성준에게 혐의를 두고 가근방을 검색해볼 도리밖에 없는데, 송파 어름 어느 나루이고 간에 근간에 조성준을 보았다는 위인이 없었다. 엎친 데 덮친 격으로 이튿날 한낮이 기운 판에 서강나루의 별장은 삼전나루 쪽에서 떠내려온 시체 한 구를 다시 발견한 것이었다.

변사체에서 호패가 나와서 뚝도나루에서 나루질하던 사공으로 밝혀졌는데, 결국은 그 또한 송만치를 타살한 조성준에게 혐의를 둘 수밖에 없었다. 그러나 검시관의 발미는 고사하고 감사(監司)의 제사(題辭)가 아무리 엄중하다 한들 대살시킬 살범을 찾지 못하는 바에야 겉만 번지르르한 허문(虛文)*에 불과한 것이었다.

송만치가 참살을 당한 사흘째 되던 식전참에 그 수하에서 놀던 왈짜 세 놈이 길소개를 찾아왔다. 전일에 길소개를 욕뵈러 왔을 때는 뒤통수가 세 뼘이나 되게 뻣뻣하던 놈들이 이젠 전혀 모양이 아니었다. 세 놈을 방으로 들이고 길소개가 물었다.

"또 무슨 봉욕들 하였기에 새벽같이 한 다리로들 몰려왔는가?"

• 허문: 겉만 꾸미고 실속이 없는 글이나 법제.

그중 한 놈이 조급하게 한다는 말이,

"만치 성님께서 그만 식은 방귀를 뀌고 말았습니다요."

심상하게 듣던 길가는 불각시에 그 무슨 까치 뱃바닥 같은 소린가 하는 뜨악한 낯짝으로,

"식은 방귀를 하다니? 세상 하직하였단 소린가?"

"그렇습니다, 나으리. 어느 다구진 놈이 성님 가슴에다 비수를 꽂았습지요."

"저런, 꼴같잖은 소리. 내가 문병 갔을 때만 하여도 개 마리나 잡아 먹으면 금방 차고 일어날 처지가 아니었나?"

"누군 아니랍니까. 그런데 전에 쇠살쭈였던 조성준이란 자가 만치 성님에게 계집 빼앗긴 일이 있는지라, 설분할 것만 노리다가 송파에 잠입하여 마침 몸저누운 성님을 손쉽게 물고를 낸 듯합니다요."

세 놈 전부가 입을 맞춘 듯 대답이 똑같았다. 끔찍이도 놀란 시늉으로 까치다리하고 있던 무릎을 치며 길소개가 소리쳤다.

"어허, 낭패로세. 저런 천착*을 할 놈이 있나? 그 살범은 어찌되었는가?"

"마침 신포나루에서 임자 없는 주낙배 한 척이 떠다니는 것을 주상배(舟商輩)가 발견하였는데, 형방의 말로는 십중팔구 성내로 잠주를 한 것이라 하더이다."

"그런데 자네들은 가만있단 말인가?"

"살범이 조성준이라면 우리도 익히 알고 있는 위인이라, 아니래도 온 장안을 뒤져볼 요량입니다."

<hr>

* 천착: '천주학(天主學)'의 준말. 예전에, '가톨릭교'를 낮잡는 뜻으로 이르던 말.

"그래, 초종은 치렀는가?"

"대강 검시를 마치고 우리 딴엔 범절을 차린다 하였습니다만, 워낙 빈 것들이라……"

세 놈이 한 잎에서 난 것같이 소매를 들어 찔끔 하고 눈시울을 닦았다.

"그럼 방금이란 계집은 원래 조성준의 계집이렷다?"

알고 묻는 말에 세 놈이 하나같이 고개를 주억거릴 수밖에 없었다.

"살범이야 기찰하여 포착이 될 노릇이요, 죽은 사람이야 저승사자의 칙사 대접을 받겠네만, 고약한 건 그와는 반연이던 자네들 일이 아닌가?"

"만치 성님이 그렇게 된 것도 애석한 일이지만 쉰네들 입장이 난가(亂家)나 진배없게 되었으니, 사실은 그 일로 하여 부랴부랴 나으리께로 달려온 것입니다요."

한 놈의 말에 길소개는 기겁하여 놀라면서,

"달려오다니? 자네들 수괴 자리에 궐이 났다 하여 내게 수상이라도 되어달란 말인가?"

그때, 면판에 칼자국 있는 놈이 다급히 손사래를 치면서,

"아닙니다, 나으리. 감히 뉘 앞이라고 그런 대중없는 소청을 올리겠습니까요. 다만 쉰네들은 이제 백사지에 코를 처박은 바가 되었으니, 쉰네들을 세곡선의 선인들로 그대로 박아주실 것인지 한번 여쭈어보는 것뿐입니다요."

한 놈은 손사래를 치고 어떤 놈은 고개를 주억거리며 곁눈질하기 바쁘니, 저희들끼리는 적선을 빌자는 공론이 돌았던 게 분명하였다. 길소개가 낭패한 듯 혀를 끌끌 차면서,

"글쎄나…… 사실은 송만치가 없는 자네들이 유조(有助)*할까? 또한 도행수(都行首) 되실 분께서 허락을 하실지 알 수 없는 노릇이 고……"

은근히 퇴짜를 놓을 기색을 보이자, 둘러앉은 놈들의 낯짝은 그대로 외꽃이었다.

"만치 성님 없다는 것이 크게 책잡힐 흠절이야 아니지 않습니까?"

"말이야 똑바로 해야지. 오합지졸이나 진배없는 자네들을 휘어잡을 만한 장력(壯力) 있는 총대 선인이 나서겠는가?"

"나으리, 이제 와서 말씀입니다만 뒈질 년이 사추리를 가리겠습니까. 쉰네들도 숙수단(熟手段)이시던 만치 성님이 없으면 송파 장터에서 붙접*지 못할 뿐 아니라 모두들 한 입 구처에도 핑계할 곳이 없는 소소리패에 불과하옵니다. 어떤 분이 쉰네들 수상이 된다 하여도 규각(圭角)날* 리 한 푼 없으니 쉰네들을 선인으로 박아주십시오."

"가서 기다리게. 내 양일 지간에 통기를 함세."

송파 왈짜들은 더 이상 개갤 수 없었던지 내일 꼭두새벽에 다시 오마 약조하고 물러났다. 길가는 궐놈들을 내쫓다시피 한 뒤에 해거름까지 기다렸다가 종루 입전 행랑으로 맹구범을 찾아갔다. 맹구범은 그를 데리고 다방골 기루로 찾아가는가 하였더니 조용한 안침술집으로 찾아갔다. 그런데 맹구범은 혼자가 아니었고 옆에 웬 낯선 사내가 따르고 있었다. 궐자는 키가 헌칠한 미장부였는데, 배행꾼은 아닌 것 같았고 그렇다고 한골의 지체로도 보이지 않았다. 요사이 새로 갖

• 유조: 도움이 있음.
• 붙접: 가까이하거나 붙따라 기대는 일.
• 규각나다: 사물, 뜻 따위가 서로 잘 들어맞지 아니하다.

다 박은 겸인일시 분명한데 사내가 도통 말이 없었다. 궐자의 정체가
궁금하였지만 깊숙한 골방에 세 사람이 안돈하기까지 수작을 나누지
않았다. 주안상이 들어와서야 맹구범이 봉삼을 소개하였다.

"이번 선단에서 총대 선인으로 행세하실 사람이오."

지체가 서로 다른 두 사람이 초인사를 나누는 처지에 봉삼은 고개
만 꾸뻑하였을 뿐으로 상것 주제에 뻣뻣하기 그지없는데, 그렇다고
맹구범 앞에서 율기하고 나설 수도 없었다.

"시생은 천송도라 합니다."

수작하는 품이 상고배(商賈輩)의 범절이 틀림없었으나 격(激) 난
체할 수 없어서 길가는 대답을 겸하여 술잔을 돌리었다. 전사에야 어
떻든 지금에 와서 명색이 북촌 문객인 길소개의 지체로서는 이런 따
위의 상고배와 주안을 함께한다는 일이 행세가 깎이는 터였지만, 맹
구범의 말이 총대 선인으로 행세할 위인이라니 대중없이 면박을 할
수가 없었다.

술이 몇 순배 돌자 맹구범이 은근히 묻기를,

"송파에 갔던 일은 잘 처결이 되었습니까?"

묻는 말이 채 땅에 떨어지기도 전에 길소개가,

"잘되다뿐입니까. 제가 도모했던 일에 낭패당한 적이 없소이다."

"수하에 있던 세 놈이 아침에 처소를 다녀간 것도 알고 있습니다.
그놈들도 이젠 신세가 조금장의 생선장수 꼴일 테니 이참에 당조짐
을 해야 합니다. 내일 천 동무님을 송파로 데리고 가서 그놈들과 초

• 격 나다: 흥분하다.

• 조금장의 생선장수 꼴: '별 볼일 없는 처지'를 말함. '조금장'은 조수(潮水)가 가장
낮은 때인 조금날 서는 장.

대면을 시키도록 하십시오."

"궐놈들이 내일 다시 저의 처소로 오겠다고 하였습니다."

"그럼 내일 아침에 천 동무님을 처소로 보내도록 하지요."

"제 앞에서야 그놈들이 굽실거리겠지만 행수 될 사람이 나섰다 하면 저희 풍속대로 행수의 담력을 떠보려 할 테니 낭패 아닙니까?"

길가는 은근히 봉삼이 웃음거리가 되지 않을까 걱정하는 투로 말하였다.

"내가 합당한 인물 아닌 사람을 조발하였겠소? 그런 걱정 마시고 술이나 드십시오."

봉삼이 듣자 하니 두 위인이 받고채기로 주고받는 수작이 가관이었다. 맹구범의 제안을 받아들여 선단의 총대 선인 되는 것은 입낙하고 말았으나 저자에서 놀던 왈짜들의 수괴 노릇을 하라는 판이라 자못 입맛이 씁쓰레하였다. 그러나 그렇다 하여 거절하고 나설 처지도 아니었다.

이튿날 봉삼은 나귀쇠질하는 짐방 한 놈을 앞세워 쇠경다리께의 길가의 처소로 찾아갔다. 아침 먹은 지가 고대*인데도 송파 장터에서 왔다는 왈짜 세 놈이 먼저 와서 기다리고 있었다. 세 놈은 수상의 예를 차려 봉삼을 대접하는 것이었으나 나이로 따진다면 저희들이 연상이라 떨떠름한 낯짝들이었다. 게다가 험상궂고 거세었던 송만치에 비하면 미장부에다 언사 또한 고분고분하였으니 깔보는 눈치가 역력하였다.

"자, 그럼 송파에 다녀와야겠습니다."

• 고대: 금방. 이제 막.

길가를 하직하고 세 놈을 동행하여 송파로 가는데, 살곶이 주막거리에서 참을 먹자 하여 숫막으로 봉삼을 이끄는 것이었다. 술상을 받고 나서 봉삼이 궁금하던 것을 물었다.

"너희들이 수상으로 모시던 사람은 누구였더냐?"

한 놈이 기다렸다는 듯이 결이 나서 자랑 겸 낭자히 지껄였다.

"송만치라 하였지요. 송파 저자에서 만치 성님이라 하면 표창 던지기나 담력에는 당적할 후레자식이 없었지요."

"송만치라?"

"예, 송만치 성님이었지요."

"그자가 어찌 되었다는 거냐?"

"누운 채로 자객의 칼을 받아 그만 세상 하직하였습지요. 새경다리 나으리께서 귀띔하지 않던가요?"

천봉삼이 태연한 체 꾸며댄 것이었으나 잠깐 동안은 혼백이 뜨는 것 같았다.

"행수님께선 우리 만치 성님과 전사에 연비라도 있었습니까요?"

"연비야 없었지만 길 생원에게서 명성은 배부르게 들었네."

송만치를 들먹이는 뜻은 봉삼의 담력이나 여력이 저들의 수상 자리에 합당한 것인가를 견주어보려는 심사에서였다. 봉삼은 그때 개숫물통을 들고 뜰을 가로질러 가는 주모를 불렀다.

"여보시오, 주모, 놋대접은 없소?"

코대답도 없이 개숫물을 울바자 너머로 홱 뿌리고 돌아서던 주모가 물었다.

"불각시에 놋바리는 왜 찾소?"

"입잔 순배로서야 어디 간에 기별이라도 가겠소. 우리가 갈 길도

멀고 하니 얼른 방구리를 비우고 술청을 비워드려야 하지 않겠소?"

아니래도 요기할 행객들이 울바자 너머로 고개를 삐쭘하니 디밀었다간 왈짜들만 둘러앉은 술청을 보고는 시비될 게 겁이 나서 발길을 돌려버리는지라, 심사가 꾀어 있던 주모는 득달같이 정지로 달려가서 방짜로 된 놋바리 하나를 들고 왔다.

놋바리를 소반에 놓는 길로 봉삼이 한 손으로 잡고 느긋하게 힘을 주었더니 맨드리가 곱던 바리가 헤벌쭉하니 쭈그러뜨려졌다. 대접을 옆에 앉은 놈에게로 권하면서,

"한 순배씩들 하고 일어서세."

옆의 놈이 눈이 휘둥그레져 대접을 받았다. 그러나 대접이 한 순배를 돌아서 그의 순에까지 돌아왔을 때, 봉삼은 내심 뜨끔하였다. 대접은 거의 술을 부을 수 없을 정도로 쪼그라들었기 때문이었다. 봉삼은 다시 주모를 불렀다.

"주모, 집에 방짜로 된 통주발은 없소?"

"왜 없겄시오."

"아주 실한 것으로 하나만 더 갖다주구려."

영문 모르는 주모는 패거리들이 빨리 자리 뜰 것만 생각하여 기둥서방 조석 공궤하던 방짜주발을 들고 달려왔다. 봉삼이 이번엔 가녈을 건드리지 않고 그대로 순배를 돌렸다. 한 됫박 밥은 능히 담을 만큼 확이 깊은 주발이 다시 그의 순으로 돌아왔을 땐, 번철*처럼 넙치가 되어 있었다. 역시 술을 담을 수 없게 되었다. 옆 놈에게 물었다.

"자넨 전사에 무엇으로 행세하였나?"

---

* 번철: 지짐질에 쓰는 솥뚜껑을 젖힌 모양의 무쇠 그릇.

"풀뭇간에서 메꾼*으로 행세하다 만치 성님을 만났습지요."

"자넨?"

"적형(嫡兄)*을 어육으로 만들고 끝 간 데 없이 가다가 송파에 머물렀습죠."

"재간은 뭔가?"

"한 손만 써서 모가지 하나쯤은 깜짝할 사이에 돌려 앉힐 수 있지요."

"자넨?"

"저야 손가락 둘로 매부리코를 잡아 뗄 수가 있습지요."

"자넨?"

"전 쇠꼬리를 한 손으로 잡아 뺍니다."

봉삼은 그때 술청의 지게문에서 돌쩌귀 두 개를 빼내었다.

두 개 중에 하나는 들고 있고 나머지 하나를 옆에 앉은 놈에게로 건네었다. 어지간한 장력이 없고서야 돌쩌귀를 펼 재간은 없을 것이었다. 돌쩌귀를 건네받은 놈들은 저마다 기를 긁어 용력을 썼다. 돌쩌귀가 그에게로 되돌아왔을 때는 다 펴지지 않았지만 반쯤 펴지다 만 상태였다. 봉삼은 그때까지 들고 있던 돌쩌귀를 소반 위로 올렸다. 그리고 엄지만을 써서 반듯하니 펴놓는 것이었다. 혀 차는 소리가 들리면서 좌중이 숙연해졌다. 맞은편 앉았던 놈이 뒤통수가 보이게 소반 아래로 고패를 떨어뜨렸다.*

"행수님 여력이 그만하신 줄은 몰랐습니다. 풍자가 그린 듯하신

• 메꾼: '메잡이'의 사투리. 대장간에서 메질을 주로 하는 사람.
• 적형: 첩에게서 난 아들이 정실에서 난 형을 이르는 말.
• 고패를 떨어뜨리다: 뜰 아래에서 절하다.

분에게 그만한 여력이 있으니 용을 그린 위에 또한 구름을 앉힌 것이
나 진배없습니다."

"자, 이제 그만들 일어서세."

봉삼이 자리 털고 일어나니 궐놈들은 소스라쳐 뒤를 따랐다. 그들
은 곧장 도선목으로 나갔다. 송파 저자 왈짜들 행수 될 사람을 모시
는 터라, 나루의 사공이나 상인배들의 대꾸가 고분고분하고 더러는
지레 겁을 먹고 꽁무니를 빼는 축도 없지 않았다.

송파 저자에 당도하여 쇠전머리 객점에 안돈하고 앉았으려니 나루
와 저자에 흩어져 있던 타짜꾼들이 기별을 듣고 하나 둘씩 찾아와서
현신하였다.

술방구리를 차고 오는 놈하며, 상목 자투리를 끼고 오는 놈, 걸귀*
를 잡은 객점에서 도야지 편육을 얻어 오는 놈, 주효 될 만한 어포며
인절미를 해갖고 오는 놈, 공덕리(孔德里) 소주촌에서 나온 화주를
가져오는 놈, 닭 모가지를 비틀어 오는 놈이며, 부침이를 가져와서
폐백(幣帛)을 드리는데, 저들의 제도와 풍속으로는 예를 갖추고 정
성을 들임에 인색하지 않았다. 때로는 봉삼의 용력을 시험해보려는
축도 없지 않았으나 시전의 도행수가 조발한 사람이라 하여 모두들
조심하였고, 또한 걸출한 풍자에다 행실에도 흠절(欠節)할 곳이 없
는지라 움 안에서 떡을 받았다고 저희들끼리 수군거리는 것이었다.

순식간에 30여 명이나 꾀어들어, 객점의 드넓은 술청은 송파 저자
에서 왈짜라고 명색하는 잡색들로 꽉 메워졌다. 면상들이 험상궂은
것은 고사하고 칼자국 있는 놈이 여럿이었고 물고 같은 상투들을 달

---

* 걸귀: 새끼를 낳은 뒤의 암퇘지.

고 있었다. 봉삼을 성님으로 호칭함에 서슴이 없었고, 마시고 먹는 데도 주저가 없었다. 개중에는 봉삼을 얼마 전 저자 모퉁이에서 본 듯도 하다는 위인도 있었지만, 저들에게 쫓기던 보부상 나부랭이가 며칠 사이에 저들의 수괴로 둔갑할 리 없다고 생각하였던지 고개만 갸우뚱하다가 그만두는 것이었다.

"이제 너희들이 내 수하에 들었으니 내 말 한마디에 죽고 사는 것을 같이해야 하며, 나 아닌 어떤 놈이 너희들을 사주한다 하여 간대로 놀아났다간 난장을 당하리라. 내 말이라면 칼날에 계란을 얹으라는 온당치 못한 일일망정 흉내껏 해야 한다는 것을 당연한 일로 알아야 한다. 오늘부터는 저자로 떠다니며 진대를 부리고 무고한 장사치들을 상해하는 버릇을 정습하지 않는다면 별반거조를 차려 폐인이 되도록 다스릴 터이다. 하물며 동배간에 서로 하자하는 자도 무릿매로 다스리겠다."

말투가 추상같고 사리에 어긋남이 없는지라, 네댓 칸을 헤아리는 술청 안이 금방 숙연해졌다. 마시던 자는 술잔을 내리었고 씹던 자는 입놀림을 멈추었다. 술청이 호젓해지기를 기다려 봉삼은 목청을 가다듬었다.

"듣자 하니 여기 모인 우리 동패들 중에는 오직 기직자리 한 닢에 육신을 뉘며 동가식서가숙하는 홀애비가 태반이 넘고, 바자 두른 초옥에나마 가솔들을 거느리고 호구하는 사람은 다섯 손가락으로 헤아릴 정도라고 들었다. 이는 본래부터 가계를 순리대로 이어갈 주변들이 못 되고 상슬(床蝨)˙처럼 여염에 기대어 취탈한 재물이나 투전질

˙상슬: 빈대.

로 얻은 재물이 허망함을 뜻하는 것이다. 누대 위에 앉은 자들이 그들의 직책을 빌미 삼아 결탁과 위계로 뇌물을 챙겨, 고래등 같은 저택에 호지 집이며 마름과 종자(從者)를 거느리고 전곡과 포백(布帛)을 산처럼 쌓고 지낸다 한들 헐벗은 백성의 원성이 거기 있으니, 심기 편하기는 풍각쟁이보다 못하다. 또한 완력으로 취탈한 재물은 흐르는 물에 띄운 뜨물과 같아서 괴는 법이 없으니 이는 차라리 손바닥에 담은 한 줌의 흙보다 못하다. 두 경우 모두가 백성의 포한이 뒤따랐으니, 일시의 호사는 알 수 없으나 사내로 태어난 명분과 기개를 걸기에는 너무나 졸렬하고 허망함이 많다. 한겨울 찬물 속에 발을 담그면 생살을 저며내는 듯하고 단쇠로 지지는 듯한 고통이 뒤따르게 마련이다. 가권을 거두어 연명하는 방도에는 반드시 그런 고통이 뒤따르지 않으면 창공을 날던 매가 오얏나무 가지에 걸린 것처럼 평생을 남의 입초에 올라 손가락질만 받고 살게 된다."

그때 술청 가녘에 앉아서 그을음이 새까만 보꾹을 쳐다보고 앉았던 부대하게 생긴 잡배 한 놈이 벌떡 몸을 일으켜 세웠다.

"행수님 말씀은 백 번 들어 온당하나 우린 애당초 사람답게 살 수가 없었습니다요. 행상을 나가자니 고린전은 고사하고 지닌 것이라곤 짚신 한 짝도 변변치가 않았고, 무당의 서방이나 비부쟁이로 박히어 살자 하니 천불이 나서 견뎌낼 것 같지가 않았고, 농투성이로 살자 하니 똥 눌 자리만 한 따비밭도 없었습니다요. 나귀쇠라도 되려 하면 가근방에 유명짜한 타짜꾼으로 조명이 난 터라 쫓겨나기 십상이요, 역정(驛丁)*이라도 되려 하면 인정(人情) 쓸 돈이 없었고, 사

---

* 역정: 역(驛)에서 부역하던 장정.

공이라도 되려 하면 놋좆°이 부러져도 고칠 재간이 없었습니다요. 천
상 목숨 부지하려 하니 창가의 조방꾼으로 용채를 얻고, 잠상하는 모
리배나 상인배들을 등치고 배 문질러서 용채를 구처할 도리밖엔 없
었습니다요."

사내의 대거리가 그럴싸하였던지 술청에 앉았던 패거리들은 한 잎
에서 난 듯 저마다 고개를 주억거렸다.

"그렇습니다. 행수님. 우리도 여염이나 좌고상들을 괴롭히고 싶어
서가 아니라 목숨을 부지하자니 자연 남에게 기댈 수밖에 딴 도리가
없었습니다요."

"그렇다면 우리가 왈짜 노릇 하지 않고 살아갈 방도를 가르쳐주십
시오."

이놈 저놈이 버섯 솟듯 한마디씩 거드는데 잠시 술청 안이 번다해
지는 것이었다.

"내게 생각이 없는 바가 아니다. 이번 삼남 뱃길 한 행보만 무사히
치르고 나면 우리에게 돌아오는 태가와 삯전이 수월찮을 것이다. 그
것을 투전과 계집질로 날리지만 말고 서로 추렴하여 동계(洞契)°를
만드는 일이다. 그것을 송파 쇠전에서 굴리면 장차는 마방을 크게 짓
고 인근의 농우소들을 사들일 수가 있다. 조금의 이문을 남기고 다락
원이나 의주의 쇠전꾼들에게 소를 넘기면 머지않아서 송파의 쇠전을
휘어잡을 수 있을 것이다. 그러나 그것보다 먼저 장터가에서 진대를
붙이며 살아가던 행실을 정습하지 않으면 안 되는 일이다."

• 놋좆: 배 뒷전에 자그맣게 나와 있는 나무못. 노의 허리에 있는 구멍에 이것을 끼우
고 노질을 한다.
• 동계: 동네 일을 하기 위해 동민이 모으는 계.

봉삼의 말버슴새가 다소 거세고 꾸짖음이 또한 낭자하였으나 감히 율기하고 기어드는 자가 없었다. 이놈 저놈 다투어 술잔을 갖다 바치고 수상으로 모심에 합당한 분을 만났다고 혀를 내두르고 야단을 벌이는데, 잠시 멈추었던 순배가 다시 돌기 시작하였다.

술청의 법석댐이 흡사 잔칫집을 방불케 하는지라 주막거리를 기웃거리던 풍각쟁이 한 놈이 마침 객점 앞을 지나다가 술잔이나 동냥하려는 배포로 삽짝 안으로 엉덩이를 궁싯거리고 들어오면서 타령을 쏟아놓았다.

"춘천이라 샘밭장 짚신 젖어 못 보고, 홍천이라 구만리장 길이 멀어 못 보고, 이 귀 저 귀 양구장 나귀 많아 못 보고, 한 자 두 자 삼척장 배가 많아 못 보고, 명주 바꿔 원주장 값이 비싸 못 보고, 횡설수설 횡성장 발통 많아 못 보고, 이 통 저 통 통천장 알 것 많아 못 보고, 엉성드뭇 고성장 심심해서 못 보고, 이 천 저 천 이천장 개천 많아 못 보고, 철떡철떡 철원장 길이 멀어 못 보고, 영 너머라 영월장 담배 많아 못 보고, 어지지화 김화장(金化場) 놀기 좋아 못 보고, 회회충충 회양장 골목 많아 못 보고, 이 강 저 강 평강장 강물 없어 못 보고, 정들었다 정선장 울다 보니 못 보고, 화목(火木) 많은 화천장 떼꾼〔筏夫〕 많아 못 보고, 양식 팔아라 양양장 곡식 많아 못 보고, 이제 와도 인제장 다리 아파 못 보고, 울퉁불퉁 울진장 울화 터져 못 보고, 안창 곱창 평창장 술국 좋아 못 봤네. 어절씨구 잘한다, 푸짐하게도 잘한다……"

괴춤에 차고 있는 바가지를 두드려 장단을 맞추며 풍각쟁이가 흥을 돋우는 판에 자칫 파흥이 될 만큼 숙연했던 술판에 생기가 돌기 시작하였다. 한 놈이 쭈르르 삽짝으로 달려나가서 짠짓국 냄새가 등

천을 하는 풍각쟁이 소매를 끌어다가 술청의 가녘에 앉히고는 탁배
기를 흔연대접하였다.

　밤이 이슥토록 취하여 마시고 더러는 곯아떨어진 놈에, 토악질을
해대는 놈에, 시악을 쓰며 이를 바드득 가는 놈에, 도저해서 시비를
벌이는 놈에, 장타령을 흥얼거리는 놈에, 남색질 흉내를 하는 놈에
각양각색으로 주사들을 부리는 중에도 밤이 깊어 날이 새도록 술판
이 끝나지 않았다. 봉삼은 이튿날 중화참이 되어서야 겨우 술판에서
풀려났다. 사흘 뒤 저자가 서는 날 다시 오기로 약조하고 성내로 돌
아왔다.

출신(出身)

1

신석주의 입전 행랑에 뻔질들락하는 겸인·짐방 들은 물론 그 출신들이 미천했지만 굳이 그 부류를 따진다면 시정을 떠돌던 파락호에 잡배들이 대부분이었다. 상략(商略)에 출중하거나 술수에 능한 자들을 수하에 두고 보면 대개는 2, 3년을 넘기지 못하여 저희끼리 통을 짜게 마련이었다. 주인과 하매자 사이에 끼여 능수단으로 모리를 취하거나 물화를 빼돌려 몰래 잇속을 보는 경우였다. 그러나 신석주가 시정의 잡배들만 골라서 수하에 부리고 있는 근저에는 남다른 연유가 있었다.

그는 원래 경상좌도의 경주 사람이었다. 경주 같은 대처에서도 집이 썩 부유하였으나 고을의 아전이었던 아비를 일찍 여의고 홀어미 밑에서 자랐다. 나이 30이 되자 공연히 어리석은 마음이 동하였다. 서울로 올라가서 권신(權臣), 행신(幸臣) 들에게 뇌물을 쓰면 환로가 트일까 하였다. 홀어미를 속여서 전장을 팔아 5천 냥을 장만하였다. 그길로 행장을 수습하여 서울 길에 올랐다. 한강을 건너기 전인 송파의 거여(巨余) 객점에서 우연히 산동(山東)에서 내려온 담배장수를 만났다. 행로에서 쓰는 객비 때문에 날로 전대가 줄어드는 판이라, 화식(貨殖)을 할 요량으로 전대를 털어 나귀를 사고 담배를 사들였다. 그는 나귀째 한강을 건너서 동작나루와 숭례문의 중간 지점인 돌모루(石隅)에 당도하였다. 아직 쌀쌀한 봄날에 부황이 난 부녀자들이 송기떡이 담긴 함지를 내다놓고 팔고 있었다. 행인들이 심심찮은지라 길가에다 나귀를 세우고 무턱대고 하매자 나서기를 기다렸다. 산동의 담배장수가 장안에서 난전을 벌였다간 삼문 안으로 끌려가서 중곤을 당한다고 오금을 박았기 때문이었다.

해가 뉘엿뉘엿하는 판에 말끔하게 차려입은 한 늙은이가 옆을 지나다가 신석주를 불러세웠다.

"이 담뱃짐은 젊은이 것인가?"

추위에 떨고 섰던 그는 옳다구나 하고 앞으로 나아가서 노인에게 무턱대고 굽실거렸다.

"예, 산동에서 내려온 영월초입니다."

나귀에 실린 담배 바리와 신석주의 행색을 번갈아 보던 늙은이가,

"지금같이 장안에 담배가 동이 난 터에 영월초 세 동이면 뉘 돈을 챙길지 모를 판이오. 보아하니 시골 사람 같은데 때를 잘 맞추었구려."

노인이 수작만 걸어준 것에도 감읍하여 신석주는 자기의 본색을 직토하였다.

"소생은 경상도 경주 사람으로 서울이 초행입니다. 장안에는 이렇

다 할 친척 고구(故舊)도 없는 입장이라 노인장께서 객주를 정하는 등 제반 절차를 아시는 대로 가르쳐주셨으면 합니다."

신석주의 언사가 아주 순박한 것을 본 노인이 적이 동정을 담은 얼굴로 혀를 끌끌 차면서,

"모색을 보자 하니 본데없는 사람 같아 보이지는 않는데 넉살은 좋은 젊은이구려. 천 리 노정 초행길에 겁도 없이 이런 중화(重貨)를 가져왔구려. 담배가 시절은 있다 하나 나같이 올곧은 사람을 만났으니 망정이지, 사고무친한 도회청에서 아주 낭패를 볼 뻔하지 않았소? 젊은이가 염라대왕의 외손자라 하더라도 서울의 풍속에 간대로 뛰어들었다간 열에 아홉은 치패(致敗)[•]를 당하게 마련이외다."

늙은이는 눈망울을 굴리고 침을 삼키며 잔뜩 겁을 주는 것이었다. 신석주는 허리에 바위를 얹은 듯이 굽혀서 펴지 않았다.

"일이 이렇게 된 바에야 어찌할 방도가 없게 되었습니다. 모쪼록 이 산맹(山氓)[•]을 어여삐 보아주십시오."

"서울의 상로배(商路輩)[•]들이란 부자지간이 한 물화를 놓고 척의가 없는 체 서로 흥정하는 형용을 하며, 값의 고하를 다투는 데 저희들끼리 역증을 내었다간 허허 웃기도 한다오. 종작없는 시골 사람이 지나다가 흘긋 보고 진짜인가 싶어 부르는 대로 물대를 치르고 사면 그놈들의 꾀가 들어맞아서 일거에 네 곱 다섯 곱으로 모리를 취하는 것입니다. 뿐만 아니라 소매치기도 그 사이에 끼여 있소이다. 남의 행리나 전대에 무엇이 들었는지만 알면 쇠붙이로 째고 빼어갑니다.

• 치패: 살림이 아주 결딴남.
• 산맹: 산골에서 온 백성.
• 상로배: 장사치.

소매치기를 당한 줄 알고 뒤쫓아가면 실골목만을 골라서 해죽해죽 쫓겨갑니다. 기를 쓰고 따라가서 뒷고대를 잡으려 하는 찰나, 광주리를 키 너머까지 짊어진 놈이 난데없이 불쑥 나서서, 광주리 사려 하면서 길을 막아버리오. 이렇듯 날로 민풍(民風)이 타락한 터에 담배 바리를 노변에 내놓고 넉살 좋게 서 있으면 어느 매가 젊은이를 채갈지 모르겠소. 나만 꼭 따라오시오.”

연하라 하여 함부로 층하하는 법도 없는 늙은이의 수작이 흡사 제 손으로 그린 듯한지라, 신석주는 허둥지둥 나귀를 끌고 늙은이의 뒤를 바싹 뒤따랐다. 곧장 숭례문으로 들어가서 종루 행랑 뒷길이며, 으슥한 술국집 앞이며, 때로는 투계 구경도 시키며 배회하다가 밤이 이슥하여 자기 집으로 데려가는 것이었다. 육물을 삶고 지져서 주안을 진창 대접하고 담배도 잘 간수하여주었다.

이튿날 동이 트기도 전에 일어난 노인은 사랑으로 건너와서 신석주를 깨웠다.

“젊은이가 가져온 담배는 하루 이틀에 팔릴 물화가 아니오. 마침 나귀가 일없이 놀고 있는데다 우리 집에서 삼개 동막으로 나가서 옹기를 운반해올 일이 있으니, 새벽조반을 드시고 나귀를 끌고 가서 좀 실어오는 것이 어떻겠소? 나는 그동안 종루 연초전으로 나가서 객주를 물색하고 준가(準價)˙를 알아오리다.”

“물론입지요. 품앗이를 못할 까닭이 없습니다만 우선 삼개라는 곳의 길을 모르니 낭패가 아닙니까?”

“우리 집 상노아이놈을 붙여드릴 터이니 안동해서 가시도록 하십

˙준가: 제 가치에 꼭 찬 값.

시오. 그놈이 외팔치어서 경마는 할 수 없으나 삼개 길 가고 오는 데
는 잔소리가 소용없는 놈입니다.”

신석주는 나귀에 여물을 배불리 먹이고 상노아이놈과 작반하여 집
을 나섰다. 파루를 갓 넘겼어도 꼭두새벽이라 네댓 칸 밖에 있는 사
람도 분간키 어려운 시각이었다. 어젯밤 성내로 들어올 때에는 숭례
문으로 들어왔으나, 나갈 적에는 소의문으로 나가서 흙다리〔圯橋〕를
건너 유기장들이 많이 사는 바탕거리를 지나서 조개전골〔蛤洞〕 넘어
잔돌배기의 삿갓전을 지나면서 얼핏 뒤돌아보았더니 뒤에 따라오던
상노아이놈이 온데간데없이 자취를 감추었다. 모피(謀避)˚했다는 것
을 알 리 없는 신석주는 한낮이 기울도록 그 자리에 서서 상노아이를
기다렸다. 궐놈은 종내 나타나지 않았고 어젯밤에 하처 잡았던 노인
장의 집으로 회정하자니 어두운 밤에 찾아가서 겨우 하룻밤을 묵고
꼭두새벽에 해금이 되자마자 떠나온 집을 찾아낼 궁리가 없었다.

일색은 다해가는 판에 자못 초조하였고 속으로는 발광이 났으나
도대체 딴 궁리가 없는지라 다만 고삐만 쥐고 멍청하니 서 있었다.
행인들이 까닭을 물어보고는 혀를 차는데 그 또한 교활한 속임수로
만 보이는 것이었다. 그때 마침 구걸해 마신 술에 불콰하게 취한 만
리재 깍정이 패거리들이 그 앞을 지나다가 신석주의 낭패당한 꼴을
구경하였다.

“형장께서는 무엇 때문에 이 꼴을 하고 서 있소?”

쓸까스르는 행색들이며 때 묻은 핫옷˚이며가 수작을 나눌 만한 처

˚ 모피: 꾀를 써서 피함.
˚ 핫옷: 솜을 둔 옷.

지가 아닌 것은 분명하나, 잡을 것이 있다면 지푸라긴들 마다할 처지가 아닌지라 신석주는 자초지종을 털어놓았다. 귀 기울여 듣던 깍정이들 중에 한 놈이 잰걸음으로 앞으로 나서더니,

"만약 그 담배를 우리가 도로 찾아준다면 물화를 우리와 반분할 의사는 있소?"

"있다마다요. 지금 같아서는 전부라도 드리고 싶소이다."

"그렇다면 좋소이다. 한번 해봅시다."

깍정이들은 그 당장 나귀의 고삐를 풀게 하였다. 채찍으로 나귀 궁둥이만 쳤더니 하루 종일 서 있던 나귀는 끄덕끄덕 회정하기 시작하였다. 신석주와 깍정이들은 나귀 궁둥이만 따라갔다. 나귀는 제출물로 어젯밤 제가 잤던 성내의 노인장 집으로 되돌아갔던 것이다. 나귀가 우뚝 서매 쳐다보니 어젯밤 그가 묵었던 노인장의 집 대문 앞이었다.

"이 집이오?"

신석주가 고개를 끄덕였다. 지체 없이 대문을 두드릴 제 먼저 얼굴을 내민 것은 작반하다가 줄행랑을 놓았던 상노아이놈이었다.

"저놈이 틀림없소?"

신석주가 다시 고개를 끄덕이자 깍정이들은 상노아이의 뒷고대를 잡아끌고 득달같이 내정으로 돌입하였다. 노인장은 마침 종루의 연초전에서 나온 서사들과 물화의 흥정을 끝내고 성애술을 먹는 참이었다.

"이런 대매로 쳐 죽일 놈, 이 늙은 놈이 무어 할 짓이 없어 시골 사람의 등을 쳐 먹느냐? 이놈, 오늘 아주 멀겋게 곰삭은 육젓으로 담가주마."

깍정이 한 놈이 소매를 걷어붙이며 마루로 올라서자 노인장은 마당에 우두커니 서 있는 나귀와 신석주를 발견하고는 외꽃으로 질려버렸다. 깍정이들이 노인장을 드잡이하고 마당으로 끌어내어 내장이 쏟아져라 태질을 치며 납청장(納淸場) 국수*떡을 만드는데 가히 볼 만한 풍경이 아니었다.

몸채의 계집들이며 상노아이놈이 달려와서 사람 살리라고 삼이웃이 발칵 뒤집히도록 포달을 떨고 야단을 치는데, 깍정이 한 놈이 불문곡직하고 싸개통으로 기어드는 늙은이의 며느리를 껴안았다. 연적 같은 쇠용통*에다 손떠꾸를 밀어넣으면서 한다는 수작이,

"이년, 잘되었다. 사내들 오지랖으로 무작정 기어드는 꼴이 음분을 참다못한 통지기년*이 분명하렷다? 나도 옹색이던 터에 오늘 밤 나하고 같이 자자. 내 이래 봬도 만리재 깍정이 굴에서는 힘 좋기로 명색이 비웅(羆熊)*이니 색이 밭은 네년 한번 빈대떡으로 못 만들까."

공갈에 기겁을 하고 놀란 것은 당사자인 며느리가 아니라 죽은 듯이 늘어져 누워 있던 노인장이었다. 피칠갑이 된 면판은 땅에 곤두박고 두 손을 허공으로 쳐들어 싹싹 빌고 드는데 차마 바라보고 있을 처지가 아니었다. 연초전 서사가 통사정으로 전후사를 털어놓을 것을 원하는지라, 상노아이놈의 입을 빌려 노인장의 죄상을 낱낱이 발

• 납청장 국수: 되게 얻어맞거나 눌려서 납작해진 사람 또는 물건을 비유적으로 이르는 말. 평북 정주의 납청 시장에서 만드는 국수는 잘 쳐서 질기다는 데서 유래한다.
• 쇠용통: 유방.
• 통지기년: 서방질 잘하는 계집종.
• 비웅: 큰곰.

고케 하였다.

다시 흥정이 이루어졌고 연초전 서사는 담배 바리를 고가로 샀다. 깍정이들은 신명풀이한 것만 속 시원하게 여겨 처음에 약조했던 때와는 달리 판화전을 반분하자는데도 끝내 마다하였다. 신석주의 담배장사가 거기서부터 시작되었다. 거여 객점은 알고 보니 산동의 담배장수들이 화객으로 묵는 곳이었고, 한번 거래를 튼 담배장수는 유독 신석주와 거래하길 고집하였다. 신석주는 담배를 배에 싣고 서강에서 배에서 내려 만리재를 넘어 성내로 들어가는 길을 택하였으니, 안면 있는 깍정이들이 더러는 길라잡이로 나귀쇠가 되어 주고 강상의 왈짜 무뢰배들의 범접을 막아주는 것이었다. 담배를 시전의 연초전에다 정기적으로 갖다대었으니 날로 그 신임이 두터워갔고, 물리를 익힘에 하루하루가 달랐다. 신석주의 거여 객점에서 시전까지의 행상질은 그 후 5년이나 계속되었다. 만리재 깍정이들과도 형님 아우님 하는 처지가 되었고, 연초전 서사들과도 아우님 형님으로 너나들이까지 하게 되었다.

그 야망이 그곳에서 움트기 시작하였다. 담배장수 5년에 얻어낸 수월찮은 밑천으로 상리를 노려볼 계획으로 메주를 만들어 궁가(宮家)에 납품도 하고 저자에 내다 팔기도 하는 훈조전(燻造廛)[*]의 금난전권(禁亂廛權)[*]을 얻어내는 것이었다. 이태 동안이나 거르지 않고 내수사(內需司)의 관원들에게 뇌물 바치기를 게을리하지 않아서 훈조전의 허가를 따내어 평시서에 등록을 올리기에 이르렀다. 뇌물

• 훈조전: 메주 팔던 가게.
• 금난전권: 난전을 규제할 수 있도록 나라로부터 부여받은 시전의 특권.

이 신석주를 출세시키고 만리재 깍정이들이 그를 살렸던 것이다. 그러나 신석주는 메주장사로도 만족하지 않았다. 훈조전이 번창하자 그는 깍정이들을 수하에 두고 겸인들로 부렸으며, 그들의 담력이나 여력을 빌려 시전의 상권을 휘어잡았다. 포전과 면주전을 차례로 손아귀에 넣었다가 입전에까지 손을 뻗쳤다. 신석주는, 상략이란 한곳에 있으면서 물화를 사고파는 것에만 있는 것이 아니란 생각까지 하였다. 그는 경강에다 여러 척의 거룻배를 부렸으며, 육로로는 상단을 만들어 내려보내 대처나 나루의 여각들과 직접 거래를 텄던 것이다. 그는 조정의 신임과 시전 안에서의 상재(商才)를 인정받아 지금에 이르러 도행수가 된 것이었다. 그의 말 한마디에 도성 내외의 깍정이들이 한 끈에 달린 듯 움직였고, 그의 으름장에 밑천 짧은 시전 상인들이 무릎 꿇을 자리를 찾았다.

그러한 신석주에게 한 가지 가슴에 쌓인 포원이 있었으니, 그것이 그가 지닌 말 못할 비운이었다.

그가 고향 홀어미 밑에서 하릴없이 주색에만 침학(侵虐)하던 무렵, 사당과 들병이며 막창 따위의 천례 논다니들과, 심지어 마을을 지나는 방물장수, 참기름장수에 이르기까지 두루 섭렵을 하지 않은 계집이 없었다.

그뿐만도 아니었다. 대갓집 숙수간의 부엌 것들이며, 색에 주린 과수에, 관가 잡색들까지도 암내만 맡았다 하면 살수청을 들게 했다. 그 행사가 가위 방자하고 누추하매 가근방 고을에 구설이 자자한지라, 동접들이며 구실아치들도 동석하기를 꺼려하였다. 자연 파락호

• 침학: 침범하여 포학하게 행동함.

건달들과 어울려 천렵이며 화전놀이 근처나 기웃거리며 세월을 보내게 되었다. 용채며 화대가 달리는 판에 마침 배짱이 맞는 아전 한 놈과 통모하여 관창(官倉)의 나라 곡식을 축내기에 이르렀다. 서투르게 저지른 짓이라 금방 탄로가 났고, 관아에서는 두 놈을 솥찜질[釜刑]로 다스리기로 낙착이 되었다.

솥찜질이란 대개 탐관오리와 거기에 동사한 양반들에게 내리는 형벌로, 인마의 내왕이 빈번한 네거리 한복판에다 높다랗게 서까래를 받치고 가마솥을 건 다음, 군막 앞에 죄인을 끌어다 앉히면 판관이 그 저지른 죄목을 낱낱이 낭독하였다. 낭독이 끝나면 험상궂은 나졸들이 죄인을 솥 속으로 밀어넣고 장작불을 지피는 시늉만으로 행형(行刑)은 끝이 났다. 행형은 시늉뿐으로 끝났다 하나 정작 죄인에게 내려지는 형벌은 거기서부터 시초가 되었다. 솥 속에서 끌려나온 죄인은 손끝 하나 다친 곳이 없는 멀쩡한 위인이되 이미 살아 있는 사람으로 대접을 받지 못했다. 두 눈이 멀뚱하니 살아 있는 시체는 가솔들에게 넘겨지기는 하나, 가솔들은 습렴(襲殮)하여 영구하여 집으로 돌아갔다. 집안에서는 깍듯이 초종의 예를 치러 장례를 치르매, 당사자는 살아는 있으되 이미 귀록(鬼錄)에 올라 있는 저승의 사람으로 취급을 당했다.

저자에 나아가 물건을 사도 화주는 물대를 받을 요량을 않음은 물론이요, 흥정을 하자 하여도 귀신이라 하여 상종하려 들지 않았다. 숫막에 들러 탁주 요기를 한다 하여도 주모는 돈을 받으려 하지 않았고, 외입질을 하여도 해우채는 물론 받지 않았지만 귀신이라 하여 밑닦을 수건조차 내놓지 않는 것이었다. 닭이 홰칠 때까지 일어서지 않으면 귀신 쫓는 옥추경을 읽는 것이었다. 바둑에 훈수를 하여도 귀신의 소리라 하여 곧이듣지 않았다. 밭갈이를 하거나 김을 매도 귀신이 한 노릇이라 하여 다시 매는 것이었다. 사람의 형용을 가졌으되 사람의 대접을 받지 못하니, 이는 차라리 지겟작대기보다 못한 일이었다.

가슴에 울화가 쌓여 바위를 얹은 듯 심질만 커갔다. 엎친 데 덮친 격으로 수하에 일점 혈육이 없어, 씨받이를 들어 합방을 거듭하여도 양도(陽道)에 진기가 다 빠진 건지 도대체 배태가 되지 않았다. 홀어미가 수소문하여 가근방의 의원들을 찾아다니며 구처한 약을 달여 마셔도 도대체 신근이 말을 듣지 않았으니, 일인즉슨 딱하였으나 귀신 되기는 바로 된 셈이었다. 귀신과 동침하여 배태할 여자란 없겠기 때문이다.

신석주가 서른의 나이에 홀어미를 버리고 홀연 서울로 올라온 근저에는 그런 사정이 있어서였다. 고종도 그의 어음만을 믿는 부를 쌓았으되 사내구실을 못하고 늙은 신세라는 걸 알고 있는 사람은 맹구범과 조 소사뿐이었으니, 그로 인해 고통받는 사람은 독수공방이나 진배없는 조 소사였다.

조 소사를 첩실로 맞이한 이후 신석주는 되 사람 잠상들에게서 당약을 가져다 양기를 보하고 일신의 기력이 양도에 모이도록 별반 조처를 게을리하지 않았지만, 몸뚱이만 부대해질 뿐 한번 빠져 달아난 양기는 되돌아설 줄 몰랐다. 이미 마른 풀에 비가 적신들 풀이 살아날 리 만무요, 죽은 재에 불이 붙을 리 만무였다. 마음은 초조하고 피붙이 하나 없으매 포원이 졌지만, 월궁 선녀에 비견할 만한 조 소사가 행여 군서방이라도 볼까 하여 전전긍긍이었다. 다리를 주무르고 있는 궐녀에게 신석주는 타이르듯 말하였다.

"너 혹시 외롭지는 않으냐?"

뜻밖의 말에 궐녀는 놀란 눈으로 쳐다보았다. 언뜻 한 손을 들어 가르마에 꽂힌 화첨(花尖)*을 바로 만지며,

"나으리, 불각시에 무슨 말씀이십니까. 소첩이 언제 그런 불미스러운 거동을 보인 적이 있었습니까?"

그 말엔 대꾸를 않고 사창(紗窓)* 앞에 타고 있는 촛불을 바라보던 신석주가,

"인욕(人慾)이란 누르지 않고 제멋대로 두면 종기처럼 더욱 성하는 법이다. 나는 예법으로써 심기를 제어한다는 말은 들은 적이 있으나, 정욕의 길을 열어둔 채 정욕을 그치게 한다는 말은 듣지 못하였다. 인욕이 일어나는 것은 모두 보고 듣는 데서 오는 화근이니, 위의를 존엄하게 하고, 음란한 소리를 내쫓으며, 부정한 색은 멀리해야 한다. 아예 울 밖의 풍속을 모르고 살아가는 것이 언필칭 너의 부덕을 쌓는 길이다."

조 소사는 그 말이 행여 천봉삼이 종루 행랑에 와 있는 것에 연유한 으름장이나 아닌가 하여 속으로는 뼈마디가 오그라지는 듯한데,

"네가 나로 인하여 대절을 잃은 계집은 되었다 하나, 내 문중에 들어온 이후 네 규범이 그토록 현숙하고 가계를 존절하는 행실 하나하나가 가히 여항의 부녀자들이 본받을 만하였다. 네가 여기 와서 울 밖 출입을 한 적이 있었더냐?"

"나으리가 마다하시는 일인데 소첩이 감히 분부 밖의 일을 도모하려 했겠습니까. 대문 밖의 흙 한 줌인들 들인 적도, 밟아본 일도 없었

• 화첨: 꽃 핀.
• 사창: 사붙이나 깁(비단)으로 바른 창.

습니다.”

“하면, 네 마음은 풍정(風情)*에 동하였으나 내 엄중함이 무서워 출입을 못하였다는 것이냐?”

그을음 하나 없이 타 올라가는 와룡촛대를 물끄러미 바라보고 있던 궐녀는 별로 정색도 않으면서,

“소첩의 나이는 아직 이팔이옵니다. 나으리의 분부가 엄중하기로서니 문밖의 풍정에 끌리지 않을 리가 있었겠습니까. 그러나 그럴 적마다 소첩의 분수를 생각하였고, 또한 바깥세상의 황홀에 얼핏 눈을 빼앗기다 보면 심질 얻기 십상일 테니 아예 답청놀이*며 굿 구경인들 다녀온 일이 없었습니다.”

신석주가 보료 위에 누운 채로 바라보니, 촛불에 비친 궐녀의 눈에 설핏하니 안개가 서리는 것이었다. 그는 놀라서 반몸을 일으키고 궐녀의 소매를 끌어당겼다.

“네가 시방 내 앞에서 눈물을 보이지 않느냐?”

궐녀가 옷고름을 접어들고 눈자위를 닦는데 애써 감추려 하지 않았다.

“소첩이 칠 척 담장 안에서 일생을 마치는 것은 계집의 타고난 팔자로 타박할 리 있겠습니까. 그러나 방년(芳年)의 몸으로 나으리를 이태째나 침석에 모시었어도 후사는커녕 아직 배태도 한 번 없이 윗방아기 노릇만으로 화문석, 비단 침석에 진찬으로 몸수구를 하니 세상에 이처럼 뻔뻔스럽고 주제넘는 계집이 또한 어디 있겠습니까.”

• 풍정: 정서와 회포를 자아내는 풍치나 경치.
• 답청놀이: 봄에 파랗게 난 풀을 밟으며 산책하는 놀이.

아픈 곳을 찌른 셈이고 또한 찔린 것이거늘, 신석주는 개연한 어조로,

"그것은 네 죄가 아니지 않느냐. 너는 네가 가진 바 없는 흠절을 빙자하여 되레 나를 하자하여 괴롭히느냐. 이는 딴 배포가 있어서겠지?"

"소첩에게 딴 배포가 있었다면 나으리 출타 중일 때 잠주하고 말았지, 어찌 오늘날까지 이 가문에 남아 있겠습니까."

"근간 나 없는 사이에 구범이란 놈이 두어 번 다녀간 적이 있다던데?"

"초풍을 하겠습니다. 그분이 상전의 집을 다녀간 것이 무엇이 해괴하다고 그러십니까?"

"그놈은 연골일 때부터 내 수하에 두고 가르쳐서 상리에 밝고 수하 것들을 휘동하는 솜씨하며가 그릇으로 만든 터이지만, 내가 딱 한 가지 짐작할 수 없는 노릇은 그놈의 속 깊은 연충에 숨어 있는 본색이란 거다. 내 바른대로 말한다면, 나 없는 사이에 무슨 다리품이나 놓고 다닌 것이나 아닌지 하여 그런다."

"그분은 엄연히 나으리의 수하에 두고 있는 사람이온데, 설불리 대장부의 본분을 잊고 아녀자의 다리품이나 놓고 다닌다는 말씀입니까?"

"그렇던가."

"나으리께서 파적(破寂)*으로 공연히 소첩의 심기를 떠보시는 것입니다."

왕십리 어미 풋나물 주무르듯 마음대로 당기고 밀쳐보려던 속내가
탄로 난지라, 신석주는 그만 허허 웃고 안석에 기대며 궐녀에게 촛불
을 끄라 하였다. 궐녀는 사창으로 다가가서 소매 바람으로 불을 껐
다. 금방 달빛이 사창을 타고 방 안으로 흘러들었다. 몇 각을 사이 하
였다가 문득 조 소사의 저고리 고름 푸는 소리가 들려왔다.

"천천히 벗거라."

신석주가 나직이 일렀다. 행요를 할 수 없는 처지인 그로서는 즐
기느니 궐녀가 옷 벗는 모습이요, 그 소리였다. 비단 옷고름이 풀리
고 저고리를 벗으면 희미한 살내와 함께 풍만한 어깨를 감싸고 있는
새하얀 자리옷이었다. 치마를 벗어서 횃대에 걸면 속치마가 나왔다.
원래 속치마 속엔 단속곳을 입는 것이 여항의 범절이었으나 신석주
는 궐녀를 첩실로 맞이한 이후 방 안에서는 그 속곳을 입지 못하게
하였다.

낭자에 꽂힌 용잠을 빼고 화첩을 뽑으니 삼단 같은 머리채가 흘러
내려 어깨를 덮었다. 자릿저고리와 속치마만을 입힌 채 사창을 비껴
흐르는 달빛 속에 궐녀를 세워두고 오래도록 바라보는 것을 신석주
는 즐겨하였다. 궐녀가 달빛인지, 달빛이 절색의 계집으로 응어리졌
는지 아슴아슴한 황홀에 빠졌다. 농익은 홍시처럼 부풀어오른 젖무
덤이 속치맛말기 위로 쏟아질 듯 앉혀 있고, 갯밭 무를 뽑은 듯한 헌
칠한 두 다리가 치마 속에 무르녹을 듯 서 있는 것이었다.

"버선을 벗거라."

홀지에 입을 열어 말하는 품이 해괴한지라 궐녀는 무안이 앞서 앉
은자리에서 굽도 떼지 않고 있으려니,

"왜 벗지 않느냐?"

"창기들이나 하는 짓을 어찌 저지르겠습니까?"

소년 과수가 되기 전인 전부(前夫)에게나 또한 정인(情人)인 천봉삼에게도 감히 맨발을 보인 적은 없었다. 하물며 치가 범절이 엄숙하다는 신석주의 입에서 그런 말이 떨어지리라곤 예상할 수 없었다.

"그래도 벗지 않느냐?"

"죄송하오나 비록 낭군 앞이라 한들 계집이 맨발을 보인다는 것은 불측한 일로 들었기 때문입니다."

"너와 나 사이에 무슨 놈의 휘할 일이 있고 범절이 가당하며, 법도를 따질 일이 있다는 거냐. 핑계 말고 어서 벗으래두."

"이는 기루의 여자들이나 할 짓입니다, 나으리."

"대거리하구선, 네가 맨발을 보인다 하여 사족이 멀쩡한 너를 두고 설마하니 본데없는 상것들과 동류로 보아 악명을 씌울까? 이 애물단지 같은 것아, 애간장 녹이지 말고 냉큼 벗거라."

도무지 탐탁지 않았으되 끝내 거역할 수야 없었다. 버선을 벗는 퀄녀의 눈자위에 눈물이 괴었다. 버선을 벗자 속치마 속으로 보이는 박꽃 같은 살신이 더욱 요염하였다. 사창 앞으로 가 서자 신석주가 말하였다.

"춤을 추어 보이겠느냐?"

퀄녀가 소매를 들어 사창으로 새어드는 달빛을 끌어당겼다. 한 손을 가슴으로 오그려 양어깨에 고즈넉이 기를 사렸다. 다시 벌렸던 팔을 움츠려 어깨에 넣었던 기를 흩뿌리며 한 발 뒤로 물러섰다. 두 가슴에 두었던 양 소매를 들어 허공을 가르니, 방 안에 괴었던 월색(月色)이 흡사 나비처럼 산산조각으로 흩어져 날았다. 다시 두 팔을 허공에다 벌려 얹고 능수버들 같은 허리를 꼬아 힘겨운 듯 흩뜨리니 옥

양사(玉洋紗) 속치마에 담긴 궐녀의 흐벅진 엉덩이가 응어리진 달빛과 같이 요염하였다. 다시 소나무에 내리려는 학처럼 두 팔에 기를 빼어 늘어뜨리고 고개를 늘어뜨리니 삼단 같은 머리채가 흐르는 물처럼 어깨를 덮었다. 사위를 휘저어 꼬았다가 뿜어내듯 흩뿌리니 방안을 채우고 있는 달빛은 춤사위를 따라 끌려갔다 밀려왔다. 그것은 마치 월궁 선녀가 땅에 내려와 꽃을 따서 바구니에 담는 모습이었다.

궐녀는 밤마다 그 춤을 추었다. 생각하면 그것은 줄곧 괴로운 일만은 아니었다. 몸뚱이 속속들이 배어 있는 정욕을 춤으로 풀어내지 않는다면 이제쯤 궐녀는 심질을 얻고 말았을지도 몰랐다. 정욕의 꽃인 듯 궐녀의 살갗에 송송하니 땀이 배어날 때를 기다려 신석주는,

"침석을 깔아라."

신석주는 조 소사의 살갗에 배어나온 땀 냄새를 즐기었다. 궐녀는 춤사위를 멈추고 자릿저고리를 벗은 다음 자리 속으로 들어갔다. 그리고 신석주의 메마른 피부에 정욕에서 뿜어나온 땀을 비벼넣는 것이었다.

메마른 땅의 호미질처럼, 그러나 그것은 괴로울 뿐 행요만은 이룰 수가 없었다. 궐녀가 들인 땀으로 신석주의 늙은 피부가 일순 부드러워지고 원기가 돌긴 하였으나 그것은 신석주를 편안히 잠재우는 것 이외에는 아무런 효험이 없었다. 가슴을 쓰다듬기 수식경이요, 허벅지의 살로 아랫배 비비기를 수식경이면 늙은이의 고즈넉한 숨소리가 궐녀의 간장을 에는 것이었다.

가슴으로 북받치는 정염을 쫓아 뜬눈으로 밤을 새우다 언뜻 잠이 들면, 하얀 갈기를 너불거리며 열 길 언덕을 단숨에 뛰어오르는 백마 준총에 알몸으로 올라타고 달 속으로 날아드는 꿈을 꾸는 것이었다.

아니면 금강역사와 같이 우락부락한 사내들에게 보쌈을 당하는 꿈을
꾸었다. 전전반측으로 견디다 못해 밖으로 나가서 동치미 국물을 떠
서 얼음째 들이켜도 눈앞에 떠오르는 것은 그제나이제나 연전에 허
신하였던 천봉삼의 다부진 알몸이었다. 그 출중한 용모에 금강역사
와 같이 울근불근 튀어나온 알심이며, 섣달 냉수를 뒤집어쓴대도 금
방 김이 무럭무럭 날 것만 같던 그 뜨거운 어깻살은 아무리 도리질을
하고 혼잣소리로 타박한다 하여도 지워지지 않는 것이었다.

수본(繡本)에 먹을 대고 화조(花鳥) 그림이며 원앙을 베껴내어 옥
색, 물색, 배추색에다 꽃자주, 도홍빛 색색가지 수실로 한 뜸 한 뜸
베개 수를 놓아보아도, 계집종 언년이를 불러 쌍륙(雙六)을 놀아보
아도 행마(行馬)*가 어지럽고, 화전을 부쳐 먹어보아도 가슴에 맺히
는 것은 임에 대한 그리움뿐이었다.

"구름 떠와 지붕 하고 월계수 찍어 기둥 만들어 초가삼간, 유자생
녀(有子生女)할 내 서방이 오셨어. 달 없는 밤에 별 헤아리고 별 없
는 밤에 달을 기린들, 서방님은 아니 오고 가슴에 피는 꽃은 시들어
만 가네……"

언년이가 울 밖으로 나갔다가 듣고 온 시정의 동요를 입 안에 넣고
흥얼거릴 제, 궐녀는 문득 눈물을 짓는 것이었다.

이제 그리던 정인이 지척에 와 있었다. 환처(宦妻)*라면 팔자소관
으로 돌려버릴 수도 있는 일이었다. 그것이 아니라면 계집으로 태어
나서 배태라도 해보아야 저승에 가서 자리를 얻을 것이었다. 후사를

---

* 행마: 바둑, 장기, 쌍륙 따위에서 말을 씀.
* 환처: 내시(內侍)의 아내.

얻기 위해서는 길 가던 장돌림으로 씨내리를 들인다 하였으니, 문중의 일로 보아도 천봉삼을 만나야겠다는 생각이 더욱 간절하였다.

그때 방 안에서 신석주의 목소리가 들려왔다.

"행기가 오래가면 고뿔 든다. 어서 들어오너라."

궐녀가 소스라쳐 느끼건대, 자신도 모르게 방에서 나와 누마루 상기둥을 잡고 달을 그리고 서 있는 것이었다. 황망히 방으로 들어갈 제, 신석주는 언제부턴가 일어나 앉아 있었다. 어둠 속에서 물끄러미 궐녀를 바라보던 신석주가 무겁게 입을 열었다.

"내일 서강 도선목으로 나와 같이 나가자."

"나으리, 소첩은 다만 행기하러 누마루에 나갔을 뿐입니다."

"아니다. 내가 널 무턱대고 닦달만 한 것 같구나. 내일 해거름에 나와 서강으로 나가보자. 구경거리가 있느니라."

2

인근에는 무업(巫業)에 종사하는 사람들이 주로 네 곳으로 흩어져 살았다. 그 첫째가 목멱산 아래 남산골로, 목멱대왕에게 후사를 원하고 안택을 기원하는 만신(萬神)의 무리가 많았다. 다음이 배우개 시구문 쪽 성동(城東)의 장옥(長屋)에 화랑이 박수〔男巫〕들이 많았는데, 그들은 하천민이나 공장(工匠)들을 상대하여 값싼 푸닥거리를 해주었다. 경북궁 앞 개천 너머 사간원(司諫院) 주변의 무녀들은 북촌 양반 댁과 대궐을 드나들며 큰 시물(施物)을 받는 굿거리를 하였다. 또한 용산과 삼개 쪽에도 무수리가 성했는데, 그들은 서활인서

(西活人署)에 소속되면서 주로 상인과 사공들을 상대하는 재수굿이 주업무였다. 그들은 노들나루 풍류방(風流房)이라 하여 장부에 등록되고 매년 일정량의 무세(巫稅)를 졌다. 여무당은 물론이고 화랑이 박수, 양중(兩中)*에, 봉사의 점도가(占都家)며, 굿판에서 음률 잡는 악공 거사들까지 소속되어 있는 도무당(都巫堂)들이었다. 선무당이나 떠돌이 애무당들이 풍류방에 입적을 하자면 관례에 따라 혹독한 신참례를 치러야 했다. 영수(領首), 좌상(座上), 방주(房主)라 하는 고참 무녀들이 서열에 따라 늘어앉으면 공원(工員)이라는 수하 무녀들이 신참하는 무녀를 대령시켰다. 영수의 영이 떨어지면 쥠틀로 신참례를 거행하는데, 쥠틀이란 치마끈을 양쪽에서 힘껏 당겨 젖무덤을 옥죄는 것인데 젖이 터져나가는 고통을 참아넘겨야 했다. 다음이 죽마(竹馬) 태우기다. 굵은 대나무를 한 죽 묶어놓고 속곳을 벗기고 알살이 된 무녀를 말 태우듯이 그 위에 앉히고 미끄러뜨리는데 미끄러져 내릴 때마다 불두덩에서 터져나온 유혈이 죽마 위에 낭자하였다. 그 고통에서 헤어나야 몸주*로서 행세할 수 있었다.

무녀들을 여러 번 성 밖으로 내쫓았으나 고종 등극 이후로 궁궐에서 거의 날마다 굿거리가 있었으므로 쇠퇴했던 무업이 날로 번창하여 백성들도 굿거리에 기승(氣勝)*을 부렸는데 항간에 떠도는 이야기가 있었다.

박 승지라는 사람이 새벽에 일어나 입궐하려고 의관을 갖추고 나가려다 너무 이른 것 같아서 잠시 안석에 기대어 어렴풋이 잠이 들었

• 양중: 남자 무당의 한 가지.

• 몸주: 무당.

• 기승: 억척스럽게 굳세다.

다. 꿈에 자기가 말을 타고 배종하여 대궐로 향하는데 마침 파자교(把子橋) 앞에 이르렀을 때 맨발로 황급히 걸어오는 그의 어머니와 마주쳤다. 승지가 크게 놀라 말에서 내려 머리를 조아리며,

"어머님께선 어인 일로 이러시며, 게다가 가마도 타지 않으시고 맨발로 걸어오십니까?"

아들과 상면하였다 하나 어머니는 시큰둥하게 대답하기를,

"나는 이미 너희 세상 사람이 아니거늘 그 풍속을 따를 바 없으니 맨발로 걷는다는 것이 해괴하달 수 없다."

"지금 어디를 가셨다가 여기를 지나십니까?"

"용산강가에 우리 집 문적에 있던 가노(家奴)의 집이 있는데 거기서 오늘 신사(神祀)를 베풀었다. 내 거기에 젯밥을 먹으러 가는 길이다."

"어머님 돌아가실 제 상중 공궤도 지성이었고, 기일 때마다 제를 올리고 차례를 지내며, 삭망이며 중양(重陽) 때도 제례에 결코 소홀한 적이 없사온데 어찌 전일에 한낱 노복이었던 미천한 것의 굿제를 잡수러 가신다는 말씀입니까?"

거의 우는 시늉으로 효성이 지극했음을 낱낱이 토설하는 아들 앞에서 어미는 고개를 돌려 사뭇 딴전이다가,

"비록 제사가 있었다 하나 무당이 부르지 않는 제사는 중히 여기지 않는다. 내 저승으로 간 후 정처를 잡지 못한 떠돌이 귀신으로 논둑에서 기승밥도 얻어먹고, 절에서 부처님의 대궁밥도 얻어먹고, 하물며 서당에서 가난한 선생의 대궁도 얻어먹어보았으나 다만 견모가 될 뿐이었다. 굿판이 아니면 내 어찌 속 시원히 배불릴 수가 있다는 말이냐."

"살아생전 호강을 누리시던 어머니가 어찌 거릿귀신이 되었단 말씀입니까?"

"그것은 내 뜻이 아니고 네가 바라는 바가 아니냐. 네가 나를 외대하니 내가 어찌 너를 반기며 너의 제사를 받을 수가 있겠느냐. 박절하다 생각 말고 네 갈 길이나 가거라. 나 또한 바빠서 오래 머물 수가 없다."

어머니는 승지를 이별하고 표연히[*] 사라졌다. 승지가 깜짝 놀라 깨어보니, 잠깐 스친 꿈이긴 하되 꿈속의 형상이 눈에 잡힐 듯 명료하고 꾸짖던 어머니의 말씀이 귀에 쟁쟁한지라 곧 청지기를 불러 명하였다.

"너 용산에 있는 가노의 집으로 득달같이 달려가서 동정을 살피고 돌아오되, 내가 입궐하기 전에 돌아와야 한다."

기어나갔던 청지기가 보리쌀 한 번 삶아낼 참이 되어서 날듯이 되돌아왔다. 날은 아직 밝지 않았고 매우 추울 때였으므로 청지기는 우선 부엌으로 쫓아 들어가서 언 발부터 녹이는 참이었다. 차집이던 그의 계집이 삭정이를 부러뜨리다 말고 문뱃내를 맡고 물었다.

"새벽참에 어디 가서 술을 마시고 돌아왔수?"

"용산에 있는 하님의 움막으로 심부름을 다녀왔다네. 마침 굿판이 벌어졌더구면. 무당이 우리 집 상전이시던 대방마님이 오셨다고 말씀하시고는 옛날 우리 집 상노가 왔으니 술밥을 대접하라 이르고, 오던 길에 우리 아들을 만났다고 말하더군."

방 안에 앉았던 승지가 그 말을 엿들었다. 조반(朝班)을 마치고 퇴

궐하는 길로 무당을 불러 제사를 베풀어 어머님을 자시게 하였다.

장안에 그런 소문이 짜하니 퍼져 있고 궁가에선 물론이요, 벼슬에 오른 자와 오르려 하는 자가 날마다 굿판을 벌이매 여염의 백성이나 미천한 사람들도 이에 덩달아 걸핏하면 푸닥거리를 벌였다. 성 밖으로 내쫓기기만 하던 무당들의 성내 출입이 자유로웠고, 심지어 원자(元子) 탄생 이후로는 궁궐에서까지 굿하는 소리가 그치지 않았으니, 염치없기로는 무당의 쌀자루란 말이 있듯이 반지빠른 무당들은 가산을 늘리고 조반석죽(朝飯夕粥)*의 사류(士類)들쯤이야 우습게 여기는 것이었다. 자연 무당이 되려는 계집이 많아졌는데 잘만 하면 궁가나 사대부 같은 한골들과 친분을 틀 수도 있었기 때문이다.

약고개에 환갑 늙은이인 한 무녀가 살았다. 고개 위에다 숫막을 내고 있었으되, 가근방에선 숙무(熟巫)*로 호가 난 늙은이로 큰굿이 있을 때마다 노들의 풍류방에 불려다니곤 하였다. 늙은이는 무업뿐만 아니라 연골 때부터 배운 침술 또한 효험 있기로 소문이 자자했다.

1월 중순께 날이 저문 판에 흙먼지를 뿌옇게 뒤집어쓴 한 계집이 툇마루에 엉덩이를 걸치며 요기할 것을 청하였다. 묵 한 그릇을 비우고 난 궐녀는 그러나 곧장 길을 뜨지 않고 집 안팎이며 살림하는 범절을 둘러보다가 이웃 마소가 잠이 들 오밤중까지 늑장을 부리다가 떠났다. 그러나 하루건너 한 번쯤은 찾아와서 시키지도 않는 일을 자진하여 거들고 물어미 노릇과 빨래품을 소견 있게 거들고는 돌아가는 것이었다.

늙은 무녀는 괴이하다 생각하였으나 계집이 워낙 진중(鎭重)하고 손끝이 또한 맵짠지라 마냥 고맙게만 생각하였다. 그 후 한 열흘간이나 소식이 돈절했었는데 하루는 한 낯선 상노아이가 봉서 한 통을 들고 왔다. 뜯어보니 이지간에 도통 얼굴을 볼 수 없었던 궐녀의 언문 편지였다. 사연이 좀 와달라는 간곡한 소청인지라 무녀는 방자로 온 상노아이를 따라 궐녀의 처소로 가보았다.

고개 아래 숫막의 협방에 환형(幻形)*이 된 궐녀가 식음을 전폐하고 몸져누워 있었다.

"아니, 이런 봉변이 있나? 이게 어찌된 일인가?"

아픈 사람을 잡아 일으키며 늙은 무녀는 눈을 까뒤집었다. 육탈한 얼굴에 겨우 웃음을 떠올리며 일어나는 몰골이 부축을 않으면 뼈마디들이 으스러져 삿자리 위로 좌르르 쏟아질 것만 같았다.

"도대체 어인 일로 이 몰골이 되었누?"

오래 누워 있어 저고리 뒤품이 말려 올라간 등때기에서 땀내가 등천을 하는 것이었다.

"제가 버르장머리 없이 아지마씨를 오라고 통기한 것은 백 번 실수였습니다."

"도대체 어인 연고로 이 모양 하고 있는지 속 시원히 말이나 하게."

무당의 성화같은 독촉이 여러 번 거듭되매 궐녀는 긴 한숨 짧은 기침 끝에 입을 여는데 반은 우는소리였다.

"제가 일찍부터 팔자가 망측하여 초례 치른 삼 년 만에 상부를 하

• 환형: 늙거나 병이 들거나 하여 얼굴 모양이 변함, 또는 그런 모습.

였습니다. 불각시에 가군(家君)을 잃었다 하나 명색이 친정이란 곳이 또한 구차한지라, 대처나 향곡을 떠돌며 떡장수며 침선바치에 심지어 곡비(哭婢) 노릇도 하며 연명하였지요. 그러나 그것도 시절이 없어, 살아날 계책으로 팔자를 고치려고 무단히 서울 길에 올랐습지요. 마침 노들에 내려 하룻밤을 묵게 되었지요. 꿈에 어떤 선관이 한 노인을 데리고 와서 가리키며 말하기를, 네가 일찍 과부 된 것은 옥황상제가 정한 것이니 광구(廣求)하여 개가를 하려 함은 천수를 거스름이다. 이 노인이 박수무당으로 너와 더불어 평생 연분이 있으니 같이 해로하면 패업(覇業)• 을 이루고 와석종신(臥席終身)• 하리라 하고 온데간데없었지요."

"그렇다면 길몽이 아닌가?"

"그길로 꿈이 깨고 다시는 잠이 오는 법이 없어 곧장 나루로 나가서 한강을 건넜습지요. 삼개에 내려 발 가는 대로 걷다가 약고개에서 홀연히 허기를 느끼고 삽짝에 천왕대가 내걸린 아지마씨 댁을 찾아들었지 뭡니까. 그런데 이것이 어쩐 일입니까. 아지마씨의 모색을 뵙고 보니 몽중에서 뵈었던 노인의 용모와 일호의 틀림도 없었습니다. 그 당장 마음에 흠모하여 여러 번 댁을 드나들었으나 그 말을 차마 토설할 수가 없어 지금에 이르렀습니다. 그것이 노상 끌탕이더니만 아니나 다를까, 심질이 되어 이렇게 몸져누운 신세가 되었습니다."

늙은 무당이 가만히 생각하니 궐녀가 꾸었다는 꿈이 너무 그럴싸하고 행동거지에 조금의 거짓도 없어 보였다. 무당이 웃고 말하기를,

---

• 패업: 제후의 우두머리가 되는 사업. 천하를 통일하려는 대업.

• 와석종신: 제 명을 다하고 편안히 자리에 누워서 죽음.

"젊은이 성씨가 뉘시오?"

"매월이라 합지요."

"내가 남정네의 몸으로 태어났다면 같이 산다 하여 괴이치 않은 일이나 같은 여자로 자웅을 한다는 건 부끄러운 일일세. 그러나 나로 인하여 심질을 얻어 육탈이 된 젊은이를 홀대할 수야 없게 되었네. 하물며 무업에 종사하는 만신의 입장으로 젊은이를 내친다면 기필 신벌(神罰)이 내릴 것이니 조반석죽이나마 같이 나누고 살아간다면 그 또한 적선이 아니겠나."

늙은 무녀는 매월이의 술수에 어리무던하게 녹아난 것을 미처 깨닫지 못하였다. 무녀들은 보통 제 집으로 사람이 들어설 때 그 사람에게서 나오는 환청이나 환영으로 길흉을 판단하였다. 가령 돌담이나 나뭇가지가 부러지는 소리가 나면 불길한 징조이되, 촛불이 켜져 있거나 물이 쏟아지는 환영이 보이면 대길하다는 것이었다. 매월이를 처음 보았을 때 무녀는 촛불이 켜진 환영을 보았던 것이다. 하지만 젊은 계집이 곁눈질을 자주 하는 것이 정이 잘 움직일 징표이나, 그 꾸었다는 꿈이 신통하여 달고 살기로 작정한 터였다.

매월이가 맹구범의 간계로 다릿짐을 몽땅 적탈당하고 겨우 객비를 구처하여 천봉삼의 뒤를 밟아 한강에 닿긴 하였으나, 만호 장안에 천봉삼이 어디 숨었는지 알 길이 적막이었고 또한 당장 하루 세 끼 밥을 구처하는 일부터가 지난이라, 마침 혼자 살림에 포실하게 살아가는 무녀를 발견하고 술수와 아당(阿黨)*으로 무녀를 녹여내고 만 것이었다. 무녀 역시 난데서 찾아든 계집치곤 살림 두량을 한답시는 손

• 아당: 남의 비위를 맞추거나 환심을 사려고 아첨함. 또는 그 무리.

끝이 맵짜고 고임성*이나 붙임새가 나무랄 데가 없어 달고 사는 것을 후회하지 않았다.

늙은 무녀는 행수 무당으로 처신하는지라 검은 장옷을 입은 노들 풍류방의 젊은 무녀들이 뻔질나게 드나들었고 그 움에 싸잡히어 매월이도 입무고행(入巫苦行)에 이르렀다. 무기(巫技)를 익히기 전에 곡제인(哭齊人)이라 하여 부엌에서부터 무가(巫家)의 음식 수발이며 상복 짓기며 궂은일부터 배우는 것이 순서이나, 매월이는 행수 무당인 노인을 만난지라 곧바로 무기부터 익혀나갔다.

매월이는 우선 인상(人相), 천기(天氣)며 박물(博物)과 가운(家運)을 점치는 법을 익히는 위에, 사설과 창 그리고 춤사위와 독경을 익혔다. 팔괘(八卦), 육효(六爻), 오행(五行) 뽑는 것까지 무녀들에게서 익혀나갔다. 그것만 익히면 신굿어미〔神母〕가 될 늙은 무녀는 신딸〔神娘〕이 될 매월이에게 몸주를 내려주기 위해 도산다리라는 천을 찢고 잿밥〔栗〕을 뿌려주었다.

궐녀가 신굿어미 집에서 묵새긴 지 두 달이 되어, 서강 갯나루에서 신사(神祀)가 있다 하여 신굿어미는 당구(堂具)를 챙기는 것이었다.

"노들에서 도당 학습*이 있습니까?"

당구에 남색 신옷〔神衣〕이 든 피롱을 들고 부지런히 삽짝을 나서던 신굿어미가,

"아니다. 삼남으로 가는 조운선에 용왕님 보은 있으시라는 풍신제 (風神祭)가 있다."

• 고임성: 남의 눈에 들게 하는 성미나 성질.

• 도당 학습: 굿.

"대주는 누구십니까?"

"시전의 공주인인 신 대주이시다."

"내로라하는 만신들이 모여들겠군요."

"네가 가고 싶어한다만 집을 비우면 화주걸립(貨主乞粒)*이 신벌을 내릴 터이니 아예 출입을 마라."

신굿어미는 삽짝 밖으로 총총히 사라졌다.

3

그날 저녁 서강 갯나루에서는 풍신제가 벌어졌다. 굿이 있다는 소문에 도선목에는 물론이요, 서활인서 근처의 여염이며 잔돌배기 삿갓전 사람들과 바탕거리〔鍮洞〕의 공방 사람들이며 창내〔倉川〕 주변의 강대 사람들이며 강화도와 서강 사이를 오가는 주상들이 서강 도선목으로 모여들었다. 도선목 조구(漕溝)*에는 오색기와 금색을 늘어뜨린 세곡선들이 닻을 내리고 갯벌을 향하여 정박해 있었다. 3백 석의 곡식을 장선(裝船)할 대선이 열 척이요, 1백 석을 장선할 만한 중선이 열 척에다 70, 80석을 실을 수 있는 종선(從船)이 다섯 척이었다.

오색기가 갯바람에 펄럭이고 뱃전에 잇대어 쳐놓은 금색은 강물에 느슨하게 드리워져 있었다. 갯가의 사공막이며 조군(漕軍)*들이 들어 있는 군막이며 변두리 바위 위의 곳곳에는 오색 초롱을 달았으며,

---

• 화주걸립: 무당이 모시는 걸립신의 하나. 보통 집의 뒷문에 모셔둔다.

• 조구: 짐을 싣거나 풀거나 할 때 배를 들이대기 위하여 파서 만든 깊은 개울.

• 조군: 배로 물건을 실어나르던 선원. 조졸.

굿판 멀찍이 바깥으로 친 금색에는 군데군데 홍지(紅紙)를 끼웠다. 물길로 10리라는 멀리 여의도와 밤섬의 불빛이 늘어선 돛배들 너머로 가물가물 바라보였다. 화장들이 켜든 횃불과 대낮같이 밝혀둔 선등이며 오색 초롱의 불빛들이 바람에 엉키고 비끼면서 어우러져 강물에 드리워졌으니, 바람을 타고 뱃전을 넘실대는 물빛은 또한 오색 광채를 일구며 부서지고 흐트러지며 꿈틀거려 금방이라도 용이 비늘을 번뜩이며 기어올라 하늘로 날 듯하였다. 물새 떼들이 서강 여울에 이르러 갯바닥을 뒤집어놓을 듯이 낭자한 불빛을 보고 깍깍 짖었다. 금색을 친 변두리에는 배를 타고 삼남으로 갈 선인들이 늘어져 앉았고, 뒤편에는 구경 나온 아녀자와 남정네들이 촘촘히 앉아 있었다. 굿판 주변에는 구경꾼들을 겨냥하여 목판이나 함지박에 떡과 실과며 탁배기나 엿을 파는 행상들이 야시(夜市)를 이루었다. 구태여 홰를 달지 않아도 열 칸 밖의 사람을 분별할 만하였다.

조바심을 하고 있던 떠꺼머리 구경꾼들이 독촉을 하였다.

"어서 시작하우."

"우선 초당풀이부터 들어가십시다."

"고수는 썩 나와서 북을 메기시우. 속에 열불이 나서 배길 수가 있겠나, 원."

"아직 대주 어른이 당도하지 않았는가보이."

옆에 있던 채수염 한 자가 알은체를 하였다.

"굿주는 누구요?"

"어허, 이런 옹춘마니 같은 사람을 보았나? 봄에 깐 병아리 가을에 와서 헨다더니, 굿주가 누군지도 모르고 굿 구경을 나왔소? 굿주는 선혜당상 김보현 대감이라네."

"선혜당상이 뉘신지 알 게 무어요."

"또 한 분이 있다네."

"그건 또 누구요?"

"시전의 도행수 격인 신석주라네."

"그럼 그분들이 당도해야 초당풀이가 시작될 건가, 원."

두 사내가 받고채는 동안 건너편의 구경꾼들이 갑자기 호젓해지면서 저마다 고패를 떨어뜨리고 길을 비키었다. 떠들던 사람들이 목청을 낮추었다.

나발이며 영신대기(迎神大旗), 별신사령기(別神司令旗)가 차례로 멍석 깐 굿판으로 들어오고, 지화(紙花) 다발을 든 박수 양중이 신위 앞으로 가서 머리를 조아렸다. 나발이 울리고 말 바리에서 내려진 제물이 운반되었다. 사위 앞 한복판에 시루가 놓이고, 잔과 쌀·콩·팥·대추·밤·감이 좌우로 진열되고, 고사리·도라지·녹두나물·가조기·두부며 돼지머리·닭·튀각이 차례로 놓였다. 제물을 나르는 별자(別子)*들은 입에 흰 종이를 물고 있었다. 청결과 엄숙을 뜻하는 풍습 때문이었다.

"저분이 누구이신가?"

양태갓에 옥색 도포를 입은 대주가 신위 앞으로 나아가 참신(參神)을 할 제 구경꾼들 사이에서 그런 말이 흘러나왔다.

"신석주란 신상일세."

"거 외양이 의젓하시네그려. 그 옆의 계주(季主)*는 누구신가?"

---

* 별자: 화주(花主: 무당)의 곁꾼.
* 계주: 굿주의 안주인.

"신석주의 측실이라네."

"칠순이 된 주제에 옥골의 방년을 첩실로 들인 것을 보니 양기 하나는 명치에 찬 모양이군. 장가처는 얻다 팔아먹고 첩실을 계주로 데리고 나왔나, 원."

"손때 먹이는 측실이라면 그럴 만도 하겠지."

대주와 계주의 참신이 끝나자 고수는 곧 푸너리장단*을 치기 시작하였다. 만신이 융복으로 갈아입을 동안 푸너리장단은 계속되었다. 좌창(坐唱)*인 박수 양중이 북을 메기는 왼편에선 징잡이가 살짝 비껴 앉아 징을 쳤다. 어느덧 북소리에 맞춰 사뿐 굿판으로 나서는 태고운 무녀는 붉은 꽃갓에 융복 입고 칠쇠방울〔金鈴〕*에 쉰대부채〔彩扇〕를 들었다. 호적과 제금이 북장단에 맞추어 허허둥둥 영산회상(靈山會上) 느린 곡을 잡자 만신의 진쇠춤이 사위를 잡았다. 만신의 머리에 위태롭게 얹힌 꽃갓이 교태롭게 깝죽거리고 남색 쾌자 자락에서 빠져나온 연두색 끝동이, 횃불 그늘이 널름거리는 서강 갯머리의 드넓은 허공을 양손으로 허겁스레 거두어 잡았다.

만신은 학을 그린 수배(繡褙)를 양 가슴에 달고 뒤에는 용을 그린 수배로 몸을 감쌌다. 고수가 가파른 진쇠장단*을 메기기 시작하자, 만신은 문득 제자리에서 무릎을 죽였다. 어깨를 풀어 달을 부르듯 네 번의 춤사위를 반복하다가 시작되는 진쇠춤은 늘어지지 않고 조용한

• 푸너리장단: 경남 지방 무악(巫樂) 장단의 하나. 2분의 4박자로 각 굿거리 첫머리에 쓰임.

• 좌창: 굿할 때 앉아서 사설을 주고받는 사람으로 주로 남자임.

• 칠쇠방울: 무당이 굿을 할 때 흔드는 방울의 하나.

• 진쇠장단: 8분의 12박자로 율동성이 강하고 박력 있는 음악에 쓰는 무악 장단.

가 싶더니 자진굿거리로 들어가면서 눈앞에 흩날리는 빨간 철릭 자락이 어지러웠다. 샛바람과 만신의 철릭 바람에 촛불은 꺼질 듯 너울거리다가 가까스로 되살아났다. 드디어 굿발을 받은 만신의 표정이 요기를 띠었다. 굿주인 신석주를 내려다보며 만신은 남정네 음성으로 사설을 풀어내렸다.

"명산대천 떠돌이 혼령이 이내 몸에 내려왔네, 전생의 정리로서 이내 몸에 내려왔네. 자던 잠을 이룬 듯이, 졸던 잠을 깨운 듯이 이 정성 다하였으니 네 많이 먹고 후일 근심 제쳐 가주시고 천 리 원경으로 비켜날 제, 동네 방성에 어려져가던 수비야, 청춘에 못다 먹고 가던 수비야, 많이 먹고 물러서고, 뜬 상문에 가던 수비야, 거리 객사한 수비, 네 많이 먹고 물러서고, 눈 큰 놈 발 큰 놈, 눈 도둑에 발 도둑에 칼 빈 도적 목 빈 도적, 익은 음식 전물에 말아 들던 수비야, 많이 먹고 물러서라. 자결 영산아, 수산 영산아, 진 것은 먹고 가고 마른 것은 싸서 가고, 원 풀고 한 풀어서 좋은 데로 가소이다. 여기는 앵주 비로봉 깎아지른 돌벼랑에, 쉰 길 청수에 너희 올 곳 아니다. 바른손에 칼을 쥐고, 왼손에 불을 쥐고, 엇쇠 잡신아 썩 물러가라. 동토신아 물러가라."

이미 공수가 내려 접신통령(接神通靈)의 지경에 이른 만신은 칠쇠 방울과 쉰대부채를 흔들면서 미리 준비한 날이 시퍼런 작두칼 위로 성큼 올라섰다. 입으로 무수히 휘파람을 불면서 작두춤[踏刀舞]이 시작되었다. 모여 선 강대 사람들 입에서는 숨소리조차 들려오지 않았다. 만신의 사설이 이어졌다.

"물위 사공(沙工) 물아래 사공들이 삼사월 전세 대동(田稅大同) 실려갈 제, 일천 석 싣는 대중선(大中船) 자귀 찍어 꾸며낼 제, 삼색

실과 머리 같게 갖추어 피리 장구 둥둥 치며 오강성황지신(五江城隍之神)과 남해용왕지신(南海龍王之神)께 합장하여 고사(告祀)할 제, 전라도라 경상도라 울산 바다, 동래 바다, 나주 바다, 칠산(七山) 바다 휘돌아서 안흥(安興)목과 손돌(孫乭)목에다 강화목을 무사히 감돌아들 제, 평반(平盤)에 물 담은 듯이, 연잎에 물 뜬 듯이, 제상에 떡 괸 듯이, 만리창파에 갈 듯이 돌아오게 고스리 고스리 소망 일게 하오시오. 나무도 바윗돌도 없는 뫼에서 매에 쫓기는 까투리 마음과, 대천(大川) 바다 한가운데 노도 잃고 닻도 끊고 용총도 걷고 키도 빠지고 바람 불어 물결 쳐서 안개 잦아진 창해에 갈 길은 만 리 천 리가 남고 사면이 까마득히 저문 천지에 적막같이 놀이 떠 있는데 수적(水賊) 만난 도사공(都沙工)의 마음과, 엊그제 임 여읜 마음이사 어디다가 비견하리오. 매란 놈 성황님 잡아가시고, 수적이란 놈 용왕님 잡아가셔 일천 석 실은 배가 갈 듯이 돌아오게 하옵시오."

그때 만신은 작두칼에서 성큼 내려서서 신위 앞에 앉아 있는 조 소사 앞으로 장금장금 걸어나갔다.

"이게 누구냐. 이 옥골이 누구냐. 허허에헤야 바리데기 나와주자. 바리데기 아버지는 천별산 대장군이요, 바리데기 어머니는 금탈의 장군님인데, 천별산 대장군이 금탈의 병운님에게 장가들면 아들 구형제 낳는다는 말을 듣고 어화둥둥 혼인을 하였건만, 슬하에 자식 없고 가슴에 병이 드니 밀화주 결칼 빼고 지환을 벗어서 만신에게 바치어라. 남해용왕 분기하고 오강성황 분기하도다."

칠쇠방울 소리가 귀에 자지러지고 쉰대부채가 촛불을 흩뜨렸다. 조 소사는 장도와 옥지환을 벗어 시물로 바치었다. 뒤따라 선인들의 인정전이 굿판에 무더기로 쏟아졌다. 그제야 만신은 조 소사 앞에서 물러나서 종종걸음으로 갯벌을 밟아 조구에 잇대어놓은 대선(大船) 위로 올라섰다. 굿주인 신석주가 만신의 뒤를 따르지 않을 도리가 없었다. 굿주와 선인들과 구경꾼들이 서로 만신의 뒤를 따르느라고 굿판이 어수선하였다. 넋을 잃은 듯한 조 소사가 신위 앞 삿자리에 엎디었는데 배종 드는 언년이만 상전의 치맛자락을 거두며 바싹 붙어 앉아 있었다.

송파 장터 왈짜로서 이번 상도에 선인으로 조발된 한 위인이 엎디어 있는 조 소사 앞으로 황급히 다가갔다. 그리고 헝겊에 싼 귀물을 조 소사 앞에 떨어뜨리고는 갯벌의 아래쪽으로 손짓하며 수작하기를,

"이 귀물의 주인이 아래 사공막 옆에 있는 미루나무 숲에서 기다리고 있소이다. 엎어지면 코 닿을 자리요."

낯선 남정네의 목소리라 처음엔 심상하게 들었으나 궐녀는 방금 치맛자락 위로 떨어진 귀물을 알아보았다. 그것은 이송천나루에서 천봉삼에게 건네준 산호비녀가 아닌가. 궐녀가 비녀를 잽싸게 걸어 쥐었다. 그에게 통기를 놓았던 남정네는 벌써 갯머리로 몰려가는 인파 속으로 묻혀들고 보이지 않았다. 몇 사람들의 좌상들과 별자들이 금삭 친 밖에서 서성거릴 뿐이었다. 궐녀는 재빨리 털고 일어나 굿판을 벗어났다.

"아씨마님, 어디로 가시렵니까?"

영문 모르는 언년이는 짐작 없이 허둥대며 채근을 하였다.

"넌 암말 말고 여기 있다가 나으리께서 나를 찾거든 잠시 길이 서로 엇갈린 척 소리쳐서 나를 찾거라."

"어딜 가시려구요?"

"아무 소리 말고 기다리라니까 그러는구나. 내 곧 돌아오마."

언년이에게 당조짐을 하는 둥 마는 둥 궐녀는 남정네가 지소(指所)했던 갯벌 아래쪽으로 달려갔다. 궐녀는 장옷자락을 치켜 옷깃을 여미고 뛰다시피 걸었다. 아래쪽은 횃불 빛이 미치지 않았다. 곧장 사공막이 보이고 미루나무 숲이 시야를 가로막았다.

그곳에 한 장한이 버티고 섰다가 문득 발자국을 떼어 성큼성큼 마주 다가올 제, 그것은 궐녀가 그리던 정인이 틀림없었다. 궐녀는 그때 눈앞이 아찔해오면서 하초의 기력이 빠져 달아나는 것을 의식했다. 갯벌 속으로 몸뚱이가 빨려드는 듯 궐녀는 몇 발짝을 떼지 않아서 자지러지고 말았다.

눈을 떠보니 궐녀는 남정네의 억센 팔에 안겨 있었다. 귓결에는 자진가락의 북소리와 장구 소리가 들리고 좌창(坐唱)과 입창(立唱)*이 주고받는 사설풀이가 강바람을 타고 아슴푸레 잡혀왔다. 궐녀는 그제야 아슴아슴 눈을 떴다. 별빛이 총총한 밤하늘을 뒤로하고 눈이 부리한 사내가 아귀차게 큰 상투를 하고 궐녀를 내려다보고 있었다.

"이제 정신이 좀 드오?"

궐녀는 대꾸를 않고 연잎 뜬 듯 낯을 들고 두 팔을 내밀어 봉삼의 목덜미를 끌어안았다. 양치를 못한 사내의 입에서 고약한 냄새가 풍겨왔다. 궐녀는 옥순(玉脣)을 내밀었다. 오랜 접문(接吻)*이 계속되었다. 야기에 축축하게 젖은 사내의 입술을 빨 제, 궐녀는 온 삭신이 일시에 녹아나는 듯 짜릿하였고 가슴은 숯불을 댕긴 듯 화끈거렸다.

"낭자가 오늘 밤 굿판에 나오리라곤 미처 생각지 못하였소. 자, 일

• 입창: 선소리. 대여섯 사람이 돌라서서 서로 주고받고 하면서 부르는 속요(俗謠).
• 접문: 입맞춤.

어섭시다. 물색 모르는 사람들이 노면(露面)*하고 있는 우리를 목도하고 입초에 올리기로 한다면 생청으로 잡아뗀들 어느 누가 우릴 보비위해주리까."

그제야 궐녀는 기어드는 듯한 목소리로 대척을 하였다.

"어찌 저를 낭자라 부르십니까?"

"낭자가 신 대주의 정실이 되었든 측실이 되었든 그것이 내게 무슨 상관이겠소. 내겐 낭자요."

"죽고 사는 것이 아무렇지 않게 생각되기는 오늘이 처음입니다. 이대로라면 이승을 하직한다 하여도 아무런 여한이 없습니다. 설사 구경꾼이 몰려와서 화냥의 계집이라고 능지를 한다 한들 정랑의 팔에 안기었으니 그대로 열명길에 오르겠습니다."

미루나무 숲이 바람을 안고 강심 쪽으로 쏠리어 누웠다가 다시 일어섰다.

"나 역시 행상질이고 뭐고 팽개치고 낭자를 만나자는 일념 하나만으로 서울 길에 올랐소이다. 그러나 막상 만나보고 나니 낭자는 상전의 측실이요, 나는 상전의 하례이니 처신이 서로 다르고 소임이 또한 다르군요. 이 상봉이 곧 이별이 아닙니까."

"이별이라니, 그게 어인 말씀입니까? 그길로 서울 와서 이때까지 정인을 사모하여 공규(空閨)*를 지켜왔고, 삼남의 저자로 내려가는 사람들이 있으면 정인의 행지를 수탐하여 오도록 당부하여왔습니다. 제가 측실이 아니요 정실이 되어 가곡(嘉穀)*으로 섭생하여 육신을

• 노면: 얼굴을 드러냄.

• 공규: 오랫동안 남편이 없이 아내 혼자서 사는 방.

• 가곡: 좋은 곡식.

거두고, 몸채 대방에서 침석하며 열두 자 대여(大輿)˙로 배종 거느리며, 사족들과 친분 트고 연행(燕行)˙하는 통사(通事)에게 청국산 지분을 당부하여 몸가축을 한다 한들 다 속절없는 것이었습니다. 한날한시인들 조바심하고 이녁을 잊어본 적이 없거늘, 이태를 속태우다가 천행으로 상봉한 자리에서 어찌 박정하게도 작별하잔 말부터 먼저 하신단 말입니까."

봉삼이 잠시 대꾸할 말을 잊었다.

"나 역시 그랬소. 객리 행상 고달픈 신수에 동자치 서방˙으로라도 입장(入丈)˙할 생각은 엄두도 못 내었소. 안개 낀 산골 저자 길을 돌아설 때나 달이 뜬 개천에 발을 담그고 나귀 등을 재촉하다가도 물 위에 비치는 건 낭자의 얼굴이었고, 비석거리 앞 객줏집 봉당 쪽마루에 소슬히 앉아 듣는 낙숫물 소리하며, 산협의 숯막에서 잠을 청할 제 바람벽을 스쳐가는 바람 소리는 흡사 낭자의 목소리가 섞여 흐르는 듯하였소. 장지를 열고 새벽 한기 서린 창공에 높이 뜬 달을 벗삼아 죄는 가슴을 달래었소. 이천 리를 격한 머나먼 타향에 있다는 것을 깨닫고 매양 혼자 소리 내어 웃기도 하며 가슴에 맺힌 포한을 풀었습니다."

"이젠 못 가십니다. 저는 차라리 이 자리에서 자문을 하고 말겠습니다."

"내겐 딴 소임이 있소이다. 오늘 밤 굿이 끝나면 내일은 선인으로

• 대여: 국상(國喪) 때에 쓰던 큰 상여. 여기서는 '큰 가마'를 말함.

• 연행: 사신이 중국의 베이징에 가던 일.

• 동자치 서방: 남의 집에서 밥을 짓는 등 드난살이하는 여자의 남편.

• 입장: 장가듦.

조발되어 삼남 뱃길로 가는 상도(上途)에 올라야 할 몸입니다. 차라리 깨어 내버릴 오지〔婚書〕라도 있다면 나비베〔蝶布〕*라도 찢어 이별을 증거하겠지만 낭자와 나 사이엔 그것조차도 허락이 되지 않는구려."

"안 됩니다. 병탈하고 가지 마십시오."

"우레와 번개가 서로 만났다 하나 병탈하고 꽁무니 뺄 일이 따로 있고 그렇지 못할 일이 있습니다. 나와 작반할 사람들이 십수 명이고 또한 이렇게나마 낭자와 상봉하였으니 다시 무슨 여한이 있겠소. 이제 낭자는 엄연한 핫어미가 아니오?"

"핫어미라니요? 제게 서방이 있다 하나 넉점박이*라 하더라도 아직 생산을 못하고 있다는 것을 눈치채지 못하였습니까?"

"아직 각방자리를 하신단 말이오?"

"동침은 하나 노인네의 양도가 다하여 허신한 일이 없고 다만 윗방아기 신세일 따름이니 안동에서 이녁에게 바쳤던 몸은 아직 그대로입니다."

"세상에 그런 변괴도 있는 것이구려."

"믿지 않으시는가보군요."

"낭자의 말을 내가 믿지 않다니요."

"만신님의 도움인지는 모르겠으나 아직 육신에 더러움을 남기지 않았고 허물이 없으니 이녁을 놓아드릴 수가 아무래도 없습니다."

"안 되오. 이번 행보만은 놓칠 수 없소. 우리가 정리에만 끌려 경솔

• 넉점박이: 두 눈과 코, 입의 네 구멍이 있다는 뜻으로, '사람'을 속되게 이르는 말. 여기서는 서출(庶出: 첩의 자식)을 말함.

히 처신하였다간 우리 두 사람 똑같이 제 명에 죽지를 못합니다. 석 달만 기다리시오. 뱃길이 무사만 하면 또한 곧 돌아오리다."

"선인 거행을 자청하시었습니까?"

"그렇소이다. 선인으로 박아달라고 한 것은 내가 낭자의 곁에서 살아가길 원하였기 때문이었소."

"자시는 조석은 훌하지 않으며 노중에 입을 여벌 옷이나 있습니까?"

"내가 언제 궁상을 벗어난 적이 있었나요. 그러나 그런 것이야 내겐 상관없는 일입니다."

"저는 차라리 화장 구실이라도 되어 이녁의 배에 같이 올랐으면 합니다."

"아녀자는 배에 오르지 못합니다. 내가 위한(違限)*을 하겠소? 또한 석 달 후라 하여 낭자의 꽃다운 자질이 이지러질 리도 만무입니다."

"좀더 오래 제 곁에 있어주실 수는 없는 것입니까?"

"이곳에서 더 이상 지체하여서는 우리가 앙화를 입을지도 모릅니다. 지금 저 소리를 들으셨소? 낭자를 분주히 찾고 있지를 않습니까."

사공막 어름에서 계집아이의 다급한 목소리가 들려왔다.

"아씨마님, 아씨마님, 어디 계세요."

굿판과는 활 한 바탕 상거이긴 하나 가근방의 구경꾼들에게 다 들릴 만한 목소리인지라 다급해진 봉삼이,

"낭자가 친정살이할 적에 낭자에게 배종 들던 월이를 아시지요?"

"알다뿐이겠습니까."

• 위한: 약속한 기한을 어김.

“그분이 지금 입전 행랑에서 짐방들의 조석 수발이며 빨래품으로 연명하고 있습니다.”

그 말에 조 소사는 까무러칠 듯 놀라며,

“아니, 월이란 넌이 말씀입니까?”

“나와 동사하던 성님과 연분을 맺어 내 형수가 되었습니다. 그러나 기박한 팔자로 태어났던지 초례를 치르고 나서 해를 넘기지 못하고 소년 과수가 된 신세입니다.”

“금시초문입니다.”

“한번 만나보시되 이웃이 알지 못하게 하셔야 합니다. 더군다나 맹 행수란 자가 알게 되는 날엔 모함 잡히어 좋지 않을 것이니 조심하십시오.”

“그 아이가 어찌하여 행랑에까지 와 있게 되었습니까?”

“전주 읍내장에서 우연히 맹 행수와 맞닥뜨린 것입니다.”

“그럼 두 사람이 서로 정분이 난 사이란 말씀입니까?”

“저도 짐작만 하고 있을 뿐입니다. 더군다나 맹 행수에게 받는 구박과 괄시가 형언키 어려운 지경에 있으나 문서 없는 종노릇을 자청하여 동자아치 노릇을 하고 있으니 그 속내를 알 길이 없지요.”

“제가 어찌하면 좋을까요?”

“짐작이긴 합니다만, 맹 행수와는 정분을 낸 처지이긴 하되 겁간을 당한 것이나 진배없었던가봅디다. 거기에 앙심을 품고 때가 오면 맹 행수에게 설분하려는 게 틀림없지요.”

“그건 안 될 일입니다. 그 위인은 벌써 우리들 사이조차 눈치채고 있는데다, 그 수하에 따르는 왈짜들이며 결기 있는 짐방들이 수두룩한데 얼추 해코지하려 들었다간 되레 앙화를 덮어쓰게 마련이지요.”

"맹 행수가 우리들 사이를 눈치채고 있다니, 그건 금시초문이 아닙니까?"

"제 불찰입니다. 그 위인은 시정의 켯속에 밝아 눈치 하나로 생원 급제까지 따낸 위인입니다. 제 거지(擧止)가 서투르고 오활(迂闊)하여* 낌새를 챈 듯합니다."

조 소사는 맹구범이 전주로 내려갈 제 장사 밑천을 건네준 일이며, 얼마 전엔 몸에 지니던 패물까지 건넸던 전후 사실을 죄다 직토하려 하였으나, 이미 궐녀를 찾는 장한들이 홰를 켜든 채 갯벌로 덧터 내려오는 중이었고 언년이의 부르는 소리가 낭자한지라, 시재 당장 그런 말로 노닥거릴 경황이 없었다. 그제야 봉삼은 잡았던 궐녀의 소매를 놓았다.

"형수님을 남기고 갑니다. 행여 맹구범에게 설분을 하려다가 발목이 잡히는 날엔 그 추달을 이겨내지 못할 건 고사하고, 주릿대를 안겨 살변을 낼지도 모를 일이니 앙화 입지 않도록 타일러주십시오."

봉삼이 미루나무 숲속으로 몸을 감추면서 소리쳤고, 때마침 언년이가 달려왔다.

경점(更點)*이 이경인데 신석주는 벌써 발행할 채비를 하고 있었다. 연통하려 달려온 언년이가 헤픈 입을 열지 않도록 오금을 박아 굿판 어름으로 올라가니, 신석주는 말과 경마잡이를 대령시키고 기다리다가 묻기를,

"어딜 가서 그토록 지체했나?"

<hr>

• 오활하다: 사정에 어둡다. 주의가 부족하다.
• 경점: 조선 시대에, 북과 징을 쳐서 시각을 알리던 경(更)과 점(點). 하루의 밤을 오경으로 나누고, 경을 다시 점으로 나누어 경에는 북을, 점에는 징을 쳤음.

불쑥 던지는 한마디에 뼛골이 오싹하고 등줄기에 비수를 들이댄 듯 가슴이 써늘하였으나 귈녀는 태연하게 떠대기를,

"잠시 소간(所幹)이 있었습니다."

"무슨 소간이었는가?"

"잠시…… 측간 구경을 갔습지요."

"부담마에 매화틀*이 있지 않았던가?"

"깜빡 잊었군요."

주홍 코에 되반들거리는 낯짝으로 쳐다보고 섰던 경마잡이 늙은이와 서사들이 불쑥 웃음을 터뜨렸다간 서둘러 웃음을 거두었다. 수하 것들이 쳐다보는 앞에서 40년이나 넘는 연하의 화처를 상종하여 율기하고 나서는, 상서롭지 못한 싸움질도 진중해야 할 도반수의 지체로는 우세스러운 일이라 신석주는 입을 다물어버리고 말았다. 춘규(春閨)*의 계집으로 감옥에 갇힌 것이나 진배없는 생활이 측은하고, 아리따운 미간에 덧없이 쌓이는 수색(愁色)이 신석주에게도 부담스러웠다. 그러다가 어린 계집의 편성(偏性)*으로 홀지에 자처(自處)*나 해버리지 않을까 은근히 걱정도 되었다. 마침 굿주가 된 김에 서강 나루에 동행시켰더니 석연찮은 일이 한두 가지가 아니었다.

"그만 가자."

신석주는 한동안 그린 듯이 서 있다가 경마꾼들에게 일렀다. 조 소사 역시 안장마(鞍裝馬)로 오를 수밖에 없었다.

• 매화틀: 가지고 다닐 수 있게 만든 변기.

• 춘규: '처첩'을 달리 이르는 말. 또는 젊은 여자들이 거처하는 방.

• 편성: 한쪽으로 치우친 성질.

• 자처: 의분을 참지 못하거나 지조를 지키기 위해 스스로 목숨을 끊음. 자결.

갯벌의 굿판은 무르익어갔다. 만신의 사설이 끊어질 듯 이어지며 애처롭게 잦아들고, 모여 선 강대 사람들은 흩어질 줄 몰랐다. 만신의 사설풀이가 굿판을 떠나는 궐녀의 가슴속으로 잦아들어 한(恨)의 응어리로 무리지었다. 육미 진찬(六味珍饌)*으로 속을 채우고 장원(牆垣)*이 화사한 가택에 미흡한 것이 없는 호사를 누리고 남세스러울 것 없는 용모를 가졌지만 혼자만 알고 있는 정랑을 두어 남모를 상사(相思)를 얻었으니 이는 기박한 팔자의 소치로 돌릴 수밖에 없었다. 의복이 정결하고 품행이 단정한들 음양의 도리를 잃고 살아야 하는 처지의 계집에겐 한낱 물거품이 아닌가. 정인과 같이라면 차라리 풀신*을 신고 싸리바자한 두옥(斗屋)*에 거적때기를 뒤집어쓴 신접살림이라도 기꺼이 받아들이고 싶었다. 안장마에 실린 육신은 풀잎처럼 가벼웠지만 가슴에 맺힌 포원은 천 근의 무게에 버금가겠으니, 말이 또한 그것을 알아챘음인지 워낭 소리만 자지러뜨릴 뿐 발걸음이 올 때처럼 다급하지 못하였다.

4

숭례문 밖 보행객주에서 밤을 새우고 해금되기를 기다려 성내로 들어온 신석주는 처소에도 들르지 않고 곧바로 재동 김보현을 찾아

• 육미 진찬: 온갖 진귀하고 맛이 좋은 음식.

• 장원: 담.

• 풀신: 짚신.

• 두옥: 아주 작고 초라한 집.

갔다. 신석주가 식전참에 들를 것을 예견한 김보현은 일찍 기침하여 큰사랑으로 나와 기다리고 있었다. 신석주가 안돈하자마자 묻기를,

"굿제는 무사히 치렀습니까?"

"활인서의 도무당들이 조발된 굿제라 신명이 볼 만하고 강대의 백성들도 많이 나와 구경이더군요."

"발행은 오늘 해거름 적이지요?"

"굿판이 떨어지는 술시께로 잡고 있는 듯하더이다."

"경상도의 조창선(漕倉船) 스물아홉 척이 마침 개수를 해야 할 판이라 부득불 임선(賃船)을 조발하기에 이르렀습니다만, 그로 인한 화근이 생기지 않도록 수하 선인놈들에게 단단히 신칙(申飭)을 하셔야 할 것입니다. 게다가 삼남의 연해에는 굶주린 수적들이 세곡선만을 노려 분탕질을 놓는다는 소문이 자자하고, 어제 어전(御前) 조반(朝班)에서도 수적들이 횡행하는 일들에 대한 공론들이 많았습니다."

"여부가 있겠습니까. 주상께 상주하여 행장을 내려주신 것만도 흔감이온데, 언감생심 시폐(時弊)˙가 있도록 조처를 하였겠습니까? 게다가 수하에서 장력깨나 있다는 것들만 선인으로 조발하였으니, 그깟 녹슨 병장기를 갖춘 수적들이 허술히 범접지는 못할 것입니다."

"이리 좀 가까이 하십시오."

김보현이 보료 앞에 놓인 타구와 담배합을 장죽으로 밀치자 신석주가 방석을 당겨 바싹 다가앉았다. 김보현이 목소리를 죽이는데,

"사헌부(司憲府) 집의(執義)로 있는 권종록(權鍾祿)이란 위인이 입시하여 주상께 간한 일이 있소이다. 요즈음 사창의 곡식이 거덜나

• 시폐: 그 시대의 잘못된 폐단.

서 백관(百官)의 녹미(祿米)를 내리기 어렵고 군병의 방료(放料)* 역시 내기 어렵다 하였소. 이는 방백들과 아전의 농간에 큰 원인이 있는 터이지만 또한 폐단은 상인들에 있다는 겁니다. 부상들이 금령을 어기고 곡물을 도집하여 이양선(異樣船)과 잠매를 하는데, 곡물과 바꾸는 양화(洋貨)라는 것들이 완호잡물(玩好雜物)*에다 앵속이라 하였소. 그것들은 기기 음교(奇技淫巧)*하여 백성들의 일용에는 백해무익이라 하였소. 그것으로 사치한 풍속이 날로 성하여 하물며 무관청의 사령놈들의 복색에까지 홍자(紅紫)가 아닌 것이 없고 시정인의 관건(冠巾)에도 금옥(金玉)을 쓴다고 개탄하였소. 그런데도 서로는 연경(燕京)에, 남으로는 왜(倭)에 이르기까지 양화의 유입이 심하니, 이는 곧 미곡의 유출을 초래함이라 주상께서도 크게 염려하시었소. 그뿐이 아니었소. 아라사(俄羅斯) 부근의 연변 열읍(列邑)*도 날로 그 폐해가 늘어나고, 동래에 온 왜인(倭人)들이 시정에 함부로 뛰어들어 여항의 부녀자들을 노면하여 희롱하기를 예사로 안다고 상소하였으니, 주상께서는 그런 폐해들을 전부 상인들의 불찰로 돌리시고 있소이다."

"그것은 애꿎은 상인들만 모함 잡히는 일이 아닙니까?"

"그렇지만은 않소. 이미 삼강(三江)을 수검(搜檢)하여 상산(常産)으로 지류(紙類), 인삼, 마필, 피혁, 해삼, 건어, 다리〔毛髮〕 이외의 물화가 거래되면 적발하여 만부(灣府 : 義州)에서 선참(先斬)하고 뒤

• 방료: 나라에서 매달 요(料)를 나누어주던 일.

• 완호잡물: 신기하고 보기 좋은 여러 물건.

• 기기 음교: 기묘한 재주 · 기술로 만든 진기한 물건으로 매우 음란하고 교묘함.

• 열읍: 여러 고을.

에 계(啓)할 것을 명하시었고, 동래 역시 그리하도록 명하시었소. 그런데도 창고는 날로 피폐해가니 이는 상인들의 농간으로밖엔 볼 수가 없게 되었소. 게다가 이기영(李琪永)이란 자는 지난해 전주 방백이었던 이돈상(李敦相)의 세곡 탐학한 것을 낱낱이 발기 잡아 상소하였소. 이돈상이 자신의 결백을 반박하였다 하나 조정에 이렇다 할 연비도 없는 이기영이 무고하게 논핵(論劾)을 벌였을 리 만무입니다. 조만간 이돈상이 삭직(削職)을 당할 것이오. 조정의 공기가 요즈음에 이르러 이토록 험악한즉, 설혹 주상께서 사사로이 어용금(御用金)을 대고 있는 신 대주를 두둔하고 있다 할지라도 헌부나 금부에서 행여 눈치라도 채고 악명을 뒤집어쓰는 날에는 주상께서도 속수무책이니, 이 점을 각별히 유념해야 할 것입니다.”

“우식(愚息)*의 몸놀림이 아무리 변통이 없기로서니 뒤를 사리는 데 소홀하여 설마 상감께 욕을 돌리고 대감을 우세당하게 잡도리를 하겠습니까. 그 점은 염려를 놓으시고, 대감께 한 가지 소청이 있습니다.”

“소청이라니, 무엇이오?”

“이번 선단은 워낙 규모가 큰데다가 또한 조정의 공기가 그러하다면 미상불 눈총이 많을 일이요, 상대(霜臺)*에서도 치의(致疑)*하고 감사들로 하여금 선단의 동태에 대한 염기를 올리도록 조처할 만합니다. 그렇다면 이번의 선인 행수는 식견이 있고 말주변이 능한 사람으로 행세를 바꾸어야 합니다.”

• 우식: 남에게 자기의 아들을 낮추어 이르는 말.
• 상대: 사헌부.
• 치의: 의심을 둠.

"말은 옳소만 어디 신 대주의 수하에는 그만한 그릇이 없다는 것입니까?"

"없으니까 대감께 소청을 올리는 것 아닙니까. 길 생원이란 위인이 있습니다만, 그자는 외모가 잔열(殘劣)하고˙ 미천한 구석이 없지 않아서 창빗〔倉色〕˙들이나 상종할까 큰 그릇은 못 되는 것 같습니다."

김보현이 잠시 생각에 잠긴 듯 장죽만을 빨고 앉았다가,

"내 식객 중에 옷 호사나 하고 있는 놈이 하나 있긴 합니다만, 위인이 고담준론(高談峻論)에 능하고 외양 또한 의젓하나 미천한 것들을 다루는 솜씨나 장사 수단에는 이렇다 할 국량이 없는 사람입니다."

"이번의 행보에는 수완이란 게 별 소용이 없습니다. 다만 길청〔作廳〕의 벼슬아치나 향반(鄕班)이라고 일컫는 향원(鄕愿)˙들을 상종함에 하자가 없는 인물이면 족하지요. 망치가 가벼우면 못이 솟는다지 않습니까."

"그렇다면 출행을 하루쯤 미루고 그놈을 한번 만나보도록 하십시오. 글 하나는 쓸 만한 놈입니다."

신석주가 왜 갑자기 선인 행수를 바꾸려 하고 있는 것인지 그 속을 캐낼 길이 없었다.

"어떤 인물입니까?"

"글이 쓸 만한데도 일부러 등과를 피하고 있는 위인인데, 유필호라는 서생이지요."

• 잔열하다: 쇠약하고 변변치 못하다.
• 창빗: 관아의 창고를 보살피고 지키던 사람.
• 향원: 수령을 속이고 양민을 괴롭히던 촌락의 토호. 선량한 척하며 곡물을 가로채는 일 따위를 하였다.

"그렇다면 범절이 고깝고 작태가 꽤나 괴팍한 위인이 아닙니까?"

"일테면 시정의 속배들과는 아예 어울리려들지 않으려는 인물이긴 하지요."

"그런 위인들이란 남을 폄하는 데 이력이 났을 테니 우락부락한 선인들과는 규각나기 십상이 아닙니까?"

"위인이 좀 별미쩍고 겨 난 짓을 하지 않는 것은 아니지만 처신이 생판 데데하지만은 않습니다. 오늘 밤에 신 대주께 보낼 터이니 상면해서 그릇 됨을 한번 취재(取才)해보시오."

"선인 행수 자리에 궐나* 시각을 다투는 터에 할 수 없지요."

그때 신석주를 물끄러미 바라보고 앉았던 김보현이,

"내가 알기로는 신 대주 수하에 상략에 능하고 아랫것들 휘동하는 솜씨가 그럴싸한 행수 한 놈이 있는 것으로 아는데, 그놈을 선인 행수로 행세시키지를 않으셨소?"

신석주 잠시 대답을 머뭇거리다가,

"그 차인놈은 아무래도 행랑에다 그대로 박아두어야겠기에 말씀입니다."

김보현이 곧장 등연(登筵)* 해서 상계(上啓)할 일이 있다 하여, 신석주는 총총히 하직하고 물러났다. 김보현을 하직하는 길로 곧장 종루의 행랑으로 나갔다. 십수 명의 짐방들 중에 선인으로 조발된 자가 많았으므로 법석거리던 행랑이 흡사 빈집 같았다. 신방으로 올라가 좌정을 하자마자 서사를 불러 맹구범을 대령시키라 하였다.

• 궐나다: 결원이 생기다.

• 등연: 대신이 직무상 임금께 나아가 뵘.

새벽참에 굿판에서 돌아온 맹구범이 행장 꾸릴 채비에 바쁜 중에, 낮짝에 노란 외꽃을 피운 서사놈이 행랑으로 달려와서 경황없이 지껄이는데,

"행수님, 영감마님께 무슨 책잡힐 흠절이라도 저질렀습니까?"

바라지를 열고 내다보던 맹구범이,

"거 무슨 흰소린가?"

"영감마님께서 화증을 꼭뒤까지 내시고는 행수님을 찾아오라 하였소."

"잿골 김 대감 댁에 가셨다가 조격(阻隔)*이 난 거겠지."

맹구범이 미투리를 채 꿰지 못한 걸음으로 신방으로 달려갈 제, 신석주는 건장한 서사 한 놈만을 남긴 후에 문밖에 있는 잡인들을 내치었다. 번들거리는 눈으로 구범을 쏘아보던 신석주가 슬쩍 퉁기기를,

"네놈을 연골 때부터 이 전방에 두고 내 자식처럼 손때 먹여 키웠다는 것은 네놈도 익히 알고 있으렷다?"

거침없는 말버슴새며 짓죄고 나오는 분수가 심상하게 듣고만 있을 처지가 아니나 도통 갈피를 잡을 수 없어 어리둥절한데,

"구태여 지난 풍상을 꿰보일 것도 없이 파락호나 진배없는 네놈을 그릇으로 키우느라고 나는 나대로 애간장을 태웠다. 네놈은 때때로 나를 촉휘(觸諱)*하고 지각없이 굴었으나, 다만 큰 것을 바라보는 일념으로 하자가 있다 하였으되 별반거조를 보인 적이 없었다. 그러나 네놈이 끝내 분수를 모르고 상전을 모함하려는 생념을 품게 되었다

---

*조격: 막혀서 서로 통하지 못함.
*촉휘: 공경하거나 꺼려야 할 이름을 함부로 부름.

는 것은 절대로 용서할 수 없게 되었다."

맹구범이 알기로는 신석주의 역증이 그만치 엄중하기는 처음이었다. 그렇다고 고패를 떨어뜨리고 앉아 있을 수만 없어 상통을 들어 물었다.

"영감마님, 홀지에 호놈이시니 시생은 무슨 영문인지 알 수가 없습니다. 시생이 상전을 받들어 뫼심에 시종이 여일하게 분부 밖의 일을 거행한 적이 없었습니다. 시생에게 혹간 불찰이 있었다면 어서 말씀해주십시오."

"이놈, 객소리가 낭자하구나. 내가 네놈을 타일러서 잡도리할 일이 따로 있고 아니 될 일이 따로 있다. 내가 네놈만을 믿고 어지간한 상거래는 물론이요 내 살림 두량을 맡기다시피 하였느니라. 게다가 한댁*들의 출입까지도 네놈에게 일임한 것은 물론이요, 이번 출행에는 네놈을 선인 행수로 박지 않았느냐."

"영감마님의 하해 같은 은덕을 시생이 모를 리 있겠습니까. 책잡힐 흠절이 있다면 발기 잡아주십시오."

바로 그때였다. 옆에 앉은 서사에게 소리치기를

"대매에 주살(誅殺)을 시킬 놈, 저놈을 아주 단단히 엮어라."

기골이 든든해 보이는 서사놈이 이 무슨 실성한 소린가 하여 말구멍이 막히도록 기가 질려 오금을 못 펴고 앉았는데, 꼭뒤까지 화증이 치민 신석주는,

"이놈, 너도 이놈과 한통속이냐? 어서 거행치 못하고 어인 되바라진 행세냐?"

• 한댁: 살림살이의 규모가 매우 큰 집.

"영감마님 분부시라 하나 어찌……"

"이놈과 앙숙 되기 싫다는 거냐? 그럼 네놈도 같이 별반거조를 내려야 하겠느냐?"

서사놈은 그제야 일의 위중함을 알아채고 달려나가서 숙마바를 가져와 맹구범의 허릿바를 틀어올리고 두 팔을 옥죄어 묶었다. 맹구범이 순순히 결박을 받긴 하였으나 반들거리는 면판엔 표정이 없었다. 결박되기를 기다렸다가 신석주가 말하기를,

"거조를 보이어도 네놈이 저지른 죄업을 직토치 못하겠느냐?"

"영감마님, 시생은 아직 득죄한 일이 없습니다. 차라리 제 손으로 멱이라도 찔러 선지를 보여드리고 싶습니다."

"이놈, 뉘 앞에서 악증이냐. 네놈이란 위인이 워낙 농락에 능하고 염낭이 빠른 소이로 내 으름장 한 번에 죄업을 직토할 위인이 아니란 건 안다. 그러나 오늘만은 네놈을 허술히 다루지 않으리라. 어젯밤 굿판에서 만난 사람이 누구냐?"

"시생이 누굴 만나다니요? 영감마님 배행밖엔 한 일이 없습니다."

"그놈 아주 빤빤스러운 놈이구나. 저승 판서가 네 할애비란들 어찌 면난한 기색조차 없다는 말이냐. 은밀히 내 측실 되는 사람과 만나지 않았더냐?"

그제야 맹구범에게 선뜻 짚여오는 것이 있었다.

"아씨마님을 은밀히 뵈옵다니요? 그런 벌역 받아 마땅한 일을 언감생심 저지른 일이 없습니다."

"대매에 쳐죽일 놈. 네놈이 미루나무 숲에서 잠깐 사이로 그 사람과 나오는 것을 풀밭을 뒤지던 홰꾼들이 봤다는데두?"

"미루나무 쪽 갯벌로 간 적은 있으나 아씨마님을 뵙고자 한 것이

아니었습니다."

"이놈아, 핵변을 늘어놓고 반죽 좋게 둘러댄다 한들 네놈의 거지(擧止)를 본 사람이 한둘이 아니다."

신석주의 관자놀이에 검버섯 저승꽃이 피었다 하되 추상같은 변설 하며 모질게 파고드는 거조가 잠깐의 핵변으로는 해결이 날 동티가 아니었다. 맹구범에게 여축없이 망신살이 뻗친 것이었다.

서강나루 굿판에서 선인으로 조발된 듯한 왈짜 한 놈이 굿판이 어 수선한 틈을 타서 조 소사 앞에 무언가를 떨어뜨리고 바쁘게 지소를 하는 거동이 언뜻 맹구범의 눈에 들어왔었다. 구경꾼 속에서 빠져나 온 조 소사가 언년이에게 뭐라고 당조짐을 할 제, 맹구범은 문득 짚 여오는 것이 있어 조 소사의 뒤를 밟았던 것이다. 그리고 미루나무 숲에서 두 정인이 상면하는 장면을 목도했다. 그것이 소득이었으나 방귀 뀐 놈은 달아나고 냄새 맡던 놈이 액화를 입게 될 줄은 몰랐었 다. 그렇다면 곧이곧대로 발고해버리는 것이 자기가 살아날 길이 아 닌가. 구들장에 이마가 끌리도록 고개를 숙이고 앉았던 맹구범이 그 제야 아퀴를 지을 작심을 하고 옆에 있던 서사놈을 밖으로 내치도록 주선하였다. 서사가 나가자,

"사실은 말미를 내어 영감마님께 거북한 이야길망정 본 대로 아뢰 올까 작심하고 있었습니다."

"본 대로 아뢰겠다? 네놈이 보았다는 것이 깔따구가 용 되는 것을 보았느냐?"

"어젯밤 우연한 일로 아씨마님의 뒤를 밟았을 뿐이었습니다."

"네놈이 그 사람 뒤는 왜 밟았더란 말이냐?"

"선인으로 조발된 왈짜 한 놈이 마침 굿판이 어수선한 틈을 타서

아씨마님께 다가가서 무언가를 수작하였습지요. 그 거동이 적잖이 수상쩍고 또한 은밀한지라 기연가미연가하면서 아씨마님의 뒤를 따르기로 작정한 것이지요. 혹이나 아씨마님께서 음해에 떨어지지나 않을까 해서지요. 방자로 왔던 녀석은 인파 속으로 묻히고 아씨마님은 곧장 사공막 너머 있는 미루나무 숲으로 들어갔습니다요."

"그럼 네놈 아닌 개구멍서방이라도 만나 상종을 하더란 말이냐?"

"여쭙기 거북하나 그곳에서 한 정인을 만나는 듯하였습니다."

"그 사내가 누구였더냐?"

"……"

"이놈, 차제에 발고치 않으면 네놈의 모가지를 뽑아놓으리라. 이번에 저지른 소행머리는 심상하게 보아넘길 일이 아니란 것쯤은 네놈도 익히 알렷다?"

맹구범은 이제 다시 발뺌을 하기는 글러버린 일이란 걸 알았다. 어질병이 지랄병 되더라고 신석주의 화증이 그대로 삭아지기를 기다리기에는 일이 너무 위중하게 된 것이었다.

"그 사내는 이번 출행에 총대 선인의 한 사람으로 조발된 천봉삼이란 위인이었습니다."

"총대 선인이라면 포전 어름에서 난전을 벌이다 봉욕했다는 그놈이 아니냐?"

"그러합니다."

"그렇다면 그 천가란 놈은 내 측실과는 과갈 간이냐?"

"두 사람은 서로가 정분난 사이였던가 합니다."

"정분난 사이라니? 네놈이 상전을 유린하다 못해 핑계가 없게 되자, 이젠 죄안을 날조하여 내 문중을 도륙 낼 작정까지 하게 되었구나."

"아닙니다, 영감마님. 시생에게 천봉삼이란 위인을 면질시킨다면 발뺌만을 위한 핑계가 아니란 것이 드러날 것입니다."

듣고 있던 신석주는 송곳니가 방석니가 되는가 싶게 모질게 갈아붙이더니,

"이런 육시를 할 놈. 내가 네놈의 간사를 눈치채지 못할 성싶으냐. 요 전자에 내가 탑골 내사를 비운 사이 네놈이 은밀히 드나든 적이 있다는 걸 내가 알고 있다."

"그건 영감마님을 뵈러 갔다가 허행을 한 것뿐입니다."

"닥치거라, 이놈. 내가 집을 비웠다는 사실을 누구보다 소상히 알고 있었을 네놈이 허행할 줄 모르고 내사로 기어들었더냐? 네놈이 아녀자들만 있는 내정에 드나든 건 필시 딴 배포가 있었기 때문이다. 폐일언하고, 내 실인(室人)이 굿판에서 외간 사내를 만났다고 하자. 그렇다면 네놈이 임기응변으로 천 아무개 소행이라고 둘러댄다마는 이는 어설픈 모함일 뿐이다. 네놈이 내 눈을 피하여 내사에 뻔질나게 드나든 일과 어젯밤 굿판에서 내 실인을 빼돌린 일이 서로 무관하다는 말이냐? 이참에 이르러 어설픈 변해가 무슨 소용이냐?"

맹구범은 진퇴양난이었다. 그동안에 있었던 모든 사실을 직토할 제, 호된 징치를 당할 건 두 사람보다 바로 제 자신이 먼저 아닌가. 천봉삼과의 사이를 눈치챈 이후 조 소사를 부추겨 적잖은 패물을 날탕으로 받아챙긴 악업이 드러난다면 그 당장 주리를 틀릴 사람은 맹구범 자신이었다. 시재 당장 발등에 떨어진 불똥을 턴답시고 천봉삼을 찍어댄 것이 자빠져 침 뱉은 꼴이 된 것이었다. 말문이 막히고 넋이 빠져 엉덩이만 뭉그적거리고 있는데 문밖에서 불쑥 짚신 끌리는 소리가 들리며 계집의 잔기침 소리가 들려왔다.

"문밖에 누구냐?"

잡인은 얼씬 말라고 일렀거늘 인기척이 나자 신석주는 대뜸 화증 돋워 소리쳤다.

"쇤네 행랑에 동자치로 있는 월이란 계집입니다."

봉당 아래서 그런 대답이 들리자 신석주는 미닫이를 바스러지게 열어젖히고 눈자위가 곤두박이도록 율기하고 호년을 하는데,

"네 이년, 넌 여기서 무얼 하느냐?"

몽당치마에 나무비녀 행색인 월이가 툇마루 끝에서 깊숙이 하정배를 올리며,

"쇤네, 영감마님께 긴히 여쭐 말씀이 있어서입니다요."

"물색 모르고 뛰어들지 말고 썩 물러섰거라, 이년. 흉년에 윤달이라더니 고년이 주책없이 끼어드네그려."

장비야 내 배 다칠라* 할 만큼 오기를 부리는데도 월이는 되레 한 발짝 툇마루로 다가서며,

"아니옵니다. 맹 행수의 일입니다요."

"행수고 뭐고 다 귀찮다. 화받이 되기 전에 썩 물렀거라."

"맹 행수의 악행을 발고하려는 것입니다."

그러자 신석주가 물었다.

"네년이 이 일에 연루되었다는 것이냐?"

멀찍이 물러서서 고패를 떨어뜨리고 섰던 서사놈이 서둘러 월이를 방으로 들이고 주질러 앉히었다. 행랑에 드난살이하는 여편네가 있

---

* 장비야 내 배 다칠라: 아니꼽게 잘난 체하며 거드름을 피우는 사람의 몸가짐을 비꼬아 이르는 말.

다는 것만 알고 있을 뿐 상종하긴 처음이라 신석주는 분기하고 궐녀를 바라보다가,

“너 내게 발고할 일이 있다고 했것다?”

“예, 쇤네 문밖에서 잠시 엿들었습니다.”

“넌 어찌해서 내 행랑에 와서 동자치 구실을 살고 있느냐?”

고패를 떨어뜨리고 짧은 치맛자락을 당겨 발을 감추던 월이가,

“쇤네는 본시 무자리 천출로 경상우도 안동 땅 어느 양갓집 비복이었습지요. 마침 복에 없는 보쌈질을 당하였으나 그로 인하여 여상이 되었습니다. 객리에서 서방님을 여의고 전주 저자에 당도하였다가 우연히 아편 밀매로 통모를 꾸미고 있는 맹 행수에게 발각되었는데, 통모한 것이 드러날까 하여 맹 행수는 쇤네를 겁간하였지요. 그 후 여기까지 끌려와서 동자치 노릇을 하고 있습니다.”

“저 위인이 널 여기까지 끌고 왔다는 것이냐?”

“쇤네를 겁탈까지 하고 사고무친한 서울까지 끌고 와서는 갖은 구박과 괄시를 하며 짐승처럼 다루었습지요.”

“저 위인에게 숙혐을 가진 듯하다만, 이건 네가 자청한 일이 아니었더냐?”

“쇤네 듣기로는 영감마님께서 쇤네를 동자치로 박으라는 분부를 내리신 것으로 알고 있습니다.”

“내가 지금 여기에 이르러 널 초대면하고 있는 터에 그런 분부를 내릴 수가 있었겠느냐?”

“그렇다면 이 설분을 어찌하면 좋겠습니까?”

“당장 입초에 올리긴 성급한 듯하다만 넌 본시 여상을 가장하고 살꽃〔刧花〕이나 팔고 다니는 논다니가 아니었더냐?”

"쇤네가 살꽃을 팔며 연명을 하는 계집이었다면 그동안 맹 행수님께 받아챙긴 꽃값이 수월찮았을 것이온데, 꽃값을 챙기기는커녕 괄시와 손찌검이 꽃값 대신이었으며 동자치 노릇으로 받아낸 삯전이나 베 자투리 하나 없었습지요."

"그렇다면 저 위인이 왜 널 끝까지 달고 있었겠느냐?"

"쇤네가 짐작하기로는 아마 청국의 되 사람 색상(色商)에게 쇤네를 팔아넘길 작정이었던가 합니다."

"네게 그런 말을 한 적이 있었더냐?"

"절대로 쇤네에게 그런 말을 한 적은 없었습니다. 그러나 영감마님의 눈을 속이고 외방의 객주들과 통모하여 나랏법이 금하고 있는 아편을 밀매하고 있는 잠상배라면 천출의 계집 하나 색상에게 팔아넘기는 일쯤이야 여반장이 아니겠습니까."

천출의 계집이라 하나 말대꾸에 거침이 없고 맵짠 옷매무새하며 거동이 분명한지라 신석주가 다잡아 파고들기를,

"하면, 넌 그동안 여러 번 장달음을 놓을 말미도 없지 않았을 터인데 왜 죽치고 앉아만 있었더냐?"

"가슴에 비수를 품고 맹 행수를 죽이고야 장달음을 놓겠다는 속내를 품고 있었지요."

"너, 저 위인의 가슴에 비수를 꽂고 싶으냐?"

바람벽의 흙내가 코에 스미도록 내외를 하고 앉았던 월이는 그때에야 고개를 들어 신석주를 쳐다보았다. 도대체 무슨 배포를 가지고 숙수간 부엌 것을 상종하여 그런 힐문을 불쑥 던지고 있는 것인지 궐녀로선 선뜻 곡절을 짚어내기 어려웠다. 궐놈의 가슴에 비수라도 꽂을 만큼 구곡간장* 육천 마디에 서린 포한이 있느냐는 뜻인지, 아니면 반

명의 사내라도 척살시킬 수 있는 드센 용력을 가진 계집이냐고 묻는 것인지, 명토도 없이 슬쩍 퉁기는 한마디가 미상불 심상치 않았다.

물론 궐녀로선 맹구범의 가슴에 비수를 꽂아 참(斬)하고 낭자히 흐르는 선지를 삼팔주 수건에 적셔 간직하였다가, 삭풍 드센 하동 땅 개펄에 개처럼 묻고 온 망부의 무덤에 갖다 바치고 자처(自處)로 이승의 업보를 대신하고 싶은 설분이 없는 바는 아니었다. 가슴에 첨사도* 한 자루를 품고 그 기회가 오기를 기다린 지 오래였으나 지금까지는 도대체 여의치 못했었다. 목자 험악한 결찌들하며 서울의 풍속에 어두운 것도 궐녀를 주저하게 만든 연유 중의 하나였다. 그러나 사단이 여기에 이르러서는 흉회를 거침없이 털어놓는 것이 범간을 당한 아녀자의 태도이겠음을 깨달았다. 궐녀가 개연한 어조로 말하기를,

"쇤네의 천 길 가슴속에 맺힌 고드름이 녹을 리 없사온데, 만약 쇤네에게 그런 말미가 주어진다면 감히 마다할 까닭이 없습니다."

이맛전에 골이 패도록 고개를 숙이고 월이를 곧은 시선으로 지켜보던 신석주의 입에서 또한 난데없는 분부가 떨어졌다.

"이 안갑을 할 놈을 장방에 내려 가둘 것이다. 넌 이놈에게 구메밥을 들이되 다만 겨우 연명만 되도록 수발하여라. 그리고 이놈의 양경(陽莖)에 때[垢]가 끼고 육허기가 혹심한 듯하니 삼패 색주가를 뒤져 진피에 이골이 나고 색에 밭은 황음(荒淫)*의 계집을 사서 매일 밤 잊지 말고 넣어주어라. 할 수 있겠느냐?"

• 구곡간장: 굽이굽이 서린 창자라는 뜻으로, 깊은 마음속 또는 시름이 쌓인 마음속을 비유적으로 이르는 말.

• 첨사도: 짧은 환도.

• 황음: 음탕한 짓을 몹시 함. 난음(亂淫).

"쇤네에게 일찍이 숨겨온 첨사도 한 자루가 있습니다."

"콧등 센 척하지 말고 내 말 잘 듣거라. 네 숙혐이 위중하다 한들 어찌 상계집의 몸으로 사내의 목숨을 단칼에 요절낼 수 있겠느냐. 네 가 구태여 비수를 쓰지 않더라도 저놈 스스로 자처의 길을 택할 수밖 에 없도록 조처하는 것도 가히 나쁠 것이 없다."

신석주가 콧등이 박꽃이 된 맹구범을 장방에 내려 가두도록 이르 고 빗장을 단단히 지르는 일변, 상직을 서도록 엄중한 분부를 내렸다. 맹구범을 내친 다음 월이를 당겨 앉히고 목청을 낮추어 말하였다.

"네, 총대 선인으로 구실할 천봉삼이란 위인을 알고 있으렷다?"

"예."

"그 위인과 너는 척이 있느냐?"

"쇤네가 골육은 아니오나 등짐장수였던 쇤네의 망부와는 이태가 넘도록 작반하며 동사하던 사이로 진작부터 형님 아우님으로 해포이 웃하였습지요."

"그 위인은 아직 미성(未成)*이냐, 관자(冠者)*냐?"

"아직 정혼자도 없으나 상투는 상인 행세 하자 하니 자연 외자로 튼 것 같습니다."

"그 위인의 신수는 어떠하며 또한 행실은 어떠하냐?"

"비록 외방의 떠돌이 장돌림이었다 하나 동패가 허무하게 봉욕한 것을 지나친 일이 없었고, 상도에 벗어나 정의를 어긴 적이 없고, 궁 기를 벗어난 적이 없으나 몽리를 챙긴 적이 없었습니다. 헌칠한 신수

• 미성: 아직 혼인한 어른이 되지 못함.
• 관자: 성년에 이른 남자가 어른이 된다는 의미로, 상투를 틀고 갓을 쓰게 하던 예식 인 관례(冠禮)를 치른 남자.

에 음성 또한 청량하니 한 군데 허물할 곳이 없고, 하룻밤에 백 리를 걸어도 지칠 줄 모르는 근력을 가졌습지요.”

“넌 그 위인과 입을 맞춘 듯 댓바람에 입정에 오르는 것이 부추기는 것뿐이냐?”

“형수와 시동생의 사이에 그 인물됨을 모를 리 없고, 혹간 별다른 병통이 있다 한들 구태여 허물을 뜯어 폄할 수는 없습니다.”

“하면, 그 위인에게 허물이 없는 바도 아니란 말이냐.”

“허물이 있다면 반가의 소생이 아니어서 벼슬에 오르지 못하고, 난전꾼이었으니 궁상을 벗은 적이 없었다는 것뿐입지요.”

“너도 천출의 계집이 틀림없거늘 율기하고 있는 상전 앞에서 어찌 앞뒤 없이 대척을 하느냐?”

“무자리 천출의 상없는 목숨이나, 대쪽 같은 양반의 목숨이나 모가지 하나 달린 것은 매일반이 아닙니까.”

“고이연, 이년 얻다 대고 감히 상전을 능멸하느냐?”

“입은 비뚤어져도 침은 바로 뱉으라 하였기에 여쭙는 말씀입니다.”

“네년의 버르장머리하구선 아예 모가지란 것을 내놓은 년이 아니냐?”

“계집의 행실이 주밀하지 못하여 객리 타관에다 망부를 묻고 겁간까지 당한 년이 어찌 구차하게 목숨 보전에 안달을 할 수 있겠습니까.”

“착하다. 이른바 글줄이나 읽었다는 책상물림이나 벼슬아치들이 제 한목숨이나 가속과 종반 간들의 호강에 연연하여 마음에도 없는 거짓을 상주하고 갖은 농간과 아부로 벌열층에 빈대처럼 붙어서 부닐고* 제 이름을 팔아먹거늘, 너 같은 천출의 계집이 망부에 대한 정의가 그토록 두터워 아직도 상심을 하고 또한 추상같은 상전 앞이라 한들 그 생각하는 바를 밝힘에 거침이 없으니, 너같이 심지가 올곧은 계집이 글을 읽고 제도를 익혔다면 강상(綱常)*의 법도가 바로잡히고 조정이 또한 밝지 않겠느냐?"

"칭찬을 듣자 하여 감히 속내를 밝힌 것은 아닙니다."

"거기다가 겸사까지 할 줄 아는 걸 보니 네년도 간신 될 소양 또한 없는 바가 아니구나."

신석주는 까닭 없이 혼자 소리 내어 웃었다. 그러고는 문득 주저하는 빛이더니,

"네 이길로 나가서 서강나루까지 갔다 올 수 있겠느냐?"

"다리가 성하니 영감마님 분부를 거역할 수 없으나 도통 울 밖의 사정에 어두운지라……"

"내 여립*하는 짐방 한 놈을 안동시킬 터이니 급주로 뛰어서 그 천가란 위인을 데리고 오너라."

일인즉슨 난감하였다. 신석주가 무슨 거조를 벌이려고 봉삼을 안동해 오라는 것인지 그 켯속을 짐작 못할 리 없겠기 때문이었다. 상전의 분부를 내치자니 자신의 신세가 난감이었고, 봉삼을 데리고 온다면 그 당장 범간자(犯姦者)로 논죄하여 살변을 낼 것이었다. 구태여 월이에게 방자 세울 작심을 한 것은 봉삼으로 하여금 별반 의심을 않고 따라오게 하기 위함이요, 맹구범의 끼니 수발을 궐녀에게 분부

———————

• 부닐다: 가까이 따르며 붙임성 있게 굴다.
• 강상: 삼강(三綱)과 오상(五常). 곧, 사람이 지켜야 할 근본적인 도리.
• 여립: 상점 앞에 서서 손님을 끌어들여 물건을 사게 하는 일.

한 것은 궐자의 목숨을 간대로 처결해도 좋다는 뜻이 아닌가. 월이는 이것이 흥정임을 알았다. 맹구범의 목숨을 넘길 터이니, 대신 봉삼을 끌고 오라는 뜻이었다.

신석주의 가파른 눈길이 이마에 꽂히어 미끄러질 줄 모르는데, 문득 궐녀의 뇌리에 떠오르는 한 가지 생각이 있었다. 이참에 창귀 노릇을 하라는 분부를 핑계하여 거절한다면, 이미 퇴 밖에서 잠깐 엿들은 것을 알고 있는 신석주가 궐녀 또한 가만둘 리가 없다는 생각의 발단이 그것이었다. 맹구범은 궐녀가 아니더라도 이미 신석주의 손에 토사귀가 될 팔자요, 천봉삼의 목숨은 궐녀가 아니면 구해줄 사람이 없게 되었다. 이제 봉삼의 한목숨이 초개 같은 순간, 도망시킬 수 있는 사람은 하늘 아래 자기뿐이었다.

“영감마님 분부 받들어 모시겠습니다.”

“경황중에 구태여 그 위인을 성내로 불러들이려 하는 것은 오늘 밤중으로 선인 행수 거행할 사람을 조발하려는 데 있다. 딴 배포가 있어서는 아니니 혹간 천가가 치의(致疑)하고 발뺌하더라도 네가 실수 없이 조짐을 하여라.”

“알겠습니다, 영감마님. 만에 하나 실수 없도록 거행하겠습니다.”

“서강나루까지 빠듯한 이십 리 길 행보가 초간(稍間)한* 터이지만 안동하는 놈이 성문만 나서면 조도(鳥道)* 타는 데는 미립이 난 놈이라 중화참엔 닿을 것이다. 내왕 사십 리 길이라 해전에 닿을 것이나 남문 밖에서 해 지기 기다렸다가 유시 말쯤 해서 행랑으로 데리고 오

• 초간하다: 한참 걸어야 할 정도로 거리가 좀 멀다.
• 조도: 나는 새도 넘기 어려울 만큼 험한 산속의 좁은 길.

너라."

가고 오는 길과 경점(更點)까지 소상하게 일러주는 거조가 생각대로 심상치 않았다. 애써 조바심을 감추며 눈대답만 하고 앉았으려니,

"무사히 다녀오면 네 가슴속에 있는 고드름을 녹일 방도를 내가 일러주마."

5

신방에서 물러나는 길로 곧장 여리꾼 한 놈을 안동해서 행랑을 나섰다. 선전 행랑에 박힌 이래 간혹 황초나 잡곡을 사러 나간 것 외에는 먼 길 행보가 처음이라 한길을 메운 행객들이며 가게의 물화들이 전부 구경거리였으되, 도대체 가슴이 뛰고 수족이 떨려 행보가 바로 떼지지 않았고 눈에 보이는 것이 없었다.

행랑 뒷길을 빠져나와 모전다리를 꺾어 돌아 다방골을 지나 마전내를 오른편으로 끼고 따라 올라서, 황화방(皇華坊) 취현동(聚賢洞) 앞에서 관우물골〔館井洞〕과 학다리 앞까지 탁 트인 대로를 쫓기다시피 걸어 금방 소의문을 벗어났다. 두께우물골〔蓋井洞〕 앞을 벗어나서 흙다리를 건너니 금방 조갯골의 드넓은 개활지가 나타났다.

조갯골에서 한 마장 남짓하니 걸으면 잔돌배기 등성이가 나오고 거기서부터 유기전 바탕거리며 삿갓전이 즐비한 애오개였다. 창내를 건너가면 양화진(楊花鎭)에 닿는 길이요, 내를 그대로 따라 활인서 쪽으로 내려가면 서강나루였다. 와우산(臥牛山)을 사이하고 서강과 양화진이 갈라진 셈이었다.

말로는 시오 리 길이라 하나 20리 길이 빠듯한데 월이는 발이 허공에 뜬 듯하여 사추리에 물집이 잡힐까 걱정스러울 정도였고, 앞서 가는 길라잡이는 연방 방귀를 빌빌 싸붙이는 꼴이 서서 똥 쌀까봐 겁날 지경이었으나 단 한 번 쉴 참을 주지 않았다.

서강의 굿판은 아직 한마당이었다. 굿판을 뒤지던 끝에 겨우 천봉삼을 찾아내었다.

"형수님이 웬일이십니까?"

난데없이 불쑥 나타난 월이를 보자 기겁하고 놀란 천봉삼이 벌떡 자리에서 일어났는데, 외꽃이 된 얼굴에 노드린 것같이* 땀을 흘리고 있는 것을 보고는 더욱 놀라는 것이었다. 그 당장 휘장 밖으로 끌고 나갈 수도 없어서 주저하고 있는데 봉삼이 먼저 물었다.

"맹 행수는 어찌되었소?"

"저는 잘 모르겠습니다."

"출행이 하루 늦어진다는 기별이 오긴 하였습니다만, 선인 행수 거행 할 사람이 나와야 선인들의 휘동이 쉽지요."

월이에게 해야 할 말은 아니나 월이의 거동이 조바심 난 게 틀림없는지라 봉삼은 또다른 통기라도 받을 것처럼 궐녀를 휘장 밖으로 불러내었다. 사람들의 눈총이 멀어지고 사위가 호젓한 곳에까지 물러나서 월이는 신석주가 맹구범을 결박하여 장방에 내려 가둔 것이며 퇴 밖에서 엿들었던 내막을 죄다 일러준 뒤,

"어서 달아나십시오. 저와 성내로 들어가는 체하다가 애오개에서 양화진으로 넘어가서 어디로 가시든 배를 타시면 됩니다. 육로는 위

• 노드리듯: 노끈을 드리운 것처럼 빗발이 죽죽 쏟아져내리는 모양.

태롭지요."

전후사를 귀 기울여 듣던 천봉삼이 잠시 갯벌에 시선을 떨구고 앉았다가 불쑥 내뱉는다는 말이,

"안 됩니다."

의외의 대꾸가 봉삼의 입에서 흘러나왔다.

"안 되다니요? 신 대주가 무슨 주안이라도 대접하려고 불러들이는 줄 아셨다간 큰코다치십니다."

"주안 대접이 아니기에 비킬 수가 없다는 것이지요."

"결이 솟을 대로 솟아 있는 신 대주가 곤욕을 보일 것은 고사하고 당장 어육을 하려 들 것인데, 그것을 빤히 알고 있으면서 섶 지고 불로 뛰어든단 말은 무슨 말입니까? 무슨 뒷배 봐줄 사람이 있다고 고집을 부리십니까?"

"신 대주가 암수(暗數)*를 쓴다 한들 저는 이제 사사로이 달아날 입장이 아닙니다. 또한 나를 형수님의 기별을 받고 장달음을 놓을 위인으로 알았다면 형수님을 보내지도 않았을 것입니다. 수하의 짐방들을 영솔하여 나를 엮어들였겠지요."

"그렇다면 제가 도련님께 장달음을 놓으라고 연통하고 짓조를 것까지도 신 대주가 넘겨짚고 있었단 말입니까?"

"물론입지요. 우리 사이가 골육 간이나 진배없다는 것을 신 대주가 알고 있었다면 형수님이 저를 만나서 어떤 사주를 할 것인지 짐작 못했을 리가 만무지 않습니까. 이미 구접이 도는 칠십 늙은이라 한들 시전 행랑에서 산전수전을 겪은 구미호일 텐데, 소견이 경솔할 리가

____

• 암수: 속임수.

없겠지요."

"저는 미처 그것을 깨닫지 못하였습니다. 그렇다면 정녕 불려가시겠단 말씀입니까?"

"신 대주의 성정머리가 아무리 엄하고 혹독하단들 제가 못 갈 턱이 없지요. 조 소사에게 정분을 트고 자국을 낸 건 내가 먼저요, 또한 내 신세가 그 수하에서 선인 구실이나 하는 상것이되 장살당할 것을 겁내어 비굴하게 장달음을 놓을 수는 없는 노릇입니다. 이미 세작을 놓아 우리의 거지를 수탐하고 있을 법도 하니 제가 도망한들 그건 똬리로 삭숭이 가리는 짓이지요. 몇 칸을 못 가서 엮일 것은 뻔한 이치가 아닙니까. 신 대주는 지금 내 간담을 취재하고 있는 것이지요."

"사람의 한목숨이 초개 같은 판에 간이 배 밖에 나온들 무슨 소용이며 사내의 결기가 또한 무슨 소용입니까."

"제가 달아나서 천행으로 목숨을 부지한들 이로 연좌되어 있는 조 소사나 형수님은 무사할 것 같습니까. 두 분을 위해서라도 제가 가야 합니다."

"아씨마님께서 만난 사람이 도련님이란 걸 번연히 알고 있으면서도 왜 몽매한 맹 행수를 엮어 가두었을까요? 신 대주껜 손발에 버금가는 위인이 아닙니까?"

"그 위인이 우리 두 사람 정분난 걸 너무나 소상하게 알고 있었기 때문이지요. 조명 날 것이 두려워서입니다."

두 사람은 도선목 조구에 잇대어 떠 있는 선단 쪽으로 시선을 돌리었다. 굿판이 오래가자 갯나루엔 굿판보다 더 큰 저자가 열리고 있었다. 갯가의 가게채에 잇대어 버들채반이나 목판에 전병을 구워 내온 아낙네, 함지나 다각판에 떡을 내다 파는 아녀자와 노파들의 좌고 행렬이 멀리 광흥창(廣興倉) 앞길까지 뻗어 있어 천세가 났고, 행각과 구경꾼들을 불러대느라 입에 단내가 나 있었다. 짚신장수며 나무장수들이 즐비하고, 투계 싸움이 벌어진 곳이며, 곳곳에 주사위노름도 벌어지고 있었다. 어계 사람들과 외방 난전꾼들이 쌈지를 뒤져 투계 싸움에 돈을 태우고 저희들끼리 드잡이로 다툼을 벌이기도 하였다. 나루의 별장이며 광흥창의 창색들이며 조졸들도 공술에 비웃 덧거리들을 얻어먹고만 다녀서 벙거지가 뒤통수까지 내려가 걸렸고 낯짝들은 잔나비 밑구멍처럼 벌게져 있었다.

저자의 소음이 갯바닥을 메우고 멀리 여의도를 비껴 나온 한강의 물줄기는 예대로 도도하였다. 조구에 잇대인 세곡선들이 강바람에 둔중하게 일렁이고, 금삭 친 뱃머리로 올라선 박수무당들은 자진가락으로 꽹과리를 치는 것이었다. 그때 봉삼이 갯벌에서 일어서며 말하였다.

"더 지체할 까닭이 없습니다. 저는 도사공들에게 일러두고 올 터이니 여기서 잠깐 기다립시오."

"저는 굽을 뗄 수가 없습니다. 상부살(喪夫煞)이 끼어 서방을 잡아먹고 그래도 한이 남아 이젠 도련님까지 저승으로 보낼 창귀 노릇까지 하게 되었으니, 이런 계집이 세상에 없습니다."

"제게도 생각이 없지 않으니 어서 가십시다."

봉삼의 소견이 어떠한지는 알 수 없으나 뒤따를 수밖에 없게 되었는데, 월이는 두 다리가 천 근같이 무거워져 회정할 땐 도통 길이 붇지* 않았다. 그들은 소의문 밖에 당도하여 근처 숫막에서 해 지기를

• 길이 붇다: 걸음이 빨라져 지나온 거리가 부쩍부쩍 불어나다.

기다렸다가 성내로 들어가 곧장 행랑으로 들어갔다. 봉삼은 당학을 앓듯이 떨고 있는 월이를 뒷봉노로 안동시킨 다음 행랑의 신방으로 갔다. 맹구범을 장방에 내려 가둔 사단이 있었다 하나 여리꾼이며 짐방들은 엿 먹은 벙어리 형용이었다. 신방돌에 녹비혜 두 켤레가 나란히 놓였는데, 그중 한 켤레는 상전의 것이나 꽃무늬 박힌 다른 한 켤레는 예사 때 보지 못하던 것이었다. 풀기 죽은 말로 통자를 넣고 기다리는 판에 미닫이가 열리고 신석주가 고개를 내밀었다. 신석주의 가파른 눈길이 봉삼의 아래위를 훑고 지나갔다.

"자네 봉삼이렷다?"

번연히 알고 있는 터에 신석주가 다시 물었다.

"예."

"조바심을 하고 기다리고 있었네. 자네 자리에 궐이 날 동안 휘동할 사람은 박아두었나?"

"도사공들에게 딴 변고가 없도록 조신들 하라고 오금을 박아두었지요."

"들어오게."

퇴로 올라서서 방 안을 뚜릿뚜릿 살피는데 윗목에 한 선비가 앉아 있었다. 첫눈에 행세깨나 해 보이는 한골의 사내임이 분명한데, 입성이 매우 정결하고 성깔이 괴팍해 보였다. 봉삼이 방 안으로 들어설 제 잠깐 눈길을 주었다가는 뒤지고 있던 해원 명부(海員名簿)에다 눈길을 박았다. 천봉삼이 좌정하자마자,

"인사 여쭙게. 이번 상도에 선인 행수 거행하시게 될 분일세."

"시생 송도 지본으로 천가 성을 가지었고 봉삼이라 부릅니다."

"난 유필호라 하네."

신석주가 손짓하는 대로 다소 불공스러운 거조로 수인사를 올리는 것이었으나 위인이 시종여일하게 뻣뻣하기 짝이 없는지라, 봉삼도 더 이상 말수를 건네지 않았다. 양반의 지체라면 상것보고 하대하는 것이야 당연하겠지만 수인사 중에도 시선은 여전히 장책에만 박고 건성인지라, 봉삼도 배알이 틀려 더 이상 상종하고 싶지 않았다. 사람을 우습게 보는 행티일시 분명한데, 그깟 위인이야 양반의 본때를 보이려 하든 괴팍을 부리든 봉삼의 눈에 걸리적거릴 게 없었다. 행랑으로 불려오는 그 당장 장하에 꿇리고 주리를 틀리는 곡경은 겪을 각오가 된 입장으로, 양반의 행티가 다 무어며 잠깐 무안을 당한들 심기 뒤틀려 할 까닭도 없었다. 다만 수상쩍은 것은 신석주의 거조였다. 예상했던 것과는 달리 선비 하나를 가리켜 선인 행수 거행할 자라니 도무지 심상치 않은데, 두 사람의 어색한 모색을 번갈아 보던 신석주가,

"환접(歡接)이랄 순 없으나, 오늘 내가 다방골 기루에 일러 주안을 마련하였으니 유 생원께선 거절 마시오."

물론 깍듯한 공대이긴 하였으나 뜻이 있고 없고 거절할 계제가 아니었다. 대답 대신하여 유필호가 묻기를,

"길 생원은 오지 않았습니까?"

"오지 않다니요. 벌써 한발 앞서 가 있을 겁니다."

두 사람이 주고받는 수작이 서강에서 떠나올 때 작정하였던 바와는 딴판이었다. 그렇다고 당장 경위를 따지며 냅뜨고 나설 수도 없는 터, 신석주의 거지만 바라보고 있었는데 신석주는 애써 태연한 체하고 있는 것이었다. 그 속내에 어떤 간계가 숨어 있는 것인지 권도(權道)를 쓰고 있는 것이나 아닌지 안색만 살피는 것이었으나, 도통 실

마리가 잡히지 않는 게 안타까울 뿐이었다.

입전 행랑에서 다방골이면 엎어지면 코 닿을 자리라 금방 제도가 그럴듯한 기방으로 안내가 되었는데, 마당으로 나오며 혀 짧은 말소리로 환대를 하는 계집이며가 꼴같잖은 무예별감들이나 육장 드나드는 삼패 잡색들과는 범절부터가 달라 보였다. 원래 기방이란 세간을 두지 않고 겨우 횟대 하나만 덩그런 것이 풍속이나 들기름 잘 먹인 구들장 하나는 따끈하고 정갈하였다. 방이 여럿인데도 다른 방엔 선객들이 있는 것 같지도 않았고, 세 사람이 들자 수발하던 중노미 녀석이 달려나가서 대문에 빗장을 내리고 마는 것이었다. 그런 것 하나하나가 봉삼에겐 모가지를 옥죄고 드는 신석주의 권도로밖엔 보이지가 않는데 먼저 와 있던 길소개가 퇴로 나서며 뒤에 오는 일행을 맞이하였다. 길소개와 유필호 사이는 초대면이 아닌 듯 가벼운 농까지 주고받는 것이었고, 그로 인해 뻣뻣하던 유필호의 거지가 다소 누그러지는 듯하였다. 술잔이 한 순배가 돌아서 천봉삼이 마주앉은 유필호에게 들이대고,

"시생이 면대해서 여쭙기는 황송하지만 생원께서는 옥골선풍으로 재상보다는 가위 신선에 비견할 만하십니다."

분명 비꼬아서 잡아 비트는 말이 틀림없거늘, 유필호의 안색에는 이렇다 할 동요가 보이지 않았다. 그러나 의외의 대꾸가 그 입에서 나왔는데,

"자네 같은 하천의 무리들에겐 그렇게 보이는 게 마땅하나, 나는 한골의 지체일 뿐 아직 환로와는 인연이 닿지 못한 사람이니 진작부터 겁먹을 까닭이야 없네."

"한골의 지체로 갯바닥이나 뒹굴며 부지거처하는 상것들과 동사

하시게 되면 그 옥골이며 승새 고운 도포 자락에 똥칠할 것이 아닙니까?"

딱히 유필호에게라기보다는 그 곁에 앉은 신석주를 겨냥하여 간담을 보일 소견이었는지라 봉삼의 말투가 듣기에 불공스럽고 과격하였다. 아니나 다를까, 주전자를 따르고 있는 계집 옆에 앉았던 길소개가 율기를 하고는 한마디 거드는데,

"오냐오냐 하니까 축풍헌(丑風憲)이 아예 온양장까지 가려 한다●더니, 아직 입장도 아닌 상것 주제에 진중한 사류들 앞에서 말주변이 어찌 분수 없고 불공스러운가? 그 풋기운을 믿고 그러는가?"

"우리가 바다로 나간다면 몰사죽음을 당할지도 모르지 않소? 한 배를 탈 사람들이면 구태여 반상을 구별하여 규각낼 것이 무어요? 파격을 하시는 게 좋소이다."

"이 위인이 능장을 맞지 못해 상성을 한 거로군. 얻다 대고 찍자를 부리는가? 돼지우리에서 시궁이나 칠 위인에게 층하를 두지 않고 주안에 동석시킨 것만도 전고에 없던 파격이거늘, 그럼 또한 너나들이를 하자는 건가? 아무리 무지한 상로배 출신일망정 그따위 상없는 언사가 어디 있는가?"

길소개가 소매를 떨치는가 하면 콧방귀를 뀌었다간 두 눈을 부라리며 약차하면 봉삼의 귀쌈이라도 올려붙일 기세인 반면, 신석주와 유필호는 어쩐 셈인지 딴전을 피우고 있었다. 그러나 천봉삼도 이판사판 하는 터에 길소개 같은 위인의 한 번 호령에 말문이 막힐 만큼

찔끔하지도 않았다. 길가를 가소롭게 바라보던 봉삼이,

"내 비록 상로배로 차인의 지체에 불과하나 덕망이 사림(士林) 간에 높아 해동공자(海東孔子)*에 필적한들 등과 못한 선비나, 도행수에 오르지 못한 상로배나 자로 잰다면 육 척 신수에 불과한 것이오. 고리삭은* 길 생원 같은 선비와 동사하느니 차라리 이번 뱃길에는 갯바닥 왈짜 한 놈 더 있는 게 좋다는 소리요. 양반 못된 것 장에 가서 호령한다 하였소. 뒤를 사릴 까닭이 어디 있소?"

"이놈, 감히 양반을 능멸하다니? 네놈이 제법 배짱 드센 척을 한다마는 네놈은 이분의 하료(下僚)로 행사할 놈이 아니냐? 네놈이 제법 재게 생겼다 하여 갈팡질팡 기어오를 작정이냐?"

"청약한 선비들이 다스리는 나라가 미풍에 갈대처럼 휘어지고 외세에 오금을 못 펴는 판국에 무엇이 자랑할 게 있다고 말끝마다 반명을 내세우시오? 발호와 토색질을 일삼기 위해 뇌물과 아부로 따낸 그깟 홍패쯤이야 일찍이 탐한 적도 없거니와, 길 생원같이 말끝마다 반명을 내세우는 사람치고 근본이 한골인 위인도 보지 못했소."

길소개가 더 이상 결을 삭이지 못하고 바드득 이를 갈며 자리를 차고 일어서면서,

"이놈이 고종명(考終命)*을 하지 않으려고 아예 환장을 한 놈이구나."

처음엔 유필호를 두호(斗護)한답시고 나서긴 하였으나 봉삼의 대꾸가 원청강* 뱃심 좋게 나오는지라 길소개가 한바탕 북새를 놓을 판

• 해동공자: 공자에 견줄 만한 사람이라는 뜻으로, 고려 시대 학자 '최충'을 이르는 말.
• 고리삭다: 젊은이가 마치 늙은이처럼 성미가 삭고 맥이 없다.
• 고종명: 오복(五福)의 하나. 제 명대로 살다가 편히 죽음.

인데, 그때까지 두 사람의 형용을 귓결로 흘리는 체하던 신석주가 문
득 결기 돋운 말로,

"고정하시게. 자네가 유 생원을 남달리 흠앙하고 있다는 것을 모
르는 바 아닐세. 이 사람이 다소 방자하여 비위가 상한 것도 알고 있
네. 그러나 우리가 이 주안에 모여 앉은 것은 장차를 수의하자는 것
이지, 반상을 분별하여 지체를 다투자는 자리는 아닐세. 이 사람은
속투를 따라 트고 지내자는 것이지, 별다른 속내는 없었던 것이니 손
위인 자네가 참게. 초장부터 행실을 내려 든다면 우리 선단이 그게
어디 꼴인가?"

"공맹을 논하던 진중한 입으로 차마 패설은 할 수 없고, 이놈의 거
조를 보아하니 형장 맛을 알리기만 하면 이 방자한 병통이 곧 지식
(止息)˙될 듯합니다."

분기를 삭이지 못해 어금니에서 가래떡 써는 소리가 나는 길소개
를 이번엔 유필호가 끌어당겨 주질러 앉혔다.

"천 행수의 말에도 일리가 없는 바는 아닐세. 내 설령 호구를 위하
여 배를 타게 된 입장은 아니로되, 공자도 입향순속(入鄕循俗)˙이라
했듯이 뱃사람들의 풍속을 따라야지. 이미 생사를 같이한 마당에 구
태여 반상을 가려 속 태울 일이 아닐세. 하찮은 보교를 메고 가는 교
군들도 앞채잡이 뒤채잡이가 행보를 맞춰야 하거늘 우리가 여기서
규각부터 난다면 그런 낭패가 어디 있는가?"

유필호의 말은 느긋하나 어취(語趣)로는 길소개를 나무라는 것이

˙ 원청강: '워낙'의 사투리.

˙ 지식: 진행하던 일이나 앓던 병 따위가 잠시 멈춤.

˙ 입향순속: 다른 지방에 들어가서는 그 지방의 풍속을 따름.

라 길소개가 못 이기는 체하면서,

"이 무지한 위인의 말엔 괘념치 마십시오. 내 오늘 아주 요절을 내려 하였으나 생원께서 만류하시니 어찌할 도리가 없게 되었습니다만, 저놈의 방자한 거지는 꼭 버릇을 고치고야 말겠습니다."

유필호가 그 말엔 대꾸도 않고 맞은편 천봉삼에게 묻기를,

"자넨 일찍이 외방 보부상으로 입신하여 잔뼈가 굵었다면서?"

"그렇소이다."

"그렇다면 외방 명문세족들의 탐학이며 아전들의 농간에 어지간히 농락들을 당했것다?"

"때로는 그들에게 당하였습니다만, 때로는 결당하여 그들을 징치하기도 하였소. 이는 나라의 제도가 상인과 공장들을 업수이여기고 마름 집의 상노처럼 부리고자 하기 때문입니다. 나라의 재용(財用)이란 농사와 상업이 흥하고 망하는 데 근본이 매달렸는데도 불구하고, 고리삭은 선비들이 조정을 틀어잡고는 위엄과 위세로 상인과 공장들과 양민에게서 탐학하고 주구할 것만 노리고 있으니 이는 분명 망조가 아닙니까."

"망조라면 감히 주상을 능멸하려 함이 아닌가?"

"조정 대신이 청약하여 나라가 피폐하고, 조정이 백성의 아픔에 아랑곳하지 않는다는 것은 생원께서도 알고 계시는 바가 아닙니까? 생원께서도 시문과 필한(筆翰)에 능하고 덕망이 있으면서도 구태여 품관(品官) 되기를 사양하였다면 조정의 형편이 모양이 없기 때문이 아닙니까?"

"자네 전사에 운현궁 출입은 없었던가?"

"운현궁이 어디 붙었는지 알지도 못합니다."

"외방의 저자나 돌던 일개 보부상의 지체로 감히 나랏일을 나무라고 조정 대신을 능멸하는 위인을 일찍이 상종해본 적이 없네. 그러고도 일신이 무사히 살아남을 작정을 하였던가?"

"사람이 한 번 나서 두 번 죽지 않습니다. 제가 일개 뜨내기 상인배였다 하나 보고 듣던 것이 세렴(稅斂)•과 탐학에 쫓기는 양민과 유민들뿐이었으니, 올곧은 사내로 가슴에 굳은살이 박이지 않을 리가 있겠습니까. 그럼에도 외방의 수령들이 진휼하는 정책은 쓰지 않을 뿐 아니라 도적이 봉기하면 그들이 도적이기 이전에 백성이었음을 무시하고 오직 잡아서 족치기만 하니, 백성들은 고향을 버리고 유랑할 생각만 하고 있는 것이오."

"그렇다면 자넨 나랏일로 상심을 하고 있다는 뜻인가?"

"시생과 같은 용렬한 위인이 나랏일로 상심한다면 경이나 치겠지요. 그러나 오늘날의 책상물림이나 토호라는 사람들이 한심한 것만은 틀림없소이다. 어떤 부류는 호초(狐貂) 이불을 덮고 해송죽을 마시며 백두산 사슴포와 압록강 물고기회로 입맛을 돋우고 지냅니다. 기생, 악공을 대동하고 복당(福堂)에 드러누워 천하태평으로 풍월하며 코를 골고 낮잠을 자지요. 또한 다른 부류는 상공처럼 진세(塵世)•를 떨쳐 벼슬을 마다하고 초당이나 사랑에 칩거하여 새 울음과 물소리를 벗하는 것을 선비의 기품으로 생각하는 것입니다. 그러나 그 두 가지가 전부 뜻을 가져야 할 사내로선 부끄러운 처신입니다. 자신의 지체가 한낱 모래알과 같다 할지라도 환로에 나아가서 생사당(生祠

• 세렴: 세금을 거두어들이는 일. 수세(收稅).
• 진세: 정신에 고통을 주는 어수선한 세상. 티끌세상.

堂)이나 짓고 공덕비나 세우기에 혈안이 된 향곡의 방백과 수령들에게 올곧은 소리를 들려주고 가난한 백성들의 고초를 듣고 볼 줄 알아야 한다는 것입니다. 또한 상인도 궁가나 권문세가에 뇌물이나 바치고 몽리만을 노릴 것이 아니라 아라사와 왜국의 침식에 대처하는 힘을 기르는 데 눈을 돌려야 하겠지요."

유필호와 신석주가 수작(酬酌)을 잊은 듯 봉삼을 쳐다보고만 앉아 있는데, 초장부터 심사가 뒤틀렸던 길소개는 상것 주제에 감히 나랏일에 대한 걱정이며 양반을 하자하고 있는 것에 창자까지 뒤틀리는지 모색이 사뭇 거북해 보이고 붉으락푸르락하는 것이었다. 약차하면 주안상이라도 뒤엎고 말 거조이나 유필호와 신석주가 동석한 주안이라 주리 참듯 참고 앉았음이 분명하였다.

"대개의 양반들은 비루한 세속에 휩쓸리어 선비의 기풍을 찾아볼 수 없게 되었소. 걸핏하면 뇌물을 바라고 관원을 등용함에 오로지 문벌을 숭상하고 양반 집 자제가 아니면 출세할 가망이 없게 되었습니다. 세도가의 자제들을 위해 불시에 별시과(別試科)를 보여, 유치하고 우매한 자가 과장엔 가보지도 않고 진사와 급제를 하며 학문이 없어도 교리(校理), 수찬(修撰)에 오르고 나이 삼십이 지나면 당상관에 오르게 됩니다. 시골의 선비는 각고(刻苦)로 학문을 닦아 몇천 리 길에 노자나 탕진하고 행역에 지칠 뿐, 시지(試紙)에 글을 지어 바치더라도 근시배(近侍輩)들의 휴지로 돌아가고 말 뿐이지 않습니까? 또한 서북인을 칭하여 서울의 하인배들까지도 놈이라고 부르

• 교리: 집현전, 홍문관, 교서관, 승문원 따위에 속하여 문한(文翰)의 일을 맡아보던 문관 벼슬. 정오품 또는 종오품이었다.
• 수찬: 홍문관에 둔 정육품 벼슬.

지 않습니까? 그 사람들이 혹 서울의 벼슬아치에게 뇌물을 바쳐 참봉(參奉)이나 변장(邊將)˙을 얻어, 십 년이 걸려 출륙(出六)˙을 하고 이십 년 걸려 가자(加資)˙해서 삼품(三品) 이하의 미관말직(微官末職)˙과 한산한 직명에서 몸을 마치기 일쑤입니다. 무릇 포부와 기개를 가진 인사들은 자포자기하여 술과 계집으로 방탕하며, 열등한 부류들은 비굴함만이 살길인 줄 알고 경사의 벼슬아치 집에 십 년이고 이십 년이고 헐숙청을 지키고 문안드리며 문객으로 기회를 노리지만 별 소득이 없질 않습니까? 그래서 서산 대사 같은 사람은 영특한 재주로써도 불가(佛家)에 들어간 것이라고 들었습니다."

듣기에 따라선 유필호의 지체를 쓸까스르고 있다 해도 좋을 것이었다. 그러나 유필호는 봉삼에게 되레 잔을 권하였다.

유필호는 명색이 차인 구실에 불과한 자가 역적 죄인으로 몰려 포도청 남간(南間)˙에 갇힐 만한 이야기를 걸찍하게 내뱉고 있었음에도 뚫어지게 바라만 보았을 뿐, 달리 거조를 보이지 않았다.

봉삼은 신석주와 유필호가 손바꿈으로 내미는 술잔을 받아 마시었으나 정신은 술을 시작하기 전보다 더 맑아졌다. 지금까지 유필호를 상종하여 말마디깨나 나누었지만 내심 신석주의 모색을 살피느라 바빴기에 취기가 오를 수 없었다. 그러나 신석주 역시 별반거조가 없었

• 변장: 첨사(僉使), 만호, 권관(權管)을 통틀어 이르는 말.
• 출륙: 참외(參外) 품위에서 육품의 계(階)로 오르던 일.
• 가자: 관원의 임기가 차거나 근무 성적이 좋은 경우 품계를 올려주던 일, 또는 그 품계.
• 미관말직: 지위가 아주 낮은 관직.
• 남간: 기결 사형수를 가두던 옥. 의금부 안의 남쪽에 있었다.

다. 간혹 개 짖는 소리가 들리는 걸 보면 다방골 기루에도 밤이 꽤 깊어가고 있는 눈치인데, 신석주는 술을 자꾸만 들이는 계집을 구태여 말리지 않았다. 그러면서도 정작 신석주 자신은 핑계를 대어서 단 한 잔의 술도 마시지 않는 것이었다. 간혹 계집에게 몇 경이나 되었느냐고 묻기도 하였는데 건성이었다. 그러다가 봉삼은 홀연히 취기에 기력을 잃고 말았는지 몰랐다. 근력에 부대껴서가 아니라 어느 한 잔의 술을 받아 마시자 문득 바람벽에 잠시 기대고 싶다는 생각이 들었다. 그리고 귓결에 들리는 말소리가 멀어지기 시작했다. 봉삼은 만사가 귀찮아졌고 다른 사람들이야 무슨 행실을 내든 기대어 누워 있고 싶었다.

"이 오금을 꿇어놓을 위인이 그만 기력을 잃었지 않나? 그만한 술에 녹아나다니?"

"아니요, 우리 두 사람이 대중없이 잔을 권했던 것 같소."

"그러나마나 우리조차 처소로 돌아갈 수 없게 되었습니다. 길 생원이란 위인은 또 어디로 가버렸는지, 원."

"궐자는 처소가 숭례문 근처라 진작 내보냈소."

"그러면 이 위인을 떠메고 갈 수도 없고, 어떡할까요?"

"그건 걱정 마시오. 행랑것들을 시켜 떠메어 가든지, 아니면 여기 그대로 재운들 다른 변고가 없겠지요."

"그럼, 나가봐야지요."

유필호와 신석주가 나누는 수작이 귀에서 멀어지면서 신발 끄는 소리가 나고 앞마당이 번다해졌다. 그 후부턴 이제 귀에 들려오는 것도 없었다. 잠결엔가 어렴풋하나마 장지가 열리면서 장한들이 몇 사람 방으로 들이닥치는 듯한 느낌을 받았다. 그러곤 재빨리 뭔가를 덮어씌우고, 한 장한이 그를 어깨 위로 둘러메는 것이었다. 둥둥 떠다니는 기분이 꽤 오래갔으나 도무지 방향을 알 수 없었고, 떠메고 가는 장한들은 때때로 손을 바꾸기도 하였고 행초(行草)를 태우기도 하였는데, 처음부터 끝까지 서로 단 한마디도 나누지 않는 것이었다. 이수로 쳐도 10리는 넘게 떠메여 갔으나 때로는 바람 소리가 들리는 황량한 개활지인가 하면 어떤 때는 사람들이 떠드는 소리가 들리는 인가의 실골목을 지나기도 하는 것 같았다.

6

봉삼은 어슴푸레 눈을 떴다. 어섯눈을 뜨는 그의 희미한 시선에 난데없는 와룡촛대가 잡혀오고 밀초 심지가 미동도 없이 고즈넉이 타오르고 있었다. 그는 눈을 비비다 말고 무심결에 윗목으로 손을 뻗쳤다. 손끝에 차디찬 놋바리가 만져졌고 그것이 누군가가 떠다놓은 자리끼라는 것을 알아차렸다. 목이 타는 김에 앞뒤 겨눌 것도 없이 자리끼를 들어 마시었는데 혀끝에 착 감기는 꿀물이었다.

봉삼은 누웠던 자리에서 곧장 일어나려 하였다. 그러나 인사불성이 되도록 마시지 않은 것 같은데, 술에 무슨 미약(媚藥)이라도 들었던 것인지 삭신이 나른하고 혼몽하며 사추리가 뿌듯해져 있는 것이었다. 콩기름을 잘 먹여서 건사한 구들장은 촛대의 불빛을 받아서 번질거렸고 사창을 스쳐가는 바람 소리가 문득 귀에 설었다. 퇴창 뒤로 후원이 있는 것 같았다. 일렁이는 바람결을 따라 나뭇가지들이 가볍게 스치는 스산함이 귓결에 잡혀오고 마른 잎이 하늘하늘 떨리는 소리도 들려오는 것이었다. 자진가락으로 넘어가는 차진 다듬이 소리가 후원 밖 멀리서 들려오기도 하였다. 사창 밖을 스치는 것은 바람 소리와 다듬이 소리뿐 집 안은 바닷속처럼 고즈넉하였다.

봉삼은 그제야 자신이 너무나 엉뚱한 곳에 누워 있다는 것을 깨달았다. 자신이 덮고 있는 금침이 사치스럽기가 신방과 흡사하였기 때문이다. 봉삼은 서강나루에서 월이를 안동하여 소의문으로 들어왔던 일과 신석주와 유필호를 만나고 다방골 기루에서 모색이 제법 그럴싸한 기녀의 주안 수발을 받으면서 쉴 참 없이 순배를 들이켰던 생각까지 떠올랐다. 그러나 언제부터 이 낯선 처소에 나자빠져 잠자게 되었는지는 짐작해낼 방도가 없었다. 보건대 이 처소는 시중의 여염집 사랑도, 그렇다고 보행객주나 여각의 봉노는 더욱 아니었다. 우물 반자 한 천장은 회칠이 정갈하고 고미다락이며 완자창인 미닫이의 이음새가 격이 있고 가지런하였다.

사대부 집 사랑이나 안방이 틀림없겠는데 기침하여 누굴 불러보자니 예기치 않은 사단이 불쑥 터질까 두려웠고, 원산포 북엇값 받으러 온 놈 모양으로 꺾자를 치고 노량으로[•] 누웠자니 볼깃살이 메슥거리는 것이었다. 와룡촛대에 꽂힌 밀초는 촛농도 없이 반나마 타고 있었는데 거기서 야릇한 향내가 피어오르고 있었다. 언뜻 고개를 돌리니 한쪽 바람벽에는 십장생 병풍이 쳐져 있었다. 봉삼이 살아생전 이런 호사스러운 방에다 육신을 뉘어본 적도 없거니와 더욱이나 원앙이 수놓인 베개 또한 처음이었다. 그가 지금에 이르러 명이 붙어 있다는 것도 변괴임이 틀림없거니와 후원이 있는 처소에서 깊은 잠이 들었

• 노량으로: 느긋하게.

다는 것도 이승에서 경험할 수 있는 조화 같지는 않았다. 그러나 어쩌랴. 이것은 생시가 틀림없었고 침석에서 일어날 때 바지며 저고리가 또한 지린내가 등천하던 옛것이 아니었다. 그는 애써 소리를 죽여 가슴 위에까지 덮여 있던 비단 금침을 내리고 일어났다. 뒤통수가 찡하니 저려오는 것을 가까스로 수습하며 엉덩이밀이로 기어나가서 가만히 장지를 열어보았다.

대여섯 칸이나 될 성부른 널찍한 대청이 나서고, 마침 기운 달빛이 대청 위로 쏟아져 들어와 마룻바닥은 마치 해질녘 수면 위로 뜨는 고기비늘처럼 번쩍였다.

솟을대문이 커다란 뜰을 가로질러 멀찍이 앉혀 있고, 기왓골이 깊으나 물매만은 넉넉하게 뻗어내린 건넛집 추녀가 목멱산 중턱을 가리고 있었다. 달빛 말고는 아무것도 없는 휑뎅그렁한 마당의 화초담 곁에는 청지기가 알뜰하게 간수하여 쓰는 듯한 팡파짐한 마당비 한 자루가 가만히 기대서 있었다. 봉삼은 울대를 기어오르는 해소를 가까스로 삼키며 다시 장지를 닫았다. 고운때가 오른 장지문의 문고리에는 국화 꽃잎을 넣어 겹창호로 발랐는데 한눈에 보아도 전주지(全州紙)였다.

이제 어찌할 것인가. 봉삼은 혼미한 정신을 가다듬어 셈평을 따져나갔다. 제출물로 이 처소로 기어든 기억이 없는 이상, 봉삼이 이 방에 있다는 것을 알고 있는 사람이 있을 것이었다. 지난 저녁에 주안을 같이하였던 세 사람 중에 누구일 것이었다. 그중에서도 신석주일 것이 틀림없었다. 그를 포박해 들여 기왓장꿇림이나 조리돌림으로 동리형(洞里刑)˙을 내려야 직성이 풀릴 신석주가 이런 짓을 벌였다면 아무리 짐작이 깊은 봉삼이라 할지라도 그 켯속만은 알아낼 재간이 없었다. 그러는 중에 봉삼을 더욱 놀라게 한 일이 생겼다.

침석에다 풀썩 엉덩이를 내리고 쌈지를 찾으려고 명토 없이 두리번거리는데, 병풍 뒤쪽에서 문득 여인의 흐느낌이 들려왔기 때문이다. 처음에는 바람 소린가 하였다. 그러나 정신을 가다듬어 귀를 기울일 제 그것은 목청을 애써 죽여가며 흐느끼는 여인의 목소리가 분명하였다. 그는 얼른 십장생 병풍 서너 폭을 거두었다. 병풍을 거두고 나니 거기에 상방으로 통하는 지게문이 있었다. 창호에 귓불을 대고 상방의 동정을 엿듣다 말고 봉삼은 득달같이 지게문을 열었다. 방한가운데에 몸가축이 예사 여염집 범절이 아닌 한 아낙네가 엎디었고, 벽에 걸린 당귀 두름에서는 정신을 혼몽하게 만드는 듯한 향내가 풍기고 있었다. 그것은 첫눈에 보아도 조 소사가 틀림없었다.

"낭자가 아니오?"

봉삼의 입에서 모르는 사이에 탄성이 터져나왔다. 이럴 수가 있는 게 아니라고 생각은 하면서도 눈앞에 엎딘 여인은 갈 데 없는 조 소사였다.

"도대체 이 사단은 어찌된 일입니까?"

불문곡직하고 달려가서 조 소사를 보듬어 안을 제, 몸을 움츠려 떨고 있던 궐녀는 기다렸다는 듯이 봉삼의 가슴으로 냉큼 기어드는 것이었다.

"언제부터 여기에 와 계시었소?"

"저도 모를 일입니다."

"이런 곡절이 어디 있습니까? 신 대주가 능지를 내려 소박을 놓았

습니까, 아니면 불시에 낭자가 저지른 일입니까?”

“아닙니다. 저도 도통 모를 일입니다.”

“우리가 이런 곳에서 다시 만나다니요. 이것은 천행이랄 수밖에 없습니다. 아니면 신 대주의 계교일 수도 있겠지요.”

봉삼은 처연한 어조로 말하는 것이었다.

“저도 무슨 영문인지 도무지 켯속을 짚어낼 궁리가 없습니다.”

“내가 서강에서 성내로 불려올 적엔 오지랖에다 뼈를 거둘 각오로 왔습니다만, 아직도 목숨이 성하고 또한 낭자를 만났으니 이는 천우신조이나, 신 대주가 우릴 지켜보기 위함이 아닌가요?”

물론 봉삼으로선 당연히 생각할 만한 일이었다. 그러나 이 넓은 집에는 그들 두 사람 외에는 인기척이라곤 없었다. 조 소사 역시 이 집이 어느 댁인지 알지를 못하였고 또한 몇 번인가 나가서 후원이며 마당을 둘러보았으나 인적이 없는 것은 물론이요, 대문의 빗장도 안으로 잠겨 있었다. 어떤 사람이 월장해서 열기 전에는 바깥에선 대문을 열 수 없게 잡도리해둔 것이었다. 궐녀는 이제 세상을 하직하게 되는구나 하는 생각이 없지 않았지만 천봉삼을 두고 도대체 굽을 뗄 수가 없었다.

“이녁은 어찌하여 여기 와서 침석에 들어 있는 것입니까?”

“입전 행랑으로 불려오는 길로 곧장 다방골로 나가서 주안이 벌어졌소이다. 술에 감기지는 않았는데 미약을 넣었던 것인지 몇 순배를 받는 중에 깜빡 기력을 잃고 쓰러졌구려. 그 후엔 코에 스미는 것이 새물내였고 또한 어디로 업혀가는 듯한 낌새였습니다만 사지가 녹작지근한 게 도대체 신기를 가눌 수가 없었습니다. 문득 기갈을 느껴 깨어보니 여기였고 또한 낭자가 울고 있구려. 왜 울고 있었소?”

"저로선 도대체 어찌할 바를 모르겠으니 제가 할 방도라는 것이 울 것밖에 없질 않았겠습니까?"

"그렇겠구려. 그러나 난 명색이 장부로 낭자를 흉내 내어 울고 있을 수는 없는 입장이오. 누가 우리들 사이를 이렇게 주선한 것인지는 모르나 이는 행랑의 짐방들이나 차인들이며 형수님의 능력으로선 생각조차 못할 일입니다."

"그렇다면 영감마님께서 주선한 일이란 말씀입니까?"

"딱 분질러서 얘기할 수는 없으나 십중팔구 그럴 테지요. 그러나 이 집은 제도하며 가택의 범절이 분명 어느 사대부에 방불한데 그건 짐작 가는 데가 없습니까?"

"누구의 집이라는 것이라도 알 만하다면 대충 맥이라도 짚어보겠지요. 그러나 기왕지사 이렇게 된 이상 내일 아침이 바로 저승길이라 할지라도 속을 썩일 일이 아닙니다. 저는 이미 마음에 작정한 바가 있습니다."

"낭자의 작정한 바가 무엇인지는 묻지 않아도 알 만합니다. 그러나 이 사단에는 우리가 생각해야 할 한 가지 일이 있습니다. 우리들의 상봉을 주선한 장본인이 신 대주가 분명하다면 우리가 죽든 살든 어차피 내일 아침으로 작별을 해야 할 사람들이란 것이지요. 우리에게 야반도주라도 하라고 이 일을 벌인 것이라면 나를 성내로 부르지 않고 낭자를 서강으로 보냈을 터이지요. 신 대주는 우리를 살리려고 이런 일을 주선하였는지도 모를 일입니다."

조 소사가 무슨 말인가 하려다가 입을 다물어버렸다. 그들은 말을 잊고 가만히 퇴창으로 귀를 기울였다.

어느덧 자지러지던 다듬이 소리가 뚝 그쳐 있었다. 사위가 교교한데 장지를 열고 한 발만 나선대도 금방 절벽 아래로 떨어질 것같이 적막한 밤이었다.

봉삼은 궐녀를 끌어당겨 치맛말기 위로 손을 디밀었다. 그의 손도 뜨거웠으나 궐녀의 몸뚱이 역시 단쇠처럼 뜨거웠고 가슴이 뛰고 있는 형세가 손바닥으로 확연히 잡혀오는 것이었다. 그의 술에다가 미약을 탄 것하며 또한 궐녀가 엎던 방에 걸린 당귀 두름의 야릇한 향내가 전부 음행을 충동질하는 여염의 풍속임을 조 소사는 모를지언정 팔도를 메주 밟듯 하였던 봉삼은 알고 있었다. 이는 두 정인의 상봉만으로 그치라는 것이 아니라 오늘 밤의 짧은 해포에서나마 그 탕정(蕩情)을 다하고 정근(情根)을 죄다 쏟아내라는 은근한 사주임이 틀림없었다.

"명색이 대장부로 출생하여 제출물로 정인을 수발하지 못하고 남의 훈수에 힘입어 겨우 정인과 해포하니 이는 부끄러운 일입니다. 제가 신분이 상것이며 행리에는 몇 닢의 장두전도 지니지 못한 불찰입니다. 오늘로 인하여 우리들의 일이 또한 어떻게 꼬일지 모르겠으나 이렇게 된 이상 더는 주저할 것이 없습니다."

"저도 차라리 천례의 계집으로 태어났다면 체모나 지체를 돌봄이 없이 가슴에 품은 뜻대로 행하였을 터인데요."

"건넌방으로 가십시다. 켕기는 구석이 있다 하여 괜히 너스레를 떨며 주저할 까닭이 없습니다. 건넌방의 촛불이 다하면 낭자의 고운 자태를 볼 수 없게 되니 그것에 포한이 질까 두렵소."

"지금 몇 경이나 되었을까요?"

"어림잡아 축시 말은 되었을 거요."

"그렇다면 새벽별 숨을 때가 가까웠으니 또한 머지않아 첫닭이 울

겠군요."

봉삼의 대꾸가 떨어지기도 전에 궐녀가 먼저 발딱 몸을 일으키었
다. 봉삼이 옷소매로 촛불을 껐다. 향내 나는 그을음이 길게 꼬리를
이으며 어둠 속으로 사그라져 흐드러지자, 대청에 가득하던 달빛이
방 안으로 밀려들었다. 봉삼은 궐녀를 침석에다 앉힌 다음 낭자를 풀
고 저고리와 치마를 벗기어 횃대에 걸었다. 달빛으로 궐녀의 흐벅진
신색이 확연히 바라보이지는 않았으나 예의 모색을 그대로 간직하고
있었다. 봉삼은 자신의 괴춤을 헐다 말고 허겁스레 궐녀를 끌어당겨
안아버렸다.

"가슴이 답답해요."

"……"

궐녀는 그러나 목젖을 뒤로 젖히며 능수버들 같은 허리를 꺾고 안겨
들었고 두 팔을 봉삼의 상투 뒤로 돌려서 바스러지게 끌어안는 것이었
다. 궐녀의 겨드랑이가 봉삼의 입에 와닿고 그 겨드랑이에서 새콤한 자
릿내가 풍겨왔다. 봉삼의 가슴에 와 뭉개지는 젖무덤은 찹쌀 반죽을 주
물러 얹은 듯 뭉클거렸고, 알맞게 살이 오른 허벅지는 봉삼의 손이 스
쳐갈 적마다 비 온 뒤의 죽순처럼 정욕이 돋아나는 것이었다.

"제가 염치없고 심지가 깊지 못한 계집입니다. 용서하십시오."

무쇠가 풀무에 녹듯 사지를 녹작지근하게 늘어뜨린 궐녀의 눈동자
가 헤실헤실 풀어졌다.

대저 부부의 인연이란 하늘의 월하노인(月下老人)⁺이 한 사내와
한 계집을 적승(赤繩)⁺으로 얽어매어준다는 것에서 유래한다는 것이

• 월하노인: 부부의 인연을 맺어주는 '중매쟁이 노인'을 이르는 말.

라, 두 사람은 전생의 죄업으로 인한 한과 업보를 그와 같이 풀었으니 그들의 합환이 이승의 인연으로는 설혹 비루하고 고깝다 할지라도 차생에 이르러서야 어찌 떳떳한 인연으로 만나지 않겠는가. 상로에서 우연히 맞닥뜨린 만남에 인연하여 맺었던 단 하룻밤의 정분이 서로 이별하여 해를 넘기어도 잊지 못하여 상사로 가슴을 죄어왔지 않았던가. 그들의 인연이 이제 와서 법도에 어긋나고 또한 지탄이 된다 한들 차마 서로를 저버릴 수가 없었다.

봉삼은 떨리는 손으로 궐녀의 속치마를 벗기고 환히 터진 단속곳 안으로 손을 디밀어넣었다. 농익은 참외인들 그토록 윤기가 날까. 단 한 번인들 소생을 생산해본 적 없는 궐녀의 흐벅진 하초가 손끝에서 떨고 있었다. 봉삼은 다른 한 손으로 궐녀의 뒷덜미를 안아올리었다. 오랜 접문으로 두 사람이 함께 숨이 막히었으나 서로가 입술을 놓지 않았다.

궐녀는 끓어오르는 정염을 참지 못하고 제 손으로 단속곳을 벗어던졌다. 서로 다급하게 끌어당기니 어느새 한 몸임을 착각하였고, 엉덩이는 불에 단 시우쇠*처럼 이글이글 달아오르는 것이었다. 네 발과 네 다리로 금침을 긁고 차 밀쳐내니 8척이 넘는 금침이 그들도 모르게 윗목으로 밀려났다. 장생도 그린 병풍이 어깨를 주춤거려 밀려나기만 하다가 기어코 이겨내지 못하고 바람벽을 타고 미끄러져 넘어졌다. 대청 아래에 있는 신방돌이 주춤거리고, 화초담에 기대선 마당 빗자루가 움직이는 것은 비단 드세게 불어대는 바람 때문만은 아

<hr>

• 적승: 인연을 맺는 끈. 또는 부부의 인연.
• 시우쇠: 무쇠를 불려서 만든 쇠붙이의 하나.

닌 듯싶었다. 임을 그리던 상사가 임을 만났을 땐 정욕으로 응어리가 지는 법, 삼합(三合)을 곱돌아서 질펀하니 치르고 나서야 두 사람은 서로 부둥켜안고 짓주무르던 허리를 놓았다. 더욱이나 동이 트고 나면 혹독한 재앙이 닥칠 것을 예견한 터라 체모를 돌볼 겨를이 없었고 서로 겸사를 할 까닭 또한 없었다. 다만 온몸에 서린 정욕을 쏟아부을 수밖에 없었다. 땀이 흘러 머리채를 적시었고 허리는 주리로 틀린 때처럼 욱신거리는 것이었다.

행요가 끝났다 하나 그들은 아직도 만경창파에 일엽편주이듯 두둥실 떠가는 느낌이었다. 그때 사창 밖으로 스쳐가는 바람 소리가 소슬한데 멀리서 닭이 홰치는 소리가 들려왔다. 조 소사는 정인의 목덜미를 바싹 당겨안으며 흑공단처럼 윤기 흐르는 머리채를 가슴에다 박았다. 그리고 무살 같은 희디흰 다리를 정인의 다리에다 감았다. 사내의 땀냄새가 코에 달콤하고 뛰는 가슴의 동요가 젖무덤을 스치었다. 무슨 말로 이 열락의 기쁨을 정인에게 전할 수 있을까. 그것만을 생각하고 다시 생각하여도 조금 전에 귓결을 스치고 간 홰치는 소리가 궐녀의 가슴을 긁어대고 있을 뿐이었다.

"저 홰치는 소리가 흡사 우리 두 사람에게 화색박두(禍色迫頭)*하였다는 것을 기별하고 있는 듯합니다."

방구들이 꺼질 듯한 한숨이 봉삼의 가슴을 스치고 지나갔다.

"동이 트는 대로 우리 두 사람을 저자 바닥으로 끌어내어 어육을 시키려 들겠지요. 이녁에게 그런 재앙을 당하지 않을 무슨 방책이 있다면 그곳이 칼산지옥인들 사양할 수가 없습니다. 이녁을 따라 죽는

• 화색박두: 재앙이 바싹 닥침.

대도 족히 아까울 것이 없습니다."

조 소사는 누운 채로 얼굴을 들어 봉삼을 쳐다보았다. 봉삼은 한동안 대척이 없다가 무겁게 입을 열었다.

"우리가 동품을 한 터라면 이미 사잣밥을 먹어둔 것이나 진배가 없소. 우리를 숨겨줄 만한 알음도 없는 터에 내가 무슨 일을 주변하겠소. 이제 명부길에 오를 채비나 서두릅시다. 올곧은 길로 죽을망정 굽은 길로 살 수는 없소. 명색하여 사내로 행세한 자가 모진 풍상이 눈앞에 닥쳤다 하여 지레 겁부터 먹고 장달음 놓을 궁리부터 할 수는 없습니다. 신 대주의 하회를 기다려보십시다."

봉삼은 횡액을 피해 잠주를 놓거나 또한 구차히 변명하고 들 의사는 추호도 없다는 것을 분명히 하고 있었다. 궐녀는 더욱 봉삼의 가슴속으로 파고들었다.

"어떤 것이 군자의 도리인지 저는 알지 못하겠습니다. 그러나 가슴은 조비비듯 하고 삭신이 오그라드는 듯하여 이러다간 지레 죽기 십상이겠습니다."

"심지를 굳게 가지고 기다리는 것이 상책입니다. 우리가 여기에 이르러 분주를 떨고 눈물을 짓는다는 것은 구차히 목숨이나 간구하는 소인배의 비루한 행티일 뿐입니다. 낭자가 나를 따라 죽기를 한사할 각오가 되어 있다면 구태여 속을 썩이지 말고 기다립시다."

"제가 쓸데없는 입정을 놀리었습니다."

봉삼은 그때 문득 바람결을 타고 오는 바깥의 인기척을 느꼈다. 그는 조 소사를 도닥거려 누인 다음 배밀이로 장지까지 나아가서 바깥의 동정에 귀를 기울였다. 바람 소리에 대문이 흔들리는 것도 같았고 사람이 조심스레 흔들고 있는 것 같기도 하였다. 봉삼은 바지를 꿰입고 통행전*을 쳤다. 저고리를 입고 상투를 수습한 다음 소리 나지 않게 장지를 밀고 대청으로 나섰다. 홰가 쳤다 하나 아직은 꼭두새벽이었고 이미 달은 져서 네댓 칸 밖의 사람도 알아볼 수 없을 정도로 바깥은 어두웠다. 마당으로 내려서서야 사람의 손으로 대문이 흔들리고 있다는 것을 알아차렸다. 봉삼은 직감으로 문밖의 사람이 여자라는 것을 깨달았다. 봉삼이 목소리를 죽여 가만히 물었다.

"이 야밤에 뉘시오?"

"어마나, 도련님이시군요. 기함을 할 뻔하였습니다. 어서 빗장을 따십시오."

"형수님이 여기 웬일입니까?"

"어서 문을 따주셔야겠습니다."

빗장을 따자마자 검은 장옷을 코밑까지 뒤집어쓴 월이가 쫓기듯 안으로 뛰어드는 것이었다. 야기를 쐰 장옷자락이 후줄근하였고 짚신은 흙탕물에 젖어 있었다. 말문이 막혀 있던 봉삼이 겨우 입을 열어 묻기를,

"뒤따라오는 사람은 없습니까?"

"그런 사람은 없습니다. 어서 들어가서 아씨더러 채비하고 나오시라 이르십시오."

"이것이 어찌 된 내막입니까? 그것부터 좀 일러주십시오."

"그럴 경황이 없습니다. 도련님은 이길로 곧장 채비하고 성 밖으로 나가서 해 뜨기 전에 서강의 선단으로 가셔야 합니다. 아씨마님은 제가 안동해서 탑골 처소에 모셔놓아얍지요."

• 통행전: 아래에 귀가 없고 통이 넓은 행전.

"도대체 이건 누가 사주한 일입니까? 그것이나마 알아야 할 게 아 닙니까?"

월이가 빤히 봉삼을 쳐다보며 머뭇거리다가 말했다.

"전들 내막을 소상히 알 턱이 없지요. 다만 영감마님의 분부대로 어젯밤 이곳으로 아씨마님을 업어 왔었고, 꼭두새벽에 다시 탑골댁 으로 모셔놓으라는 추상같은 분부를 받았을 뿐입지요."

"신 대주는 지금 어디 있습니까?"

두 사람은 대청으로 가서 걸터앉았다. 방 안의 조 소사가 바깥의 동정을 눈치챘음인지 분주히 옷을 입는 소리가 들려왔다.

"영감마님은 어젯밤부터 행랑에 죽치고 있었습지요. 아씨를 이곳 으로 안동시키라고 제게 분부를 내리고는 자기에게 아갈잡이해서 재 갈을 물리고 뒷결박 짓고 다리를 묶어 요동을 못하게 조처하라고 분 부를 내리더군요."

"신 대주가 그런 말을?"

"저도 처음에는 이 무슨 흰소린가 하였지요. 그러나 재차 추상같 은 분부가 내려지고서야 영감마님의 깊은 심지를 알아차렸지요."

"신 대주도 범골이매 밤새 마음이 변할까봐 자신을 미리 닦달한 거로군요."

"도련님은 이제 영감마님에게 평생 잊지 못할 품을 지셨습니다. 저도 지난밤 한숨도 자지 못하고 영감마님의 심기가 변한 것을 생각 하였습니다만, 필경 후사가 없는 것에 포원이 진 나머지 도련님과 아 씨마님의 합방을 은밀히 주선한 것 같습니다. 장삿일엔 숙수단이어 서 장안의 거부가 된 듯하나 후사를 가지는 일엔 수단 가지고 되는 일이 아니란 것은 이제 늙어 구접이 도는 진갑 늙은이가 되어서 깨달게 된 모양이지요."

"우리가 야반도주할 건 생각하지 않았을까요?"

"영감마님은 이미 도련님의 흉중을 더듬어 소인배 따위나 저지를 일은 하지 않을 것을 알아차린 듯합디다요."

그사이 이미 조 소사는 길 떠날 채비를 하고 황망히 마루로 나섰다. 연전 안동 부중에서 서로 보쌈을 당한 이후 천 리 타관에서 맑은 정신으로는 처음 만나는 상전과 노복의 사이라 하되, 반가움을 나누기 전에 워낙 다급한 판이라 지난 풍상과 고초 따위를 풀어 얘기할 겨를이 없었다. 다만 눈물이 가득 괸 눈으로 대청 상기둥 옆에 서 있는 조 소사를 향해 월이는 깊숙이 하정배를 드리는 것이었다.

"하늘이 도와 다시 아씨를 바라지하게 되어 쇤네 이제 여한이 없습니다."

말문이 막힌 조 소사는 버선발로 뛰어내려 월이의 손을 잡았다.

"아씨, 더 지체 마십시오. 영감마님께서 탑골로 드시기 전에 먼저 가 있으셔야 합니다."

봉삼이 일어서면서 훈수를 하였다.

"어서 가십시오. 이제 신 대주의 깊은 연충을 알아챈 이상 딴마음을 품을 도리가 없습니다. 다시 상봉할 동안 몸수구나 잘하십시오."

월이는 보퉁이를 끌러서 장옷을 꺼내었다. 두 여인이 깊숙이 장옷을 뒤집어쓰고 대문 밖으로 나서기를 기다렸다가 봉삼도 멀찌감치 뒤따랐다. 반 마장이나 실하게 마전내를 왼편으로 끼고 따라 내려오려니 눈에 익은 쇠다리가 나타났다. 그제야 봉삼은 그들의 처소가 안국방(安國坊) 어름이었다는 것을 깨달았다. 쇠다리 초입길에서 두 여인과 헤어진 봉삼은 내처 관자골〔貫子洞〕 길로 접어들었다.

7

월이가 조 소사를 탑골 처소로 안돈시키고 행랑으로 돌아온 것은 날이 훤히 밝아오는 유시께였다. 짐방 · 차인 들이 낌새를 느끼기 전에 신석주의 재갈이며 결박을 풀어주었다. 밤새 곤두박질하며 속을 태우고 있을 줄 알았던 신석주는 입에 재갈을 문 채로 편안히 잠들어 있었다. 월이는 문득 진갑 늙은이의 초췌한 형용이 측은하였다. 몸이 늙었다뿐이지 그 심기가 오직 괴로웠으랴. 월이가 들어오는 줄 알고 일부러 잠든 체하고 있었는지도 몰랐다. 신석주는 밤새 눈이 10리나 되게 쑥 들어가 있었다. 결박에서 풀려난 다음 장죽에다 담배를 재우고 다 피울 때까지 맞은편 바람벽 아래서 고패를 떨어뜨리고 앉은 월이에게 한 번도 시선을 주지 않았다. 월이가 무료하여 짐짓 일어나려 하자 손을 들어 앉히었다. 그 무겁던 입에서 한마디가 떨어졌다.

"아씨마님은 탑골로 안돈시키었느냐?"

"네."

"밤새 문밖에서 지키고 서 있었것다?"

"대문 밖에서 떠난 적이 없습니다. 누구도 고샅에 얼씬하지 않았었지요."

"그 천가 성 가진 사람은 서강으로 뜨라고 일렀더냐?"

"단단히 일러두었습니다."

"내 너와 단 한마디만 아퀴를 짓자. 어젯밤의 일은 너와 나밖에 알고 있는 사람이 없다. 천가 성 가진 사람을 동여간 모군(募軍)* 두 사

• 모군: 품팔이하는 사람. 모군꾼.

람이 있긴 하다만, 그놈들은 켯속은 모르고 두둑한 용채만 받아 갔느니라. 만약 이번 일로 되잖은 입정을 놀리어 가근방에 조명이 나면 내 가문이 파문될 건 물론이요, 너 또한 살아남지 못하리라. 이것을 명심하렷다?"

"영감마님, 쇤네 감히 어디라고 주둥이를 가볍게 놀리겠습니까."

"내 너를 보아하니 일개 동자치 계집이라 하되 소가지가 남달라 보이고 행동거지도 아담해 보이는지라 이번 일에 뒷배를 보도록 작정한 터이니, 앞으로 설혹 내게서 섭섭한 대접을 받는다 하더라도 발설해선 안 되느니라."

"염려 놓으십시오, 영감마님. 쇤네 비록 천출의 씨종이라 하나 입초에 올릴 일이 따로 있고 그렇지 못한 일이 따로 있다는 것쯤은 가려 할 줄 압니다요."

"이제 내 입은 다만 먹고 마시는 것밖엔 할 일이 없다. 차후엔 이번 일로 하여 너와 내가 맞대면할 일도 없거니와 수작할 일도 없느니라."

"영감마님 말씀 뼛속 깊이 간직하겠습니다."

"그럼 구범이란 놈 어찌하고 있는지 장방으로 내려가봐라."

잡인은 신방 어름에 얼씬도 못하도록 조짐을 한 터라 신석주가 행랑에서 하룻밤을 묵었다는 사실을 알고 있는 하인들은 없었다. 꼭두새벽에 맹구범을 징치하기 위해 행랑으로 내려온 줄 알고 있을 뿐이었다.

맹구범은 뒷결박이 된 채로 하초를 허옇게 드러내 놓고 장방 한가운데에 자빠져 누웠는데, 본시 철골(鐵骨)에 거양(巨陽)*이긴 하나

음분한 논다니에게 밤새껏 시달린 나머지 삶은 무가 되어 퍼질러 누운 것이었다. 눈두덩에 시커멓게 납독이 오른 계집 역시 홍장(紅粧)*이 지워진 입술을 반쯤 벌린 채 잠들어 있었다. 신석수는 밤낮을 번갈아 계집을 사서 장방에 넣고는 무슨 야살을 떨든지 맹구범의 양기를 일으켜 행요를 치르게 하였는데, 삼합 이상을 치르지 못하면 해웃값을 건네지 않았으니, 돈에 기갈이 들고 황음에 미친 계집들은 기골이 든든한 맹구범을 금방 식초로 녹여 내놓은 듯 만들어버린 것이었다. 이젠 백방을 해준다 하여도 두 발자국을 떼어놓을 기력조차 없게 되었다. 번이 바뀌어 들어온 논다니들은 7년 대한에 비 만난 듯이, 천둥비에 검둥개 날뛰듯이 뜸도 들이기 전에 허여멀겋게 선웃음을 치며 거웃으로 손을 디밀고 막무가내로 행요부터 퍼지르려 북새를 놓았다. 뒷결박이 된 맹구범은 눈을 부라리고 마른땅에서 새우 튀듯 자반뒤집기를 하는 것이었으나 도통 방책이 없었다.

"어허, 봉패로다. 이 어인 되지못한 행사인가?"

"좋거든 입이나 닥치시우."

"이년, 썩 물러서거라."

"물러서려면 들어오지 않았지."

"내 풀려나면 네년을 아주 도륙을 내리라."

"그건 나중 일이고 임시낭패는 어떡하구."

"이년 얻다 손을 디미느냐? 어디 될 성부른 일이냐?"

"어림 반 푼어치도 없는 소리 마슈. 왈패 깔따구에 등짐장수 바지 벗기는 솜씨야 장안에서 나 당할 년이 있을라구."

• 홍장: 연지 따위로 붉게 하는 화장.

"에끼, 이년."

"어따, 그 가래침 한번 걸쩍하네."

"감히 어디서 희학질이냐?"

"삽짝 밖에서 살꽃 파는 년이 방구들이면 어떻고, 곳간이면 어떻수. 괜히 앙탈 부리지 말고 누워나 계시우. 맷돌 치기라구 무안해 마시구."

아무리 근력 세찬 몸이기로서니 그로 인하여 맑은 정신 나간 눈앞이 전부가 외꽃이었고, 얼굴은 쭉정이같이 누렇게 황달기가 도는 것이었다. 아무리 모진 형벌이란들 그런 행실이 없었고 그처럼 야비한 징벌이 또한 없었다. 지난날과 비교할 때 준수하던 신관이 초췌하기가 그대로 우거지상이었다. 그때 곳간 밖이 잠시 소연해지면서 사람의 발소리가 들렸다. 전에는 수하에 두고 소 부리듯 하던 노속 두 놈이 선뜻 곳간으로 들어섰다. 두 놈은 들어서는 길로 멍석 위에 자빠져 잠든 계집을 발로 제치고는 맹구범에게 말하였다.

"어허, 이놈, 낯짝에 아주 노랑꽃이 피었구나."

"이놈, 육허기 그쯤 채웠거든 이젠 일어나거라."

뼈가 녹아난 듯 탈진한 맹구범은 일어서기는커녕 고개조차 가눌 기력이 없었다.

"일어나라니까."

그러자 세상 모르고 잠들었던 계집이 화들짝 놀라 일어나면서 서둘러 색정을 수습하고는 키꼴이 훌쩍한 노속들을 쳐다보았다.

"하님들, 쇤네 일어나라굽쇼?"

"네가 아니고 이놈이라지 않느냐."

"그 사람을 끌고 가면 쇤네는 어찌합니까?"

"어찌하다니? 초저녁에 네가 약조한 대로 이놈을 아주 촛농으로 만들지 않았느냐."

"쇤네 하초가 남대문 구멍이 되도록 품앗이를 하였는데 용채는 어떡하구요?"

"궁합이 맞더냐?"

"곡기를 못해서 그런지 다소 기력이 부치긴 하였으나 상추쌈에 된장 궁합이던뎁쇼."

"그년 입정도 오지다."

그제야 노속 한 놈이 괴춤을 헐어 동전 꿰미를 계집에게 던져주며,

"과연 자녀(恣女)*다운 행실이다. 옜다, 해웃값이다."

계집이 허겁스레 꿰미를 거두자, 노속들은 맹가를 질질 끌고 나가서 신방 아래 잡아 꿇리었다.

미닫이를 열고 내다보던 신석주는 제 힘에 겨워 낙맥을 하고 고꾸라진 맹구범을 능멸하는 눈초리로 바라보다간,

"숯불을 피우고 인두를 달구어라."

무슨 요절을 내려고 그런 분부를 내리는가 싶어 우두망찰인 노속들에게 재차 분부를 내리는 것이었고 상투를 땅에 박고 있던 맹구범은 천 근 같은 고개를 쳐들었다.

"영감마님, 시생을 아예 도륙 내시려고 그런 분부를 내리십니까?"

"두고보면 알 일이다."

"시생이 다소 용렬하나 소싯적부터 영감마님 배행하여 공궤하는 데 경솔한 적이 없었습니다. 근자에 이르러 시생이 다소 방자하였다

• 자녀: 창녀.

하나 어찌 노복 다루듯 하신단 말씀입니까. 영감마님께서 오늘에 이르러 장안의 도행수 자리에 오르신 것도 시생이 수발하고 두호한 까닭도 없지 않습니다."

"그래? 그렇다면 네놈과 동사하였으니 전장이나 가산을 상반(相半)하자는 것이냐?"

"시생이 언제 그런 소행머리를 보인 적이 있습니까. 다만 포박하여 시생을 징치하심이 부당하다는 뜻이지요."

"내 널 징치하다니? 밤낮으로 조방질하여 계집 공궤를 하지 않았더냐. 오늘 밤엔 돝고기*라도 구워 양푼고기*와 자배기밥*을 안길 터이니 섭생에 유념하여 기운을 돋우도록 하여라. 지금까지는 끼니래야 얼굴이 멀겋게 비치는 밀기울죽으로 연명케 했으니 이는 내 불찰이었다."

"싫습니다. 어서 풀어만 주십시오."

"네 이놈, 물론 내가 장안의 거부가 된 배후에는 네놈뿐이 아니라 수하에 있는 차인들이며 노속들에 이르기까지 훈수를 입은 건 사실이다. 나 또한 그것을 모르는 바도 아니어서 그중에서도 총기가 있고 인물이 개자한 네놈을 그릇으로 만들어 행수 자리에까지 끌어올리지 않았더냐."

"하해 같은 은공을 시생이 알고 있습니다."

"그런데도 네놈이 근자에 이르러 이알이 곤두서서는 장삿일에는

---

* 돝고기: 돼지고기.
* 양푼고기: 큰 양푼에 담은 푸짐한 고기.
* 자배기밥: 큰 그릇에다 담은 밥을 일컬음.

등한하고 암수(暗數)를 부려 무복(誣服)*을 일삼고, 지체를 모르고 내사에 뛰어들어 촉새처럼 분주를 떨고 무불간섭(無不干涉)이 아니었더냐. 게다가 백단(百端)*으로 모함질이나 하고 다니는가 하면 상전을 능멸하기 예사였다. 어디 그뿐이냐. 네놈이 거처하던 방 천장 틈에서 나온 패물은 도대체 뉘 것이냐? 네놈은 불원간 내 가산을 날탕으로 삼킬 심지였음이 분명하렷다. 가는 몽둥이에 오는 홍두깨라, 나 또한 청맹과니가 아닌 이상 네놈의 행티를 끝내 좌시할 수야 없지."

맹구범은 난감하였다. 숨겨두었던 패물을 처분하지 않은 것이 화근이었다. 하인들이 듣고 있는 앞에서 그것이 조 소사의 것이었다고 직토한다면 목숨 부지가 지난일 것이요, 입 닥치고 있자 하니 갈 데 없는 양상군자로 몰릴 판이었으니 도통 방책이 없었다. 바른대로 토설하다가 덴 간이 있는지라 이러지도 저러지도 못하고 멈칫거리고 있는 중에 숯불이 이글이글 타오르는 질화로가 마당으로 내닫고 인두가 꽂히는 것이었다. 거조가 으름장 한두 번에 혼꾸멍이나 내고 그만둘 계제가 아니었다. 맹구범은 그제야 아주 혼백이 뜨는 것 같았다. 저승길이 홑벽에 가린 처지에 찬물 더운물을 가리겠는가.

"그 패물은 아씨마님께서 시생에게 용채로 내려주신 것입니다."

"측목(厠木)*으로 주둥이를 닦달할 놈. 저놈을 기둥에다 단단히 엮어라. 얻다 대고 낭언(浪言)이 자자한가."

맹구범의 입에서 또 무슨 변백이 튀어나올까 두려웠던 신석주가

• 무복: 강요에 의하여 하지 않은 것을 했다고 거짓으로 자백함.
• 백단: 온갖 일의 실마리.
• 측목: 뒷나무. 밑씻개로 쓰는 가늘고 짧은 나뭇가지나 나뭇잎.

득달같이 분부할 제, 노속들은 소매를 걷어붙이고 맹가의 허릿바를 틀어올려 덜미잡이로 끌고 가선 행랑 기둥에다 묶고는 무릎 위에다 묵직한 돌확을 들어다 얹었다. 신석주의 다음 분부가 떨어졌다.

"그놈이 다시는 상전을 능멸하는 입정을 놀리지 못하게 잡도리하여라."

노속들이 멀거니 신석주를 쳐다보았다.

"어서 거행치 못하겠느냐?"

"영감마님, 어떻게 거행할깝쇼?"

"그놈이 평생 동안 못된 입정을 놀리지 못하게 하려면 너희놈들은 어떻게 조처하겠느냐?"

얼굴에 칼자국이 섬뜩한 노속 한 놈이 질화로에서 벌겋게 단 부젓가락을 빼내들었다. 쳐다보고 앉았던 맹구범은 벌써 이승에서 살고 있는 사람의 몰골이 아니었다.

"영감마님, 목숨만은 살려주십시오."

"알고 있다. 내가 설마하니 네놈을 낙살(烙殺)* 하여 목숨까지야 결딴을 낼까."

부젓가락 쥔 노속이 곁꾼에게 맹구범의 입을 벌리도록 하였다. 그리고 혀를 잡아 빼고 순식간에 단쇠를 갖다 얹으니 맹구범은 황소처럼 소리치며 어깨를 솟구쳐 용틀임을 하다간 그만 기를 잃고 육신을 땅으로 가라앉히었다. 행랑 앞뒤 뜰에 누린내가 낭자하고 모여 섰던 차인들이 고개를 돌리었다.

"그놈, 앞으로는 겨우 섭생만은 이어가되 벙어리가 될 터이니 돈

• 낙살: 사람을 단근질하여 죽임.

꿰미나 괴춤에 달아서 동교 밖에다 내버려라."

신석주는 미닫이를 닫고 돌아앉아서 장죽에다 살담배*를 꾹 눌러
담는 것이었디.

8

삼남 세미(稅米)의 조운 요지라 할 수 있는 금강 연안의 군산포 해
창과 함열(咸悅)의 성당(聖堂) 조창은 서로 90리 수로를 상거하면서
그 지리적 여건을 놓고 여러 번 이를 병합하느냐, 그대로 분치(分置)
하느냐에 대한 논쟁이 있어왔다. 군산포는 옥구(沃溝)를 뒤에 두고
남으로만 내륙에 이어졌을 뿐 삼면이 바다에 접하였고, 오식도(筬食
島)와 개야도(開也島)가 좌우에 벌려 있어 순풍을 일구고 태풍을 막
아주어 행선(行船)의 쾌적함이 이를 데 없고 포구에는 항상 해수가
넘쳐 조선(漕船)의 정박지로서도 적당하였다. 대신 성당창은 저습한
개펄 지대가 많아서 배가 한번 기울게 되면 반은 육지에 걸리고 반은
수중에 잠겨 배가 상하기 십상이었다. 게다가 대안(對岸)의 임천(林
川)에서 흘러나온 강수(江水)가 만조 때는 성당창 포구에까지 밀려와
소금기가 괴지 않아 선척이 그 수명을 견디기 어려웠다. 또한 수세(水
勢)가 격렬하여 행선이 어렵고, 만조 때를 기다려 행선하자면 수순
(數旬)을 기다리기 예사였다. 성당창을 군산에 이속시킨다면, 첫째
세미를 장적하여 수순간이나 조수를 기다려 두류(逗留)*할 걱정이

---

* 살담배: 칼 따위로 썬 담배.

없었고, 둘째는 1백 리나 상거한 위태로운 뱃길을 생략할 수 있고, 셋째는 선척의 수명을 제대로 지킬 수 있는 반면 비용의 절감이며, 조운을 관령(管領)하는 해운판관(海運判官), 전세 수납(田稅收納)을 관장하는 감납 차사원(監納差使員), 조선(漕船)을 지휘하는 압령 만호(押領萬戶) 등 3관을 파하여 한곳에 속하게 함으로써 관원의 주구(誅求)*를 덜 수 있는 이점이 있었다. 불편한 점은, 첫째로 납세민이 출포(出浦)*할 제 세곡을 먼 곳까지 운반해야 하는 노고를 겪어야 하고, 방전민(防錢民)은 창빗〔倉色〕들의 위계와 아전들의 곡가 조작으로 시가의 배를 뜯기는 토색을 당할 염려가 있었다. 둘째는 객주들의 농간으로 군산의 곡가가 등귀할 염려가 있고, 셋째는 성당창을 중심으로 생업을 이어오던 1백여 호의 사격(沙格)*과 조졸들이 살길을 잃는다는 것이었다. 물정이 그러하되, 논의가 있을 때마다 현지의 창속(倉屬)과 수령들이 동곳을 빼들고 반대하고 나섰던 것인데, 이는 실상 가렴주구의 길이 막히게 되는 것을 원치 않았기 때문이다.

군산포에서 강경 포구까지 90리 수로는 수심이 깊고 강의 폭이 넓은 곳이 7백 칸이요, 좁다 하여도 4백 칸을 더 좁히지 않았으니 마흔 자가 넘는 중선도 왕래할 수 있었고, 청국의 밀무역선들도 간만의 차가 심한 제물포보다는 항로가 순탄한 군산포에 와서 잠상질을 하였다. 자연 교역이 활발하고 서천 땅과 왕래하는 선창이 또한 따로 있어 상인들의 내왕이 끊일 사이가 없었다. 또한 군산포 인근의 후미진

•두류: 일정 기간 머물러 묵음. 체류.
•주구: 관청에서 백성의 재물을 강제로 빼앗음.
•출포: 화물을 배편으로 실어나르려고 포구로 냄.
•사격: 사공과 그 옆에서 일을 도와주는 곁꾼.

수로 곳곳에 세곡선과 주상이나 객리 행상의 전대를 노리는 수적(水賊)이 횡행하였다. 수적이란 거개가 겹친 살년에 장토를 빼앗기고 갯가로 나온 유민들이나 도망 나온 노비가 아니면 민란을 일으켰던 자들과 밑천을 날린 행상들이었는데, 그들이 처음엔 연명이나 하자 하여 구메 도적질에 외봉이나 치는 좀도둑이었다가 관아의 힘이 미치지 못하자 점점 그 적세(賊勢)가 늘어났다.

수적들은 토포(討捕)*가 되는 대로 저자로 끌고 나가 백성들이 바라보는 앞에서 주살하여 그 참혹한 육시와 처참(處斬)이 나날이 그치지 않았으나, 그 수가 줄기는커녕 날마다 곳곳에서 수적의 폐해는 늘어만 갔다. 수적들은 무싯날에는 보부상으로 행세하여 선창과 포구와 저자로 잠입하여 흘러드는 물화와 주상들의 거취를 염탐하였다가 강목으로 오르는 상선들을 덮쳤다. 수적에 시달리면서도 금강 연안에 장시가 성하고 장사치들의 출입이 빈번한 것은 두 개의 조창과 강경과 군산의 장시가 번창하였기 때문이다.

4월 초순, 임피(臨陂)와 옥구의 경계 지경인 개펄을 스쳐오는 강바람이 모질도록 차지는 않을 때, 저녁의 남기가 흘러내리는 삼성산(三聖山) 기슭의 조도를 벗어나서 질펀한 개펄의 초입으로 들어서는 두 사내가 있었다. 앞선 위인은 채수염이 넉넉하고 먼지가 켜로 앉은 갓을 쓰기는 하였으나 중치막* 차림이었으며, 뒤따르는 탑삭부리 사내는 소매 없는 옷에 패랭이 쓴 천인 복색을 하고 있었다. 등 뒤에는 땟국이 흐르는 괴나리봇짐에 미투리 두어 켤레가 달랑거리고 있었다.

---

* 토포: 토벌하여 잡음.
* 중치막: 벼슬하지 아니한 선비가 소창옷 위에 덧입던 웃옷.

선머리에 선 위인이 강 건너 멀리 대안을 바라보며 걷다 말고 불쑥 내뱉기를,

"네놈은 어쩌다가 화적이 되었나?"

뒤따르던 위인이 그 말에 자지러지듯 놀라면서,

"행수님, 누가 듣겠습니다요."

"개호주라도 나올 것 같은 적막강산에 우리밖엔 아무도 없네."

"절 두고 화적이라니? 그럼 행수님은 화적의 접주가 아닙니까?"

"내가 화적의 접주라? 내 어쩌다가 네놈들의 소굴로 가서 취편(取便)*을 하였지만 내가 네놈들과 동류가 되다니……"

"자꾸 화적 화적 하지 마십시오."

"그놈, 녹림당*을 자처하는 놈치곤 꽤 겁이 많군."

"이름이 화적이라 하나 제 본색은 농사꾼이 아닙니까. 언젠가는 작량해서 고향으로 돌아가얍지요."

"장가처를 호반의 첩으로 팔아먹었던 파락호가 고향으로 간대야 무엇을 취한단 말인가. 화적으로 이태째나 살아왔다면 효수나 면하고 연명할 길이나 찾는 게 상책이지, 소생들은 뿔뿔이 흩어져 거러지가 되었거나 토호들의 노복으로 박히었을 텐데, 네놈이 고향으로 간들 식솔들을 찾아내기나 하겠느냐."

"노복으로 박히었다면 속전을 바쳐서라도 뽑아내얍지요."

"졸개로 범절하기에도 급급한 놈이 어디서 속전을 구처한단 말이냐? 속전이 어디 한두 냥으로 될 성부른가?"

<hr>

• 취편: 편리한 것을 취함.

• 녹림당: 녹림호걸. 도둑이나 불한당을 문자투로 꾸며 이르는 말.

"편사(便射)*에 행공(行功)을 쌓는다면 저라고 하여 수괴가 못 되란 법이 없지요. 우리 붕당의 수괴 솔개미 성님만 하더라도 처음엔 서울 조산의 깍정이라지 않았습니까."

"화적이 되는 것도 장력과 담력을 함께 갖추어야지 병장기 한번 잘 �쓴다 하여 될 것이 아니다."

뒤따르던 위인이 배알이 뒤틀린 듯 가던 길을 멈추고 번들거리는 눈으로 율기를 하다가 제풀에 심드렁한 낯짝이 되어서,

"굶어 부황이 난다 하여도 대명천지에 나가서 네 활개를 뻗치고 잠자는 게 저의 소원입니다. 우리 둔소(屯所)를 관아에 밀통하고 상급만 챙겨도 그깟 속전이야 구처하겠지요."

"이 혀를 뽑아버릴 놈, 보아하니 아주 정을 다실 놈이로구나. 그곳이 설령 적비(賊匪)*의 소굴이라 하나 네놈이 은신하여 끼니를 이어오던 곳이요, 네놈의 티끌 같은 목숨을 예까지 보전한 곳이 아니었더냐. 까마귀 새끼에게도 반포(反哺)*의 도리가 있는 법, 네놈의 일신을 양생(養生)하고자 수십 명의 목숨을 효수시키려 하였더냐? 그러고도 네놈이 천수를 할 듯싶으냐?"

가던 길을 돌아서서 발뒤축을 구르고 있는 갓 쓴 위인은 조성준이었다. 조성준이 율기하고 노려보는데도 작반하던 탑삭부리는 자지러지는 기색도 없이 헤실헤실 웃음을 흘렸다.

"행수님두, 그렇게도 소견이 깊지를 못하십니까? 제가 아무리 살길 도모가 궁하여 백사지(白沙地)에 코를 박고 산들 우리 둔소를 팔

---

* 편사: 사원들이 자신이 속한 사정에 따라 편을 나누어 활쏘기를 겨루던 일.
* 적비: 살상과 약탈을 일삼는 도둑의 무리.
* 반포: 까마귀 새끼가 자라서 늙은 어미에게 먹이를 물어다주는 일.

아서 붕당들을 몰사죽음시킬 야료를 부릴 것같이 보입니까요? 공연히 익은 밥 먹고 선소리 한번 한 거지요."

"이놈, 흰소리가 따로 있고 농할 일이 따로 있다. 아무리 파적(破寂)을 한다지만 주둥아리를 닦달하여라."

"고정하십쇼. 제가 대처로 나간다 한들 끽해야 여각의 사노로 박히거나 색주가의 조방꾼 거행이 고작이겠지요. 그것보다야 둔소에 묻혀 사는 것이 더 편합죠."

"저자로 나가서 행여 기찰에 몰리더라도 네놈은 입 닥치고 가만있거라."

"알겠습니다요."

마침 개펄을 가로지르는 개천이 나타났으므로 두 사람의 대화가 끊어졌다. 개천 두 줄기가 반 마장을 사이하고 금강으로 흘러들고 있었고, 개천을 건너는 사이 벌써 일색이 다하여 사방은 어둑발이 내려앉기 시작하였다. 강물은 암회색으로 변신하였고 물새들이 지저귀며 강심 위로 날았다.

삼성산 인근의 수적들이 홀현홀몰하여 작폐가 극심하다는 것은 보부상들끼리나 주상들 사이에선 소문이 짜하게 난지라, 피치 못할 애경 상문(哀慶相問)*의 길이 아닌 행객들은 봉적을 꺼리어 해 진 후엔 얼씬도 않는 길이었다. 해가 지고 후둑후둑 빗낱이 듣기 시작했으나 두 사람은 행보를 재촉하는 법도 없이 노량으로 걸어서 비알*길을 내려갔다. 비알을 넘어서니 멀리 갯가로 한 숫막이 바라보였다. 언뜻

---

* 애경 상문: 슬픈 일과 경사스러운 일로 서로 방문함.
* 비알: '비탈' '벼랑'의 사투리.

보아도 그곳에 숫막이 있어 아무런 소득이 없을 것 같은 곳에 지붕이 납작한 집 한 채가 보이는 것이었다. 여울은 시오 리 밖에 있으니 간혹 나루 건너온 행객이나 받아볼까 하여 생긴 숫막이 틀림없겠는데, 개펄엔 낡은 야거리 한 척이 잇대어 있었다.

"혹시 역정(驛丁)놈들이나 와 있는지 제가 먼저 가서 염탐해볼깝쇼?"

탑삭부리가 목청을 낮춰 물었으나 조성준은 손을 내저었다.

"그냥 두거라. 지레 겁먹을 것까지야 없다. 공연히 뒤부터 사리려 들다간 의심받기 십상이야. 마주친다 하여도 그깟 시골 군노·사령 대여섯이야 감당 못할까."

집 뒤꼍으로는 해장죽(海藏竹)이 숲을 이루어 지붕을 덮었고, 앞쪽으로 돌아가니 각담이 쳐져 있었는데 찌그러진 삽짝하며 시늉뿐이었다. 용수 씌운 장대 하나가 측간 옆에 기대서 있을 뿐 야트막한 툇마루엔 개펄 먼지가 뽀얗게 내려앉아 있었다.

마당 안으로 곧장 돌입을 한대도 거칠 것이 없겠건만 조성준은 삽짝 밖에 멈추어 서서 길게 통자를 넣었다. 그러자 술애비 신수로는 걸맞지 않게 상투가 물고만 한 장년의 사내가 정지방 바라지를 벌컥 열고 꺼칠한 상통을 내밀었다. 내다보다간 눈이 휘둥그레져서 득달같이 퇴로 나서면서,

"아니, 저녁나절에들 어인 일들이십니까요? 양일지간에 오실 줄은 짐작하였습니다만……"

말끝을 흐리면서 봉당을 밟고 내려서는 사내의 왼쪽 볼엔 칼자국이 선명했다. 물론 사내는 조성준 일행과는 초면이 아닌 듯하였고, 제 깐으로는 씨 뿌리는 시늉을 다하며 두 사람을 봉노로 모시는 것이

었다. 알고 보면 목자 흉측한 그 사내도 적굴에서 동사하던 화적이었
는데, 근간에 갯가로 내려와서 겉으로는 숫막을 내고 사공 노릇으로
연명하는 체하고 있을 뿐 내막으로는 적굴 사람들과 내통하여 적장
(賊贓)*을 군산포의 잠상들에게 팔아넘기고 이문을 챙기는 장물아비
가 본업이었다.

"군저녁이라도 있는가?"

"예, 득달같이 차려옵죠."

"목이나 축일 탁배기라도 한 방구리 가져오게나."

"여부가 있겠습니까."

조성준으로 말하면 적굴의 수괴인 솔개미란 자가 깍듯이 연장으로
모시는 터라 술애비는 말대접부터 공손하였다. 궐자가 등잔 접시에
불을 달고 밖으로 나가서 향 한 대 태울 참도 되지 않아 개다리소반
에 차려온 밥상이 제법 범절이 있었다. 기명이 정결하고 편육이며 도
야지 순대가 먹음직하였다.

그때 조성준이 의아해서 물었다.

"밥상 차린 것이 자네 솜씨가 아닌데 어디 후살이*라도 들였는
가?"

"계집이랄 것도 없습니다요. 근간에 나루에 굴러다니는 거러지 계
집 하나를 주워 동자치로 박아두었는데 나루질하랴, 행색들 술시중
들랴 하던 제 신역이 다소 편안해졌을 뿐입지요."

"믿을 만한 계집인가?"

• 적장: 도둑질한 물건.
• 후살이: 여자가 개가하여 사는 일.

“염려 놓으십시오. 입정 하난 천 근 같아서 아직 이렇다 할 수작이 없었지요.”

그때 옆에 앉아 술질하던 탑삭부리가 끼어들기를,

“숫색시여?”

“그걸 알아서 뭣 하게?”

“그렇담 네놈은 재취 장가들게 생겼네그려? 여편네란 오미 구존(五味具存)*한 것일세. 갓 혼인한 여편네는 그 달기가 마치 꿀이지. 그렇지만 살림 재미가 붙기 시작하면 여편네란 장아찌 무같이 짭짤하다네. 그 짭짤하던 맛깔이 좀더 쇠면 이번엔 시금털털 개살구로 변하느니. 맛이 시어질 고비에서부터 가끔 톡톡 쏘는 매운맛이 나기 시작하는데, 고초당초* 맵다지만 여편네 매운맛이란 땅벌인들 당적한가. 매운맛이 없어지면 그때부터 뒈질 때까지 쓰기만 하다네.”

“그놈, 사십도 안 된 놈이 육십 년 후의 일을 제 눈으로 본 것같이 씨부려.”

두 놈이 농을 할 때까지 묵묵히 술질을 하고 있던 조성준이,

“가내사야 자네가 알아서 처결할 일이고, 우리는 내일 아침 신새벽에 기침할 터이니 날이 밝을 즈음에 우리를 군산포 어름까지만 태워다주어야겠네. 육로로 엎어지면 코 닿을 자리지만 자칫 기찰에 몰리면 저자로 들어갈 수가 없네.”

“그럼입죠. 아니래도 이번 장도막엔 나루질할 일이 없어 삭신이 근질근질하던 차에 모셔드려얍지요.”

• 오미 구존: 다섯 가지 맛을 다 갖춤.
• 고초당초: ‘고초’와 ‘당초’는 모두 ‘고추’의 옛말.

"그리고 내 관망과 복색을 성한 것으로 한 벌 변통하였으면 하네."

"여부가 있겠습니까요. 마침 상목 두어 필이 있으니 동자치 계집을 시켜 밤을 새워서라도 도포를 지어올립지요."

"우리네 둔소에 편육이 모자란 듯하니 우리를 선창까지 태워다주고 나서 걸구를 네댓 마리 잡아서 간수해놓으면 일간 둔소에서 찾으러 올걸세. 그러나 인적이 드문 숫막에서 한꺼번에 돝을 여러 마리 잡는다면 행객들 간에 소문나기 십상일 터이니 조심하여 끄떡없도록 조처하게."

"백파(白波)의 접주라 하여 걸핏하면 관아에서 포리를 풀어 소인의 집을 기찰한답시고 집뒤짐을 하고 있는 터에 어찌 거동을 소홀히 하겠습니까요. 염려 붙들어매십시오."

"신새벽에 배를 띄우자면 잠을 자두어야겠으니 삽짝을 닫게나."

장물아비란 놈이 나가는 길로 식곤증이 난 두 사람은 행역도 풀 겸해서 목침들을 끌어당겨 죽은 놈 발바닥 같은 냉골에 등을 뉘었다. 막 선잠이 들려는 참에 윗목에서 잠을 청하던 탑삭부리가 체수를 발딱 일으키더니 걸찍하니 지청구를 해대는데,

"오 척도 못 되는 체수를 운신하자 하니 물것 등쌀에 이것 살겠는가. 피 나락 같은 가랑니*란 놈을 손톱으로 눌러 잡고 나면 이번엔 보리알 같은 수퉁니란 놈이 씨암탉 같은 엉덩이를 뒤뚱거리고 나서며 나는 안 잡소 한단 말이여. 수퉁니란 놈 소원을 풀고 나면 이번엔 초재비 같은 벼룩이란 놈이 고린내를 풍기며 폴싹거리고 기어나오것다. 기는 놈을 잡고 나면 이번엔 빈대 새끼란 놈이 제 어미를

• 가랑니: 서캐에서 깨어 나온 지 얼마 안 되는 새끼 이.

찾는답시고 비파를 치면서 기어오것다. 그놈을 눌러 토벽에다 난초를 치고 나면 이번엔 돼지우리에서 밴대보지를 빨던 등에 어미란 놈이 내 피를 빨겠다고 뾰족한 주둥이를 처들고 전배*사령으로 호통을 치고 나서것다. 그놈을 따라가서 잡고 나면 이번엔 음지에 살던 깔따구란 놈이 버마재비란 놈과 어깨동무를 하고 깝죽대것다. 두 놈을 한 손에 작살을 내고 나면 이번엔 정지 문틈에서 나온 흰 바퀴 누런 바퀴가 마실을 간답시고 형님 아우님 하며 줄행랑을 치는데, 그것 어디 따라가서 잡겠던가. 그러다 보면 나락섬에서 기어나온 바구미란 놈과 썩은 기둥에서 기어나온 거저리*란 놈이 갈지자걸음으로 넙죽거린단 말이여. 어디 그뿐인가. 왼쪽으로 앵, 바른쪽에서 앵, 모기란 놈들이 터진 보에 물 쏟아지듯 날기 시작하는데 다리 긴 놈, 살찐 놈, 여읜 놈에, 부리 긴 놈들이 저마다 분주를 떨고 난리를 피우는데, 어떤 놈은 밤새도록 피를 빨아 주체를 못하고 제 힘에 겨워 봉당으로 곤두박질을 치는데 제미* 구멍에서 나올 제 덜 여문 놈이면 박이 터지겠지. 그러다 보면 그리마*란 놈이 시렁 위에서 추천을 하다가 떨어져서 육천 마디로 스멀스멀 기어가고, 뾰록이란 놈도 주야장천 따라다니며 사추리 물고, 불두덩 물고, 빨거니 뜯거니 쏘거니 비틀어 무는데, 어디 정신을 차릴까. 거기다가 당비루란 놈도 훈수를 하는데 이를 갈고 발광을 한들 무슨 소용이며, 발을 구른들 누가

---

* 전배: 벼슬아치가 행차할 때나 상관을 배견할 때에 앞을 인도하던 관리나 하인.

* 거저리: 딱정벌레와 비슷하고, 몸빛은 흑갈색인 곡물의 해충.

* 제미: '제 어미'의 준말.

* 그리마: 절지동물. 지네와 가까운 종류로 다리가 여러 쌍이며 머리에 긴 더듬이가 있음.

알아줄까."

"이끼, 그놈 입정도 사납구나."

"어디 그뿐입니까요. 오뉴월 쉬파리란 놈이 엉겨붙었을 양이면, 이건 따갑고 근질거리고 가렵고 아파서 내장이 뒤집힐 것 같습니다. 열불이 난들 무슨 소용입니까. 쇤네 같은 상놈의 씨종은 벼슬아치에게 등치고, 별배들에게 차이고, 장사꾼에게 속아나고, 아전놈에게 발리고, 책상물림에게 호통당하고, 상전에겐 능멸이요, 계집 등쌀에 여위고, 환자를 못 갚으면 삼문 안에 끌려가서 주리나 틀리것다, 호반에게 괄시받고, 대갓집 하님들에게 무안당하고, 밤이면 물것들에게 사지에 찌꺼기만 남은 피를 빨리니, 이 티끌 같은 상것 한 몸 천수를 누리기란 하늘의 별 따기요, 죽자 하니 비상이 없고, 살자 하니 화적질이니, 무슨 놈의 팔자가 이토록 기박한가그려."

"그놈 화적질로 연명하는 주제에 입맛은 까다롭군. 일은 안 하고 요(料)만 처먹는 토색 관헌이나, 밑천 짧은 주상들 전대나 터는 수적들이나 그것들이 모두 물것들과 다를 바가 어디 있느냐. 물것들도 오랜만에 짝패를 만나 유유상종하자고 초인사를 드리는 것이니 타박 말고 닥치고 자거라."

"에끼, 어디 가서 이 설분을 할꼬."

탑삭부리란 놈은 목침에다 가래침을 퉤악 뱉어선 사추리며 장딴지에다 몇 번인가 문지르고 나서 장지를 열고 밖으로 나서는 것이었다. 물것 등쌀도 그러하였지만 도통 잠을 이룰 수가 없었던 것이다. 초저녁참에 장물아비란 놈이 갯가를 헤매던 계집 하나를 주워 동자치로 박아두었단 말을 귓결로 흘려보낼 수만은 없었다. 침선을 하고 있을 계집을 구경이나마 하고 싶었고, 약차하면 겁간이라도 하여 응어리를 빼고 나서야 잠이 올 것만 같았다. 짚신도 꿰지 않은 맨발로 가만가만 정지방으로 행보를 떼어 불이 켜진 장지문 앞으로 다가갔다. 손가락에 침을 발라 창호를 뚫고 방 안을 살필 제, 등잔 접시에 쌍심지를 달고 한 계집이 침선에 겨를이 없는데 장물아비란 놈은 땟국이 번질번질한 뱃구레를 드러내고 옆에 나자빠져 있었다. 보자 하니 사공막에서 빨래품이나 팔고 있는 계집치곤 옥골이었고 소명(昭明)해* 보이는 계집이었다. 장물아비란 놈, 도적의 접주인 주제에 호박이 덩굴째 떨어진 것이나 진배없다 싶은데, 잠든 줄 알았던 장물아비란 놈이 우람한 체구를 벌떡 일으키면서 공갈을 놓는 것이었다.

"네년이 아무리 강단(剛斷) 있고 울 센 계집이기로서니 내 손아귀에서 벗어날 수는 없다. 내게 만금을 안긴다 하여도 네년을 허술히 놓아줄 리도 없으니 아예 딴 배짱 갖지를 마라."

"나 같은 계집을 두고 사생동고(死生同苦)*할 계집으로 치부해주니 고맙소. 게다가 개죽음할 병추기를 거두어 구완해준 은공을 인두겁을 쓰고 난 내가 모를 리 있겠나요. 이제 와서 그 은공을 탕감하자는데, 그 무슨 고집이며 타박이 그리도 많으시우."

"네년이 드난살이하는 것만으로도 은공은 갚은 것이나 진배없다."

"매일 밤 장도를 뒷덜미에 받치고 선잠을 자는 것도 이젠 나도 지쳤소이다. 그만하면 이녁의 내실로 평생 해로할 계집이 못 되는 처지임을 알았을 터, 개구리 낯짝에 물 퍼붓기지, 어디 가합한 일이 아니지 않습니까."

"독하기가 비상 같은 네년의 사추리에 내가 자국을 낸다 하면 혹시 자문이라도 할까봐서 참고 있는 거지, 그 장도 한 자루에 오갈이 들어 두고보는 줄 아느냐?"

"한 식솔처럼 임의롭게 지낸다는 건 모르겠으나 제가 끝내는 곁을 주리라고 생각진 마십시오."

"하여튼 네년은 내 배필이 되기 전에는 꿈쩍도 못한다. 측간 출입인들 내가 심상하게 보고 있지 않을 터이다."

"내일 나루질로 집을 비운 사이에 내가 장달음을 놓을 것인데두요?"

구들장을 깔고 앉아 윗짝을 떼어가며 수작을 건네고 앉았던 장물아비란 놈은 그 말에 정신이 획 드는지 누렇게 뜬 상판으로 계집의 흰 가르마를 노려보았다. 밖에서 엿보던 탑삭부리란 놈이 침을 꿀꺽 삼키는데, 장물아비란 놈은 이똥을 긁어 장딴지에다 쓱쓱 문지르더니,

"그렇다면 나는 병탈하고 배만 내어주든지 네년과 동행을 하여야겠구나."

계집이 그 말에는 화들짝 놀라 물러앉는 시늉 하며,

"동행은 안 됩니다."

"왜 대처의 저자 바람 쐬기 싫으냐?"

"저는 여기 있겠습니다."

"그렇다면 배만 내어주고 격군(格軍)* 한 놈을 붙여주는 도리밖에 없겠군."

"상방에 든 손님들은 언제 회정합니까?"

---

* 격군: 사공의 일을 돕던 수부(水夫).

“일순이면 회정할걸.”

“그때까진 저도 도망질 않을 것이니 걱정 마십시오.”

“왜? 그 손님들에게 해코지할 생각이라도 있느냐?”

“일면식도 없는 사람들인데 어디에 해코지할 건덕지가 있겠습니까. 무슨 일로 군산포로 뜬답디까?”

“내가 어찌 알겠느냐? 아이 낳는 것이나 구경하다가 인부심떡이나 얻어먹으면 되었지.”

“그 갓 쓴 반백의 늙은이는 천정(天庭)*이 번듯하고 거동이 듬직해서 육장 적굴에서 사는 사람 같아 보이지는 않습디다.”

“네년이 그 사람에게 정분이라도 났더란 말이냐?”

“마음이 움직이면 무엇 합니까? 적굴 사람과 동품하려던 계집이었다면 진작에 댁네에게 살을 주었을 테지요.”

그때 탑삭부리의 뒷고대를 잡아채는 사람이 있었다. 덜미째 질질 끌려 상방 봉당 아래에 주질러 앉힐 제, 탑삭부리는 뒤통수를 긁으며 눈자위를 가팔지게 뜨고는,

“행수님, 왜 딱딱 치십니까?”

“땅보탬*을 시킬 놈, 장부란 위인이 어디 할 일이 모자라서 아녀자 거처방에 눈구멍을 대고 간색을 하느냐?”

“간색이라니요? 계집의 거동이 수상쩍어 염탐을 하였습지요.”

“계집이 삿갓반자*에 목이라도 매었더냐? 천병(天病)*이라도 앓

• 천정: 관상에서, 두 눈썹의 사이 또는 이마의 복판을 이르는 말.

• 땅보탬: 사람이 죽어서 땅에 묻힘을 이르는 말.

• 삿갓반자: 천장을 꾸미지 아니하고 그대로 바른 반자.

더냐?"

"목을 매었으면 초상술이라도 얻어마셨겠지요. 되레 행수님 허우대가 헌칠하다고 입에 침을 말립디다요. 살신을 보아하니 색주가에 팔아넘긴다면 아무리 값어치를 눅게 잡는대도 삼백 냥은 뉘 돈 줄 줄을 모르겠습디다요."

"요변 떨지 말고 그만 들어가 자거라."

이튿날 신새벽이 되자 장물아비란 놈은 등 너머 동네로 가서 겨우 성동(成童)*이 될까 말까 한 격꾼 한 놈을 붙여주었다. 두 사람은 식전 술 두어 잔씩으로 초벌 요기를 때우고 야거리에 올랐다. 떠나기 전에 열석세 상상치* 세목(細木)으로 지은 도포와 방죽갓끈* 드리운 성한 관망에 황양목(黃楊木) 호패까지 변통하였으니 조성준의 신수가 훤하였다. 격군이란 놈은 보기보단 나루질이 서툴지 않고 또한 비 개고 난 뒤의 순풍이라 숫막을 떠나서 중화참을 조금 넘기고 군산포 어름에 이르렀다. 격군에게 후한 행하를 건네고 반 마장가량이나 떨어진 포구의 조창 쪽으로 발길을 놓았다. 조창은 여러 채인데, 토담으로 둘러싸였으나 담 밖이 바로 선창이라 하륙(下陸)한 조졸·선인들이며 출포한 세납민들이며 세우(貰牛)*들이 조창 앞 드넓은 한터를 꽉 메웠는데 마치 장시와 방불하였다. 세곡선과 상선들이 포구에 잇대 있는 그 길이가 10리에 뻗었고 사람들의 아우성이 하늘에 닿았

---

* 천병: 간질.
* 성동: 열다섯 살 이상의 소년.
* 상상치: 가장 좋은 품질의 물건.
* 방죽갓끈: 연밥을 잇따라 꿰어 만든 갓끈.
* 세우: 세를 받고 빌려주는 소. 셋소.

다. 조성준 일행은 옹구바지에 헝겊총을 댄 짚세기를 신거나 뒤축에
거멀못을 댄 나막신을 신은 세궁민들이 토담을 따라 길게 늘어진 조
창 앞 한터를 가로질러서 언덕배기에 있는 대장간을 겨냥하여 걸었
다. 산골 저자와는 달라서 선단(船團)을 겨냥한 대장간들이 서넛이
나 되었는데 그중에서 왼편 가녘에 있는 대장간으로 조성준이 쑥 고
개를 디밀었다.

　잔망스럽게 생긴 떠꺼머리 한 놈이 풀무에 올라서서 땀을 뻘뻘 흘
리며 풀무질을 하고 있고, 모루* 뒤에는 일순 노창(老蒼)해 보이기
는 하나 윗도리를 벗어부친 맨상투 바람의 사내가 왼손에 집게 들고
바른손에 마치 들고 불 속을 들여다보고 앉았고, 그 앞에는 메꾼들이
모루채를 거꾸로 세우고 쇠 위에 팔을 걸치고 서 있었다. 그들은 두
사람이 대장간 안으로 고개를 디민 것도 모르고 일에 열중하고 있었
다. 발갛게 단 시우쇠를 웃통 벗은 사내가 집게로 집어내어 모루 위
에 놓고 마치질을 하는데, 마치 한 번에 메질 한 번씩 쌍메가 모루 위
로 번갈아 날아들었다. 쇠 불리고 이기고 담그는 것을 한참이나 구경
하고 섰는 중에 웃통 벗은 사내가 고개를 쳐들었다. 그는 힐끗 양반
복색인 조성준을 쳐다보고 나서 마치와 집게를 놓고 뒤껼에 난 툇마
루로 가서 앉았다.

　"언제 오셨수?"

　던지는 수작이 겸연쩍고 면난하다는 것인지, 외대를 하는 것인지
얼핏 분간하기 어려웠으나 밉상은 아니었다.

　"방금 배에서 내렸다네."

　• 모루: 대장간에서 불린 쇠를 올려놓고 두드릴 때, 받침으로 쓰는 쇳덩이.

사내는 그 말에는 코대답도 않고 뒤꼍을 돌아서 안으로 들어갔다. 한참 있다가 손수 알방구리 위에 납작소반을 들고 나오는데, 소반에는 대접에 담은 편육과 보시기에 떠놓은 장묵과 술 먹을 사발과 편육 집을 젓가락이 놓여 있었다. 방구리에 담긴 술은 탁배기였다. 사내는 우선 사발에 탁배기를 조금 따라 부셔 마신 뒤 안다미로 술을 부어 조성준에게 권하며 물었다.

"아우놈은 잘 있습니까?"

"물론일세. 이번에 내가 자네를 보러 간다니까 겸두겸두● 해서 저도 따라오고 싶어하였지만, 제가 둔소의 졸개로 박혔다는 걸 군산포가 다 알고 있는 터수에 어디 될 법한 일인가. 주질러 앉히는 데 말품깨나 들었다네."

"잘하시었소. 일평생 나수(拿囚)●당한 셈치고 거기 죽치고 살라 하십시오. 아우놈의 모가지가 저자에 널리는 꼴을 제가 어찌 본단 말씀입니까."

"하기야 저도 괜한 소리로 속을 태우는 거지."

"이번 행보에는 어떤 일로 기동을 하시는 겁니까?"

"서울에서 세선단이 내려왔단 소문 듣고 나왔네."

"세선단 내막은 알아서 뭣에다 쓰게요?"

"그건 나중 일이고 모두 몇 척이나 되는가, 그것부터 알아보세."

"대선이 열 척이요, 중선이 열 척, 종선 다섯 척에다 따라온 조졸과 선인들이 백여 명이라 합디다. 게다가 왜구며 수적들이 출몰한다 하

● 겸두겸두: '겸사겸사'의 사투리.

● 나수: 죄인을 잡아들여 가둠.

여 화승총을 꼬나든 조졸만도 십수 명이요, 선인들도 표창을 쓰는 데
는 제 밥값들을 다 한답디다."

"선인들이 어떤 놈들인데?"

"풍문으로는 성기 인근 송파장에서 찍자나 놓고 연명하던 왈짜들
이었다 하더이다."

건성건성 물어가던 조성준의 두 눈이 휘둥그레졌다. 송파 저자에
서 뒹굴던 왈짜들이 적실하다면 그가 알 만한 깔따구들도 섞여 있단
말이 아닌가. 조성준이 다급히 묻기를,

"그게 정말인가?"

"아니래도 행수님 지본이라 생각하고 저도 깜짝 놀랐습니다."

"선인들이 하처 잡은 곳이 어딘가?"

"선인 행수 거행 하는 자들은 보행객주로 나와서 하처를 잡았고,
선인들은 초막에서 기거하고 있습죠. 아니래도 가근방에 적굴 사람
들이 들락거린다 하여 털벙거지 쓴 위인들이 소매 바람을 일으키고
곳곳에 게첩(揭貼)*이 나붙었으니 각별 유념하셔야 할 겁니다. 우리
집에도 병장기를 고친다 하여 하루에도 네댓 번씩 들락거리고 있으
니 시방도 뒤가 메슥메슥합니다."

"알겠네. 생색도 못 낼 뒷수발 많이 하였는데 이번 행보에는 자네
에게 봉양받을 생각 없으니 걱정 말게나."

"제가 가거라 오거라 할 수는 없지만 워낙 팍팍하게 기찰이 깔린
터라……"

"걱정 말게. 아주 보행객주에 들 요량으로 한골 나가는 양반같이

____

  • 게첩: 내어걸어 붙인 문서.

보이게 복색을 하고 왔으니 자네에게 지분거릴 생각이 없다네."

대장간을 얼른 하직하고 나온 두 사람은 선창이 빤히 내려다보이는 노인성(老人城) 초입길의 보행객주에서 행리를 풀었다. 세납민들의 출포가 부진하여 예상보다 건납(愆納)*이 되고 있는데다 중선 두 척의 선실이 내려앉아서 경강으로 회항하자면 줄잡아 일순은 기다려야 할 판이란 것이었다. 우선은 선인 행수 행세 하는 자들을 알아내야 할 터인데 그것을 알고 있는 위인을 만날 수가 없었다. 조창의 창색 한 놈을 유표하지 않게 슬그머니 꼬드겨서 내막을 알아내는 방도밖엔 없었다.

어둑발이 내려서야 선창으로 나가던 탑삭부리는 낯짝이 자줏빛이 되게 거나하게 취해서 돌아왔다. 선창에 댄 임선들은 서울 육의전 상인들의 소유이며, 선인 행수 행세 하는 자는 유필호 선비라는 것이었다.

"그 위인의 본색은 뭐라더냐?"

"선혜당상인가 뭔가 하는 한골의 문객이었다 하던데요. 게다가 그 수하에 있는 결찌들의 수효며 병장기 가진 것하며가 둔소에 있는 우리 패거리가 한 다리로 쏟아져나온다 하더라도 감히 대적할 입장이 못 되던뎁쇼."

탑삭부리는 풀기 죽은 말로 묻지도 않은 대답까지 하고는 바람벽을 안고 발랑 나자빠지면서,

"총대 선인이란 자들도 몇이 되는데 그중에 한 놈은 송파 저자의 왈짜 패거리들 수괴 노릇 하는 자이고, 한 놈은 유필호란 자의 수족

처럼 움직이는 놈인데 조막손에 양반 행티가 대단한 자라 합디다요. 그 위인이 마침 선창 초막 쪽으로 가는 거동을 보았는데, 양반의 보첩(譜牒)을 훔쳐 반열에 끼어든 놈인지 거동이며 언사가 상것과 진배없더이다. 창빗이란 놈에게 물어보았더니 그놈은 하륙하자마자 차사원이니 계방이니 아전놈들과 통을 짜고 돌아다니는 꼴이 공미 세렴(貢米稅斂)˙에 위계를 쓸 요량인가 봅디다요. 그 위인의 성명 삼자는 알 도리가 없으나 그놈의 거동을 염탐하면 소득이 있을 것 같습니다요."

"그 위인이 하처 잡은 곳이 어디라더냐?"

"괜히 물덤벙술덤벙˙으로 물색을 모르고 들쑤시다가 봉욕 말고 둔소로 돌아가십시다요. 처소는 바로 선창 아랫머리 장터거리에 있는 버드나뭇집 보행객주라 하더이다."

어쩌면 탑삭부리가 말한 그 위인이 길소개일지도 모른다는 생각으로 조성준은 가슴이 뜨끔하였다. 술에 감긴 탑삭부리는 그냥 바람벽을 안고 곯아떨어졌다. 담배 한 대를 다 피우고 난 조성준은 가만히 장지를 열고 마당으로 내려섰다. 그는 뒤돌아보는 법도 없이 선창 윗머리에 있는 대장간으로 찾아갔다. 대장간엔 이미 불이 꺼지고 조용하였다. 뒤꼍으로 돌아가서 울바자를 흔들었더니 대장장이가 성가신 얼굴을 하고 문을 열었다.

"뉘시오?"

"날세."

˙ 공미 세렴: 공미를 세로 거두는 일. '공미'는 공물(貢物) 대신 바치던 쌀.
˙ 물덤벙술덤벙: 아무 일이나 대중없이 날뛰는 모양.

대장장이가 말없이 봉당으로 내려섰다.

"그것을 좀 내주게."

"그것이라니요?"

"달포 전에 자네에게 맡겼던 물건이 있지 않은가?"

사추리를 긁적거리던 대장장이의 손이 멎고, 시선은 조성준의 양미간에 와서 박히었다.

"왜 그러십니까?"

"무슨 일이 생겨서는 아닐세. 그냥 한번 손을 봐두었으면 해서일세."

두 사람이 함께 봉노로 들어갔다. 대장장이는 불도 켜지 않은 채 윗목의 멍석깃을 젖히더니 그 속에서 북덕무명옷 같은 것에 뚤뚤 말린 행리 하나를 꺼내었다. 조성준은 그 속에서 낡은 철포 한 자루를 꺼내었다. 그는 헝겊으로 오랫동안 윤이 나게 철포를 닦았다.

대장장이를 하직하고 나선 조성준은 탑삭부리가 가리킨 대로 선창 아래의 버드나뭇집 객주로 찾아갔다. 늦은 저녁이었으나 장명등이 내걸린 대문은 활짝 열려 있었고, 낯선 선인들의 목소리가 봉노마다 왁자지껄하였다. 오랫동안 기다리고 있다가 마침 객줏집 사노 한 놈이 마당으로 나서기에 손짓해 불렀다.

"이 처소에 세선단에서 내린 선인 행수 중에 길가 성 가진 분이 있는가?"

"예, 우리 집에 유숙합죠. 그렇지만 지금은 봉노에 안 계시는뎁쇼."

조성준은 소매에서 몇 푼을 꺼내어 건네었다. 포구의 객줏집에서 잔뼈가 굵어 닳고 닳은 사노란 놈, 행핫돈을 덥석 받아 호들갑스레 괴춤에 찔러넣었다.

"내가 그분과 긴히 만나야 할 일이 있는 터, 행처를 알려줄 수 있겠느냐?"

"물론입죠. 그런데 뉘시라 합지요?"

"그럴 거 없다. 행지만 알려주면 내가 가지."

"그럼 이 앞 고샅을 따라서 선창으로 사뭇 내려가십시오. 거기 수하 선인들이 묵는 초막이 있습니다. 아마 지금쯤 이쪽으로 올라오고 있을지도 모르지요."

선창까지는 반 마장도 안 되는 행보였다. 선창 쪽의 불빛만을 겨냥하고 내려가는 중에 마침 마주 올라오는 도포 차림의 위인을 만났다. 달빛이 희미하나 마주 올라오는 위인을 조성준은 금방 알아보았다. 그러나 마침 네댓 칸을 사이하고 수하 선인들로 보이는 장한들 두엇이 따르고 있는지라 조성준은 재빨리 길가 앞으로 바싹 다가갔다. 갑자기 사람의 발길에 정면으로 마주친 길가가 고개를 쳐드는 찰나,

"날세, 자네 조송파를 알겠는가?"

"아아니?"

"내가 지금 철포 한 자루를 가졌네. 소동을 피우면 사람의 목숨 여럿 다칠 것이니 뒤에 오는 놈들은 달래서 먼저 보내게."

물론 길가 쪽에서도 차림새는 예와 다르나 금방 조성준의 모색을 알아보았다. 조성준의 손에 든 길쭉한 행리와 모색을 번갈아 보던 길가가 뒤돌아섰다. 장한들과 잠시 숙덕거리던 길소개가,

"내 잠깐 뵈올 분이 있으니 너희들은 앞서 올라가거라."

선인들은 별반거조 없이 객줏집 쪽으로 오르는 것이었다.

"선창 쪽으로 나가세."

"성님을 여기서 뵙다니요."

아무리 배짱이 드센 길소개라 할지라도 그 지경에 이르러서는 목청이 떨리고 발길이 공중에 뜬 것 같았다. 길소개는 곧장 뒷덜미가 오그라드는 듯한데,

"만약 허튼수작을 하려 하였다간 내 철포가 자네의 등때기에 바람구멍을 낼 터인즉 딴생각을 말게. 선창으로 나가는 길로 야거리 한 척을 띄우게. 우리들 일은 거기서 결단을 내리지."

길소개는 시종 아무런 대꾸가 없이 선창의 개펄을 반 마장쯤 타고 오르다가 주상들의 배가 많이 매인 도선장 부근으로 가서 야거리 한 척을 떼어내었고 두 사람은 배에 올랐다.

"자네가 노를 젓게."

길가가 고물간에 올라 노를 잡았고 조성준은 창막이 판자 위에 앉아 길가에게 철포를 겨누었다.

길가의 노 젓는 소리가 귓가에 고즈넉할 제, 철포를 겨누고 앉은 조성준의 가슴엔 만감이 서리었다. 이제 궐자의 목숨을 괴춤에 찬 것이나 진배없게 되었다는 것은 천행이 아닐 수 없었다. 굳이 이 위인의 행처를 수탐하여 등시타살시킬 속내를 품고 있었던가. 결코 그것만이 전부는 아니었다. 꽃다운 가숙(家宿)*에게 월형을 내려 낙화(落化)를 시키고, 또한 그 사내의 불을 발긴 것은 음행을 저지른 연놈이 마땅히 받아야 할 벌역이었다. 그러나 그것이 벌역인들 인명을 해치고 병신을 만든 업보로 길소개 같은 위인이 행중에 끼어든 것이라고 생각을 하였다. 그러나 막상 길소개가 포구에 당도하였단 말을 들었

• 가숙: 자기 아내.

을 때 조성준은 눈에 보이는 것이 없었다.

천소례가 임방마다 사발통문을 돌려 그를 추쇄할 제, 장시 출입은 고사하고 10리 행보인들 여의치 않았다. 알음도 없는 타관 객지에 일시 육신을 누일 곳도 없었고, 객주와 여각에는 더욱 고개를 디밀 엄두가 나지 않았었다. 칼날 위를 걷는 기분이요, 칼날을 베고 자는 기분이었다. 생화*가 또한 막연한 터에 하루 세 끼 연명이 지난이었다. 그에게나 이용익에게나 푼전도 지닌 것이 없었다. 그때 생각난 것이 수적질하고 있는 깍정이 출신 솔개미 일행이었다. 한번 봉적하였을 때 도움을 받은 적도 있는지라 그들을 찾아나섰다. 열흘이 넘도록 수적들이 자주 출몰한다는 포구와 갯가를 뒤진 끝에 겨우 수적들의 둔소를 찾아낸 것이었다. 보부상과 천소례의 추쇄를 따돌리기 위해 수적들의 칼에 난작(亂斫)*을 당해 절명한 이름 모를 장돌림의 사체에 그의 채장을 매달아 그가 죽은 것처럼 위계를 꾸미고 이때까지 이용익과 수적들의 둔소에서 은신하고 있었던 터였다. 무릇 장부로 태어나서 장사치로 출신하였으나 그것으로써도 한세상을 경륜할 수 있다고 생각한 나머지 송파 저자에서 젊은 시절을 뒹굴어 설산을 하였지만, 김학준의 섭수에 만전을 적몰당하고 또한 계집까지 버리게 되니 그 포한이 삭아질 리는 만무였다. 한 응어리의 매원(埋怨)*이 있다 한들 소싯적부터 문을 닫아걸고 만권 서적을 읽어 학식과 덕망을 쌓아 경계(經界)가 분명한 인품을 길렀더라면 원수를 갚아야 한다는 사위스러운 속내는 품지 않았을지도 몰랐다. 그러나 도학군자인들

• 생화: 살아가는 데 도움이 되는 벌이.

• 난작: 잘게 쪼갬.

• 매원: 원한을 품음.

자신의 가산을 중도 취탈하여 짚신값 대여섯 문조차 없이 만들고 또한 장사치로서도 행세할 수 없도록 적굴에까지 묻혀 살게 만든 패악 저지른 위인을 천만의외로 만났다는 것은 하늘이 시킨 일이니 차마 어길 수가 없지 않은가. 길소개는 시종일관 말이 없었다. 소동이 커질 것을 원치 않았기에 야거리를 타고 강심까지 나와 수중고혼*이 홑벽에 가린 것이건만, 거동에 흐트러짐이 없는 것은 어딘가 믿고 있는 구석이 없지 않다는 수작이리라. 그러나 그것이 될 법한 일인가. 몇 각이 흐르지 않아 달빛이 번득이는 바다는 피로 물들 것이요, 길소개란 위인이 어느 낯모를 길손의 손에 죽었다는 소문만 포구에 파다할 것이었다. 물새 두어 마리가 돛폭 위로 까악거리며 날고 노에 비끼는 물결은 해월(海月)을 받아 몸서리를 치는데 스쳐오는 바람결에는 문득 갯메꽃 내음이 희미하게 배어 있었다.

조성준은 철포자루를 무릎 위에 놓고 곰방대를 꺼내 살담배를 꾹꾹 눌러 담아 불을 댕겼다. 화승에 장약을 재고 불을 댕길 때 쓰려 함이었다. 배가 개펄을 떠나 선창머리의 불빛이 눈짐작으로도 반 마장이나 상거한가 싶은데 말이 없던 조성준이 나직이 일렀다.

"노질을 멈추고 닻을 내리게."

길소개가 닻을 내리기 기다렸다가 고물간 판자 위에서 마주보고 앉게 하였다.

"우리가 어떻게 해서 타관에서 이렇게 거북하게 만났는가. 비록 자네의 생사존몰(生死存沒)을 알 턱이 없었다 하나 보부상들 풍속에 인생하처 불상봉(人生何處不相逢)*이란 말이 있듯이, 내가 자네

를 아옹다옹 뒤따르지 않았던 것은 일찍이 팔도를 섭렵하며 소장수로 연명했던 징험이 있었기 때문이라 할 수 있네. 그동안 죽기 전에는 만날 것이라 생각하고, 거금을 주고 이 칠포를 변통하여 오늘날까지 건사하여 윤기 나게 닦아왔으나 아직 한 번도 화승에 불을 댕겨본 적이 없네. 이제 이 철포도 자네를 황천길로 보내고 나면 바다에 버릴 것이네. 자네의 신수를 보아하니 위계로써 양반의 직첩을 따내어 젓장수의 체모로선 이제 끝 간 데까지 가본 것, 죽어도 여한은 없것다?"

가파른 시선으로 장약을 재고 있는 조성준을 뚫어지도록 바라보던 길소재가 도포 자락에 무릎을 묻고 너부죽이 엎드렸다.

"그동안 시생 역시 행수님의 행지를 백방으로 수탐하였습니다."

"내 시신을 네 눈으로 증험해야 직성이 풀리겠더냐? 그러나 사람의 목숨처럼 지지리도 끈질긴 것이 없다 하였다. 하물며 상것의 목숨에랴."

"아닙니다. 그것은 시생이 전사에 저지른 죄업을 깊이 깨달았기 때문입니다. 그러던 중에 마침 삼남으로 내려오는 세선단이 있다기에 청촉질을 하여 선단에 올랐습니다. 이는 앞과 뒤가 전부 행수님의 행방을 수소문하려는 뜻이었습지요. 시생의 속내가 여기에 있었으니 곱게 선창에까지 행수님을 따라온 것이지, 아니면 도선목에서 술수를 써서 달아나고 말았을 터이지요."

"자네의 입이 걸고 말이 달다는 것은 진작부터 알고 있던 터, 내 설령 궁리가 모자라고 소졸하다 한들 한 번 챈 돌에 두 번 챌까 싶었더

<hr>

• 인생하처 불상봉: 사람이 살아가매 어디서인들 만나지 아니하랴.

냐? 자넬 여기까지 몰고 온 건 내 잃었던 가산을 다시 찾자는 것도
아니요, 자네의 죄업을 새삼 따지고 들어 아퀴를 짓자는 것도 아닐
세. 그것이야 이참에 이르러 다만 우리 두 사람의 가슴만 상하게 할
뿐 무슨 소득이 있겠는가. 다만 한 가지 애석한 일은 빼앗은 계집이
긴 하나 자네의 그 가숙이 과수 될 일이 걱정일 따름이네."

"행수님, 나를 물고 내려 드시면 아니 됩니다. 여기서 한 번만 고정
하신다면 앞으로 거상으로 출신하실 방도가 없지 않습니다."

"그만두거라. 그것이 한낱 물거품에 지나지 않았다는 것을 내게
가르쳐준 위인이 자네 아니었던가? 한목숨을 타고나서 구태여 똑같
은 길을 두 번 되씹을 까닭이 무엇이냐."

길소개가 황망히 손사래를 치며 반은 우는 목소리로 핵변하기를,

"시생의 말을 끝내 믿지 않으십니까? 그렇다면 뇌짐병에 걸려 목
숨이 오늘내일하는 행수님의 내자이던 사람을 데려다가 조석으로 공
양하고 당약으로 병 수발하여서 이때까지 한솥밥으로 지성으로 모신
것은 무엇 때문이었겠습니까?"

"내 내자라니, 그게 무슨 말이냐?"

화승에 불을 옮기려던 조성준이 고개 들며 물었다.

길소개는 송파장 윗머리를 수소문하다가 마침 어떤 여각의 물어미
로 박혀 있는 여인네가 전사에 조성준의 가숙이었음을 알아내고 자기
처소에 데려다가 공궤한 사실을 거짓말 반으로 핵변하니, 아무리 버
린 계집이라 한들 조성준의 가슴엔 한 가닥 회한이 없을 수 없었다.

"추위와 주림에 떨고 있었던 건 고사하고, 뇌짐을 얻어 하루에도
몇 번인가 명부로 오락가락하면서도 월형을 당하여 기동조차 변변찮
은 주제에 물어미 노릇으로 동이를 깨뜨리니 서사 노릇 한다는 놈들

에게 매질을 당하여 또한 쑥대머리에 피를 흘리며 혼도(昏倒)•를 하더이다. 창 밑에 늦게 핀 국화처럼 서리에 시달리고, 개에 물린 꿩처럼 만신창이가 된 여자를 조석으로 공궤하며 소섭한 건 누구였습니까요."

듣자 하니 버린 계집의 행세일시 분명하나 증거할 물증이 없는 이상 궐자의 말을 믿을 수가 없었고, 계집이 문경새재에서 송파로 갔다는 것도 또한 의심쩍은 일이었다. 그 낌새를 길소개가 모를 리 없었다.

"궐녀가 송파로 다시 오른 것은 행수님께 지은 죄업을 빌고자 함이었고 시생이 또한 궐녀를 집으로 데려온 것도 같은 뜻이었기 때문입니다. 이 사실을 알고 있는 사람들이 이번 선단에는 여럿이 있고 보면 시생이 이르는 말이 계략이나 거짓이 아님은 당장 드러날 것입니다."

길소개는 그러나 송만치를 물고 낸 일이며 그 모살로 인하여 조성준이 광주(廣州) 관아의 기찰에 몰려 있다는 사실만은 실토하지 않았다. 이 앙화만 벗어난다면 쥐도 새도 모르게 조성준을 하백의 친구로 만들어버릴 간계가 없는 것도 아니요, 또한 송파 왈짜 출신인 선인들에게 통기만 한다 하여도 그들 손에 조성준 목숨은 요절이 날 것이었다. 길소개의 위계를 알 바 없는 조성준은 화승에 불을 댕기려다 말고 우두망찰 길소개를 바라보았다. 더 이상의 소동을 피운다는 일이 허망할 뿐이었다. 이미 자녀(恣女)로 정절을 잃은 계집이라 한들 전사에 저지른 응분의 죄업을 깨달아 조성준을 수소문하여왔고, 업

• 혼도: 정신이 어지러워 쓰러짐.

보의 만 분의 일이라도 갚고자 하였다면 이제 다시 매원의 뿌리를 캐내어 다시 한목숨을 작살낸다면 다만 업보만 쌓여갈 뿐 덧없는 일이 아니겠는가.

"그래, 그렇다면 나를 그 선인들에게 데려다줄 수 있겠나? 만약 여기에서도 네가 차 치고 포 치고 패까지 쓰려 한다면 자네와 내가 몰사죽음을 한다네."

길소개가 노를 저어 배를 개펄에다 대었다.

그러나 두 사람이 배에서 내려 개펄로 발을 내딛는 순간, 선인들이 거처한다는 초막 쪽에서 방포 소리가 들리었고 조성준은 개펄 속에 무릎을 박고 고꾸라졌다.

방포 소리는 그것으로 그치지 않았다. 애초에는 초막 쪽에서만 콩 볶는 소리가 나는 듯하였으나 연이어 선창머리와 매우 가까운 개펄 잡목 사이에서도 철환이 날아드는 듯하였다. 조성준은 화승에 불을 댕길 겨를도 없었고, 철환이 날아드는 방향도 가늠할 수 없었다. 그는 화승총을 개펄에 거꾸로 박고 가까스로 턱을 괴고 일어섰으나, 이미 낙맥이 된 판이라 다시 풀썩 고꾸라지고 말았다. 그러나 고꾸라진 것은 길소개도 마찬가지였다. 짧은 신음 소리가 조성준의 입에서 터져나왔다. 그 순간 방포 소리가 거짓말같이 뚝 멎었다. 이때다 싶어 조성준은 개펄에 빠진 두 다리를 가까스로 빼내었다. 도포며 갓을 벗어던지고 한번 법사를 넘은 조성준은 겨냥 없이 뛰기 시작하였다.

"저놈 잡아라."

개펄 저쪽에서 소리치는 건 분명 길소개의 목소리였다. 조성준은 그때서야 왼쪽 견골이 내려앉는 듯한 고통을 느꼈다. 자신도 모르게 오른손이 견골께를 막고 있었다. 그의 손바닥엔 한 보시기나 됨직한 피가 낭자히 묻어나왔다. 그는 천 근 같은 행보를 떼어놓으면서 저고리를 찢어 흘러나오는 피를 막았다. 그제야 뒤를 돌아다보았다. 홰를 켜 든 수십 명의 선인과 조졸들이 한데 엉켜 웅성거리다 말고 금방 하루살이 흩어지듯 선창과 개펄로 흩어지는 것이 바라보였다.

"그놈이 뛰면 어디로 갈까? 나막신 신고 대동선(大同船) 쫓아가기지."

"행수 어른 추상같은 분부시다. 그놈을 놓치면 우리 신세는 넉동* 마저 간* 것이나 진배없다."

"풀바와 갯가를 샅샅이 뒤져. 허영청에 단자(單子) 걸기*지, 어림없다, 이놈. 뛰면 어디로 뛸까."

잡힐 때는 도리가 없더라도 조성준은 우선 갈팡갈팡 뛰는 방도밖엔 별도리가 없었다. 격군과 야거리를 보내버린 것을 후회하였으나 이미 늦은 일이었다. 그는 철포를 갯가의 숲에다 버렸다. 당장 배를 구처하지 못하는 이상 믿을 만한 처소를 찾아가서 구완을 청할 수밖에 없었다. 밤새껏 개펄에서 뛴다는 것은 더욱 위험한 일이었고 또한 몇 마장을 가지 못해 거릿귀신이 될 것이었다. 목숨을 고주(孤注)로 건다는 심정으로 선창 윗머리로 회정하여 대장간으로 뛰어들었다.

"여보게, 나 좀 살리게."

• 넉동: 윷놀이에서 쓰는 네 개의 말. 또는 네번째 나는 말.

• 넉동 다 갔다: 무슨 일이 다 끝났거나, 어떤 사람의 신세가 아주 기울어졌음을 이르는 말.

• 허영청에 단자 걸기: 어떤 일에 대한 똑똑한 계획이나 목적 없이, 덮어놓고 하는 어리석음을 이르는 말.

“행수님 믿었던 게 내 불찰이지, 이런 소동 피울 줄 번연히 알았소.”

“더 이상 행보를 떼어놓을 기력이 없어 되돌아왔다네.”

대장장이 득추는 조성준을 봉노에 끌어들이는 길로 황망히 등잔을 꺼버렸다. 조성준은 토벽에다 등을 기대려다 말고 썩은 통나무처럼 멍석 위로 나둥그러졌다.

“어서 탑삭부리란 놈에게 통기를 하게. 그놈이 화를 입을지 모르네……”

풀뭇간으로 나간 득추는 북두끈을 가져왔다. 가슴 위를 조리개로 틀어 매고 지혈부터 하고는 철환 맞은 상처에다 된장과 살담배를 버무려 붙였다. 득추는 그길로 뛰어나가 나무칼로 귀를 베어가도 모르게 깊은 잠이 든 탑삭부리를 들깨워 데리고 왔다. 조성준이 혼도하여 나둥그러진 꼴을 본 탑삭부리는 말문이 막히었다.

“어서 떠메고 둔소로 떠나게. 까딱했다간 우리 모두가 몰사죽음일세.”

담배를 뻐끔거리고 앉았던 대장장이 득추가 한숨을 푸짐하게 내쏟으며 말하자, 탑삭부리가 율기하고 대답하기를,

“성님도 인정머리 없게, 이참에 푸대접을 하다니요? 날송장이나 진배없는 사람을 떠메고 나가라니요? 한 발만 내디디면 저승이 아닙니까. 아무리 인심이 야박한 선창가 풍속이기로서니 인두겁을 쓰고 그런 말을 하시면 마른하늘인들 벼락을 아니 내리겠소?”

“내 이때까지 둔소에 졸개로 박힌 동기간을 생각하여 자네들과 막역하게 지내왔던 것이나 이에 연좌되어 내 모가지가 북망산을 들락날락하는 처지라면 할 수 없는 일이 아닌가.”

“성님의 나잇값이 있어 징험을 모르는 바는 아니오만, 행수 어른

이 밖에 나갔다간 등시타살되는 건 생각 못하오? 게다가 이 심야에 어디 가서 배를 구처하며 상약을 얻겠소? 기찰이 눅어질 때까지만이라노 기다립시다."

"자네가 정녕 그렇게 버틴다면 나는 진영이나 해창의 조졸들에게 나가서 고변을 하겠네. 벼락이 떨어질 줄 번연히 알고 있는 고목 밑에 서 있을 수는 없네."

"얼띤 노루 제 방귀에 놀란다더니, 천둥 소리 있다고 전부가 벼락이랍디까? 성님 간뗑이가 그렇게도 작소?"

"엉뚱한 소리 작작하게. 발소리 없다 하여 고양이놈을 못 찾을까. 내 아우가 이미 녹림당이 된 것을 관아에서 알고 내통이나 하고 있을까 밤낮으로 내 집을 기찰하고 있는 터에 다시 그놈들에게 쫓기는 행수를 은신시키고 있다면 이게 섶에다 기름 붓고 있는 격이지 뭔가. 내가 나장이들에게 잡히기 전에 내 발로 걸어나가서 고변을 해야 감사 정배(減死定配)˚로 모가지나마 부지할 것 아닌가. 아니면 내 식솔들까지 노륙(孥戮)˚을 당할 건 물론이요, 내 집에 불을 놓고 말 것일세. 도적질에 죽으면 처자는 살지만 군율에 죽으면 처자까지 못 산다는 건 세상이 알지 않는가. 어서 가게. 밤이 새도록 가지 않으면 칼부림 날 것이니 그리 알게."

대장장이 득추의 심지 깊은 곳을 탑삭부리 역시 더듬지 못하는 것은 아니나, 득추가 고변 아니라 호랑이를 데려온다 하여도 지금 당장 메추리를 매단 형국인 조성준을 업고 문밖을 나설 수는 없었다. 거북

• 감사 정배: 죽을죄를 지은 죄인을 처형하지 아니하고, 장소를 지정하여 귀양을 보내던 일.

• 노륙: 연좌제에 의하여 죄인의 아내나 아들을 함께 사형에 처하던 일.

한 대로 부닐고 있을 수밖에 없었다.

조성준은 된장 붙인 덕분으로 지혈은 되었다 하나 옆에 앉은 사람의 얼굴이 화끈거릴 정도로 고열 속을 헤매는 것이었고, 헛손질 헛소리에 가위 명부 문턱에 턱을 걸고 있는 꼴이었다.

그동안에 선인·조졸 들은 조성준이 묵으려 하였던 보행객주에 들이닥쳤다. 다시 객줏집 마당을 쓸어서 대장간으로 몰려왔다. 그때까지 개펄과 선창을 뒤지고 장터목으로 나가는 고샅을 차단하여 추쇄를 하였으나 별 소득이 없게 되자 객주와 대장간을 뒤지려는 것이었다. 마침 뿌옇게 동이 트는 참이라 대장간으로 올라오는 길목 앞에서 낭자히 흘린 핏자국을 보았는지라 이제 조성준은 독 틈에 끼인 탕건이나 진배없게 되었다.

9

뒤꼍으로 돌아온 장한 두 놈이 돌쩌귀가 바스러지게 장지를 열어 젖혔다. 횃불에, 한 놈이 고꾸라져 엎디었는데 행색을 보아하니 대장장이일시 분명하나 한쪽 어깨에 자상을 입고 있었다.

"저놈부터 옭아라."

앞선 장한 두 놈이 짚신 신은 채로 봉노로 내달아서 득추를 옭아 창 박은 미투리로 차고 짓밟으며 밖으로 끌어내었다. 선지피가 낭자한 득추의 어깨를 힐끗 바라보던 포영(浦營)의 장교가 소리쳤다.

"이놈, 수적의 여당(餘黨)들은 얻다 숨겼느냐?"

"……"

"어서 발고치 못하겠느냐, 이놈. 네놈의 골육이 적굴에 박히었고 또한 네놈도 그놈들과 내통하고 있다는 건 관아에서도 알고 있는 터, 바른대로 대지 않으면 네놈을 효수하기 전에 네놈이 보는 앞에서 네 식솔들을 끌어내어 어육을 만들리라."

눈이 시뻘게진 장교가 환도를 뽑아서 허공에 쳐들었다. 화를 면하기엔 이제 너무 늦어버린 셈이었다. 득추의 얼굴이 일순 자지러지는 듯하였으나,

"쇤네는 모르는 일입니다. 쇤네의 육신이 자상을 입은 터에 어찌 적굴 사람들을 방조할 수 있다는 말씀입니까? 개를 쫓아도 구멍을 두라 하지 않았습니까, 나으리."

"이놈, 그 자상은 언제 입은 것이냐?"

"어제저녁, 불도 없이 풀뭇간으로 나갔다가 보꾹에 매단 쇠붙이가 떨어지는 바람에 이렇게 되었습지요."

"얘들아, 이놈 집을 샅샅이 뒤지고 이놈은 진영으로 압송하여라."

집뒤짐에는 이력이 난 나졸·창빗 들이 집 안팎을 샅샅이 뒤졌으나 수적 두 놈의 행적은 묘연하였다.

"허, 이놈들이 둔갑을 하였나, 측간 똥통에 빠졌나? 얘들아, 측간도 뒤져보아라."

역시 마찬가지였다. 어떤 놈은 정지 바닥을 밟아보았고, 어떤 놈은 세간이며 물두멍까지 열어보는 것이었고, 어떤 놈은 삭정이를 꺾어서 측간 속을 휘휘 내저어도 보았다. 결국 아무 소득이 없게 되자 포영의 장교는 득추만을 옭아서 끌고 갔다. 심증은 가는데 물증이 없으니 매로 다스릴 수밖에 없었다. 포영에서 하루를 묵히었다가 20리 상거인 옥구로 이송되었다. 잡혀간 그날부터 옥바라지를 받지 못해 신

관이 시궁에 빠진 장님 꼴이었고 끼니를 굶어 지척이 천 리 걸음이었다. 압송된 죄인이 수적들과 내통한 중죄인이라 관기(官妓)를 끼고 있던 옥구 현감은 황망히 떨치고 나와 죄인을 신문하였다. 토옥에 갇히었던 득추는 찬바람이 썰렁한 동헌 마당으로 끌려나가 댓돌 앞에 잡혀 꿇리었다. 맞은편 대청마루에는 사또가 앉았고, 마루 왼편에는 낭청(郎廳) 두 놈이 앞으로 두 손을 모으고 서 있었다. 사또 오른편에는 떠꺼머리 통인(通引) 한 놈이 해납작하니* 서 있었고, 사또 앞 마루청에는 서리(書吏)란 놈이 지필묵을 갖추고 엎디어 있었다. 신방돌 아래엔 키꼴이 멀쑥한 비장이란 놈이 쓸모없이 이를 갈아붙이며 서 있었고, 맞은편에는 급창(及唱)이 부복하고 득추가 엎딘 마당 좌우에는 육방 관속들이 벌리어 서 있었다.

동헌 마당 가녘에는 벌써 볼기 맞힐 장판(杖板)이 벌여 있고 검은색 쾌자에 남색 띠 맨 나장들이 곤장 다발을 헤집고 있었다. 아무리 살펴보아도 알음도 없었거니와 한낱 선창머리 대장장이 신세에 불과한 득추를 위하여 한마디 변백이나마 훈수해줄 위인은 없었다.

"이 방자하기 이를 데 없는 놈. 저놈이 선창의 수적놈들과 친숙하여 통을 트고 지낸다는 놈이냐?"

득추가 고개를 떨구었다.

"경기 밥 먹고 청홍도 구실*도 분수 나름이다. 이놈아, 선치 목민(善治牧民)*에 여념이 없는 수령의 두호를 받으면서 집칸이나 의지하고 지내는 처지로 하루 두 끼 연명하고 방귀나 펑펑 뀌고 살면 그

것이 지족(知足)*이요 또한 극진일진대, 아무리 지각없는 백성이기
로서니 무슨 포원이 져서 관령 거역은 고사하고 적굴놈들과 한통속
이 되어 북새를 놓느냐? 내놈이 은휘(隱諱)시켰다는 수적 두 놈만 하
더라도 저들이 무슨 진대 선인(晉代仙人)*이라고 승천하는 조화를
부렸을 리도 만무한 것, 네놈이 숨겨주지 않았던고?"

현감이 동헌 마루 위에서 호령하고 관속들이 받아내리고 하는 중
에 득추의 대답이 없자 현감은 화가 꼭뒤까지 났다.

"이놈, 아주 벙어리가 되지 않았느냐. 그놈들 은신한 곳이며 적굴
은 어디에 있는지 토설치 못하겠느냐? 밤에 숨어든 도적놈들을 방조
한 죄는 효슷감이라는 것을 아무리 미천한 네놈인들 필시 알고 있으
렷다?"

그참에 이르러서야 득추가 대답하였다.

"쇤네가 적굴 소식을 알고 또한 도망질한 곳을 알고 있다면 선치
수령(善治守令)이신 존전 앞에서 어찌 기망(欺罔)하올 길이 있겠습
니까. 쇤네의 생화가 대장장이인지라 열읍의 사람들이 쉴 참 없이 드
나든다 하나 적굴 사람들과 내통한 죄업은 저지르지 않았습니다."

"기억에 없다는 것인가?"

"그럼입죠."

"그렇다면 네놈의 대장간에 경사(京辭) 쓰는 양반 복용(服用)한
자와 그 종자(從者)가 불시에 출입하였고 네놈이 별찬까지 마련하여
소홀찮게 대접하였던 것은 무어냐? 네놈이 아무리 총기 없는 용렬한

백성이기로서니 사흘 전 일이야 기억하렷다?"

"그분은 전사에 쇤네가 마름으로 있었던 상전이라 술대접을 하였을 뿐입니다. 그것이 무슨 도리에 어긋나는 일입니까?"

"그놈이 적굴놈이란 건 알지 않느냐. 감히 뉘 앞이라고 거짓 핵변이냐?"

"쇤네 거짓 아뢴 적이 없습니다."

"손도(損徒)*로 향리에서 구축(驅逐)*되었다는 네놈의 동기(同氣)가 적굴에 박혀 있다는 건 사실이냐?"

"예, 그렇습지요."

"도둑을 은휘한 죄뿐만이 아니라, 네놈의 동기가 적굴놈이 되었다는 것만 가지고도 네놈을 효수시킬 걸목은 되느니라."

"양반은 으름장으로 살고, 아전은 포흠으로 살고, 기생은 웃음으로 살지만, 세렴과 나가시*에 뜯기고 살년에 시달리는 가난한 백성이야 해애(海艾)*를 뜯어먹고 살라 하시면 몰라도 도적질이 아니면 굶어 죽을 지경인데, 내 동기가 한낱 실낱같은 목숨 부지를 위해 수적된 걸 무슨 타박이십니까."

"이놈, 감히 고을의 관장(官長)을 능멸함이 아니냐?"

"한해와 세렴에 쫓긴 백성들이 흘러다니다가 죽은 자가 잇닿아 있고, 기근으로 인하여 역병이 돌고 있습니다. 길바닥에 버려진 어린 목숨이 숨결을 가물거리면서도 아직 울고 있지 않습니까. 길손이 비

• 손도: 도리를 저버린 사람을 마을에서 내쫓던 일.

• 구축: 어떤 세력 따위를 몰아서 쫓아냄.

• 나가시: 동네나 공청에서 각 집에 부담시켜 거두어들이던 공전.

• 해애: 섬에서 나는 쑥.

통해하면서도 다만 한탄만을 내쏟을 뿐입니다. 심지어는 죽은 어미가 산 자식을 안고 있으니 이런 처참이 없습니다. 까막까치도 먹을 것이 없어 측간의 인분을 먹으려고 측간 수위만을 날고 있습니다. 근일에 도적 떼의 약탈이 극심하다 하나 어느 백성이 훔쳐갈 곡식을 남겨둘 만하더이까. 내 동기간이 적굴에 묻혀 산다 할지라도 그 역시 겨우 연명할 뿐이지 않습니까."

"이노옴, 뉘 앞에서 악증에 기탄이 없느냐. 네놈이 붙박이 도적으로 적굴놈들의 뒷배만 봐주는 줄 알았더니 관장을 맞대놓고 능멸함이 아주 그놈들의 수괴 노릇 하는 놈이 아니냐."

"쇤네 적굴 사람들과 앙숙 간이랄 수는 없지만 그렇다고 그들과 내통하여 적장을 챙긴 적도 없습니다. 다만 쇤네에게 죄가 있다면 내 동기와 동사하는 처지를 봐서 밀기울죽이나마 끼니 대접을 했을 뿐입니다."

"이놈, 그로써 네놈의 죄를 토설한 것이니 곤장 맞는 일은 서러워 마라. 저놈의 볼깃살에 다시는 서캐가 일지 않도록 되우 쳐라."

담 아래 장판으로 끌려갈 제 득추는 한마디 변백이나 앙탈을 부리는 법이 없었다. 그는 이미 장하(杖下)에서 살아나기를 단념한 것인지도 몰랐다. 나장이 달려들어 엎질러서 손발을 장판에 동이고 모양 있게 노둔(露臀)⁕을 시키었다. 삼우장(三隅杖)⁕ 서른 매가 부러지고 나장 두 놈의 이마에서 땀이 맺히었는데도 득추의 입에서는 아래윗니가 마주치는 딱딱 소리 외에는 앓는 소리가 나지 않았다. 그러다가

• 노둔: 매질을 하기 위하여 바지를 내려 볼기를 드러냄.
• 삼우장: 세 모서리 진 매.

끝내는 모진 형문을 이겨내지 못하고 기절하고 말았는데, 사추리와 볼깃살이 부풀어 터져나가고 무릎까지 까내린 홑바지 가랑이에는 똥 오줌과 선지피가 낭자하였다. 장판 아래로 피가 뚝뚝 묻어 흐르니 어느덧 동헌 마당에는 비린내가 설핏하니 피어오르는 것이었다. 동헌 지붕을 덮고 있는 고목에서 까마귀 떼가 날아와서 까악거리며 짖었다. 아주 원도 한도 없게 푸짐하게 매타작을 하던 나장들이 물을 퍼다가 끼얹으니 기절하여 장판 아래로 늘어졌던 득추의 봉발이 겨우 쳐들렸다.

"그놈, 기력이 꽤나 부실하구나. 그나마 목숨을 건사하려거든 적굴의 둔소가 어딘지 냉큼 발고하렷다."

"쇤네……는 알지 못합니다."

"한 어미 자식도 오롱이조롱이라지만 한 놈은 대장장이에, 한 놈은 수적의 졸개로 박히어 살아가면서 그 배짱 하난 뉘게서 배운 것이냐? 네놈이 끝내 토설치 않으면 감영으로 압송되어 효수를 당할 것인즉, 그래도 끝내 버틸 것이냐? 이 옥사(獄事)는 흐지부지 타첩(妥帖)이 될 일이 아니란 것쯤은 너도 알렷다? 여기서 발고한다면 삼수(三水) 원찬(遠竄)*쯤으로 내가 손을 쓸 수도 있다."

"압송…… 아니라…… 장명을 당한다 하여도 쇤네는 모를 일입니다."

도둑의 접주를 포착(捕捉)하여 이를 형문함에 있어 죄상을 드러내지 못한다면 지방 수령으로서의 체면은 고사하고 도력장(都歷狀)*에

• 삼수 원참: 함경남도의 삼수, 곧 아주 험하고 먼 곳으로 귀양살이를 보냄.
• 도력장: 관리의 근무 평정표.

꺾자가 쳐져 현감으로서의 잉임(仍任)˙은 고사하고 환수(宦數)가 막힐 것은 뻔한 이치였다. 옥구 현감은 득추를 달래기도 하고 으름장을 놓았다가 별 계책을 다 꾸미어 사흘 밤낮을 두고 추문(推問)하였으나 지만(遲晚)˙은커녕 소득이 없었다. 그러나 옥구 현감의 치보(馳報)˙를 받아본 전주 감영에서는 죄인을 추달하여 사실(査實)하고 수적들의 성명 단자를 올리든지, 아니면 당장 죄인을 감영으로 압상(押上)하라는 엄칙이 내려왔다. 시일이 촉박하다 하여 허공중에 나직(羅織)˙하여 무보(誣報)˙를 할 수도 없었고, 분간 없이 며칠간만 더 수유(須臾)˙를 달라고 부닐 형편도 아니었다. 현감은 속으로는 천불이 났으나 폄천(貶遷)˙이 떨어지기 전에 득추를 감영으로 압송하는 도리밖에 없었다. 작은 꿩을 놓치는 격이니 그 앙심인들 보통이랴. 득추는 현감의 앙갚음으로 여벌 형문 두어 차례 톡톡히 마친 뒤에 감영으로 압상이 되었다.

옥구에서 전주 감영까지는 임피를 거쳐서 백 리 길에도 목이 늦고 또한 죄인 압송이라 자연 행진이 늦을 도리밖에 없었다. 옥구에서 식전참에 발행하여 임피 방아산(放牙山) 아랫녘 신원(新院) 역참에서 숨을 돌리고, 함열 지경이면서 임피와 익산의 경계를 이루는 황등산(黃登山) 아래 주막참에 이르니 벌써 중화 먹을 시각이 늦었다. 황등

• 잉임: 기한이 다 된 관리를 그 자리에 그대로 남겨둠.
• 지만: 죄인이 자백하여 복종할 때에 너무 오래 속여서 미안하다는 뜻으로 하던 말.
• 치보: 지방에서 역마를 달려 급히 중앙에 보고하던 일.
• 나직: 없는 죄를 꾸며 만듦.
• 무보: 속여서 거짓으로 보고함, 또는 그런 보고.
• 수유: 짧은 시간.
• 폄천: 벼슬의 등급을 떨어뜨리고 다른 곳으로 보내던 일.

산 고개만 넘어서면 죄인의 호송 행렬은 만경강으로 흘러드는 샛강을 멀거니 바라보는 삼정(三亭)들에 이르렀다. 마침 고개 아래에는 쉴 참의 행객들을 받아볼 양인 숫막 두어 채가 한길가에 추녀를 내리박은 듯 고즈넉한데, 득추를 태운 함거(檻車)˙가 숫막 앞을 지나쳐 갈내로 막 꺾이어 들어서려는 참이었다. 내를 거슬러 마주보며 황급히 오르는 일지군마(一枝軍馬)˙가 난데없이 앞으로 들이닥치는 것이었다. 행렬 앞으로 거침없이 달려드는 제도부터가 위엄이 있었다. 수달피 안장 얹은 준총에 주립˙ 쓰고 홍철릭 입은 위엄에 게트림하고 있는 마상객은 감사 다음간다는 감영의 도사(都事)였고, 흑단령에 주장 짚은 나장과 주왕사 페차 든 나졸들은 감영의 군총들이 분명하였다. 함거를 호송하던 옥구현의 형방 비장인 최재걸(崔在杰)이 서둘러 떨치고 나가서 감영 도사에게 하정배를 올리자, 도사는 군례를 받는 둥 마는 둥 먼빛으로 게트림만 하다가 대뜸 묻기를,

"이 행렬이 분명 옥구 관아에서 죄인을 압송하는 행렬이렷다?"

형방 비장이 무릎째 주저앉는 시늉을 하며,

"예, 오늘 새벽참에 마악 옥구를 떠나 여기에 이르렀습니다."

"그래? 옥구 동관(同官)께서는 안녕하시냐?"

옥구 현감은 종육품(從六品)이요, 감영 도사는 종오품(從五品) 벼슬이되 계차(階次)를 불문에 부치고 동관이라 지칭하였으니 예를 다하였다 할 수 있었다. 황감했던 형방 비장 최재걸이란 놈이 깝죽 죽는시늉을 하며 거짓말까지 둘러댔다.

˙함거: 죄인을 실어나르던 수레.

˙일지군마: 한 무리의 병사와 말.

˙주립: 융복을 입을 때 쓰던 붉은색의 갓.

“예, 아니래도 사또께선 긴히 안부 전하라 이르더이다.”

감영 도사는 입가에 웃음을 흘리다 말고 문득 정색을 하고는,

“그건 그렇고, 어인 일로 죄인 압송이 차일피일 지연이 되었느냐? 포정사(布政司)*에서 진즉 죄인을 압송하라는 신칙을 내렸거늘, 오늘에 이르기까지 차일피일한다는 것은 현감이 직임을 빙자하여 속죄전(贖罪錢)*이나 받고 죄인을 방백하려던 것이 아니었더냐? 지금 감사께서는 죄인을 지체 없이 압령(押領)해 오라는 분부시다. 그러니 여기서 그 죄인을 인도하여라.”

“하오나 사또의 분부를 소관(小官)이 받자옵고, 소관이 직접 압송하기로……”

형방 비장의 대꾸가 채 끝나기도 전에 마상의 도사는 발 구르는 시늉으로,

“이놈, 뉘 앞이라고 일개 아전 나부랭이가 가타부타 방색(防塞)이 낭자한가? 네놈의 모가지는 여벌이 몇 개나 되느냐?”

“나으리, 그게 아니오라……”

“이놈, 이제 보아하니 나잇살이나 처먹었다 하여 감히 관원인 나를 업수이여기는 게 아니냐? 이놈, 네놈을 역당(逆黨)으로 몰아서 저 함거에 처넣어 함께 압송을 할까?”

도사의 대성일갈에 오갈이 든 형방 비장이란 놈이 모가지를 자라목처럼 움츠리는데, 도사는 철릭 자락에서 죄인의 압령장(押領狀)을 꺼내어 형방에게 던졌다. 봉서가 바람에 풀썩 날며 냇가에 빠질 듯한

• 포정사: 감사(監司)가 집무하던 관청.
• 속죄전: 속죄금. 지은 죄를 용서받기 위하여 내놓는 돈.

지라 형방이란 놈이 허겁스레 쫓아가서 봉서를 낚아 잡았다. 형방은 드디어 나장들에게 이르기를,

"여봐라, 어서 빨리 죄인을 인계하여드려라."

도사가 느긋한 표정으로 이르기를,

"그놈, 이제 와서 또 바빠졌는가? 우선 죄인을 인계하기 전에 용모 파기하며 그동안 문초받은 공초(供招)*하며 후록(後錄)을 올리는 게 순서가 아니냐."

감영에서 온 나장이 나가서 죄인을 점고하여 함거를 인수하였고, 옥구현의 형방 최재걸과 나졸들은 중도에서 옥구로 회정하였다. 함거 행렬과 회정한 나졸들이 물굽이 하나씩을 돌아서 이제 서로 보이지 않게 되자, 함거를 뒤따르던 한 놈이 쾌자를 벗어부치며 함거 속으로 상통을 디밀면서 말하였다.

"성님, 저 보시우."

이게 무슨 흰소린가 하여 득추가 가까스로 고개를 들어보니 입가에 어린양을 떠올리는 위인은 탑삭부리였다. 때를 같이하여 관복을 벗어붙이는 떨거지들은 몽땅 둔소에서 기거한다는 녹림당들이었다. 여기저기서 손뼉을 치는 놈에, 낄낄대며 웃어대는 놈에 그런 야단이 없는데, 탑삭부리는 함거를 부수고 득추를 안아 내렸다.

"성님, 우리 둔소로 가십시다."

"다친 행수님은 어떻게 되었노?"

"조 행수님 걱정은 마시우. 내흥(內興)에서 나루질하는 그 접주 있지 않수? 마침 그 집에 음식 수발할 계집도 하나 있고 해서 구완을

부탁하였습니다. 일간 내려가서 둔소로 모셔올 작정입니다."

"내 식솔들은?"

"적실하게는 모르겠으나 아직은 무사한 듯합니다."

그때서야 떨거지들의 수괴라는 솔개미가 탑삭부리를 제치고 앞으로 다가왔다. 목자가 부리부리하고 미간이 좁은 장한은 득추로서는 초면이었다.

"초면이오만 그간 억울한 옥사에 걸려 고초가 많았소이다. 이제 대장간으로 돌아갈 요량은 마시오. 함거를 중도 탈취했다는 소식이 관아에 입문되면 다시 살아날 방도는 없소."

굴신을 못하던 득추가 겨우 함거 아래로 내려서면서 대답하였다.

"그럴 수는 없습니다. 효수당할 나를 구명해준 것은 털을 뽑아 신을 삼아 올릴 일이나 둔소로 따라갈 순 없소. 딸 덕에 부원군*이라지만 그것도 분수 나름이오. 백파 된 내 동기의 연줄로 식솔들까지 닭 손님으로 갈 순 없소이다.* 무르뫼〔群山〕, 돌뫼〔沃溝〕, 주리〔臨陂〕하며 가근방 사람들이 나를 모르는 이가 없는 터에 어찌 눈을 뜨고 그들의 전대를 턴다는 말이오."

"둔소에서도 할 일은 많소."

"거릿송장이 되기 전에는 그럴 수가 없소. 아무리 명색만이 내외지간이라지만 남진아비*가 안해와 살붙이를 기망하면 어찌 가화(家和)를 이룰 수 있겠소."

  • 딸 덕에 부원군: 출가한 딸의 도움으로 무슨 일을 하거나 잘되는 것을 이르는 말.

  • 닭 손님으로는 아니 간다: 닭장에 낯선 닭이 들어오면 본래 있던 닭이 달려들어 못 살게 굴듯이, 손님을 반가워하지 않는 집에 가야 좋은 대접은 받지 못함을 이르는 말.

  • 남진아비: 아내를 가진 남자. '남진'은 '남편' '사내'의 옛말.

"화색이 입을 벌리고 있는데도 군산포로 회정하겠다는 거요?"

"타관으로 나가야겠지요. 생화가 잡히는 대로 식솔들을 몰래 데려가야 하겠지요. 날품이라도 팔 데가 없을라구요."

"그렇지만 평생 관아의 행적 수탐을 받을 것인데?"

"녹림당으로 박힌다 하면 관아의 기찰이 풀린답디까?"

"조 행수님의 성화같은 간청이 있었기에 형장을 구하였소이다. 그러나 정승도 제 하기 싫으면 그만이라는데 하물며 녹림당이 되자 하여 형장에게 간구할 수는 없소. 우리 또한 군입이 늘면 늘수록 불편하긴 마찬가지요."

솔개미는 군말 없이 졸개들을 영솔하여 돌아서고 말았는데 헤어지기 전에 행리에서 장처(杖處)●에 쓰라고 오황산(五黃散)과 전대 하나를 내던져주었다. 전대를 풀어보니 상목 한 필과 창호지에 싼 수수떡 한 뭉치가 들어 있었다. 행객의 행리를 취탈한 것이 분명하였다. 득추는 행리를 둘러메었다. 조도만을 헤아려서 산속 길을 꼬박 해동갑으로 헤맨 끝에 겨우 군산포 어름에 이르렀다. 백강(白江)으로 흘러드는 샛강의 갈밭에서 어둑발이 내리기를 기다렸다. 이경이 가까워서야 질퍽거리는 샛강을 건너 포구 쪽으로 나갔다. 선창에 잇댄 세곡선과 상선들에는 불빛만 야단스러울 뿐, 길가에는 포리들의 모습이 보이지 않았다. 득추는 쉽게 대장간으로 숨어들 수 있었다. 화덕에 손을 대어보았으나 싸늘하게 식어 있는 품이 그가 관에 잡혀간 이후엔 한 번도 풀무질을 하지 못한 것이 분명하였다. 득추는 뒤꼍으로 난 거적때기를 들치고 거처하던 초옥으로 갔다. 속내로는 금방 봉노

● 장처: 장형(杖刑)으로 곤장이나 태장을 맞은 자리.

로 뛰어들고 싶었지만 놀란 식솔들이 소란을 피우면 또 무슨 사단이 벌어질지 몰라 우선 퇴창 밑으로 기어가서 가만히 귀부터 기울였다. 퇴창엔 꺼질락 말락 하는 등잔이 켜져 있었고, 봉노 속은 쥐 죽은 듯하였다. 그런가 했더니 어거지로 젖을 떼다시피 했던 돌배기 막냇놈이 칭얼칭얼 울기 시작하는 것이었다. 서방이 관아에 잡혀간 신세라 하여 분별없는 계집이 제 목숨만 중히 여겨 살붙이들을 떼어놓고 야반도주라도 한 게 아닌가 싶어 가슴이 섬뜩했던 찰나에 가만가만한 여편네의 자장가 소리가 들려오는 것이었다.

"타복타복 타복네야, 네 어디 울면서 가노. 내 어미 몸 둔 곳에 젖 먹으러 울며 간다. 산이 높아 못 간다, 물이 깊어 못 간단다. 산 높으면 넘어가고 물 깊으면 헤어 가지. 범 무서워 못 간다, 귀신 있어 못 간단다. 범 있으면 숨어 가고 귀신 오면 빌며 가지. 아가 아가 가지 마라, 은패(銀牌) 줄게 가지 마라. 은패 싫다 갖기 싫다 내 어미 젖만 다오. 네 어미 가신 곳은 안 가기만 못할레라. 네 어미 가신 곳은 저 산 너머 북망이라. 낮이면 해를 따라 밤이면 달을 따라, 내 어미 무덤 앞에 타박타박 당도하여, 잔디 뜯어 분장하고 눈물 흘려 제 지내고, 목을 놓아 울어봐도 우리 어미 말이 없네. 내 어미 무덤 앞에 영변 참외 열렸구나. 한 개 따서 맛을 보니 우리 어미 젖맛일세……"

우는 아이 달래느라 자장가 하는 여편네의 목소리가 측은한데 큰놈의 목소리가 들려왔다.

"엄니, 아베는 아주 안 오까?"

"……"

"엄니, 죽었수?"

"네 아비 감옥살이에 옥 수발도 못 한 터에 그걸 내가 워찌 안당가."

“아베는 그만 칵 죽었으까?”

“다음 파수에 풀뭇간에 있는 쇠붙이나 내다 팔아 노수 장만하고 북덕무명 받아서 홑바지라도 지어 옥구 관아 사또님께 네 아비의 목숨이나 빌러 가야 할 터인데, 푼수 없는 원두막에 개똥참외 열리드키 흥부 자식같이 싸질러놓은 네놈의 소생들이 삽짝 귀틀로 쭈르르 내달아서 삼이웃이 자지러지게 울어젖힐 것이 아닌가. 이런 땐 한 몸을 둘로 뚝 떼어서 한편에선 젖 물리고, 한편에선 옥 수발한다면 그런 고마우실 품앗이가 세상에 워딨겄냐.”

“엄니, 그람 우리 울지 않을게 퍼뜩 아베 죽은가 보고 와.”

“네놈들 두고 가면 어디 가서 두 끼 대궁을 얻어먹으며 잠자리 수발을 누가 할 것이냐?”

바로 그때였다. 삽짝 귀틀에서 인기척이 들리는가 싶더니 곧장 이리 오너라 하고 통자 넣는 사내의 목소리가 들려왔다. 득추의 여편네는 대꾸를 않고 기다렸으나 삽짝 밖의 사내가 좀처럼 물러날 기미가 보이지 않자, 장지를 열고 기어드는 목소리로 묻는 것이었다.

“이 야밤에 뉘십니까요?”

“밤중에 체면이 아니오만 나는 세곡선단에 있는 선인 행수요.”

득추는 그 소리가 귓결에 잡혀오자마자 풀뭇간으로 가서 손에 잡히는 대로 쇠붙이 하나를 집어들고 다시 퇴창으로 갔다.

“선인 행수시라면 알 만은 합니다만, 우리 집 남정네가 관아에 잡혀갔다는 것은 삼이웃이 알고 있는 처지에 또한 쇤네를 잡아들여 물볼기라도 치시겠단 말씀입니까?”

“내가 일개 선인의 지체로 어찌 관아에서 도모하는 공사에 훈수를 들겠소. 찾아온 연유가 물론 그 사단과 연관이 없는 것은 아니나 나는 사람을 찾으러 왔소이다."

"아무리 등잔 밑이 어둡다 한들 어찌 우리 집에서만 도망한 수적을 찾으시겠단 말입니까?"

"피차가 유별하여 거북하오만 타관에서 겨우 알음을 찾은 터, 긴히 물어볼 말이 있으니 삽짝이나 따주시오."

"우리 집 남정네가 수적들과 내통한 죄로 관아에 끌려가서 고초를 치르고 있다 하여 그 계집까지 초면의 외간 남자를 무단히 집으로 불러들일까요? 삼이웃에 애꿎은 조명 나면 그나마 품앗이도 못합니다."

"그렇지 않소. 나로 인하여 댁의 남편이 관아에서 놓여라도 난다면 그런 다행이 없질 않소?"

"도대체 나으리는 뉘십니까?"

득추의 아내가 장지를 열고 봉당으로 내려서더니 뒤축도 없는 짚신을 질질 끌고 삽짝으로 나가는 것이었다. 득추는 옆구리에 낀 쇠붙이를 손아귀에 단단히 움켜쥐었다. 이제 포구에 발을 붙이고 대장장이 노릇으로 연명하기엔 글러버린 일, 듣자 하니 조 행수의 뒤를 밟고 있는 선인 행수란 놈이 분명하고, 그놈이 집에 외정이 없는 틈을 타서 내자를 꼬드겨서 둔소가 어딘지 밝혀내려 함도 분명하였다. 일찍이 여자의 입이 헤프다는 것을 알고 있는 득추로서는 적굴 사람들이 나타났을 적마다 술상 하난들 손수 봐서 여편네와는 상종함이 없도록 닦달하였다. 그래도 시동생이 있는 둔소가 어디쯤이란 걸 짐작하고 있을지도 몰랐다. 닳고 닳은 선인 행수란 놈이 패를 쓰고 공갈을 놓는다면 그깟 대장장이 계집 하나쯤 입을 열게 하는 데는 수양딸로 며느리 삼기가 아니겠는가.

아니나 다를까, 옥사가 풀릴지도 모른다는 사내의 말에 대희한 여편네는 사내를 상방으로 들게 하고 자신은 아이를 안고 장지문 사이에 정색하고 앉았다. 사내는 좌정을 하자마자 한 꿰미의 엽전을 꺼내 여편네에게 던지는 것이었다.

"푼전이오만 아이들과 끼니를 잇는 데 다소간 도움이 될 터이지요."

"제 형편이 아무리 궁박한들 명토도 없는 돈을 어찌 받겠습니까."

"물론 그렇겠지요. 그러나 수적들의 소굴을 캐내려는 간계로써 앞전을 지른 건 아니니 겸사 말고 거두십시오."

득추는 사내가 장지문을 등지고 고쳐 앉게 되기만을 기다렸다. 그 참에 뛰어들어 물고를 내고 식솔들을 휘동하여 오늘 밤 안으로 군산포와 평생 하직할 작정이었다. 그러나 사내는 좀처럼 움직이지 않고 여편네의 양미간을 뚫어져라 바라보고 앉았는데, 이번엔 여편네가 먼저 수작을 트는 것이었다.

"쉰네의 남정네와는 안면이라도 있는 사이십니까?"

"아닙니다. 그러나 얼마 전에 이 집에 들렀던 조 행수와는 일찍이 동사하였던 사이로, 그간 내가 수소문하여 찾고 있던 어른이었소. 그래서 그의 행처를 알아보려고 찾아왔소. 재차 말하거니와 나는 관아에서 나온 간자도 아닐뿐더러 그분과 척이 진 사이도 아니오. 내가 혹시 그분을 찾기 위해 아지마씨께 권도를 쓰고 있다고는 생각지 마시고 아시는 게 있거든 말씀해주십시오."

그때 마침 사내가 괴춤에서 곰방대를 꺼내 시초를 담아서 불을 댕기기 위해 퇴창 쪽의 등잔으로 엉거주춤 몸을 일으켰다. 득추는 이때다 싶어 장지를 내다꽂으며 봉노로 돌입하였다. 두말할 나위 없이 사내의 등줄기를 겨냥하여 쇠끝을 깊숙이 꽂았다. 불시에 장지가 열리는 바람에 등잔이 꺼지고 아랫방의 아이들이 까르르 울음을 쏟아놓았다.

"아지마씨 등잔에 불을 댕기시오."

장지문의 걸쇠가 나가떨어진 지 몇 각이 흐른 뒤에 그렇게 말한 것은 찾아온 사내였다. 아래윗니가 딱딱 마치고 굽이 떼지지 않던 득추의 여편네가 겨우 정신을 가다듬고 관솔불을 댕겨 윗방으로 가져가는데 득추의 두 손목이 사내의 손에 꺾이어 옴나위없이 뒷짐이 지워져 있었다.

"아니, 이게 어찌된 일입니까?"

궐녀가 와락 울음을 터뜨리려 하는데 사내가 말하였다.

"쉿, 떠들면 해롭습니다."

득추의 여편네는 헛바닥째 넘어오는 오열을 꿀꺽 삼키며 미친개가 뜯어발긴 꼴이 된 남편을 젖무덤 속으로 끌어안았다. 궐녀가 내동댕이친 관솔불을 붙여 등잔에 불을 댕긴 사내는 한동안 소리 죽여 흐느끼는 여인네를 바라보다가 무겁게 입을 열었다.

"아지마씨의 남편이 돌아왔다는 것은 파옥이 아니면 어려운 일이오. 그러니 이 낌새가 행여 문밖으로 새나가지 않도록 해야 합니다."

식솔들과 상봉하게 되었다는 요행보다는 난데없이 기어든 위인의 정체가 도대체 불분명하고 그 장력이 또한 출중한지라 속으로는 찔끔했던 득추가 물었다.

"도대체 댁은 뉘신데 남의 제사에 감 놓아라 대추 놓아라 하시오?"

"난 천봉삼이라 하오. 이번 조 행수를 욕보이려 했던 길 행수라는 위인과는 세선단의 같은 선인으로 동사하고 있소. 그 위인과 내가 같은 사람을 찾고 있었다는 것을 방포 사건이 있은 뒤에야 알았소만, 나는 그분을 해하려는 것이 아니오.”

“밖에서 대강 사연을 엿듣기는 하였소만, 세선단 행수라면 맥은 관아 사람들이나 진배없는 입장인데 무슨 계략을 꾸미려고 남의 계집에게 인정을 쓰는 거요?”

“내가 허행을 하였구려. 정녕 나를 믿지 못하겠다면 가겠소이다.”

“못 갑니다. 곧장 관아로 가서 고변할 것쯤이야 나도 알고 있소.”

“관아로 가서 고변할 사람이었다면 아지마씨가 울고불고할 제 조용하라고 타이르진 않았을 것이오.”

그때 득추가 한숨을 쏟아놓더니 물었다.

“왜 조졸들이 난데없이 조 행수를 겨냥하여 방포질을 하였을까요?”

“선창에 상직을 서던 조졸들이 수적으로 알고 방포를 한 것이오. 조 행수가 철환에 맞았소?”

“그렇습니다. 마침 피를 흘리면서 대장간으로 뛰어든지라 내가 자상(自傷)으로 일을 꾸미고 아궁이 속에다 숨겼습지요. 내가 포영으로 잡혀간 뒤 다른 접주의 집으로 옮겨서 병 수발을 받고 있다 합니다.”

“장창을 구완하는 것이 당장 발등에 떨어진 불이긴 하나, 비명의 화를 입기 전에 오늘 밤으로 식솔들을 데리고 여길 뜨셔야 합니다.”

“나도 그럴 작정이오.”

“반드시 조 행수를 만나게 될 터이지요. 그분을 만나거든 송파장에서 만나 뵙자는 말씀만 전해주십시오. 그분은 한때 경기 지경의 우시장을 한 손에 휘어잡았던 쇠살쭈였소.”

천봉삼은 다시 괴춤을 뒤져 은자가 수월찮게 든 염낭 하나를 득추
에게 던지고 대장간을 나섰다.

문학동네 장편소설
객주 4
ⓒ 김주영 2013

1판 1쇄 2013년 5월 1일
1판 10쇄 2024년 1월 15일

지은이 김주영
책임편집 김필균 | 편집 김민정 강윤정 김형균 유성원
디자인 이효진 유현아
저작권 박지영 형소진 최은진 서연주 오서영
마케팅 정민호 서지화 한민아 이민경 안남영 왕지경 황승현 김혜원 김하연 김예진
브랜딩 함유지 함근아 고보미 박민재 김희숙 박다솔 조다현 정승민 배진성
제작 강신은 김동욱 이순호 | 제작처 영신사

펴낸곳 (주)문학동네 | 펴낸이 김소영
출판등록 1993년 10월 22일 제2003-000045호
주소 10881 경기도 파주시 회동길 210
전자우편 editor@munhak.com | 대표전화 031) 955-8888 | 팩스 031) 955-8855
문의전화 031) 955-3576(마케팅) 031) 955-2678(편집)
문학동네카페 http://cafe.naver.com/mhdn
인스타그램 @munhakdongne | 트위터 @munhakdongne
북클럽문학동네 http://bookclubmunhak.com

ISBN 978-89-546-2131-1 04810
        978-89-546-2107-6 (세트)
* 이 책의 판권은 지은이와 문학동네에 있습니다.
  이 책 내용의 전부 또는 일부를 재사용하려면 반드시 양측의 서면 동의를 받아야 합니다.

잘못된 책은 구입하신 서점에서 교환해드립니다.
기타 교환 문의 031) 955-2661, 3580

www.munhak.com